열
혈
③

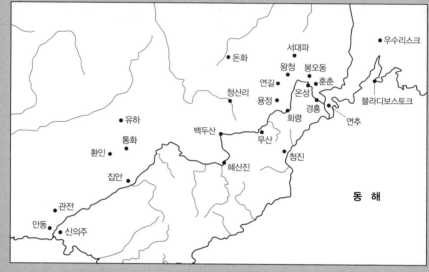

〈백두산 중심 원근 지도〉

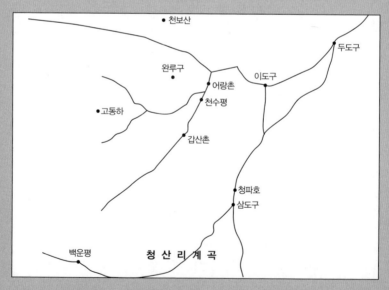

〈청산리 대첩 주변 약도〉

〈만주(동북 3성) 위치도〉

어린 시절, 주위 어른들은 만주 벌판 얘기를 심심찮게 했다. 그때는 막연하나마 만주는 넓고도 먼 땅이라고 생각했다. 중학생이 되어 역사를 배울 때 일제에 강점된 조국과 민족 앞에 시련의 세월이 계속되자 역사적인 3 · 1 만세 운동조차도 시들했다. 그러나 곧이어 김좌진과 이범석이 이끈 '청산리 전투'의 승리는 커다란 통쾌감으로 각인되어 이후 잊어본 적이 없었다. 지금 와서 생각하면 어떤 운명적인 만남이 아니었나 싶다.

《열혈》은 1920년 한 해의 이야기로 그 가운데 만주의 '청산리 대첩'이 우뚝했다. 앞의 해는 만세 운동이 일어난 기미년이다.

일제 강점이라는 암울한 시기에 만세 운동으로 독립 열기가 고조된 열혈 지사와 피 끓는 청년들은 고대 고구려와 발해의 영토로 선조들의 넋이 살아 숨 쉬는 만주 간도 땅에서 '독립 전쟁의 해'를 맞아 온갖 어려움을 무릅쓰고 독립 전쟁 수행을 위해 최선의 노력을 기울였다.

만세 운동에 당황한 일제는 조선총독부 수뇌를 교체하고 이른바 '문화 정치'라는 고등 술책으로 한민족의 환심을 사서 식민지 지배를 계속 꾀하는 한편, 만주 독립군을 토벌하기 위해 불법으로 대규모 출병을 감행하였다.

결국은 두 세력이 맞부딪쳐 대한 독립이 소원인 독립군은 무적 황군이라는 일본군을 상대로 '청산리 대첩'을 일궈냈다. 불굴의 투지로 쟁취한 청산리 대첩은 만세 운동의 구현이자 독립 전쟁사에서 일대 기적이며, 한민족에게는 영원히 빛나는 전설이다.

불과 백 년 전의 일이다.

그런데 대첩의 신화는 식민사관으로 인해 축소, 왜곡되었고, 저자가 찾은 답사 현장은 중국이 펼친 동북공정(東北工程)의 소용돌이 속에 다시 왜곡, 훼손되고 있었다. 거기다 일제 강점기라는 오욕의 역사를 거친 한민족은 지금 남북이 분단된 상태이며, 흩어진 민족은 중국에서는 조선족으로, 러시아와 중앙아시아에서는 고려인이라는 이름으로 살아가고 있다. 독립된 조국을 후손에게 물려주기 위해 독립 전쟁에 나선 순국선열을 생각하면 참으로 안타까운 일이 아닐 수 없다. 또한, 지정학적으로 중국, 일본과 함께 '동양 3국'에 속한 대한민국의 역사는 결코 과거일 수 없으며, 현재이자 미래이기도 하다.

역사를 잊은 민족에게 미래는 없다.

청산리 대첩이라는 신화를 통해 한민족의 단합과 민족혼을 일깨우고, 자랑스러운 역사와 함께 미래를 열자는 뜻에서 소설 《열혈》을 썼다. 역량에 비하면 너무 버거운 화두였다. 그러나 일일이 출처를 밝힐 수는 없지만, 여러 선인(先人)과 학자의 깊은 공부는 역사 소설을 전개해 나가는 데 밝은 등불이 되었다.

소설 《열혈》이 태어나기까지 고마움을 전해야 할 분들이 많다. 담장 없는 옆집에서 함께 자란 송강직 동아대학교 교수는 그대로 평생 지기지우였다. 산중 칩거 생활을 말리면서도 물질과 정신적 도움을 준 이봉순 님은 《열혈》이 태어난 기초가 되었다. 일광여행사의 정동명 형님은 세세한 부분까지 신경을 써주셔서 도움이 컸다. 만주 답사에 동행한 현지의 장문철 님, 연변대학교 김태구 교수님께도 감사를 드린다. 폐를 끼친 주위의 지인들에게는 미안한 마음을 전하고 싶다. 휴앤스토리 맑은샘 출판사와 아름다운 인연을 맺게 되어 행복하다.

　독자와의 설레는 만남은 미래의 일이다.

청산리 대첩 100주년을 앞둔 2020년 8월

宋憲守

3
권

2
권

1. 대첩의 서곡

1920년 6월 4일이었다. 한 무리의 독립군이 희붐해 오는 두만 강을 건너고 있었다. 기나긴 강의 중류쯤인 데다, 강심까지 얕은 곳을 택한지라 물을 건너기는 그다지 어렵지 않았다. 30여 명의 독립군은 봉오동 인근의 신민단 대원이 주축이었다. 이들은 역시 게릴라전 수행을 위해 조선 땅으로 잠입하는 중이었다. 출발지인 강 이편은 화룡현의 작은 마을인 삼둔자(三屯子)로, 마을 뒤편은 산 이 빙 둘러싸고 있었다. 이윽고 강 대안에 이른 독립군은 종성 강양동(江陽洞)의 국경 초소를 기습했다. 헌병 군조(軍曹=중사) 후꾸에(福江)의 순찰 소대를 마음껏 두들긴 독립군은 유유히 철수해 다시 삼둔자로 향했다.

기습 사실을 보고받은 남양(南陽)의 수비 대장 아라요시(新美二郞) 중위는 속이 부글부글 끓었다. 그도 그럴 것이 올해 들어 간도 독립군은 걸핏하면 강을 건너와 군경들에게 총부리를 겨누고는 했다. 그 때문에 국경 인근의 일본인들은 하루도 마음 편할 날이 없었다. 군경 가족들을 다른 곳으로 피신시키고 일부 경찰 주재소에는 철수 명령까지 내려졌다.

한데 불과 일주일 전이었다. 겁도 나지만 한편으로는 듣기만 해도 지긋지긋한 홍범도 부대가 또 강을 건너와 운무령(雲霧嶺)에서 우편물을 호송하는 기마 헌병대를 박살 내고는 사라졌다. 화가 꼭 지까지 치민 아라요시는 곧바로 자신의 수비대 1개 중대와 순사 10여 명을 몰고 두만강으로 내달았다. 그러나 그때까지 흐지부지 뭉개고 있을 독립군은 아니었다.

"여기서 뭣들 하는 거야. 전부 처치했나?"

아라요시가 입에 기품을 물었다. 닭 쫓던 개 지붕 쳐다보는 식으로 선발로 달려간 군경들은 강변에서 강 건너 삼둔자 마을만 멀뚱멀뚱 쳐다보고 있었다. 그때는 이미 강 건너편에도 독립군의 흔적은 사라지고 없었다.

"강을 건너 도망쳤는데 어떻게 추격합니까?"

꼭 불 난 집에 부채질하려는 수작은 아니지만, 상황을 뻔히 보고도 모르겠느냐는 식으로 졸개가 말대꾸했다. 그 때문에 오기가 더 발동했는지 수비 대장 아라요시는 전에 없는 명령을 입에서 뱉었다.

"강을 건너서 놈들을 끝까지 추격하라, 얼른얼른!"

"하지만…."

모두 어이없다는 표정을 짓는다. 두만강은 엄연한 국경선이었다.

"명령이다! 뒷일은 모두 지휘관인 내가 책임진다."

아라요시 중위는 제법 지휘 책임까지 내세우며 부하들을 몰아붙였다. 사실 하급자들은 잘 몰랐지만, 독립군의 국내 진입과 관련하여 일본군은 나름대로 방침을 정해 놓고 있었다. 강을 건너온 독립군을 직접 추격할 시에는 도강(渡江)도 무방하다며, 이미 조선 군 사령관이 훈령을 하달한 상태였다. 한데 그것은 중국 측과 사전 협의 없이 일방적으로 결정한 사항이었다. 아라요시의 발악에 군 경은 어쩔 수 없이 하나둘 강으로 뛰어들었다. 국경선이 무시되고 일본군이 공공연히 두만강을 건너 간도로 출병하는 순간이었다.

강을 건넌 군경이 삼둔자 마을을 샅샅이 뒤져도 독립군은 단 한 명도 발견할 수 없었다. 자신의 중대한 결단에도 불구하고 전과가 없자 아라요시는 약이 바짝 올랐다. 결국은 무고한 양민을 학살하 는 만행까지 저질렀다.

놀라기는 삼둔자를 책임진 대한북로독군부의 정찰병도 마찬가 지였다. 보고를 접한 정찰 부대장은 뜻밖의 긴급 상황에 아연 긴 장했다. 그러나 평소 만일의 사태에 충분히 대비한 만큼 침착하게 대응했다. 최진동 부장이 누누이 강조한 말이 바로 준비와 대비였 다.

"적이 오지 않는다고 믿지 말고, 적이 오더라도 내게 대비 있음 을 믿어야 한다."

그러한 명구(名句)와 함께 최진동은 임진왜란을 자주 예로 들고 는 했다.

정찰 부대장은 먼저 비상사태를 봉오동 본부에 보고했다. 그다 음은 부대원을 이끌고 유리한 지점인 삼둔자 서북쪽의 절벽 위에 숨어서 사태를 관망했다. 이왕 도강하고도 일제 군경이 거둔 전과 는 양민 학살이 전부였다. 지휘 책임과 함께 돌아갈 낯이 없어진 아라요시는 어떻게든 독립군을 찾으려고 계속 삼둔자에서 미적거렸다. 밤낮이 바뀌는 가운데 긴박한 시간은 흘렀다. 그 사이 독립군 정찰 부대는 만반의 전투태세를 갖추었다. 본부에서 병력까지 증원되었다. 수세로 일관한 정찰 부대장은 마침내 공세로 전환했다. 먼저 유인 작전을 펼쳤다. 날렵한 독립군 몇 명을 슬그머니 적에게 접근시켰다. 그동안 혈안이 되어 찾던 독립군이 눈에 얼쩡거리자 흥분한 일제 군경은 앞뒤 없이 매복권 깊숙이 빨려 들어왔다. 어느 순간이었다.

탕!

절벽 위에서 한 발의 총성이 울렸다. 신호탄이었다. 이제나저제나 하던 총구가 일제히 불을 뿜는다. 당장 독립군을 요절낼 듯이 앞만 보고 뛰어들던 군경은 기겁했다. 함부로 나는 새가 그물에 걸린 꼴이었다. 습격당한 초소의 복수는 고사하고 군경의 사상자만 늘어나자 수비 대장도 별수 없이 삼둔자로 철수 명령을 내렸다.

"대한 독립 만세."

절벽 위에서는 승리자인 독립군이 목청껏 함성을 내질렀다.

이때가 6일 밤 10시 무렵이었다. 한데 이 전투가 본격적인 싸움의 도화선이 되었다. 삼둔자 전투의 패전 소식은 곧바로 나남의 19사단 본부에 날아들었다. 두만강 국경 수비는 나남 사단이 담당했다.

"이런 머저리들 같으니라고! 그깟 불령선인 조무래기들한테 연거푸 당하다니 무적의 황군(皇軍)으로서 부끄럽지도 않나?"

이번에는 사단장이 발을 굴렀다. 자작인 다카시마(高島友武) 중장이었다.

"이봐, 참모장. 지금 당장 그놈의 불령선인 추격 부대를 편성해! 그리고 이번 참에는 아예 그 홍범도인가 뭔가 하는 불령선인 수괴놈의 소굴까지 말끔히 소탕해버려! 뒤주에 들락거리는 쥐새끼도 아니고, 도대체 성가시어 살 수가 있어야지."

이제 아이 싸움은 어른 싸움으로 커졌다. 나남 사령부는 삼둔자의 패전 설욕과 함께 독립군을 토벌하기 위해 출병을 서둘렀다. 마침내 기관총까지 포함된 대대급의 부대가 편성되었다. 이름하여 월강추격대대(越江追擊大隊)로 지휘는 야스가와(安川) 육군 소좌(小佐)가 맡았다. 작전 명령은 이미 하달되었다. 독립군 근거지인 봉오동을 일거에 소탕하라는 내용이었다.

6월 7일 새벽 3시경이었다. 마침내 추격 대대는 해란강이 두만강과 합류하는 온성 하탄동(下灘洞) 부근에서 두만강을 건넜다. 이쯤에는 삼둔자 전투에서 패전의 쓴맛을 본 아라요시 중위도 패잔병을 모아 대오를 재정비했다. 그리고는 이왕 끝장을 보자는 식으로 다시 독립군 추격에 나섰다. 패전의 아라요시 수비대와 야스가와 추격 대대는 동트기 전에 합류한 뒤 일제히 고려령(高麗嶺)으로 향했다. 고려령만 넘으면 바로 봉오동이었다. 카키색 군복을 입은 병력은 모두 합해 3백 명이 넘었다.

한편 봉오동의 홍범도 사령관은 적정(敵情)을 낱낱이 탐지하고 있었다. 그동안은 국내 진입 전으로 일관했지만, 지금은 만반의 방위 태세가 필요했다. 긴 세월에 걸쳐 단련한 솜씨가 어디 가겠는가. 홍범도는 의병장 시절부터 기습전의 명수였지만 또 때로는 매

14

복전의 대가도 되었다. 매복전을 전개해 일본군을 쳐부수기에는 봉오동의 상촌 분지가 더없이 좋았다. 최진동의 도독부 시절부터 봉오동에서 뒹군 토착 독립군은 인근 지리를 환히 꿰고 있었다.

비장군 홍범도의 대처는 신속했다. 먼저 마을 사람부터 모두 산중으로 대피시켰다. 다음은 마을에 곡식이나 가축 따위의 먹거리를 깡그리 없애버렸다. 따라서 적이 비록 마을을 점령하더라도 자체적인 군량 보충은 불가능했다. 고구려가 수(隋)나라의 침략을 물리칠 때도 써먹은 한민족 특유의 전술이었다. 이름하여 청야작전(淸野作戰)이라 불렀다.

일련의 조처를 한 홍범도는 비로소 독립군 간부를 따로 모았다. 그들에게 부대의 전투 구역과 임무를 명백히 밝힌 작전 명령이 하달되었다. 가용한 병력은 4백여 명이었다. 먼저 중대장 4명에게 각기 구역을 정해 주었다. 1중대는 봉오동 상촌 분지의 서북단에, 2중대는 동산에, 3중대는 북산에, 그리고 4중대는 서산의 남단을 책임지게 했다. 홍범도 자신은 2개 중대를 이끌고 서산의 중앙과 북단을 맡았다. 최진동과 안무는 동북간 최고봉의 외딴 나무 아래서 지휘케 했다. 후방 지원 문제도 꼼꼼히 챙겼다. 군무국장(軍務局長)은 본부 및 나머지 중대 병력을 영솔하여 서북 산간에서 관망하다가 필요하면 병력 증원과 탄약 보충, 그리고 군량 공급 등을 책임지게 했다. 홍범도의 작전 명령은 결코 수동적인 수비나 막무가내식의 조우전이 아니었다. 치밀하고도 용의주도한 매복전의 준비였다. 그렇다면 적을 매복지로 순순히 끌어들이는 일이 무엇보다 중요했다. 사령관 홍범도가 또렷이 설명했다.

"다음은 이화일(李化日) 분대장에게 임무를 주겠다. 매우 중요한 임무니만큼 명심하여 잘 수행하기 바란다. 귀관은 분대를 인솔하여 고려령 고지와 동북 편의 촌락에 각각 병력을 분산 배치한 뒤 잠복하라. 적이 밀려오면 교전 흉내만 내면서 상촌 분지의 우리 포위망 속으로 유인하는 것이 임무다. 가끔 공격도 필요하겠지만, 대체로 힘에 부치는 양 우리가 잠복한 곳으로 슬금슬금 밀려오면 된다."

홍범도는 다시 독립군 간부를 향했다.

"이때 중대장들은 적의 첨병(尖兵)을 건드리면 절대 안 된다. 첨병은 깊숙이 통과하면 할수록 좋다. 그래야만 적의 본대가 안심하고 우리 포위망 속으로 든다는 것을 반드시 명심하라! 그러면 내가 적당한 때를 골라 독 안에 든 쥐새끼 같은 왜놈들에게 사격 신호탄을 쏘겠다. 우리 독립군은 그때부터 일제히 철천지원수 놈들에게 명중탄을 안기면 된다."

홍범도의 작전을 요약하면 먼저 봉오골 마을은 깨끗이 비우고, 상촌 분지의 험준한 사방 고지에 독립군을 매복시킨 뒤, 밀려오는 일본군을 유인하여 일망타진한다는 것이었다. 역전의 명장은 이제 적을 능숙하게 조종할 줄 알았다. 즉 이편의 형세 불리함을 거짓으로 드러내어 적을 유인한 뒤, 매복에서 벼락같은 기습으로 전환해 일거에 결판을 내버릴 작정이었다. 매복과 기습은 홍범도 작전의 정수도 되지만, 일전에 강혁이 호랑이의 습성을 들어 빗댄 적이 있었다.

평소 홍범도는 적재적소에 인재를 골라 쓰고 나머지는 대체로 기세에 맡겼다. 따라서 명백한 잘못을 저지르지 않는 이상 부하 개개인에게 책임을 묻는 일은 없었다.

한편 촌락을 수색하며 고려령을 지나던 일본군 추격대는 마침내 이화일의 유인 분대와 맞닥뜨렸다. 조국을 짓밟은 짓도 모자라 이제 간도의 독립군까지 토벌하려 드는 일본군을 막상 대하게 되자 분대원들은 적개심이 솟구친 모양이었다. 유인이 목적이라는 본래 임무를 깜박하고 그만 적의 척후(斥候) 분대를 박살 내버렸다. 척후 분대장의 보고를 받으며 야스가와 소좌는 이를 부득부득 갈았다.

"어쩌다가 한 번도 아니고 그깟 불령선인 놈들에게 매번 당한다는 게 말이 되나. 도대체 어찌 된 노릇이야?"

"놈들은 이곳 지리에 정통합니다. 우리에게 조건이 불리한 것만은 틀림없습니다."

하사관 하나가 나서서 제법 아는 체했다.

"무슨 개수작이야. 청이나 러시아와의 전쟁 때는 언제 우리가 지리에 밝아서 이겼나? 지금부터 무적 황군의 명예를 위해서라도 패전은 일절 용서치 않겠다. 각 지휘관은 꼭 내 말을 명심하라!"

그런데 이화일 부대가 그만 유인 임무를 깜박하고 적의 척후를 박살 낸 것이 어쩌면 더 효과를 거두는지도 몰랐다. 후끈 달아오른 야스가와 대대장이 추격에 한층 열을 올렸기 때문이다.

쾌청한 날씨에 해가 솟아오르자 주위는 명랑해졌다. 지참한 가마솥에 아침밥을 지어 먹은 추격대는 소 수레에 기관총을 실었다. 척후 분대와 본대 사이는 대략 1백 미터의 간격을 유지한 채 마침내 봉오골 입구로 들어섰다. 한데 그동안 사람을 발견하기 어려웠는데, 하촌을 무혈점령한 뒤 샅샅이 수색을 해봐도 역시 어리친 개새끼 하나 보이지 않았다. 대대장은 자기 좋도록 해석을 내렸다.

"우리가 오는 것을 눈치채고 벌써 장달음을 놓았군."

이어 지극히 상식적인 명령이 하달되었다.

"긴 추격전이 예상되는 만큼 여기서 먼저 군량부터 보충하라!"

문제는 사람과 가축뿐만이 아니었다. 최진동의 집을 비롯하여 하촌을 분탕질해도 양식될만한 것은 아예 없었다. 그제야 야스가와는 독립군의 사전 대비를 감지했으나 애써 무시해 버렸다. 상대는 오합지졸의 불령선인이란 생각이 계속 머리를 지배한 때문이었다. 말똥을 집어서 독립군이 후퇴한 시간을 가늠하고, 역시 텅 빈 마을을 분탕질해가며 추격대는 중촌을 지나 상촌으로 향했다. 그런데 잠시 모습을 감추었던 이화일의 유인 분대가 다시 출몰하기 시작했다.

"불령선인이 유인 작전을 펼치는 것 같습니다. 졸병들을 내놓아 어지럽게 오락가락하는 것은 필시 계략의 실마리지 싶습니다."

삼둔자에서 매복전에 혼뜨검이 난 아라요시 중위가 문득 정색한 얼굴로 대대장에게 주의를 환기했다. 그냥 귀양 보낼 말이 아니라고 여긴 야스가와는 잠시 추격대의 전진을 막았다. 그러다 이내 갑갑증이 인 듯 다시 유리한 쪽으로 해석을 내렸다.

"아까 우리 척후와 부딪친 그놈들이잖아? 만약에 유인이 목적이라면 그처럼 죽을 둥 살 둥 싸우지는 않았을 거야. 보나 마나 딴에는 용감한 척 뒤로 처진 조무래기들이겠지. 백번 양보해서 놈들이 매복해 있다손 치더라도 겁날 게 뭐가 있어? 행여 농투성이 놈들의 매복을 겁내 추격에 소홀했다는 얘기라도 돌아봐. 그건 우리 황군으로서 씻을 수 없는 수치야, 수치. 지금부터는 오직 전진만 있을 뿐이다. 출발하라!"

잠시 눈을 어지럽히던 유인 분대가 상촌의 분지 속으로 자취를 감추었다. 이어 서너 명의 일본군 척후병이 분지를 지나간다. 사방을 둘러봐도 매복의 낌새조차 느낄 수 없었다.

"좀 빨리빨리 전진해! 아직 우리에게 전과라고는 없잖아?"

애가 단 야스가와는 전진만 재촉했다. 척후병이 저만큼 통과하자 마침내 일본군 본대도 기관총을 앞세우고 분지 안으로 깊숙이 들어섰다. 사방은 산이 빙 두르고 있었다. 방금 일본군이 들어선 입구 외에는 빠져나갈 곳이 없었다. 독 안에 든 쥐였다. 1920년 6월 7일의 점심 무렵이었다. 봄날 햇살이 따사로웠다.

일본군 본대와 마주한 홍범도는 오른쪽 수염을 쓸어 올리고 천천히 장총을 겨눈다. 사격 때의 버릇이었다. 비록 지휘관 신분이지만 명중률이 높다는 이유로 권총보다 장총을 고집했다. 원래 산포수 출신이기도 했다.

탕!

마침내 홍범도의 총구가 불을 뿜는다. 봉오동 전투의 본격적인 개시를 알리는 신호탄이었다. 곧바로 말에서 장교 하나가 굴러떨어진다. 밤색 털의 개량종 준마 위에 올라앉아 거만을 떨던 장교였다. 그는 일본에서 태어나 조선을 거쳐 이제 간도의 독립군 기지를 소탕하려던 죗값을 톡톡히 치렀다. 그것은 죽음이었다. 일본군은 놀랄 틈조차 없었다. 신호탄 총성이 울리기 무섭게 홍범도 좌우에 있던 2개 중대 병력이 일제히 사격을 개시했다. 성능이 우수한 러시아식 소총인 데다 적을 하나씩 겨냥한 채 오직 사격 신호만을 손꼽은 터라 명중탄 아닌 것이 없었다. 외마디 비명과 함께 여기저기서 '무적 황군'이 픽픽 쓰러진다. 매복한 독립군은 지금 한국의 군대고 한국의 군인이었다.

분지를 향한 기습 사격은 곧 상황이 종료되었다. 그 자리서 쓰러지는 자는 쓰러지고, 요행 목숨이 붙어있는 자는 장작불에 콩알 뛰듯 사방으로 쫙 흩어졌다. 그러나 달아난 곳도 그다지 안전한 장소는 못되었다. 동쪽과 서쪽, 북방의 삼면 고지에서 총알이 빗발치듯 날아들었기 때문이다. 불과 얼마 만에 추격대의 전열은 여지없이 꺾여버렸다.

불의의 기습에 야스가와 소좌는 당황했다. 특별 임무를 부여받은 만큼 후퇴는 있을 수 없었다. 분지 입구에서 다시 전열을 가다듬었다.

"공격 개시!"

뒤에서 기관총 2문이 엄호 사격을 하는 가운데 일본군은 사력을 다해 홍범도가 위치한 서산으로 기어올랐다. 이미 허를 찔리고 기세에서 밀리는 싸움이었다. 일본군은 머리 위의 홍범도 부대는 두고라도, 이번에는 가까운 등 뒤에서 총알이 무수히 날아들었다. 그것은 명중탄 대 헛총질의 일방적 싸움이었다.

전투력을 가르는 요소는 또 있었다. 독립군은 가래나무 껍질로 만든 미투리를 신어서 질기고 간편한 데 반해, 일본군의 가죽 군화는 단지 미끄럽고 둔할 따름이었다. 일본군이 이쪽 비탈로 오르면 저쪽에서 쏘고, 배밀이까지 해가며 저쪽 비탈을 손보려 들면 이번에는 좌우나 뒤편에서 총알이 날아들었다. 참으로 환장할 노릇이었다. 이번에도 일본군은 사상자만 속출했다. 그런데 떼죽음의 현장에 웃지 못할 광경이 펼쳐졌다. 화약 냄새를 맡은 꿩들이 여기저기서 상촌 분지로 날아들었던 것이다. 울긋불긋한 장끼는 마치 일본군의 죽음에 장송곡(葬送曲)이라도 부르듯이 현란하게 날아다니며 청량한 목소리를 뽑아 댄다.

꺼엉, 꺼엉, 껑…

야스가와 대대장은 마침내 패배를 예감했다. 그렇다고 순순히 물러날 수도 없는 노릇이었다. 일방적 패전에 따른 지휘 책임이 두려울밖에 없었다. 이번에는 가파른 서산은 버려두고 비교적 경사가 완만한 데다 화력까지 상대적으로 약한 동산에 집중했다.

"뒤로 물러서는 자는 그 자리서 총살이다. 전진, 전진하라!"

눈에 핏발이 선 대대장은 권총을 휘두르며 악을 썼다. 허풍이 아니었다. 졸병 하나가 뒤로 주춤주춤 물러서며 숨을 곳을 찾다가 그만 여지없이 야스가와의 총알받이 신세가 되었다. 이제 일본군은 한식에 죽으나 청명에 죽으나 죽기는 매일반이라는 듯 기를 쓰고 동산 고지로 올랐다. 일방적 살육전인 봉오동 전투는 어언 3시간을 넘기고 있었다.

한데 이것은 또 무슨 조화인가. 조금 전까지 멀쩡하던 하늘에 갑자기 검은 장막 같은 구름이 몰려들었다. 이어서 천둥소리가 천지를 진동하고 폭풍이 덮치더니 댓줄기 같은 소낙비와 큰 밤톨만

한 우박이 내리쏟아졌다. 총질은 고사하고 옆 사람조차 알아보기 힘든 천지간의 혼돈이었다.

이윽고 소낙비는 가늘어지고 지척을 분간하기 어렵던 운무도 차츰 걷히었다. 처참한 모습의 일본군은 여태 자신이 살아 있다는 사실을 천행으로 여겼다. 그러나 지휘관의 으름장이 그들을 곱게 내버려 두지 않았다. 처참한 모습의 일본군이 다시 동산 비탈을 기어올랐다. 이번에는 이상하게도 독립군의 총탄이 날아들지 않았다. 비에 젖어 살갗에 척척 감기는 옷을 추스르며 일본군은 가까스로 산 정상에 올랐다. 어쨌든 정복은 정복이었다.

"도대체 이게 어찌 된 일이야. 개미 새끼 한 마리 없잖아?"

뒤따라 올라온 야스가와 대대장이 눈을 희번덕거리며 안달이었다.

"아까 소낙비가 쏟아질 때 모두 도망친 것 같습니다."

도망이 아니었다. 주도적인 철수였다. 그 시간 독립군은 승리의 군가를 드높이 부르며 산림 속을 이동 중이었다.

4시간에 걸친 봉오동 교전은 이로써 끝이 났다. 봉오골의 까마귀밥이 된 일본군 시체는 150구가 넘었고 나머지도 크고 작은 상처를 입어 멀쩡한 자는 드물었다. 그에 반해 독립군은 전사 4명에 중상 2명 정도의 인명 손실을 보았다. 무적 황군이라는 일본군을 상대로 완벽한 승리를 거두었다.

독립군의 행방이 묘연해지자 대대장은 패잔병을 이끌고 텅 빈 상촌을 덮쳤다. 굿판이 끝난 뒤에 날장구 치는 것도 아니고 아무리 분탕질을 쳐도 그것은 공연한 화풀이요, 패전의 아픔만 더할 뿐이었다. 독립군의 씨를 말릴 듯이 호호탕탕하게 두만강을 건넌 월강 추격 대대는 자신이 살아서 돌아가는 것만도 하늘의 보살핌이라 여기며 퇴각 길에 올랐다.

야스가와 대대장의 불운은 여기서 끝나지 않았다. 땅거미가 뉘 엿뉘엿한 봉오동에서 추격대가 철수할 무렵, 나남 사단의 일본군 일단이 두만강을 건넜다. 지원병이었다. 그리하여 양 부대는 피파 골에서 맞닥뜨렸다. 뱀 보고 놀란 사람은 부지깽이에도 놀란다고, 일본군은 서로 상대를 독립군으로 오인했다. 자칭 무적의 황군은 자기들끼리 누가 무적인지도 모르고 한바탕 늘씬하게 붙었다. 이 리하여 삼둔자에서 시작된 독립군과 일본군의 첫 정규전은 봉오동 전투를 정점으로 일단 막을 내렸다. 그것은 더 큰 싸움, 더 큰 승 리를 위한 서곡(序曲)일 따름이었다.

2. 유비무환

　봉오동 전투에서 대승을 거둔 뒤였다. 사령관실의 김좌진은 팔짱을 낀 채 창가에 서서 생각에 잠겼다. 바깥은 아지랑이 아른거리는 봄날이었다. 평소 김좌진은 여러 경로를 통해 간도에 대한 일제의 동향 파악에도 힘을 기울였다. 방대한 정보를 통해 적정을 파악하고 그에 대한 적절한 대비가 필요했던 것이다. 이러한 진상 파악이야말로 전쟁을 대비하는 지휘관으로서 중요하면서도 어려운 책무였다. 그리하여 서간도는 중일 합동 수사반이 편성되어 이미 5월 중순부터 독립 단체에 대한 일대 수색 작전이 전개되고 있지만, 북간도는 길림 성장의 완강한 반대에 부딪혀 일제가 속병을 앓고 있다는 것까지 김좌진은 환히 꿰고 있었다. 한데 일본군이 느닷없이 두만강을 건너 간도로 출병하는 사건이 벌어졌고, 다행히 봉오동의 독립군은 그들을 크게 무찔렀다는 정보를 접했다. 그것은 마치 한여름의 소낙비만큼이나 김좌진의 가슴을 장쾌하고도 후련하게 적셨다. 독립군이 일본군과의 정규전에서 거둔 첫 승리였다. 그것도 대의병장으로 활약하다 이제는 독립군의 명장으로 명성을 더해 가는 홍범도의 영도 아래 거둔 대승이기에 그 의미는 더욱 각별했다.

북로군정서의 총사령관 김좌진은 홍범도의 탁월한 전략 전술에 무릎만 치고 있을 형편이 못되었다. 비록 값진 승리를 거두기는 했지만 봉오동 전투는 방어전의 필요성을 일깨워 준 중차대한 사건이었기 때문이다. 따라서 그동안은 국내 진격 작전에 초점을 맞추었는데 이제 방어 전략도 힘을 기울일 필요가 있었다.

상황이 어려울수록 간부 회의는 꼭 필요했다. 조금 전에도 김좌진은 나중소를 비롯하여 여러 사람과 심각히 의견을 나누었다. 김좌진이 한창 생각에 골몰해 있는데 문득 인기척이 났다. 총사령관의 비서인 이정(李楨)이었다.

"총재 각하께서 오셨습니다."

40대 중반인 이정은 비록 키는 멀쑥하게 컸지만, 입이 무겁고 매사에 신중한 사람이었다. 거기다 학자 출신으로 글에 능해 나름대로 총사령관을 잘 보필했다. 전에는 모연대장을 역임한 적도 있었다. 서일 총재 역시 자리에 앉기 바쁘게 봉오동 얘기부터 꺼냈다.

"원래 저들 일본군이 무도한 놈들이라 무슨 짓인들 못 할까마는 이토록 느닷없이, 그리고 무법적으로 간도 침입을 감행할 줄은 몰랐소. 다행히 우리의 홍범도 장군이 혼뜨검을 내서 물리쳤기에 망정이지."

안도의 한숨을 내쉰다. 일제를 상대하려면 오직 무장 투쟁밖에 없다고 역설해온 서일이지만, 그래도 일본군이 막무가내로 간도 침입을 단행하자 꽤 긴장한 모양이었다.

"이제 왜놈 군경한테는 홍범도 장군이 그대로 염라대왕이지 싶습니다.”

입가에 엷은 미소가 감도는 총사령관은 한결 여유가 느껴졌다.

“오랜 세월에 걸쳐 수도 없이 당했으니 이를 말이오? 한데 백야 사령관, 한 가지 궁금한 게 있어요. 중국 측의 반발과 국제적 비난까지 무릅쓰고 일본군이 간도 침입을 감행한 이유가 어디 있다고 보시오? 단지 독립군 추격만을 목적으로 대대급의 군대가 국경선을 넘었다는 건 아무래도 설득력이 약한 것 아니오?”

총재의 물음에 김좌진은 텁수룩한 구레나룻을 쓸며 잠시 생각을 정리했다. 다소 논란은 일었지만 조금 전의 간부 회의에서 대략 결론을 도출한 문제였다. 총사령관이 신중한 표정으로 답했다.

“그 문제라면 먼저 간략히 설명해 드릴 부분이 있습니다. 물론 총재 각하께서도 익히 숙지하고 계시는 내용이지만, 봉오동 전투의 진실에 다가가려면 정리가 필요할 듯싶어 다시 말씀드리겠습니다. 우리의 독립 전쟁 열기는 만세 운동을 기점으로 한층 고조되었습니다. 일제는 불과 얼마 전까지만 해도 우리 독립군을 단지 귀찮은 존재 정도로만 인식한 것 같아요. 대책이란 것도 영사관 경찰을 늘린다거나 중국 측을 통해 간접 압박을 가하는 정도였습니다. 한데 독립군이 하루가 다르게 기세를 떨치자 마침내 저들도 안달을 내기 시작했습니다. 장작림 순열사를 압박해 합동 수사반을 편성한 것이 좋은 예지요. 실제로 서간도의 여러 독립 단체는 합동 수사반으로 인해 지금 커다란 시련을 겪고 있는 줄로 압니다. 이곳 북간도는 사정이 조금 달랐습니다. 일제의 요구를 일축했던 것이지요. 그 중심에 서정림 길림 성장이 우뚝했고, 일선 관리들도 그다지 호락호락하지는 않았던 것입니다. 아니, 오히려 그 반대로 일제의 동정을 낱낱이 통지해줄 정도로 우리 독립군한테 호의적이었습니다. 그러니 놈들도 독이 바짝 오를밖에요."

북간도의 일선 관리들은 독립 세력에 매우 호의적이었다. 지난 4월에 내려진 '자자(字字) 제707호'라는 비밀 훈령이 그것을 단적으로 증명했다. 연길도윤 장세전과 단장 맹부덕의 공동 이름으로 예하에 내린 훈령은 '비밀로 본문을 포고함'으로 시작되었다. 비밀에 부쳤으나 일제는 포고문을 입수했고 저들로서는 입맛이 씁쓸한 내용이 적지 않았다. 비밀 훈령의 뒷부분은 이러했다.

"…조국을 회복하려는 행동에 대해서는 표면적 간섭만을 하고 이면에서는 불간섭주의를 취하려고 한다. 만일 입으로만 하는 단속이라도 이를 하지 않는다면 일본 관헌으로부터 부단한 교섭이 있을 것이다. 종종 공연하게 포고하여 각 군경에게 불령선인 각 단(團)의 수괴를 수사 체포할 것을 명했는데, 이는 일본을 속이려 한 것이다. 만일 그렇게 하지 않으면 일본이 모든 종류의 간계를 농(弄)할 것을 근심하는 것이다. 고로 각자는 불령선인을 수사 체포해서는 아니 되고 본령 발표 후에는 아(我) 군경은 모름지기 이 뜻을 체득하여 준수하고, 한민(韓民) 개인은 물론 가령 폭동이 있는 경우에서도 결코 고압, 강압적으로 대항하지 말라. 여기 엄하게 훈시한다."

독립지사들에게 있어 중국 측 관청과 우호적 관계를 유지하는 것은 참으로 중요한 문제였다. 거기에 왕도는 없었다. 꾸준히 공을 들이는 것만이 최선의 길이었다. 그리하여 공든 탑은 무너지지 않고 좋은 결과를 낳고 있었다. 총사령관의 말에 기분이 흐뭇해진 서일이 거들었다.

"왜놈들이 설친다고 중국 측이 우리를 괄시하면 안 되지. 입술이 없으면 이가 시린 건 당연한 이치 아니오? 대국도 나라 꼴이 제대로 되려면 서정림 성장 같은 인물이 자꾸 나와야만 되는데…."

먼저 간도 형세부터 차분히 짚어가던 김좌진이 봉오동 전투와 관련하여 본격적으로 의견을 개진했다.

"그래서 저들 일제가 겉으로 내색은 안 해도 차츰 합동 수사반 편성에 회의를 느낀 것 같습니다. 물론 수사반 편성에 중국 측이 비협조적으로 나오는 것도 문제지요. 그러나 설령 수사반이 편성되더라도 북간도의 우리 독립군을 압도할 수 없는 만큼, 아마 그 성과에도 의문을 품지 않았나 싶습니다."

"맞아요, 맞아! 아무리 합동 수사반이라 해도 이제 우리 독립군을 함부로 넘볼 수는 없지. 그렇다면 왜놈들이 딴 길을 엿본다는 얘긴데…."

말을 섞다 보니 서일 총재도 차츰 짚이는 게 있는 모양이었다. 문득 총사령관의 목소리가 단호해졌다.

"맞습니다. 저들은 십중팔구 수사반 편성에 연연하지 않고 아예 간도 출병 쪽으로 책략을 변경한 것입니다. 저 봉오동 전투를 한번 보십시오. 월강 추격대 운운은 일종의 허세에 불과하고, 속셈은 중국 측 떠보기 내지는 대규모 불법 출병을 위한 사전 시위였다고 볼 수 있습니다. 그래서 구실 겸 독립군을 계속 추격하여 일전을 겨루게 된 것이지요. 한데 뜻밖에 참패까지 당했으니 이제 출병

책략은 한층 굳어졌을 가능성이 농후합니다."

정보와 논리에 따른 정확한 정세 분석이었다. 고개를 끄덕이던 서일이 말했다.

"참패를 당한 일본군이 어물쩍 넘어가지는 않을 텐데?"

"탐지한 바에 의하면 뜻밖의 패전에 극도로 당황한 일본군은 두만강 나루터를 모두 봉쇄하고 교통까지 차단했다는 정보입니다. 독립군이 전면적 공격에 나설까 봐 지레 겁을 먹은 셈이지요. 또 회령의 경편(輕便) 철도는 화물 운반을 중지하고 전적으로 군인들만 태워 나른답니다. 4일간 수송된 인원이 대략 3천 명에 이르는데, 이들은 언제든지 간도 출병이 가능하도록 만반의 태세를 갖추었답니다."

"우리가 쳐들어가서 몰아내도 시원찮을 판에 되레 놈들이 공격을 해오다니 도둑이 매를 들어도 유분수지, 이거야 원! 참으로 왜놈이 고약하긴 고약한 놈들이오. 하긴 독립 전쟁이 시작되면 어쨌든 싸워 없애든지 몰아내야 할 놈들이긴 하지. 그러나 우리 독립군이 사기는 높지만 아직은 전력 차가 현저한 게 냉엄한 현실 아니오?"

서일의 안색이 한층 어두워졌으나 총사령관은 무인답게 의연함을 잃지 않았다.

"총재 각하, 너무 염려 마십시오. 피할 수 없는 싸움이니만큼 쳐들어오면 오직 쳐부술 따름입니다."

"듣기만 해도 속이 다 후련하구려. 그렇지만 독립군의 기반이 너무 취약한데 그마저 무너진다면 큰일 아니오?"

"딴은 그렇습니다. 놈들과 한바탕 싸우다 죽는 것이야 하등 두려울 게 없지만, 독립군 세력이 그나마 씨가 마르지 않을까 하는 게 염려스럽습니다. 그렇지만 방금 말씀드렸듯이 나라를 도적질한 원수와의 피할 수 없는 싸움이라면 최후의 1인까지 죽기로 싸우다 오직 장렬한 전사를 맞을 뿐이지요. 그것이 독립 전쟁에 임하는 우리의 자세이기도 합니다."

독립군의 굳센 의지를 밝히다 보니 김좌진은 언뜻언뜻 죽음을 입에 올렸다. 독립군의 장래와 관련하여 단군 시조에게 간절한 마음으로 기도를 올리는 서일이 미간을 좁히며 당부했다.

"이보시오 백야 총사령관! 비록 마음 자세는 그렇게 가질망정 어떤 경우에도 필부의 용맹을 흉내 내서는 안 됩니다. 대한군정서 독립군은 지금 우리 대한의 희망이자 등불이에요. 결코, 헛되이 꺾여서는 안 될 것이며 그들을 이끌어야 할 총사령관의 안전 또한 막중하다는 걸 반드시 명심하세요. 부탁입니다."

젊은 총사령관의 혈기를 은근히 경계한 서일은 궁금한 게 많았다.

"총사령관 생각에는 놈들이 지금 재차 간도 침입을 감행할 것 같소, 어떻소?"

"반반인 것 같습니다."

머리를 묵직하게 끄덕이던 서일이 자신의 견해를 밝혔다.

"그렇다면 문제는 시기인 것 같소. 어쩌다 한번은 그랬다 쳐도 왜놈들이 재차 도발을 감행하기에는 무리가 따를 것이요. 중국도 중국이지만 국제 사회의 눈이 있거든. 억지를 부리려도 뭔가 꼬투리가 있어야 할 것 아니오? 하긴 왜놈들이니만큼 또 무슨 생트집을 잡고 나올지 알 수 없는 노릇이지."

"침입 시기를 포함해서 장단기 전략을 수립도록 하겠습니다."

"방금 총사령관이 헤아린 바와 같이 일본군의 간도 침략은 이미 큰 책략으로 굳어진 것 같소. 놈들 처지에서 보자면 우리 독립군이 조선 통치에 있어 커다란 걸림돌이라 눈엣가시 같은 존재 아니오? 따라서 놈들은 수단과 방법을 가리지 않고 토벌을 감행하려 들 것이오. 자꾸만 정세가 급해지고 대비가 필요한 만큼 군사적인 문제는 전적으로 총사령관만 믿겠소. 무기를 비롯한 여러 잡다한 뒷받침은 힘닿는 데까지 내가 책임지리다."

서일은 자신이 사령부의 큰 머슴임을 재차 강조했다. 그런 총재에게 머리 숙여 고마움을 표한 김좌진이 결연히 말했다.

"총재 각하, 실제로 독립 전쟁을 수행할 힘은 북간도에 있고 그 중심에 우리 대한군정서가 우뚝합니다. 따라서 일본군의 간도 침입도 침입이지만, 저희는 큰 사명감을 지니고 조국의 촌토 회복을 위해 전력을 다하겠습니다. 그리하여 촌토를 회복하게 되면 무엇보다 독립을 갈망하는 우리 민족에게 커다란 희망을 안겨줄 것입니다. 나아가서는 마음 놓고 군대를 양성할 수도 있지 않겠습니까?"

"참말이지 촌토라도 회복하면 오죽이나 좋겠소? 나는 남의 나라가 아닌 우리 땅에서 군인들이 훈련하는 모습만 봐도 더는 원이 없을 것 같소이다. 이곳에서는 모든 게 뜻 같지 않으니, 이거야 원."

서일이 길게 한숨을 내쉰다. 망설임을 보이다가 말을 덧붙였다.

"이왕 촌토 얘기가 나왔으니 내 복안 하나를 말씀드리겠소이다. 나라를 빼앗긴 데다 현재 우리 형편까지 옹색해 드러내놓고 말을 못 한다 뿐이지 사실 알고 보면 이곳 간도가 우리 땅 아니오? 한데도 중국이 주인인 양 온갖 간섭을 다 하니 당최 분하고 억울할 때가 한두 번이 아니야. 그래서 지금 내가 준비 중인 서류 일체가 갖춰지면 상해 임정에 건의할 참이오. 중국과 교섭을 잘해서 비록 독립할 때까지 기한을 정하더라도 우선 북간도 땅 일부를 할양받도록 말이오. 만약 그렇게만 된다면 상해 임정의 군사 부서부터 옮겨와야 하겠지. 그다음은 우리의 역량을 총집결해 일제와 죽기로 한판 싸우는 거요. 지금의 우리로서는 오직 전쟁 외에는 다른 길이 없지 않소? 그것이 애초 우리가 군정부를 세울 때의 뜻이기도 합니다."

서일이 준비 중인 것은 바로 간도 영유권 문제였다. 두만강을 낀 함북 경원이 고향이라 서일은 일찍부터 간도 문제에 예민했다. 또 백두산은 한민족의 발상지요, 국조 단군이 탄강(誕降)한 성지였다. 그래서 망명길에 오를 때도 백두산 참례로 시작했고, 단군을 모시는 대종교의 일대 종사로 저술까지 많다 보니 서일과 백두산은 떼려야 뗄 수 없는 관계였다. 자연 백두산정계비에 관해서도 해박했다. 총사령관이 말을 받았다.

"제가 알기로 감계 회담 당시 틀림없는 물증을 들이대도 두만강이 곧 토문강이라며 청나라가 억지를 부렸답니다. 한데 일제가 나서서 이미 두만강을 국경으로 인정해버렸고, 하물며 나라까지 빼앗긴 지금에 와서 간도 문제를 다시 꺼내 본들 중국이 눈이나 깜박하겠습니까?"

김좌진이 현실을 들어 말하자 서일은 묵직하게 고개를 끄덕였다.

"난들 왜 그걸 모르겠소? 그래서 뒷날의 정세를 살피려 했는데 촌토 얘기가 나오는 바람에…."

잠시 침울한 기색을 보이던 서일이 언뜻 목소리를 돋웠다.

"중국은 왜놈들과 간도협약을 맺은 것으로 간도 귀속 문제는 영영 끝난 일로 생각하는 모양인데, 천만에! 내 말이 어디 틀렸는지 총사령관이 한번 들어보시오. 청과 일제가 간도협약을 맺은 것은 1909년의 일로, 감계 회담을 통해 다툼을 거듭하던 양국의 국경은 결국 두만강의 석을수로 정했단 말이지. 한데 그러한 간도협약은 1905년의 을사 보호 조약을 근거로 하고 있어요. 다시 말해 일제는 보호 조약을 바탕으로 대한제국의 외교권을 대리로 행사한 셈이지. 총사령관도 환히 알다시피 을사 보호 조약은 그 자체가 무효투성이 아닌가? 하세가와란 놈이 무력을 동원해 궁중을 포위하고 대신들을 위협하는 가운데 조약이 맺어졌단 말이지. 그뿐인가! 체결에 사용된 국새(國璽)는 훔쳐 온 것이고, 고종 황제께서는 그런 조약을 정식으로 비준하지도 않았어요. 또 무슨 놈의 조약문이 첫머리에 아무런 명칭조차 없이 그대로 비어 있단 말입니까? 한마디로 그 조약문은 조약문이 아니라 하나의 괴문서에 불과해. 그런 괴문서에 근거해 외교권을 행사한 일제와 중국이 간도협약을 맺었으니 당연히 원천 무효 아닌가!"

서일은 자신이 흥분한 것을 느꼈다. 목소리를 가다듬었으나 이내 마찬가지였다.

"열 번 양보해서 을사 보호 조약으로 대한제국이 일제의 보호국이 되었다고 칩시다. 일제는 대한제국을 대신해 다만 외교권을 관리하는 정도지, 어떻게 남의 나라 땅까지 팔아먹을 권리를 가진단 말이오? 턱도 없는 소리지. 아니, 세상천지에 한쪽 당사자가 배제된 가운데 양국의 국경선이 정해진다는 게 도대체 말이나 되는 소리요! 따라서 간도협약은 단지 일제와 청나라 사이의 밀약에 불과할 따름이오. 아니 그렇소, 백야?"

앞뒤가 가지런한 서일의 말에 김좌진은 연신 고개를 끄덕였다.

"총재 각하의 뜻대로 우리 임정에서 교섭을 잘하고 중국도 방금 하신 말씀을 참작해주면 얼마나 좋겠습니까? 언젠가 되찾아야 할 땅이지만 지금 당장은 나무토막 하나 세울 땅이 없으니 참으로 답답하기 그지없습니다."

간도 귀속 문제와 관련하여 중국이 한 발자국도 양보하지 않을 거라는 사실은 서일도 잘 알고 있었다. 나아가 중국에 대한 일제의 위세까지 고려하면 일의 성사는 불가능에 가까웠다. 그렇지만 독립군을 세워둘 땅 한 조각조차 없으니 가능한 방법은 총동원하고 볼 일이었다.

모든 일에 최선을 다하는 서일의 정신은 기미년 7월에 일본 총리대신인 하라에게 편지를 보낸 데서도 잘 드러났다. 비록 논리 정연한 글에다 정성까지 다했지만, 그 편지로 하라 수상이 한국 독립에 손을 들어줄 리는 만무했다. 그래도 문민 총리에게 일말의 희망을 품고 최선의 노력을 기울인 서일이었다.

간도 정세가 긴박한 때라 서일은 독립군은 물론 사관연성소 생도까지 모두 집합시킨 뒤 특별 훈시를 했다. 당면한 조국의 현실을 직시하고 대한 청년으로서 독립운동에 나선 여러분은 단군의 자손으로 진정한 열혈남아라며 칭찬한 뒤, 고된 훈련과 열악한 환경은 정신력으로 극복해 줄 것을 주문하고, 일본군의 간도 침입이라는 비상한 사태에 당면한 지금 모든 장병은 총사령관을 중심으로 똘똘 뭉쳐 추호도 흔들림이 없기를 당부했다. 끝으로 사관연성소 학도단장에게, 특히 무오 독립 선언서의 뒷부분을 낭독하도록 주문했다. 독립군과 연관된 부분이었다. 중광단이 중심이 되어 발표한 무오 독립 선언서는 최초의 독립 선언서였다. 당시 중광단의 단장이었던 서일은 선언서의 중심이었다.

"궐기하라 독립군! 장하다 독립군! 대저 한 번 죽음은 면할 수 없는 인간의 숙명이니 남의 노예가 되어 짐승 같은 일생을 누가 원하는 바이랴. 살신성인하면 2천만 동포와 함께 부활할 터이니 일신을 어찌 아낄 것이며, 집안이 기울어도 나라를 회복하면 3천 리 옥토가 우리 소유이니 일가(一家)의 희생을 어찌 아깝다고만 하겠느냐?. 아아! 우리 마음이 같고 도덕이 같은 2천만 형제자매여! 국민 된 본령(本領)을 자각한 독립임을 명심할 것이요, 동양 평화를 보장하고 인류 평등을 실현하기 위한 자립임을 또한 명심할 것이며, 황천의 명을 크게 받들어 일체의 어긋남으로부터 해탈하는 건국(建國)인 것을 확신하여 육탄혈전(肉彈血戰)으로 독립을 완성할지어다."

긴장 속에 시간이 흘렀다. 북간도 독립 단체의 명망가들이 한 자리에 모였다. 회의는 일본군의 간도 출병 여부로 초점이 맞춰졌다. 일본군의 간도 출병이 계속되면 독립군은 결사적으로 항쟁할 것을 결의했다. 더 이상의 출병이 없을 수도 있었다. 그러면 향후 이삼 년간에 걸쳐 무기 구입과 독립군 훈련 등으로 실력 충실에 온 힘을 기울이다가 일제가 중국이나 러시아와의 관계가 악화할 때, 또는 한국에 대한 미국의 후원이 상당하다고 판단될 때 선전을 포고하자며 의견을 모았다. 일촉즉발의 위기가 감돌던 두만강에 더 이상의 충돌은 없었다.

대한군정서의 총사령관인 김좌진은 한층 각오를 다졌다. 그의 각오는 시 속에서도 잘 드러났다.

　　대포 소리 울리는 곳에 봄이 오니
　　청구(靑丘) 옛 땅에도 빛이 새로워라
　　달빛 아래 산영(山營)에서 칼을 가는 나그네
　　철채(鐵寨) 바람결에 말을 먹이며 서 있네

　　중천에 펄럭이는 깃발 천 리에 닿은 듯
　　진동하는 군악 소리 멀리도 퍼져가네
　　섶에 누워 쓸개 핥으며 십 년을 벼른 마음
　　현해탄 건너가서 원수를 무찌르세나

김좌진은 서로군정서 독판인 이상룡으로부터 편지를 받았다. 참모장 이장녕 문제로 간곡한 편지를 보낸 데 대한 답신이었다. 내용은 이러했다.

밀십(密什)에서 맹서한 것도 변하지 않았고 화전 입구에서 한 약속도 두 달밖에 되지 않았는데, 한번 남북으로 흩어지니 소식이 묘연하더니 뜻밖에 두 젊은이가 편지를 가지고 찾아와 오래된 약속을 버리지 않으시는 의리에 매우 감격하였습니다. 삼가 봄이 한창인데 객지에서 기체가 나라를 위해 만중하신지요.

군정서의 일이 날로 발전하여 실력을 완전히 갖추셨으니, 저로하여금 망양지탄(望洋之嘆)을 금할 수 없게 합니다. 더구나 좌우께서는 간성지재(干城之材)로 사령관의 직책을 맡고 있으니 범위가 작지 않은 데다 널리 계책을 연합하여 결집함에 인력도 있고 실력도 있으시니 무슨 일인들 잘하여내지 못하시겠습니까? 다만 관할하는 지역이 매우 넓어 조석으로 서로 만나 서로 긴밀한 협조를 할 수 없는 것이 한스럽습니다.

저 계원은 이곳에 도착한 후로 마침내 여러 사람의 권유로 만에 하나도 비슷하지 않은 몸으로 감당할 수 없는 직임을 맡아서 세월만 보내고 진전은 조금도 없는 중에 봄기운이 이미 생겨나고 있으니, 자칫 시기를 놓쳐 대사를 그르치게 된다면 한갓 여러분께 장애만 될 듯하여 매우 두려울 뿐입니다.

이장녕 군은 이곳에 있으면서 이미 띠고 있는 직명이 있는 데다가 긴요한 일로 심양의 집에 머물고 있습니다. 만약 마음을 같이하는 사이가 아니라면 요청하신 뜻을 감히 받들지 못하겠지마는, 다만 귀 서와 본 서는 하나면서 둘이고 둘이면서 하나이기 때문에 기관으로 차별해서 달리 보는 일이 있어서는 안 되겠기에, 부득이 이미 맡은 직무를 낱낱이 되돌리고 지금 진행 중인 일을 철폐하여 말씀하신 대로 보내오니 좌우께서는 저의 충심을 생각하시어 진실한 마음으로 연대하시고 경계를 두지 말고 일치하여 함께 나아가기를 천만 간절히 바랍니다.

이장녕은 서간도 독립 기지에서 주축 중의 일원이었다. 비록 동향이긴 해도 자신보다 제법 연상인 이장녕을 북로군정서로 초청한 사람이 김좌진이었다. 그런데 참모장 이장녕이 어떤 문제로 인해 그만 서로군정서로 돌아가 버리자 김좌진은 이상룡에게 다시 보내 주기를 청했던 것이다. 널리 인재를 구하고 또 아끼는 김좌진의 정성이 대개 이와 같았다.

심양(瀋陽)은 봉천성의 성도(省都)로 봉천의 다른 이름이었다. 한 공간을 시기나 민족에 따라 혼용해서 불렀다.

정세를 예의 주시하던 김좌진은 수뇌들과 조율을 거친 뒤 강혁을 찾았다.

"이 교관! 한동안 집에 못 갔을 텐데 한 번 다녀올 생각 없나?"

"무슨 말씀이신지…. 지금은 비상한 시기 아닙니까?"

조금은 어리둥절한 표정으로 강혁이 반문했다. 정란의 얼굴부터 퍼뜩 스치는 건 어쩔 수 없었다. 웃는 듯 마는 듯하던 총사령관이 이내 진중해졌다.

"잘 알다시피 우리가 산중에 모여 밤낮없이 힘을 쏟는 것은 오직 독립 전쟁을 수행하기 위함이네. 다시 말해 때가 되면 국내로 처들어가 왜놈들을 몰아내고 나라를 독립시키는 것이 궁극적인 목표 아닌가? 한데 도리어 일본군이 강을 건너와 우리를 토벌하겠다고 난리인 게야. 적반하장도 유분수지만 또 현실이 그런 걸 어쩌겠나? 다만 우리는 불청객을 맞을 채비만큼은 단단히 갖춰야 뒤탈이 적겠지."

미리 준비해둔 편지 묶음을 내놓으며 총사령관이 본론을 꺼냈다.

"북간도의 여러 지도자께 보내는 서신일세. 특별한 내용이 있는 것은 아니고 요는 단결하자는 취지일세. 일본군의 간도 침입이 예상되는 지금 단합보다 더 긴요한 일이 어디 있겠나? 마침 이 교관은 지난번 회의 때 여러 지도자와 안면을 익혔으니, 이번에 각 부대를 방문해서 이 서신을 전하고 아울러 좋은 의견도 구하도록 해보게."

교육 훈련을 비롯하여 군사적으로 내적 충실을 기하기 위해 김좌진은 크나큰 노력을 기울였다. 그런 한편 바깥으로는 다른 단체와의 단합에도 앞장섰다. 독립 세력의 중심인 상해 임정과는 말할 것도 없고 간도의 여러 지사가 망라되었다. 그래서 봉오동 전투의 주역인 홍범도와 최진동은 승전보를 제일 먼저 김좌진에게 전할 만큼 관계가 두터웠다.

"7월 1일에 무장 단체 회의가 다시 열릴 텐데, 그때 일괄적으로 전하면 걸음도 줄고 효과도 크지 않겠습니까?"

빠른 길을 두고 두르는 듯해 강혁이 혹시나 하는 마음으로 물었다. 머리를 두어 번 가로저은 총사령관이 진지하게 말했다.

"사람에게는 군중 심리라는 게 있네. 여럿이 모이다 보면 어떤 분위기에 휩쓸리는 수가 있어요. 물론 회의도 장점은 많아. 한데 일대일의 만남은 그렇지가 않거든. 사람의 일이란 정성일세. 이쪽에서 힘들여 정성을 다하는데 어찌 허투루 대할 것인가, 아니 그런가?"

"예, 잘 알겠습니다."

강혁이 시원하게 답했다. 단합에 최선을 다하려는 뜻과 함께 자신에게 어떤 역할을 기대하는 총사령관의 속마음까지 읽었던 것이다. 한데 강혁의 임무는 그것만이 아니었다. 이제부터 본론이라는 듯 김좌진은 한층 진지한 얼굴로 명참모에게 물었다.

"와룡 선생, 만약에 말일세. 지금 당장 일본군이 물밀듯이 밀려온다면 단합 외에 또 우리의 급선무는 뭐가 있을까? 단숨에 해결하기 어려운 무기 구입이나 군사 훈련 등은 제외하고 어떤 전략적 대비를 말하는 걸세."

총사령관은 강혁에게 군사적으로 자문할 때는 흔히 공명이나 와룡 선생이란 호칭을 애용했다. 분위기가 한결 부드럽고 신뢰의 표시도 되었다.

"유리한 지점의 선점이 매우 중할 듯싶습니다."

근래 일본군의 간도 출병과 관련하여 생각이 깊던 차라, 참모 겸 병법 교관인 강혁이 곧바로 답했다. 지세(地勢)는 전쟁의 유력한 보조 수단이며, 지형 숙지는 승리의 커다란 요건이었다.

"유리한 지점의 선점이라…. 그렇다면 현재 우리 사령부의 위치는 과연 어떨까? 한 번쯤 반드시 짚어볼 문제 아닌가? 당장 수비하기에는 큰 어려움이 없겠지. 울창한 삼림이 사방으로 뻗친 산중 오지라서 어느 쪽으로도 공격이 쉽지 않을 테니까 말이야. 그렇지만 반대로 생각하면 고립을 면하기 어렵고 또 공세적으로 나가기가 쉽지 않잖아? 무엇보다 다른 단체와의 연합 작전 수행이 어려울 것이며…."

김좌진이 굳이 현 사령부의 위치를 놓고 장단점을 따지는 것은 군사적인 문제 외에도 피치 못할 사정이 있었다.

봉천성과 달리 막상 독립군의 본거지인 길림성에서 의도했던 합동 수사반 편성이 난항을 겪자 일제는 계속하여 봉천 군벌의 장작림을 압박하고 절충을 시도했다. 장작림도 마냥 버티기에는 뒤가 찜찜했다. 그를 빌미 삼아 일본군이 간도로 밀려들 수도 있었던 때문이다. 그리하여 독립 진영과 우호적인 중국 간부들이 은근히 교섭을 해왔다. 일제의 간섭이 갈수록 심해지니 독립군은 아예 더 깊은 산중으로 기지를 옮겼으면 했던 것이다. 요청은 갈수록 잦아지고 강도도 더했다. 총사령관은 그에 관해서도 언급했다.

"지금은 비록 독립군 방패막이를 자처하지만, 일제가 계속 으름장을 놓으면 우리를 두둔하던 중국 측 관리들도 갈수록 처지가 난처해질 걸세. 결국, 나중에는 만만한 우리를 잡고 늘어질 것은 뻔한 이치고, 우리도 중국 측과 계속 원만한 관계를 유지하려면 별수 있나? 끝내는 청을 들어줄밖에 도리가 없지. 그렇다면 혹독한 추위가 지속하는 겨울에는 대부대의 이동이 어려운 만큼 미리 대비하는 게 상책 아니겠나?"

결론적으로 말해 일본군 침입에 대비한 유리한 지점의 확보 차원이든, 중국 측 요청에 따른 이동이든지 간에 장차 새로운 기지의 필요성은 반드시 대두된다는 뜻이었다. 몇몇 지역이 물망에 올랐다. 그래서 강혁에게 부여된 본격적인 임무는 새로운 기지에 대한 사전 답사였다. 총사령관은 강혁에게 가장 중요한 지역을 맡길 심산이었다.

"현재로서는 백두산 쪽이 기지로 유력한 만큼 와룡 선생은 특히 그쪽을 맡아주게. 전부터 무장 단체 지도자들은 항전 기지 얘기만 나오면 백두산을 들먹이고는 했네. 우리 민족의 성산이라 마음이 끌리는 건 당연하겠지. 한데 사실 백두산만큼 구색을 갖춘 곳도 흔치 않을 거야. 천고의 원시림 속으로 드는지라 우선 중국 측이 속 시원히 여기겠지. 그렇지만 우리에게도 실속이 적지 않아. 유리한 지점의 선점이나 요새지는 덤으로 쳐도, 무엇보다 국내 진입전이 한결 쉬워질 것이야. 압록강이나 두만강 상류가 조국 땅으로 진입하기에 좀 좋아? 또 백두산 줄기가 봉천성과 길림성의 접경지대라는 점도 빼놓을 수 없어. 요즘처럼 한쪽이 너무 설치면 이웃 성으로 이동하기가 쉽거든."

김좌진은 손바닥을 비비며 기대를 표한 뒤 마무리 지었다.

"와룡 선생, 방금 내가 한 말을 종합해서 적합한 장소를 한번 물색해 보게. 그렇지만 기지가 너무 산중 깊이 들면, 이번에는 또 물적이나 인적 지원 등에서 어려움을 겪을 거란 말이야. 따라서 우리 대종교 교인들이 많이 거주하는 화룡현 삼도구를 중심으로 답사를 해보게. 설령 그쪽 지리를 숙지만 해두더라도 전혀 헛수고는 아닐 테니까. 방금 말한 두 가지 임무를 수행한 뒤 돌아오는 길에 집에도 한 번 다녀오도록 하게."

무장 단체의 단합을 선도하는 일과 새로운 기지에 대한 사전 답사가 강혁에게 부여된 임무였다. 일본군의 동태가 심상치 않고 또 독립군 기지와 관련하여 중국 측이 점차 조급증을 내는 만큼 급하면서도 긴요한 일이었다. 막중한 책임감을 느낀 강혁은 다른 한편으로 마음이 찡했다. 간도 정세가 매우 급하게 돌아가는 이때, 단순히 임무만 부여하면 될 것을 총사령관은 휴가까지 챙겨주는 세심함을 보였던 때문이다.

김좌진은 미안한 얼굴로 강혁에게 경비를 건넸다.

"약소하네. 그렇지만 우리 동포들의 피와 진배없는 돈일세. 아껴서 집에는 빈손으로 안 가도록 힘써 보게. 도중에 행여 일본군이 간도로 침입했다는 소식을 듣게 되면 그 즉시 부대로 복귀하게. 무슨 요구 사항이나 질문이 있으면 말하게나"

잠시 생각하던 강혁이 말했다.

"길동무를 겸해서 한 사람을 데려갔으면 합니다."

"임 교관은 지금 생도들에게 한창 역사를 가르치는 중이잖아? 역사 공부는 훈련 못지않게 중요한 정신 교육인데…."

총사령관이 난처한 기색을 보였다. 둘이 친한 친구 사이인 데다 또 첫 만남 때 동행한 모습을 본 때문인지 강혁이 말하는 길동무가 일규인 것으로 지레짐작한 모양이었다. 김좌진의 말에 강혁은 속으로 흐뭇했다. 이제 일규가 사령부에 꼭 필요한 사람이 된 게 자기 일처럼 뿌듯했다. 그러나 애초 다른 사람을 염두에 둔 강혁은 고개를 가로저었다.

"임일규가 아닙니다. 다음에 생도로 입학시키려면 미리 공부도 좀 익히게 하고⋯."

말이 미처 끝나기도 전에 김좌진이 싱긋 웃었다.

"난 또 임 교관인가 했더니 말썽꾸러기 얘기군. 그 녀석이 우리 이 교관은 또 무척 따른다면서?"

사령부에는 열예닐곱 살의 급사가 있었다. 원래는 성도 없이 이름만 그냥 용이라 했는데 김좌진이 자신의 성을 붙여 김용(金龍)이라 불렀다. 일찍부터 일제 놀이터가 된 군산 바닥의 떠돌이였던 김용은 노상 일본 아이들과 싸움질이었다. 대개는 수적으로 열세였으나 순 깡으로 싸움을 이겨내고는 했다. 그러다 보니 사나운 개가 콧등 아물 틈이 없다고, 노상 주재소에 끌려가는 게 일이었다. 그런 김용을 보고 어른들은 농 반 진 반으로 장래 의병 내지는 독립군을 주문했다. 한데 그 뒤 정말로 만주 장도 길에 오른 김용은 끝내 북로군정서를 찾아와 생도가 되었다. 큰 덩치로 인해 나이는 크게 상관없었으나 기초 공부가 부족해 계속해서 생도 교육을 하는 것은 무리였다. 그래도 말썽꾸러기는 생도를 고집했다. 한번은 병법 교육 시간에 강혁에게 혼이 나고 단단히 타이름을 받았다. 그게 효과가 있었던지 김용은 생도 생활을 뒤로 미루는 데 동의하고 말썽까지 크게 줄었다. 또 겁은 내면서도 강혁을 곧잘 따랐다.

지금 김용은 사령부의 잔심부름꾼으로 밉상이 아닌 데다, 어지간한 나이의 생도와는 서로 동기라며 친구로 삼으려 들어 사령부의 명물로 통했다. 강혁은 그런 김용에게 장래 연성소 입학을 약속한 상태였다. 원래 김용은 머리를 지닌 말썽꾸러기였다.

강혁의 임무와 관련된 얘기는 마무리가 되었다. 총사령관실에는 김좌진과 강혁 두 사람뿐이었다. 이번에는 김좌진이 망설임을 보이다가 무겁게 입을 열었다.

"이 교관과 신흥 동기인 윤동철 얘긴데…. 그 사람이 말이야."

총사령관이 어렵게 털어놓은 윤동철 얘기는 참으로 놀라웠다. 얼마 전 김좌진은 모연대장인 윤동철이 뭔가 수상쩍다는 정보를 접했다. 나이 지긋한 사람 몇몇은 전부터 김좌진을 충실히 보좌했다. 이들은 설사 하늘이 두 쪽 나더라도 의리를 배반할 사람이 아니었다. 그래서 김좌진은 이들 중 최측근을 시켜 비밀리에 윤동철을 염탐케 했다. 아니나 다를까 역시 정보는 근거가 있었다. 윤동철이 영사관 사람과 접촉하며 금품까지 받은 사실을 확인했던 것이다. 내친김에 측근이 윤동철의 주변까지 살폈더니 문제는 가족에게서 비롯됐다. 병자까지 두엇 낀 윤동철의 대가족은 간도에서 비참한 생활을 이어가고 있었다. 이를 탐지한 영사관 사람이 가족을 상대로 간계를 부렸고 결국은 윤동철까지 걸려들고 말았다.

"이제 윤동철을 어떻게 하면 좋겠나?"

얘기를 끝낸 김좌진은 통찰력이 돋보이는 눈을 지그시 감았다. 마음이 심란한 중에도 강혁은 문득 한 가닥 의문이 일었다. 독립군이 제일 증오하는 사람은 바로 내부 밀정이었다. 독립군을 가장해 일제의 첩자 노릇을 하는 자는 적보다도 한층 미워해 발각되면 종종 사형을 시켜 일벌백계의 본보기로 삼고는 했다. 윤동철이라고 예외일 수는 없었다. 한데 총사령관은 새삼 윤동철에 대한 처리를 강혁에게 물었다. 죄질상 결론은 너무도 뻔해 친구나 동기 따위의 인정이 끼어들 여지가 전혀 없는 데도 그랬다. 강혁은 총사령관의 의중을 대략 헤아릴 수 있었다. 그러나 티끌만큼도 내색하지 않고 단호한 목소리로 말했다.

"독립군 밀정은 그 행위가 치명적인 만큼 중형이 불가피한 것으로 알고 있습니다."

김좌진은 가만히 고개를 끄덕였다. 이미 예상한 답이었다. 총사령관은 뒷짐을 진 채 두어 번 창가를 왔다 갔다 한다. 다시 자리에 앉더니 엄정한 얼굴로 말했다.

"왜적의 끄나풀만큼 나쁜 것도 없지. 그러나 윤동철의 경우는 어느 정도 정상 참작이 필요할 것 같아. 물론 조사를 토대로 본인에게 확인 과정을 거쳐야겠지. 원래 첩자라는 게 워낙 미묘한 문제 아닌가? 우리가 독립운동가로 믿어 의심치 않는 사람 중에도 밀정이 있을 것이고, 또 반대로 비록 밀정으로 낙인찍혔어도 실제는 독립운동의 한 방편으로 삼은 사람도 없지 않을 거란 말이야. 왜놈의 조작이나 간사한 꾀에 걸려 본인도 모르게 밀정이 된 사람도 있을 것이며…."

밀정에 대해 뒤를 두던 김좌진이 이윽고 생각해둔 바를 밝혔다. 역시 강혁의 짐작과 크게 다르지 않았다.

"우리의 궁극적 목적은 오직 독립 전쟁 수행에 있네. 한데 적에 비하면 거의 모든 면에서 역부족인 게 냉엄한 현실 아닌가? 비상시에는 원리원칙만 고집할 게 아니라 때로는 임기응변은 물론 융통성까지 발휘할 필요가 있어. 윤동철도 잘만 하면 그런 범주에 속해. 비록 밀정 노릇을 한 것은 사실이지만 곧이곧대로 처리하면 너무 미련한 짓일 것 같아. 정상 참작도 참작이지만 우리로서는 그의 재능과 배움이 너무 아깝단 말일세. 더군다나 피치 못할 사정으로 인해 왜놈 농간에 넘어가기는 했지만 원래는 분별이 뚜렷한 사람 아닌가? 나는 그를 잘 타일러서 속죄할 기회를 주고 싶네. 쉽게 말해 우리 첩자로 역이용하면 어떨까 싶어. 와룡 선생의 생각은 어떤가?"

총사령관은 무조건 윤동철을 벌할 게 아니라 반간(反間), 즉 이중첩자로 만들자는 얘기였다. 반간은 결정적인 순간에 거짓 정보로 적을 속일 수가 있었다.

평소 김좌진은 정보 활동을 중요시했다. 정보 활동은 소용되지 않는 곳이 없었다. 적을 알아야만 비교가 있을 수 있고, 승산을 가늠할 수 있으며 또한 작전할 수 있었다. 동포들에게 어렵게 거둬들인 군자금은 곧 독립군의 피나 진배없었다. 그러나 김좌진은 정보 활동을 위해서는 돈을 아끼지 않았다. 손무자의 설파에 공감한 까닭이었다. 손무자는 주장했다.

"얼마간의 경비를 아끼기 위해 정보 활동을 하지 않아 적정을 알지 못하여, 결국 전쟁에서 패배하고 나라는 망하게 만든다면 이보다 더 큰 악은 없다. 그러한 자는 남의 장수 될 자격이 없고, 군주를 보좌할 수 없으며, 승리의 주체가 될 수 없다."

그래서 김좌진은 다양한 첩보로 적정을 탐지하려 애썼다. 당연히 일제 영사관이나 국경 수비대의 조선 경찰 가운데는 이편 첩자도 있었다. 한데 첩자 운용은 그렇게 간단한 문제가 아니었다. 돈이 전부일 수가 없었다. 물론 재물을 탐하는 자를 이쪽 첩자로 매수하려면 돈으로 거의 해결되었다. 하지만 그런 자의 허점투성이 첩보를 어떻게 신뢰하겠는가. 자칫 잘못하다가는 도리어 첩자한테 휘둘릴 수도 있었다. 따라서 첩자를 쓰려는 지휘관은 무엇보다 사람을 알아보는 뛰어난 지혜가 필요했다. 또 마음으로 사람을 감복하게 만드는 인격이 아니면 첩자를 부릴 수가 없었다. 거기다 다양한 첩보를 정확히 분석할 수 있는 명철한 지휘관이 아니면 첩보의 진실조차도 분간하기 어려웠다. 그만큼 첩자 운용은 어려운 문제였다. 문무겸전에다 마음마저 빼어난 김좌진이 첩자 운용만큼은 어려움을 느끼는 것도 그 때문이었다.

중요한 부분은 또 있었다. 총사령관은 윤동철을 첩자로 쓸 의향을 비쳤다. 그에 대한 강혁의 답이 중요한 문제를 대변했다.

"총사령관 각하, 저는 윤동철이 밀정이란 사실을 전에도 몰랐고 앞으로도 모릅니다. 따라서 첩자에 대해서는 금시초문입니다. 제가 아는 윤동철은 신흥 학교를 졸업한 뒤 대한군정서에서 독립군으로 활약 중인 사람입니다."

강혁이 총사령관에게 전하는 바는 명확했다. 바로 비밀 엄수였다. 첩자 된 사람은 많으나 그를 기용하고 부리는 사람은 오직 하나여야 한다는 사실을 은근히 일깨웠다. 그리고 비밀을 엄수하겠다는 말 속에는 윤동철에게 속죄할 기회를 주었으면 하는 바람이 자연스레 내포되어 있었다. 김좌진은 수긍의 뜻으로 구레나룻을 쓸며 고개를 끄덕였다. 이심전심이었다.

봉천성 접경까지 답사를 떠나는 참에 강혁은 속으로 요량하던 일을 총사령관에게 꺼낼까 망설이다가 결국 그만두었다. 그것은 장학량(張學良)을 만나는 일이었다. 강혁보다 한 살 많은 장학량은 만주 실권자인 장작림의 장남이었다. 장학량은 원래 강혁이 다닌 보정 군관 학교에 입학할 예정이었다. 그랬으면 강혁의 일 년 후배였다. 한데 입학 무렵에 봉천에는 장작림의 동북 강무당이 설립되었다. 장학량은 기미년 3월에 동북 강무당의 포병과에 입학했고, 일 년 뒤 1기생으로 졸업했다. 빼어난 미남아 장학량은 그 뒤 아버지인 동삼성 순열사의 경호 대장으로 근무 중이었다.

보정 군관 학교를 졸업한 강혁은 중국인 친구도 여럿 두었다. 그중에 장학량과 가까운 친구 하나가 전부터 강혁에게 장학량을 소개해줄 의향을 비쳤다. 동북왕 장작림의 후계자인 것은 두더라도 장학량은 지금도 봉천 군벌에 영향력이 막강한 실세였다. 따라서 강혁이 그런 장학량과 안면을 익히면 독립운동에도 큰 도움이 될 것은 자명했다. 은근히 그 일의 성사를 떠올렸던 강혁은 기회를 다음으로 미루었다. 멀리 있는 봉천까지 다녀오기에는 북간도 정세가 급할 뿐만 아니라 답사에는 김용까지 동행하기 때문이었다.

강혁이 총사령관실을 나서려 할 때였다. 뒤에서 문득 침통한 목소리가 들려왔다.

"이 교관이 떠나온 서간도 소식이네. 나도 얘기를 들은 것뿐이니 그냥 듣기만 하게. 지난 5월에 합동 수사반이란 게 편성된 뒤중국 군경을 앞세운 왜놈 경찰대가 기어코 일을 저지른 모양이야. 독립운동의 성지인 유하현 삼원보를 쑥대밭으로 만들었다는구면. 사내라면 노소를 불문하고 3백여 명을 모조리 끌고 가서 갖은 고문을 가한 데다, 부녀자 구타도 다반사처럼 저질렀다는 소문일세.

그나마 지사들은 미리 몸을 피해 다행히 큰 화는 면했다더군. 도중에 듣게 되면 상심이 더 클까 봐 미리 알려주는 것일세. 모쪼록 분발했으면 좋겠네."

강혁은 멍하니 바깥으로 나왔다. 저편 서간도 하늘을 쳐다보았다. 신흥의 생도 시절부터 익힌 여러 정다운 얼굴이 머릿속을 스친다. 그러잖아도 윤동철 문제로 마음이 심란하던 강혁은 끝내 손으로 눈가를 훔쳤다.

다음날이었다. 선하품을 하면서도 좋아서 펄펄 나는 김용을 앞세우고 강혁은 아침 일찍 사령부를 나섰다. 총사령관의 편지를 전하기 위해 먼저 여러 독립 단체부터 방문했다. 대부분이 본부를 왕청현에 두고 있어 별다른 어려움은 없었다. 일본군 도발에 내심 우려를 감추지 못하던 지도자들은 한마음으로 단합에 뜻을 같이했다. 젊고 유능한 군사가의 진정 어린 호소와 탁견이 일조했음은 말할 나위도 없었다. 특히 김좌진과 더불어 독립군 단합을 강조한 홍범도는 북로군정서 총사령관을 추키며 그 뜻을 높이 샀다. 거기다 평소 청소년을 지극히 아끼는 홍범도였다. 개인적으로는 혈육이라도 찾아온 듯 강혁을 반겼다.

원래 홍범도의 가족으로는 부인 이 씨와 아들 둘이 있었다. 그러나 지금은 둘째 아들 하나밖에 없었다. 항일에 온몸을 던지다가 벌써 옛적에 처자를 잃었던 것이다.

마흔 살 무렵의 홍범도가 한창 의병장으로 활약하던 1908년 봄의 일이었다. 북청 수비 구의 일본군 대좌 사령관은 일진회 간부 출신인 순사 대장에게 명령을 하달했다. 홍범도의 귀순 권유를 위해 가족을 수단으로 삼으라는 내용이었다. 이리하여 홍범도의 부인과 맏아들이 인질로 잡혀갔다. 순사 대장은 부인에게 홍범도의 귀순을 권유하는 편지를 쓰게 했다. 부인은 영웅호걸인 남편에게는 헛된 일이라며 한마디로 거절했다. 혹독한 고문에도 굴하지 않던 부인 이 씨는 결국 처참하게 생을 마감했다. 순사 대장이 이번에는 부인이 쓴 것처럼 편지를 조작했다. 가짜 편지를 지닌 사자가 여러 차례 산중의 홍범도에게 파견되었으나 아무도 되돌아오지 못했다. 결국, 열일곱의 맏아들이 파견되었는데 그만 다치고 말았다. 격분한 홍범도가 아들에게 방아쇠를 당긴 때문이었다. 그때부터 아버지의 의병이 된 맏아들은 여러 전투에 참여하다가 일 년쯤 뒤 전사했다. 그래서 둘째 아들인 홍용환(洪龍煥)만이 유일한 혈육으로 남게 되었다. 동포를 괴롭히고 부인 이 씨를 인질로 삼았던 순사 대장은 얼마 뒤 홍범도의 포로가 되어 비참한 최후를 맞았다.

이틀에 걸쳐 무장 단체 방문을 끝낸 강혁과 김용은 곧장 서남쪽으로 백두산 가는 길을 잡았다. 큰길에 주로 마차를 이용했지만 먼 여정이었다. 연길과 용정, 화룡현 두도구에는 일제 영사관 순사가 심심찮게 눈에 띄었다. 맑디맑은 해란강 물에 몸을 적신 서전 벌과 평강 벌의 널따란 벌판은 푸릇푸릇 생기가 넘쳐났다. 중국 사람은 용정을 육도구라 부르듯이 또 두도구는 일도구도 되었다.

강혁은 두도구에서 다시 마차를 갈아탔다. 서쪽으로 30리쯤 떨어진 이도구(=서성)로 가기 위함이었다. 백두산 자락이 펼쳐지는 이도구는 본격적인 답사의 출발지였다. 두도구를 지나도 아직은 널따란 논밭에 비해 산세는 얕았다. 새 단장을 열심히 하는 산야는 온통 푸른빛으로 펼쳐졌고 밭에는 보리, 옥수수, 조, 수수, 귀리 따위의 농작물이 자라고 있었다. 모두가 한 폭의 그림처럼 목가적인 풍경이었다.

널따란 평강 벌을 배경으로 한 이도구는 해란강에 큰 개울이 합치는 곳에 있었다. 이도구의 그 개울을 따라 서북 방향으로 20리쯤 가면 어랑촌(漁郞村)이 자리했다. 이도구의 마을 사람을 통해 근처 지리를 대략 익힌 강혁은 개울을 따라 삼림 속으로 들어섰다. 마침내 백두산 기지 답사가 시작되었다. 삼림으로 들수록 인가는 한적했다. 그래도 조선 사람들은 논밭이 될 만한 곳은 알뜰히 일구어 놓았다. 내일 끼니 걱정인 산골 사람이 인심은 오히려 더 후했다. 명산대천에 불공 말고 객지 나선 사람한테 대접 잘하라는 말도 있다며, 손자 같은 나그네의 등을 토닥거리는 할머니도 있었다.

"형님, 혹시 호랑이라도 뛰어나올지 누가 압니까? 앞장은 제가 서지요."

몸집이 강혁보다 더 우람한 김용이 앞장을 섰다. 형님을 부르는 목소리에는 믿음과 함께 정이 묻어났다.

대원시림은 홍송과 분비나무 등의 침엽수와 몽골 참나무 따위의 활엽수로 뒤덮여 있었다. 벚나무와 송백 떡갈나무는 여기저기서 삐죽삐죽 솟아올라 키 자랑이 한창이었다. 아름드리 큰 나무가 하도 울창하여 이제 하늘은 고사하고 햇볕 한 줌조차 구경하기 힘들었다. 빛이 들지 않아 눅눅해진 땅에는 해마다 떨어진 나뭇잎이 쌓이고 쌓여 마치 푹신한 이불 더미를 밟을 때처럼 깊이가 느껴졌다. 발끝으로 땅을 헤집으면 시커먼 흙이 바로 드러났다. 깊이 들수록 산세는 험했다.

　개울을 따라 한참 걷다 보니 어느 순간 하늘이 탁 열린다. 제법 들이 널린 분지에 게딱지 같은 초가가 들어선 어랑촌이었다. 간도의 서울인 용정과는 백여 리 떨어진 마을이었다. 마침 입성이 남루한 촌로가 냇가에서 혼자 이를 잡고 있다가 강혁을 반겼다.

　"우리는 원래 함경도 중에서도 경성군 어랑면(漁郎面)의 농투성이였어."

　이가 빠져 합죽이인 촌로는 웃음이 많았다. 마침 심심하던 차에 말벗이 생겨서 좋은지 단체로 이주해 온 경위까지 줄줄이 꿰었다.

　"조선 북쪽의 변경 지방은 관리들의 가렴주구(苛斂誅求)에다 또 걸핏하면 흉년이 심하게 들어서 사람 사는 일이 극난했지. 한데 간도 땅은 예사 옥토가 아니라는 게야. 널린 게 땅인 데다 씨만 뿌려 놓아도 알곡이 저절로 주렁주렁 열린다는 소문이었어. 뿐인가! 밀림 속에는 산삼이 자라고 오랜 세월 무인지경이었던 땅이라 사냥까지 쉽다는 게야. 일 없어도 엉덩이가 들썩이던 판인데 그 말을 듣고 어디 가만있을 수가 있나? 여럿이 보따리를 함께 쌌지."

　촌로는 문득 긴 한숨을 내쉬고 말을 잇대었다.

　"한데 막상 옮겨와서 보니 과장이 한참 심하더구먼. 거기다 뿌리나 근본이란 게 뭔지, 마을 이름을 하나 지으려고 해도 고향 지명이 아니면 영 마땅치가 않았어. 그래서 여기가 어랑촌이 된 게야. 그건 저쪽의 갑산촌(甲山村)도 별수 없더라고. 맨 함경도 갑산의 촌뜨기들이 땅 파먹으며 살고 있거든. 그나저나 다리가 더 굳어지기 전에 앞대의 고향 땅을 한 번 밟아봐야겠는데 말이야."

촌로에게 다시 지리를 익힌 강혁은 본격적으로 밀림 지대 답사에 나섰다. 험준한 산은 겹겹으로 병풍을 이루었다. 산속으로 들수록 숲은 한층 울울창창했다. 머루와 칡넝쿨 따위가 얽히고설킨 덤불도 많았다. 조선 사람이 모여 사는 인가도 만났다. 천수평(泉水坪)과 함께 어랑촌 촌로가 운운한 갑산촌 마을이었다.

이틀이 지나자 가래톳이 선 김용은 감추려 해도 다리를 절름거렸다. 그래도 선두 걸음을 고집했다. 공부는 때와 장소를 가리지 않았다. 강혁이 물었다.

"옛날 우리 민족이 이곳 만주에 세웠던 나라 이름은?"

"고구려."

"그리고 또."

"발해."

김용은 고개를 뒤로 돌려가며 빈틈없이 답했다. 못 배운 서러움을 톡톡히 받은 탓인지 하나를 가르치면 둘을 깨우치려고 자못 열심이었다.

"살수대첩(薩水大捷)으로 유명한 고구려 명장은?"

"을지문덕(乙支文德)."

그러나 지금의 강혁 공부는 반쯤 건성이었다. 답사를 다니면서 머리가 복잡해진 까닭이었다. 당장 첫 답사에서 강혁은 자신의 임무가 만만치 않다는 걸 실감했다. 무엇보다 단정을 짓기가 어려웠다. 숲속에서는 물론 높은 지대에 올라가도 헷갈리기는 마찬가지였다. 그것은 이론과 실제의 차이였다.

물론 장차 북로군정서의 둥지가 될지도 모르는 새로운 기지를 강혁이 굳이 첫 답사에서 정하려는 것은 아니었다. 항전 기지나 유리한 지점을 정하는 일도 쉽지 않았다. 장차 많은 골짜기를 더듬어야 하는데 그러한 헷갈림은 참으로 난감했다. 토착인 길잡이를 사용하지 않는 자는 지리적 이익을 취할 수 없다는 말이 절로 생각났다. 군사적 경험이 풍부한 사람의 조언도 아쉬웠다. 그제야 강혁은 경험의 중요성과 함께 결단의 어려움마저 절실히 느꼈다.

첫 답사를 끝내고 화룡현 삼도구로 이동했다. 거기서는 먼저 찾아갈 마을이 있었다. 한때 대종교의 총본사가 들어섰던 청파호(靑坡湖) 촌이었다. 이곳에 온 것은 서일 총재의 서신 전달이 목적이었다. 민족의 성산인 백두산 그늘인 데다, 조선 사람까지 많이 이주한 화룡현 삼도구는 일찍부터 대종교와 인연이 깊었다. 만주 땅에서는 처음으로 청파호 촌에 지사(支司)가 설립되는가 싶더니 나중에는 아예 총본사가 옮겨왔다. 용정과 연길 일대는 일제의 탄압이 심했으나 화룡현은 비교적 손길이 못 미쳐 포교에 이로운 점이 많았던 때문이다. 지금의 총본사는 화룡현에 있었다. 대종교의 일대 종사인 서일이 화룡현을 자주 찾은 것은 당연했다.

청파호 마을은 저 멀리 백두산을 배경으로 했다. 웅장한 백두산은 마치 하늘을 떠받친 듯 맞닿았는데, 거기서 뻗어 내린 수많은 산맥은 하늘에다 선을 긋고 있었다. 강혁은 먼저 아담한 초가집 몇 채를 만났다. 그러나 막상 동구에 들어서자 청파호는 제법 큰 마을이었다. 마을 이름에서 알 수 있듯이 주위에는 큰 호수까지 있었다. 마을 중간쯤에 서 있는 아름드리 비술나무 아래는 간소하게 제단이 꾸며져 있었다. 대종교 사람들이 의식을 거행하는 장소였다.

마침 저녁 무렵이라 얼마 뒤 의식이 행해졌다. 북쪽 벽에 봉안된 위패에는 대황조단군성신지위(大皇朝檀君聖神之位)라 적혀 있었다.

대종교의 의식은 단순하기 그지없었다. 맑은 물과 사과만 차린 뒤 단목향(檀木香)을 피우는 것이 전부였다. 그렇다고 특별히 경문(經文)을 읽는 것도 아니었다. 의식은 간단하지만 정숙했다. 그러나 4대 경절 때 거행되는 선의식(禪儀式)은 달랐다. 동그라미와 네모, 세모의 제기에 아홉 가지 제물을 제상에 올리고 하늘에 제사를 올렸다. 이때의 원(圓)·방(方)·각(角)은 각각 천·지·인을 상징했다.

제단 앞에 고개 숙인 강혁은 잠시 단군을 숭배하는 시간을 가졌다. 북로군정서의 총재부는 물론 사령부 사람들도 대부분 대종교를 믿었다. 강혁은 이미 서간도 시절에 대종교를 접했으나 교리 터득이라든지 본격적인 믿음은 북로군정서에 온 뒤부터였다.

청파호 마을에서 하룻밤을 보낸 강혁은 새벽같이 일어났다. 그러나 비가 계속 쏟아져 답사에 나서기는 어려웠다.

화룡현의 이도구와 삼도구 서편은 험준한 밀림 지대로, 백두산록(白頭山麓)이 자리 잡은 봉천성 안도현과 접경했다. 무장 단체 지도자들은 전부터 이·삼도구를 군사 기지로 주목했다. 청산리 계곡의 입구인 삼도구에는 2백여 호의 중국인도 사는 큰 마을인데, 중국 사람들은 충신장(忠信場)이라 불렀다. 김좌진이 특히 삼도구 일대를 주목한 것은 군사적 장점도 장점이지만, 대종교가 널리 인심을 얻어 인적이나 물적 지원을 기대할 수 있었던 때문이다. 그런 삼도구와 달리 이도구는 비교적 기독교 색채가 강했다.

비를 피해 답사에 나선 강혁은 기어코 질금질금 흘리는 비를 다시 만났다. 옷이 척척한 대로 큰길을 줄여가자 두 갈래 길이 나왔다. 한 곁에 양철 지붕의 작은 주막이 오도카니 서 있었다. 배가 등가죽에 붙었다며 늘어지던 김용은 주막을 보더니 펄쩍 뛰었다. 주막이 반갑기는 강혁도 마찬가지였다. 긴 목로청에는 젓가락이 꽂힌 사기 항아리만 놓여 있었다. 나이가 사십 가까이 돼 보이는 주모를 잡고 강혁은 먼저 지리부터 챙겼다.

"이쪽 앞길은 우리 조선 가는 길이지요. 백 리 남짓 가다 보면 두만강이 나오고, 그 건너편에 보이는 쌀가게 나루터가 바로 무산 땅이요. 거기나 여기나 맨 백두산 그늘이지. 저 뒷길로 가면 충신장이니 맹가장(孟家莊)이니 해서 중국인 고장이야. 조선 사람은 충신장보다는 삼도구를 팔려야 곧잘 알아들어요. 그런데 저놈의 개는 짖지 말래도 자꾸 짖고 그러네."

주모가 습관적으로 빗자루 찾는 시늉을 했다. 알고 보면 꾸중 듣는 개도 억울한 면이 없지 않았다. 강혁이 들어설 때 본연의 임무에 충실해 앙살스럽게 짖어대던 개는 얼마 뒤 눈치를 슬금슬금 살피며 마루 아래로 향했다. 금강산도 식후경이라는데 김용은 주막에 들어서도 딴전인 강혁이 못마땅했다. 그래서 대화 중인 두 사람에게 주위 상황도 환기할 겸 개를 향해 발을 구를 듯이 거짓 동작을 취하자, 발바리 종류의 주막 강아지는 그만 자지러졌던 것이다.

"형님, 나 배고파 딱 죽겠소."

손바닥으로 배를 매만지는 김용은 허리까지 접었다.

"네 배는 어째 밥 먹고 돌아서면 꺼지고 그러나?"

"주인아주머니, 나 배고파 쓰러질 것 같아요. 우선 밥부터 한술 먹게 해주셔요."

"저런 녀석하고는…."

강혁은 고개를 흔들어도 주모는 김용의 익살스러운 애원이 싫지 않은 모양이었다.

"모래라도 소화할 나이구먼. 자고로 사내대장부는 숫기가 좋아야 한답니다. 식은 밥이 있는데 우선 허기는 면해야지."

주모는 이내 개다리소반을 목로청으로 내왔다. 꽁보리밥에 반찬은 콩장과 나물 무친 게 전부였다. 변 사또 생일 잔칫날의 이 도령 밥상이었다.

"통행이 잦아야 장사도 잘될 게 아닙니까?"

배를 채운 강혁은 답사 나설 일이 아득해 주모를 상대로 근처 형편을 살폈다. 하긴 다시 양철 지붕을 제법 두들기는 비 때문에라도 선뜻 나설 수 없었다.

"웬걸! 여긴 적적한 고장이에요. 장날 촌 장꾼들 잔술이나 바라보는 게지. 그런데 총각들은 어딜 가시나? 보아하니 이곳 지리도 생소한 것 같은데."

인상 좋은 주모가 지나가는 말투로 물었다. 주모의 파란만장한 과거사 얘기에 빗줄기도 차츰 잦아들었다. 이제나저제나 하며 강혁이 떠날 때를 견주는데 문득 노랫소리가 들려왔다. 아리랑 타령이었다.

아주까리 동백아 열지 마라

평양댁 손에서 술맛이 난다

주막에 들어선 두 사람은 동행인이었다. 타령을 부르는 초로의 남자는 상투 머리였다. 다른 사람은 삿갓에다 도롱이를 걸쳤는데 뼈마디가 굵직굵직한 장골이었다. 뒤에는 늙은 사냥개도 따랐다. 자기들끼리 구면인지 마루 밑의 주막 강아지는 사냥개를 향해 제법 꼬리를 치며 달려갔다. 주모는 눈으로 손님을 반기면서도 입으로는 타박을 잊지 않았다.

"누가 평양댁만 찾으면 땅에서 술이 그저 술술 솟아나는 줄 아시오. 그나저나 오늘은 비가 와서 사냥도 못 한 것 아니에요?"

"겸사겸사 어디 좀 다녀오는 길이오."

주모가 평양댁이고 손님은 포수들이었다. 손님의 신분을 알아챈 강혁은 언뜻 좋은 생각이 떠올랐다. 어떻게 포수들에게 도움을 청해 답사에 충실을 기하면 어떨까 싶었던 것이다. 물론 호감이 가는 첫인상과 함께 단순한 포수들이 아니란 느낌까지 작용했다.

포수들이 처마 밑으로 들어섰다. 방금 강혁이 밥을 먹은 목로청이나 저만큼 소나무 밑의 난전은 비 때문에 앉을 수 없었다. 우장⁽雨裝⁾ 차림새인 사람이 삿갓을 벗어 기둥에 걸고 도롱이 끈을 풀었다. 날렵한 포수 차림새가 그대로 드러났다. 함경도식의 긴 저고리에다 정강이에는 행전을 찼다. 저고리를 동인 허리띠 가죽집에는 장도칼이 꽂혀 있고 간편한 신은 들메끈을 단단히 조였다. 과연 젊은 시절에는 비호같이 내달아 고산준령을 주름잡고도 남았을 그런 차림새였다.

사실 동행한 두 사람은 겉모습부터 시작해 대조적인 면이 많았다. 몸매부터 홀쭉한 상투 머리 포수는 작은 눈동자의 눈꼬리가 아래로 처져 있었다. 정신력은 탁월하나 외고집을 지닌 상이었다. 아직 상투 머리라는 겉모습도 작용했다. 예전부터 상투 머리를 한 사냥꾼은 드문 편이었다. 바삐 숲을 헤치고 다닐 때 상투는 보통 장애물이 아닌 까닭이었다. 그에 반해 삿갓은 전형적인 무인의 상이었다. 범의 허리처럼 쭉 빠진 몸매에 눈과 눈썹 끝은 위로 향했다. 얼굴 복판에 솟아 있는 코도 두툼했다. 사냥꾼 차림새는 그에게 썩 잘 어울렸다.

포수들은 청산리 골짜기의 외딴 산막에서 친구처럼 지냈다. 둘만 생활하다 보니 자나 이름 대신 서로 별호를 사용했다. 삿갓은 자신보다 두어 살 많은 상투 머리 정호영(鄭浩英)을 정 의병이라 불렀다. 의병으로 죽지 못한 것을 늘 한으로 여기는 만큼 손윗사람 별호치고는 그다지 흠 될 게 없었다. 그에 반해 정 의병은 삿갓을 헛포수라며 놀렸다. 성이 허(許)씨라 어렵지 않게 헛포수로 불리긴 해도 실제는 백발백중의 명사수였다.

정 의병은 평양댁에게 제법 살갑게 굴었다. 그러나 이들 포수의 주막 출입은 그리 잦은 편이 못되었다.

"이쪽으로 앉으시지요."

손바닥만 한 마루를 차지했던 강혁이 구석으로 물러나며 자리를 권했다.

"암만 신입구출(新入舊出)이라지만 뒤에 온 사람이 폐를 끼치면 안 되는데…."

고운 티가 남아있는 주모를 쳐다보며 정 의병이 또박또박 말했다.

"또 문자를 쓰시는구려. 신입구출은 무슨 말인지 모르겠네."

"물으니까 가르쳐주지. 신입구출이란 말은 기생방 법도일세. 기생방에 새로 사람이 놀이를 오면 먼저 왔던 이는 자리를 비켜준다는 뜻으로 말하자면 한량들의 미풍양속이야."

"에구! 젊은이들이 있는데 무슨 기생 얘기를 할까."

평양댁은 손바닥으로 입을 부채질하며 부엌으로 향했다. 가다 말고 정 의병을 돌아보며 작은 소리로 핀잔을 주었다.

"평양에서 왔다니까 내가 무슨 퇴기라도 되는 줄 아세요? 내 신세는 그저 팔자소관이랍니다."

밝은 성격 때문인지 평양댁의 핀잔은 웃음이 섞였다.

작은 엉덩판을 마루 끝에 걸치는가 싶더니 정 의병은 곰방대에 담배를 쟀다. 긴 한숨까지 뒤섞인 담배 연기가 길게 뱉어졌다. 노끈 발감개를 푼 헛포수는 이따금 강혁에게 경계의 눈길을 던졌다.

"비를 맞아 어슬어슬할 텐데 국으로 속이나 덥히세요."

이윽고 평양댁은 김이 무럭무럭 솟는 국을 퍼왔다. 곰방대를 섬돌에 탁탁 턴 정 의병이 국그릇을 입으로 가져간다. 뜨거운 국을 두어 번 훌훌 마신다. 그러다 마치 중요한 일을 깜박한 사람처럼 바삐 소리쳤다.

"술은?"

"약주도 잡수려고요?

"어허 참, 끝을 찾으면 망치까지 주어야지."

청한 사람은 정 의병인데 평양댁은 헛포수의 눈치를 살폈다. 헛포수가 싱거운 웃음을 흘리며 말했다.

"약주가 되면 좋게? 과하다면서 두 잔 먹고, 그만 먹는다면서 석 잔 먹는 게 늘 문제지."

"내가 그랬던가?"

정 의병이 계면쩍은 듯 웃었다. 헛포수가 못 이기는 척 말했다.

"암만 그래도 참새가 방앗간을 그냥 지나칠 수 있나? 막걸리 한 대접씩 주시오."

"곱빼기로!"

정 의병은 꿀꺼덕 하고 침부터 삼켰다.

그 사이 김용은 사냥개와 제법 친해졌다. 목을 안아주자 늙은 사냥개가 꼬리를 살살 흔들었다. 완강한 뼈대에 가끔 귀를 쫑긋거리는 섬세한 신경이 사냥개로서의 관록을 잘 보여주었다. 그렇지만 주인처럼 세월 앞에는 어딘가 둔감해진 모습이었다. 구석의 강혁은 예의를 차리는 척하며 은근히 포수에게 접근을 시도했다. 그러나 포수들은 무덤덤한 태도로 대했다. 정 의병은 모른 척 술만 탐했고 헛포수는 마음을 열 듯하면서 일정 거리를 유지했다.

"내가 왜놈도 아닌데 술이 왜 이리 뜨뜻미지근할까? 술은 차가워야 제맛이지, 내 참."

남은 막걸리를 쭈욱 들이켠 정 의병이 빈 술대접을 소반에 내던지듯 한다. 괜한 투정은 역시 술이 모자랐기 때문이다. 상대의 술버릇에 익숙한 듯 헛포수는 긴 허리를 좌우로 흔들며 미소만 지었다. 그러다 자기 술을 반 넘게 정 의병 술잔에 따라주었다. 마치

기다린 사람처럼 정 의병은 술을 감칠맛 나게 들이켜고는 수염을 쓰윽 쓰다듬었다.

"제가 재워 드리겠습니다."

담뱃대를 턴 정 의병이 다시 쌈지를 부스럭거리자 강혁의 눈치를 살피던 김용이 손을 내밀었다. 분위기가 한결 부드러워졌다. 결국, 징 의병은 막걸리 한 대접을 더 시켰다. 애주가인지는 몰라도 술이 센 편은 못되었다. 벌써 막걸리 한 대접에 눈동자가 풀렸다.

"그건 또 무슨 노랩니까? 문자만 쓰시니 알 수가 있어야지."

반쯤 눈을 감은 정 의병이 뭔가를 자꾸 흥얼거리자 주모가 참견했다.

"평양댁도 주태백이란 말은 들어 봤지? 바로 그 이태백 어른이 술을 예찬한 시일세."

정 의병이 읊는 한시를 정확히 풀이하자면 이러했다.

하늘이 만약 술을 사랑하지 않았다면
주성(酒星)은 하늘에 없었을 것이고
땅이 만약 술을 사랑하지 않았다면
땅에는 응당 주천(酒泉)이 없었을 것이네
천지가 원래부터 술을 사랑했으니
술을 사랑하는 것이 하늘에 부끄럽지 않네
이미 청주(淸酒)를 성인에 비유함을 들었고
또한 탁주(濁酒)는 현인에 견주어지네

성현들도 이미 마셨거늘

군이 신선까지 되길 바라는가

석 잔 술에 큰 도와 통하고

한 말 술이면 자연과 합쳐지네

다만 취중에 얻은 흥취를

술을 모르는 사람에게는 알려주지 말게나

이태백의 시를 흥얼거려도 지금 정 의병은 술을 탐하거나 예찬하는 게 아니었다. 술을 보게 되면 거기에라도 기대지 않으면 안되는, 술 권하는 시대를 한탄하는 셈이었다. 혼잣말을 중얼거리는 정 의병은 차츰 술기운과 함께 비감에 젖어갔다.

헛포수는 그런 정 의병을 애써 외면하고 강혁을 상대했다. 둘이 무슨 특별한 대화를 나눈 것은 아니었다. 어느새 호감을 느꼈는지 헛포수는 강혁을 그냥 놓아주지 않았다. 지리까지 자세히 일러주며 자신들의 산막에 찾아와도 좋다는 뜻을 비쳤다. 강혁으로서는 불감청이언정 고소원이 아닐 수 없었다.

"이제 비도 긋고 했으니 그만 갑시다."

셈을 치른 헛포수가 반쯤 술기운이 오른 정 의병을 채근했다. 휘파람도 휙휙 불었다. 주막 강아지와 싸돌던 사냥개가 달려와서 꼬리를 치며 제 주인 곁을 맴돌았다. 술기운 탓인지 정 의병의 걸음이 허청거린다. 아리랑 타령이 왠지 처량했다.

아리랑 아리랑 아라리요

아리랑 고개를 넘어가세

마음이 바쁜 강혁은 주막 주변의 갈래 길을 익힌 뒤 이윽고 포수 집을 찾아 나섰다. 어쨌든 오늘은 산막에서 신세를 질 요량이었다. 먹성 좋은 소가 부리기도 좋다고 막걸리를 지닌 김용은 신바람을 내며 앞장섰다.

북로군정서를 찾은 김용은 정말 못 배운 것이 철천지한이었다. 머리를 싸매고 어떻게 국문은 깨쳤지만 소위 진서라는 한문을 모르니 답답했다. 거기다 세상에는 알아야 할 것이 너무 많았다. 공부에 재미를 붙인 제자는 오히려 강혁을 조를 정도로 지식을 탐했다. 강혁은 그런 김용이 근본조차 모르는 떠돌이였던 관계로, 혹아비 없는 후레자식이라며 남의 손가락질을 받을까 봐 인성 교육에도 힘을 기울였다.

강혁은 산막이 있는 청산리 계곡 분지로 들어섰다. 거기도 예외 없이 조선 사람들의 삶이 알뜰히 펼쳐져 있었다. 계곡의 서쪽은 비교적 드문드문한 편이나 동남쪽은 갈수록 수목이 울창하였다. 강혁이 포수 막에 도착했을 때는 제법 산그늘이 드리워진 뒤였다. 해가 최고로 많은 늦봄이라 그렇지 겨울이면 어림도 없는 거리였다. 영리한 사냥개가 먼저 달려와 김용을 반겼다. 얼마 만에 다시 만난 포수들도 웃음으로 맞았다.

겨우 비나 이슬 정도를 가릴 초막(草幕)은 숲속 터전에 자리했다. 명색 둘인 방바닥에는 거적이 깔렸고, 벽에는 산짐승의 털가죽이 걸려 있었다. 곰, 산돼지, 사슴, 노루, 표범, 승냥이 등의 털가죽이었다. 그중에서 단번에 눈길을 확 사로잡는 것은 황갈색의 불빛 같은 털이었다. 꼬리에는 검은 무늬 띠가 여럿 둘려 있었다. 역시 백두산 명물인 호랑이 가죽이었다. 산짐승 가죽에서는 코를 역하게 만드는 노린내가 진동했다.

주막에서 헛포수는 강혁을 보자마자 산골 무지렁이는 아니라는 느낌을 받았다. 얘기를 나누면서 청년이 어쩌면 독립군일지도 모른다는 생각으로 구체화되었다. 그러나 터놓고 얘기를 진전시키기에는 아무래도 너무 초면이었다. 결국, 청년의 의도적 접근을 눈치챈 헛포수는 강혁을 산막으로 초대하고 자리를 파했다.

이미 서먹한 관계는 지났으나 그렇다고 속 깊은 얘기를 나누기도 쉽지 않았다. 말이 빙빙 돌고 은근슬쩍 떠보는 게 고작이었다. 초저녁을 지나면서 결국 정 의병이 술에 곯아떨어졌다. 곧 초여름인데도 산중의 밤기운은 서늘했다. 떠오른 둥근 달을 이윽히 바라보던 헛포수가 마당에다 고자 등걸로 화톳불을 피웠다. 정 의병이 남긴 막걸리와 사슴 포육(脯肉)까지 가져왔다. 고수레한 뒤 반 모금쯤 들이킨다. 분위기가 한결 아늑해지자 헛포수는 먼저 자신들의 과거사를 밝혔다.

"나는 애초 백두산 토박이 사냥꾼에 지나지 않지만, 저 술꾼은 그래도 남도에서 글하던 양반일세. 그런데 어쩌다 산 사람이 된 걸 보면 참 팔자도 기구하지."

곰방대에 잎담배를 잰 헛포수는 화톳불의 나뭇개비를 대통으로 가져가 바쁘게 빨아댄다. 곰방대의 대통에 새빨간 불이 이는가 싶더니 이내 연기가 폴신폴신 피어오른다. 주막에서는 날렵한 사냥꾼 차림새였는데, 헛포수가 등거리와 잠방이를 걸치고 나앉으니 또 천생 허름한 농부티가 물씬했다. 비록 정호영을 정 의병이라 칭해도 헛포수 역시 의병 출신이기는 마찬가지였다. 계기는 홍범도의 경우와 흡사했다. 헛포수 역시 변경에서 수렵으로 끼니를 때우는데, 일제가 총기 단속법인지 뭔지를 앞세워 총을 뺏으려 들기에 의병에 가담했던 것이다. 날렵한 몸으로 자주 선봉에 나섰으나 끝내는 중과부적으로 세력이 다하자 하릴없이 두만강을 건너왔다.

정 의병은 정미의병이었다. 일제가 나라님인 고종 황제를 강제 퇴위시키자 시골 선비였던 그는 앞뒤 없이 의병에 몸을 던졌다. 그러나 야만적인 남한 대토벌 작전에 밀려 역시 강을 건널 수밖에 없었다. 둘은 간도에서 만났지만 서로 마음이 통했다. 마침내 정 의병도 좌절만 안긴 세상을 뒤로하고 헛포수를 따라 백두산 속으로 들게 되었다.

"무슨 정이 남아 있다고 케케묵은 얘기를 곱씹고 그러나?"

정 의병이었다. 초저녁 선잠을 잔 그는 화톳불을 쬐며 처음에는 시뜻한 얼굴로 술만 찾았다. 그러다 헛포수 얘기를 자신이 꿰찼다.

"산중에서 사냥질로 세월을 허송했네. 하지만 풍찬노숙(風餐露宿)도 정도가 있고, 또 속세 일에 초연한다는 게 어디 쉬운 일인가? 더군다나 지난해 융희(隆熙) 13년은 독립 만세로 세상이 발칵 뒤집혔다는 소문까지 들리더구먼. 그 말을 듣고도 예전 혈기가 되살아나지 않으면 그게 죽은 사람이지, 어디 산 사람인가? 우리에게 그래도 남은 힘이 있다면 나라의 독립에 힘을 쏟아붓기로 작정하고 근래 깊은 산중에서 내려왔네."

김용은 제법 숨소리까지 색색거리며 곤히 자고 있었다. 초저녁에는 사냥개를 검둥이라 부르며 산막 주위를 노닐더니 계속된 강행군에 피곤이 겹쳤는지 일찍 방을 찾았다.

포수들의 내력을 알게 된 강혁은 기대감으로 한층 마음이 부풀었다. 자신의 임무와 관련하여 백두산 지리에 정통한 데다 투철한 애국심으로 무장된 사람들을 만난 때문이었다. 거기다 의병으로 싸움터를 전전한 용사들인 만큼 모르긴 해도 군사 지식까지 갖춘 게 분명했다. 강혁은 도움 청할 생각에 골몰했다. 또 한편으로는 슬며시 웃음도 나왔다. 지난해 기미년을 정 의병은 굳이 융희 13년으로 표현했다. 융희는 대한제국의 마지막 연호(年號)였다. 일제에 강점당한 1910년이 융희 4년이었다. 그런데 아직껏 그 연호를 사용하고 있으니 일제 강점을 부정하거나 아니면 왕정복고(王政復古)에 대한 집착을 읽을 수 있었다.

생장작을 올리자 화톳불이 활활 타올라 주위를 후끈하게 달구었다. 헛포수가 얘기를 아퀴 지었다.

"힘없는 여학생까지 만세에 앞장섰다는데 하물며 우린들 오죽했겠는가? 반드시 재기해서 원수 왜놈들을 쳐부수어야 마땅하지. 저기 백두산 아래 내두산(奶頭山)에는 대한정의군정사(大韓正義軍政司)라는 무장 단체가 활동한다더군. 마침 우리 형편하고도 잘 어울릴 단체라서 조만간 거기를 찾아가 몸을 의탁할 생각이네."

대한정의군정사는 대한제국의 군인과 의병들을 주축으로 기미년에 조직된 단체였다. 몇몇 단체와 마찬가지로 처음에는 군정부로 출발했으나 역시 상해 임정의 권고에 따라 명칭을 바꾸었다. 지리를 등에 업은 대한정의군정사는 특히 포수들과 긴밀한 관계를 유지했다.

의병 출신의 포수들이 명백한 만큼 이제 강혁이 더는 정체를 숨길 필요가 없었다. 자신의 신분과 임무를 명확히 밝히고 협조를 구하는 게 정도였다. 먼저 의병들에게 새삼 예를 표한 강혁은 그러한 절차를 밟았다.

"북간도 형세가 그토록 급한 줄은 미처 몰랐구먼. 우리 같은 늙다리가 뭘 알겠나 마는 힘닿는 데까지는 돕도록 하겠네."

미처 강혁의 말이 끝나기도 전에 헛포수가 비장한 어조로 협조를 다짐했다. 상대적으로 소극적이던 정 의병도 크게 고개를 끄덕였다. 혹 포수들의 비협조가 염려되어 일본군의 간도 침입을 일정 부분 부풀린 강혁이 도리어 무안할 지경이었다. 비록 울분으로 세상을 등지긴 했지만 사실 포수들은 명확한 정세와 관련하여 궁금한 게 많았다. 강혁에게 여러 질문이 쏟아졌다. 그 옛날 역전의 용사들은 세상의 급격한 변화에도 놀라워했지만, 젊은 청년의 우뚝한 기상과 총기에도 혀를 내둘렀다.

"저도 한 가지 여쭙겠습니다. 혹 백두산정계비에 대해 들어보셨는지요?"

백두산에 와서 백두산 사람을 만나게 되니 강혁은 문득 정계비 문제가 궁금했다.

"들어보다마다. 내가 가서 직접 눈으로 확인까지 했는걸."

헛포수가 바로 답했다.

"언제쯤 가보셨습니까?"

뜻밖의 수확에 강혁의 눈이 반짝 빛났다.

"백두산에 다녀와서 의병을 했으니까 한참 오래됐지."

기억을 더듬는 헛포수는 곰방대에 불부터 붙였다.

"하루는 이웃 마을에서 사람이 찾아왔더구먼. 양반 나리들의 길라잡이가 되어 백두산 상봉의 용왕담(龍王潭)을 다녀오면 수고비는 섭섭지 않게 쳐줄 거라며 부탁을 하더군. 당시는 내가 펄펄 날아다닐 때인데 그게 무슨 일거리 축에나 들어야 말이지. 지금 생각해도 한 행보(行步) 값으로는 지나치게 후한 돈을 받았지, 뭔가."

"또 그놈의 돈 받은 자랑일세그려. 지금은 정계비 얘기가 중하니까 가지는 치고 요점만 말하게, 요점만!"

헛포수의 백두산 길라잡이 얘기는 몇 차례 거론되었는지 정 의병이 대뜸 참견하고 나섰다. 술을 탐할 때와는 달리 제법 위엄 실린 얼굴이었다.

"내 말은… 값이 후한 데다 또 색다른 일이라 아직도 기억에 생생하다는 얘기야. 괜한 일을 두고 시비를 거는구먼. 내 참."

목청까지 돋워가며 헛포수도 지지 않았다. 함께 산 세월이 길다 보니 미운 정까지 쌓였는지 둘은 순식간에 티격태격했다.

"그래서요?"

자세까지 고쳐 잡은 강혁은 짐짓 정색한 얼굴로 헛포수의 뒷말을 재촉했다. 마치 천기(天機)를 듣는 사람만큼이나 진지한 태도였다. 강혁의 긴장된 모습은 역시 효과가 없지 않아 포수들의 닭싸움은 싱겁게 끝났다.

"점잖은 양반 두 사람이 종자(從者)를 딸리고 백두산을 오르는데 내가 길라잡이가 되었지. 한데 애초부터 유람과는 거리가 멀고, 일이라는 게 2백 년 전에 세워진 돌 비석을 찾아간다는 게야. 내가 하도 어이가 없어서 서울 김 서방 찾기 아니냐고 종자에게 따졌더니, 위치를 미리 다 짐작하고 간다더구먼. 과연 상봉의 용왕담에서 동남쪽으로 10리 어간에 이르니 두어 자(尺) 남짓의 돌 비석이 세워져 있었네."

바로 백두산정계비였다. 동쪽으로는 토문강이 청과 조선의 국경선이라며 청의 사신 목극등이 어김없이 새겨놓은 그 돌 비석이었다.

"비석을 본 양반들의 견해는 어떠했습니까?"

강혁의 머릿속으로 이상룡과 서일의 얼굴이 언뜻 스쳤다.

"근처에 토문강이 있느냐고 묻더구먼."

"토문강이 확실히 있습니까?"

강혁의 눈에도 화톳불이 타올랐다.

"어허 참, 자네도 다른 사람처럼 똑같은 말을 묻는구먼. 토문강이 왜 없어! 백두산에서 생겨난 물줄기가 동북쪽으로 흐르는데 갈수록 폭이 넓어지는 그 강이 토문강이지, 그럼 뭔가? 그 물이 나중에는 송화강으로 흘러든다고 들었네."

세상사 얘기에 또 백두산정계비까지 더하다 보니 어느덧 둥근 달이 산마루를 타고 넘으려 했다. 말다툼 뒤에는 굳은 얼굴로 내처 침묵만 지키던 정 의병이 곰방대를 재워 물고는 몸을 일으켰다.

"젊은 사람과 얘기하다 보니 밤 깊은 줄도 몰랐구먼. 나는 누구처럼 얘기 밑천도 없고 하니 그만 잠이나 자야겠다.”

“쯧쯧, 저 양반은 다 좋은데 한 번씩 밴댕이 속이 까탈은 까탈이
야.”

셋에서 하나가 빠지자 헛포수도 김이 새는지 화톳불을 향해 바
지를 내렸다.

다음날이었다. 포수들은 언제 우리가 그랬냐는 듯 아침 일찍 머
리를 맞대고 수군거렸다. 호흡까지 척척 맞는지 머리를 끄덕이는
횟수도 잦았다. 아침 밥술을 놓자 정 의병이 대표로 강혁과 마주
앉았다. 한데 정 의병도 일부 노축처럼 말버릇이 특이했다. 말의
허두를 떼거나 말문이 막힐 때면 곧잘 ‘에에 또’를 입에 담았다. 어
제는 가끔 그랬지만, 오늘은 혼자서 말하는 시간이 길고, 특히 대
표로 중요한 얘기를 나누게 되니까 그 정도가 심했다. 평양댁 앞에
서처럼 문자를 내세우는 일은 드물었다.

“에에 또, 우리가 따로 의논을 해봤는데 한번 들어보게. 아무
래도 자네 일은 시일이 좀 걸릴 성싶구면. 그래서 우리는 가능하
면 한 사람씩 번차례로 돌아가며 자네 답사에 동행키로 했네. 에에
또, 그러면 숙식이 문제인데 다소 불편함이 있더라도 여기서 우리
와 같이 지내도록 하세. 산막에서 거리가 멀어지면 그때그때 형편
봐서 좋은 방도를 찾으면 되겠지. 에에 또, 우리 발길 닿은 곳이
적지 않으니 크게 걱정할 필요는 없네. 자네 의향은 어떤가?”

어젯밤 젊은 사람 앞에서 보여준 자신의 행동이 조금은 민망스
러운 듯 정 의병은 헛기침해가며 의견 맞춘 것을 밝혔다. 기대 이
상의 협조에 강혁은 자기도 모르게 방바닥에 넙죽 엎드렸다.

"그렇게만 해주신다면 우리 부대로서는 참으로 다행이겠습니다."

"에에 또, 대개 저 사람이 정했으니 고마워할 사람은 따로 있네. 거기다 자네 일은 아무래도 고리삭은 나보다는 저쪽 도움을 받는 게 나을 거야."

한편에서 사냥 도구를 매만지는 힛포수를 정 의병이 턱으로 가리켰다. 지금의 정 의병은 밴댕이 속하고는 촌수가 멀어도 한참 멀었다. 이윽고 포수 차림을 한 힛포수가 제안했다.

"나도 저 윗마을에 볼일이 있고 하니 먼저 청산리 일대부터 둘러보도록 하세. 이쪽 지역에 부대가 터를 잡으려면 제일 유망한 곳이기도 하지. 숲이 울창하고 골짜기가 많아서 시일이 좀 걸릴 것이야."

청산리는 충신장 삼도구에서 해란강 상류에 이르는, 장장 70리 계곡을 통칭하는 지명이었다. 골짜기에는 고만고만한 마을이 여럿 산재해 있는데 특히 평양촌(平壤村)을 청산리라 부르기도 했다. 강혁 일행은 서쪽 골짜기의 해란강을 거슬러 올라갔다. 김용과 사냥개가 앞서거니 뒤서거니 하며 선봉으로 나서고, 그 뒤를 강혁과 힛포수가 따랐다.

계곡 동남쪽은 청산(靑山)이란 말이 무색할 정도로 수목이 푸르면서 울창하였다. 부지런한 조선 사람은 청산리 골짜기에도 알뜰히 씨앗을 던져놓았다. 마을 이름도 정다워 저 아래 삼도구를 지난 뒤부터 송림평(松林坪), 나월평(羅月坪), 평양촌, 싸리밭골 등으로 이어졌다. 일행은 계속 골짜기 속으로 들었다. 다시 마을 하나를 지나 5리쯤 걸었을까, 30여 가구의 듬직한 마을이 나타났다. 마을 입구에서 헛포수가 엉덩판을 놓으며 한숨을 내쉬었다.

"사람 나이는 못 속인다더니 이제 한 해가 다르구먼. 전에는 종일 싸다녀도 힘이 남아돌았는데 겨우 반나절에 숨이 차오르니, 그것참."

헛포수는 익숙한 솜씨로 종이에다 잎담배를 말았다. 포수 생활에 길들어서 곰방대는 집에서만 사용했다.

"흰 안개가 자주 껴서 이 마을 이름이 백운평(白雲坪)이야. 이제 위로 더는 인가가 없네. 올 때 봐서 잘 알겠지만, 청산리의 긴 골짜기는 온통 조선 사람이 개간해서 조선 사람만 사는 땅일세. 그 때문인지 사람들의 따뜻한 정도 어디 다른 곳에 비할까?"

담배 연기가 흰 안개처럼 흩어졌다.

"엊그제 제가 다녀온 이도구 밀림 지대는 어느 쪽입니까?"

"여기 청산리에서 북쪽이니까 산봉우리에 올라서 보면 환할 걸세."

헛포수는 저편의 큰 산을 가리키며 말을 보탰다.

"조선 사람은 베갯머리산이라고 부르네. 힘이 좀 들더라도 저산 근처의 봉우리를 올라봐야 인근 지리에 눈이 좀 트일 걸세. 내가 계속 동행하면 좋겠지만 앞으로 시간이 없을 듯해 볼일부터 봐야겠네. 그만 마을에 들어가서 요기부터 좀 하세나."

인심 후덕한 백운평에서 배를 불린 강혁과 김용은 다시 마을을 벗어났다. 내처 산길을 더듬는데 문득 멀지 않은 곳에서 물 떨어지는 소리가 들렸다. 직소(直沼)였다. 높은 바위에서 물이 곧바로 떨어져 깊은 소(沼)를 이룬 곳이었다.

오후 해가 바쁜 강혁은 계속 걸음을 다잡았다. 직소를 지나자 골짜기는 급격히 좁아지면서 기어오르기도 힘든 절벽이 좌우 양편에서 바싹 다가섰다. 헛포수의 귀띔이 아니더라도 그런 장소를 강혁이 놓칠 리 없었다. 적을 유인해 들일 수만 있다면 참으로 매복전을 펼치기에는 다시없는 천연적 장소였다. 속으로 가만히 병법까지 운용해 보았다.

'군사 전략상 초목이 무성한 숲이나 절벽에 둘러싸인 깊은 계곡은 대개 위험한 지형으로 분류된다. 무릇 산악 지대에서 작전할 때는 눈앞이 트인 높은 지대가 낮은 곳보다 백 번 유리하다. 한데 문제는 상대도 이러한 사실을 뻔히 안다는 데 있다. 따라서 저런 곳을 택해 매복전을 펼치려면 어떡하든 이익을 줄 듯하여 적을 유인해 들이는 것이 관건이다.'

골짜기로 들수록 물은 줄어들어 이제 해란강은 김용이 폴짝폴짝 건너뛰기까지 했다. 울창한 원시림은 자주 하늘을 가리고 햇볕을 차단했다. 강혁은 어느 순간부터 골짜기를 벗어난다는 기분이 들었다. 이따금 눈도 시원하게 트였다. 점점 주위가 눈 아래로 펼쳐졌다. 마침내 산봉우리에 올랐다. 근처에서 제일 높은 베갯머리산이 한층 나지막해 보였다. 그동안 갑갑증을 내던 김용이 두 손을 입에 대고 '야호'를 목청껏 외친다.

이도구와 삼도구의 밀림 지대는 삼면이 높은 산봉으로 첩첩이 둘러싸인 험지(險地)였다. 서남쪽으로는 멀리 백두산이 보이고, 북으로는 천보산과 잇닿았으며, 서쪽으로는 화룡과 안도현의 경계인 장백산 줄기가 둘러싸고 있었다. 지형이 열린 곳은 오직 동북향뿐이었다. 그쪽에는 해란강의 청산리, 고동하(古洞河)가 흐르는 와룡구(臥龍溝)의 두 골짜기가 뻗어 나갔다.

강혁은 안목이 크게 트였다. 군사들이 미리 선점만 하면 공격과 방어에서 절대 유리한 천연적 요새가 눈앞에 펼쳐져 있었다. 매복과 기습 등의 유격전은 물론이요, 많은 군사가 작전을 펼치기에도 더없이 좋은 무대였다. 거기다 용정 방향만 충실하면 수비 부담도 크게 줄 뿐만 아니라 여차하면 장백산 줄기를 넘어 봉천성으로 후퇴할 수도 있었다. 산마루에 오른 데다 또 발견과 터득의 기쁨으로 강혁은 기분이 한껏 솟구쳤다. 고함이라도 마구 내지르고 싶었다. 가까스로 자제하고 대신 김용을 잡고 가르치듯 말했다.

"옛날과 달라서 지금은 총싸움인데 지형이 뭐 그리 대단할까 싶겠지만 그렇지가 않아. 이용만 잘하면 병력의 열세뿐만 아니라 군대의 기세까지 돋워 주는 게 바로 지형이거든. 그런데 지형은 어느 한 곳에 고정되어 있잖아. 따라서 지형 하나만으로는 큰 의미가 없어. 더욱 중요한 것은 그 지형과 더불어 다른 여러 정황을 종합적으로 판단한 뒤, 거기에 알맞은 계략을 구사하는 일이야. 그래서 지자(智者)는…"

지자라는 말을 꺼낸 강혁은 문득 얘기를 멈추었다. 그냥 김용의 얼굴만 물끄러미 쳐다보았다. 예전 일이 불쑥 머리를 스쳤기 때문이다.

병법 교육 시간이었다. 당시는 김용도 연성소 생도였는데, 교관인 강혁은 모략전(謀略戰)에 관해 설명했다. 모략전의 주체는 군의 간부이므로 간부 될 사람은 모름지기 모략의 재능을 겸비해야 한다며 역설 중이었다.

"지자(智者)만이 모략을 쓸 수 있으며 용자(勇者)는 다만 싸움을 잘할 따름이다. 이 말을 풀이하자면 지자, 즉 지혜로운 사람만이 계책이나 술수를 꾸밀 수 있고, 용자, 즉 용감한 사람은…"

교육에 집중한 강혁은 얼마 전부터 실실 웃음을 흘리는 김용이 눈에 거슬렸다.

"너는 왜 자꾸 웃어! 무슨 좋은 일이라도 있나?"

김용은 별것 아니라며 고개를 내젓다가 다시 킥 하고 웃음을 내놓았다.

"수업 분위기 흐트러뜨리지 말고 빨리 말해! 무슨 일이야?"

"실은 저… 교관님이 자꾸만 지자, 지자 하시는데… 그 말을 거꾸로 하면 남자 고추하고 같은 말이라서…"

거기까지 더듬더듬 읊던 김용은 다시 킥 하고 웃었다. 이번에는 숨까지 막혔다. 교실이 떠나갈 듯 폭소가 터져 올랐다. 나이 지긋한 생도도 몇 명 있었다. 하지만 그런 얘기는 남녀노소가 따로 없어 웃음바다가 되었다. 굳이 지자라는 말을 거꾸로 중얼거려 본 다음 빙긋이 웃는 사람도 있었고, 김용의 말을 흘렸거나 조금 둔한 편인 생도는 곁의 사람에게 웃는 이유를 캔 뒤 뒤늦게 킬킬거리기도 했다. 김용이 강혁에게 혼이 나고 단단히 타이름을 받은 것도 그때였다.

지자란 말에서 얘기를 중단한 강혁은 새삼 김용에게 물었다.

"지금은 지자가 무슨 뜻인지, 거꾸로 말고 똑바로 알지?"

"그럼요, 알고말고요."

"뭔데?"

"에에 또, 그러니까 형님이 바로 지자 아닙니까?"

김용은 정 의병의 말투를 똑같이 흉내 냈다. 그러면서 예전처럼 또 웃음을 컥 하고 내놓았다. 그 때문인지 자신이 바로 지자라는 답이 강혁을 조금은 알쏭달쏭하게 만들었다.

3. 사랑의 징검다리

용정에 땅거미가 슬금슬금 밀려들 무렵이었다. 아까부터 근처를 얼쩡대던 한 사내가 이윽고 결심한 듯 잡화상 안으로 들어섰다.

"장사는 여전히 잘되지?"

어딘가 비굴하고 어색한 웃음의 사내는 웃계의 김달용이었다.

"언제 나왔습니까? 저는 형님이 용정 출입을 그만 딱 끊은 줄 알았습니다."

잡화상 주인인 임 주사가 김달용을 보더니 반색을 했다. 얼굴에는 어떤 기대감 같은 것이 스쳤다.

"출입을 끊다니! 무슨 그런 당치도 않는 말을 하고 그러나. 하긴 그동안 몸이 좀 시원찮아서 집에서 쉬기는 했네. 일하는 애는 어디 심부름이라도 간 모양이지?"

방문 앞의 작은 마루에다 엉덩이를 걸치며 김달용은 변명 비슷하게 대꾸했다. 혈색 좋던 얼굴이 핼쑥하고 눈도 움푹 들어간 것 같았다. 아편을 한 탓이었다.

"제 아비 제삿날인가 뭔가 하기에 일찍 보냈습니다. 이런 가게는 여편네한테 내맡기고 나는 바깥일을 봐야 하는데 혼자서 북도 치고 장구까지 치려니 이거야, 원."

말 속에 복선을 깐 임 주사는 상대방 눈치를 슬쩍 살폈다. 아니나 다를까 김달용은 곧바로 반응했다. 풀린 눈이 갑자기 생기를 띠며 잡화상을 두루 살폈다. 거기에는 술을 비롯하여 담배, 성냥, 사탕, 초, 면경, 빗, 비누, 댕기 따위의 여러 물건이 진열되어 있었다.

조선에 처자식을 번듯이 두고 다시 정란을 넘보는 임 주사는 돈으로 계속 김달용을 묶어두었다. 돈 없는 주색잡기는 거지보다도 못하다는 걸 잘 알기 때문이었다. 그게 아니래도 이제 김달용은 눈덩이처럼 불어난 빚에다 간절할 때 흡인하지 않으면 사람을 미치게 만드는 아편 때문에라도 임 주사 곁을 떠나기가 어려웠다. 그동안 임 주사는 우연을 가장하여 정란의 집을 두어 번 더 찾았다. 한번은 김달용이 고주망태가 되도록 술을 마시자 기다렸다는 듯 마차를 불렀고, 그 뒤에는 저번처럼 늦은 귀로를 핑계 삼았다. 그때마다 끈끈한 눈길로 정란을 훔쳐보자 김달용도 그제야 고리대금업자의 시커먼 속셈을 간파할 수 있었다.

근래 들어 임 주사는 서서히 빚 독촉에 나섰다. 자신이 이자를 대납한 영수증까지 일일이 들이대며 김달용을 압박했다. 이제 빚은 백 원을 훌쩍 넘겼다. 물론 김달용은 그런 거금을 갚을 능력이 없었다.

열흘쯤 전이었다. 임 주사는 이제 김달용이 어김없이 자신의 올가미에 걸려들었다고 판단했다. 그래서 용정에 온 김달용을 붙들고 마침내 정란과의 결혼을 입에 올렸다. 사람을 어르고 달래는 데는 이골이 난 만큼, 채권자로서의 압박과 함께 여러 감언이설이 동원되었다. 자신에게 정란을 시집보내면 딸의 평생 호강은 다시 말할 것도 없고 장인 되는 사람도 일거에 빚이 청산됨은 물론, 장차 용돈 궁할 일은 크게 없을 거라며 은근히 김달용을 부추겼다. 근래 들어 김달용이 어느 정도 짐작하던 바였다. 그러나 막상 대놓고 임주사가 정란을 요구하자 처음에는 얼굴빛이 누르락푸르락했다. 빚 때문에 딸자식을 빼앗길 지경에 이른 참담함과 함께, 같은 사내로서 나이깨나 먹은 작자가 자기 딸을 탐내는 데 대한 분노 같은 것이 치밀었던 것이다.

그러나 시간이 흐르면서 김달용은 차츰 계산적으로 변했다. 빚 청산도 청산이지만, 앞으로 용돈 걱정은 안 해도 된다는 언질은 참으로 뿌리치기 어려운 유혹이었다. 거기다 딸자식이 평생 호강할 거라는 말도 귀에 솔깃했다. 김달용 자신은 물론 가족에게 핑곗거리로는 그만한 것이 없었다. 그리하여 층이 지는 나이나 임 주사의 결혼 이력 따위는 흠 같아 보이지도 않았다. 마음이 한번 기울자 미미하게 일던 부성애마저 봄눈 녹듯 사라지고, 마침내 김달용은 정란의 결혼을 미끼로 한몫 잡는 쪽으로 마음을 굳혔다. 그때부터 김달용의 태도가 달라졌다. 정란에게 후끈 달아 있는 임 주사의 약점을 슬쩍슬쩍 건드렸다. 제법 거드름기도 보였다. 이제 칼자루는 자신이 쥔 거로 판단했다. 술에 취할수록 김달용은 스스로 다짐을 두었다.

'저자는 평판이 자자한 수전노다. 등이 달아 지껄이는 얼렁뚱땅 빈말에 어수룩하게 넘어가서는 절대 안 된다. 따라서 내가 주의할 점은 어떡하든 혼사를 맺기 전에 한몫 잡는 일이다.'

그렇다고 또 너무 뻗대다가는 혹 일을 그르칠 염려도 없지 않았다. 결국, 김달용은 일단 가족과 의논한 뒤 사나흘쯤 뒤에 다시 만날 것을 약속했다. 그날 둘은 술에 곤죽이 되었다.

김달용은 혼사 문제를 놓고 혼자 씨름을 했다. 자신은 빚 청산과 함께 한몫을 챙기는 선에서 이왕 마음을 굳힌 상태였다. 그러나 역시 마누라인 북청댁과 결혼 당사자인 정란을 설득하는 일은 만만찮게 여겨졌다. 애당초 임 주사와 혼사를 거론하는 자체가 제 짝을 맞춰주는 것과는 한참 거리가 멀었던 때문이다. 따라서 김달용은 당장 마누라의 반대부터 물리쳐야만 했다. 북청댁은 남편이 큰 빚쟁이라는 사실을 몰랐다. 그렇다고 김달용이 지금에 와서 모든 걸 토설하면 도리어 일은 더 꼬일 가능성이 컸다. 또 정란을 위시하여 가족의 호사를 내세우는 것도 북청댁에게는 당치 않는 말이었다. 본인과 조건이 어슷비슷한 곳에 시집을 보내는 것이 바로 정란을 위하는 길이요, 또 자식 팔아 호강하는 부모가 어디 있느냐며 북청댁이 손사래를 칠 것은 안 봐도 뻔했다.

어쩌면 정란이 더 문제일 수도 있었다. 어릴 때부터 정란은 어른 말을 고분고분 잘 듣고 말썽 피운 적도 없었다. 그렇다고 고집까지 없는 것은 아니었다. 횟수가 가뭄에 콩 나듯이 드문 데다 내용도 정당한 편이어서, 한 번 고집을 피우면 여간해서는 꺾기가 어려웠다. 그런 만큼 본인의 장래가 걸린 문제에 아버지가 우격다짐으로 나선다고 쉽사리 통할지는 의문이었다.

'까짓것! 나중에 어떻게 하다 보면 해결되겠지.'

궁리를 거듭하던 김달용은 결국 집에서는 정란의 혼사 문제를 입 밖에도 꺼내지 않았다. 자신의 구상이 펼쳐지기도 전에 구태여 집안 분란부터 일으킬 필요는 없었다. 임 주사와 돈 문제만 아퀴지으면 그때 가서 막무가내로 밀어붙여도 늦지 않다고 생각했다. 김달용은 임 주사와 약속한 사나흘도 무심히 넘겨버렸다.

'이런 노름일수록 상대의 진을 빼놓아야만 한결 다루기가 쉽다.'

찬물에 말은 꽁보리밥을 건정건정 떠먹으면서도 김달용은 생각에 빠졌다. 궐련을 빼 물고 궁리궁리하며 하루해를 보내기 일쑤였다. 그런 식으로 며칠은 더 죽쳤는데 오늘은 왠지 아침부터 갑갑증이 일었다. 자신의 패가 유리한 것만은 분명한데, 시간을 너무 끌다가 상대가 혹 노름에서 발을 빼지나 않을까 염려되었던 것이다. 거기다 수중에 돈은 말랐는데 아편과 술 생각이 간절했다. 결국, 임 주사를 만나야 수가 터지겠다며 잡화상을 찾았다.

임 주사는 그동안 일각이 여삼추로 김달용의 답을 기다렸다. 한데 사나흘은 고사하고 일주일이 넘도록 상대는 함흥차사였다. 그새 김달용이 야반도주라도 했나 싶어 더럭 의심부터 일었다. 사람을 시켜 염탐해보니 다행히 그런 일은 없었다. 임 주사도 자기가 안달해 괜히 손해 볼 필요는 없다며 마음을 다잡는데 마침 김달용이 행차했다.

"어떻게 식구들과 의논은 되었습니까?"

김달용이 긴하지 않은 얘기만 늘어놓을 뿐 정작 혼사 문제는 일언반구도 없자 답답한 사람이 우물 판다고 임 주사가 먼저 말을 꺼냈다.

"의논이라니?"

김달용은 시치미를 뚝 떼었다.

"어허 참! 몸살을 좀 앓으셨다고 하더니만 약으로 까마귀 고기라도 자셨소? 제 혼인 문제 말입니다, 혼인."

어이가 없는지 임 주사는 가는 눈을 더욱 좁히며 김달용의 안색까지 살폈다.

"아, 그 얘기! 아직 입 밖에 꺼내지도 못했네."

"왜요! 지난번에는 며칠 기한만 달라며 장담하지 않았습니까?"

"그날은 술이 좀 과했지. 그리고 자네와 나 사이에는 비록 마음이 통했더라도 인륜대사를 정하기가 어디 그리 쉬운 일인가? 더구나 마누라와 딸자식에게 막상 혼사 문제를 꺼내려니 아무래도 내가 궁지에 몰릴 것 같더란 말이지. 다른 자리 다 놔두고 하필이면 나이 든 홀아비냐고 눈에 쌍심지를 켤 건 뻔할 뻔 자 아닌가? 그렇다고 내가 사실대로 자네에게 빚진 걸 밝히면, 기절초풍에다 일은 더 꼬일 듯싶어 도대체 말을 꺼낼 수가 있어야지. 시집가는 딸자식 호강에다, 뭔가 확실한 건더기 하나만 더 있으면 어떻게 밀어붙여 보련만…."

돈이라고 딱 부러지게 밝히지만 않았다뿐이지 김달용의 요구사항은 들으나 마나였다. 임 주사도 어느 정도 출혈은 감수할 작정이었으나 처음부터 밀리면 재미가 적었다. 그래서 어림없는 소리는 입 밖에 내지도 말라는 듯 큰소리쳤다.

"막말로 어디 형님 빚이 적은 돈입니까? 저는 그동안 정분을 생각해서 빚도 청산하고 또 어려울 때는 서로 돕고 살면 어떨까 싶어 혼인 얘기를 꺼냈더니만…. 정 어렵다 싶으면 없던 일로 하고 제

빚이나 빨리 갚으시오. 요즘 같은 세상에 그 돈이면 번듯한 처녀 하나 못 데려올까, 까짓것.”

더 얘기도 말라는 듯 임 주사는 손까지 휘휘 내저으며 허세를 부렸다. 엄지와 집게손가락으로 담배를 잡고 급하게 한 대를 빨아 댄 뒤, 이번에는 가래침을 타악 뱉으며 잡화상의 소주와 육포를 들고 왔다. 담배는 아사히(朝日)이고 소주는 금강표였다. 둘 다 입을 봉한 채 술잔만 몇 순배 돌았다. 혼인과 돈 문제가 결부된, 미묘한 샅바 싸움이었다. 답답한 쪽은 임 주사인지라 조금 전에 슬쩍 비쳤던 카드를 다시 꺼내 들었다.

“저는 형님과 일가친척이 되어 서로 도와가며 오순도순 살면 어떨까 생각했습니다. 한데 술을 마시며 가만 생각해보니, 저하고의 혼인 얘기를 꺼내려면 뭔가 명분이 있어야만 말발이 서겠다는 형님 입장도 조금은 이해가 되네요. 그러면 이렇게 하면 어떻겠습니까? 제가 장가를 들게 되면 어차피 이 가게는 여편네가 맡아야만 됩니다. 이왕에 여기서 나오는 수익 일체는 처가 살림에 보태도록 아예 못을 박으면 어떨까요?”

제법 그럴싸한 미끼를 던진 임 주사는 김달용의 눈치를 슬쩍 살폈다. 카드는 더 있었다.

“또 하나는 당연히 제가 해야 할 일을 가지고 미리 생색내는 듯해 차차로 말씀드리려 했는데…. 형님도 잘 아시다시피 이제는 누구든지 배우기만 하면 사람 구실도 하고 남한테 대접받는 세상입니다. 그래서 제 혼인이 이뤄지면 하나밖에 없는 처남을 누나한테 데려와서 공부를 시킬 작정이에요. 여기 용정의 중앙소학교부터

86

시작해 차차 상급학교로 보내면 앞날은 탄탄대로가 될 겁니다. 중앙소학교는 무료로 기숙도 시켜주는 곳이지만, 처남은 자기 누나한테서 따뜻한 밥 먹고 학교 다니게 해야지요. 아닌 말로 이 임성찬이가 돈이 없습니까? 연줄이 남만 못합니까? 하나뿐인 처남도 간수 못 하게요."

술기운으로 얼굴이 벌그데데한 임 주사는 명훈이를 완전히 처남 취급하고 들었다. 중앙소학교는 무료 기숙과 학비 지원 따위를 미끼로 조선 청소년을 유혹하고, 만주의 조선 사람에게 크게 생색을 내는 조선총독부 소속의 학교였다.

"글쎄다."

명훈 얘기에 잠시 숱 많은 눈썹이 꿈틀했을 뿐, 김달용은 임 주사의 제의를 한 귀로 듣고 다른 귀로 흘리다시피 했다. 분명 전보다 더 구체적이고 구미까지 당기는 제의였지만 미리부터 마음을 다잡았기 때문이다.

'세상살이라면 닳고 닳은 이 김달용이한테 장난치지 마라. 나는 네가 수전노에다 또 돈과 관련된 일이라면 귀신이 곡할 정도로 수단이 비상하다는 걸 잘 알고 있다. 지금은 장가들 욕심에 잡화상 수익 운운하지만, 뒷날에는 네가 무슨 구실을 붙여서라도 수단을 부릴 것이다. 쉬운 예로 돈이 급해서 잡화상을 때려치운다 한들 내가 어쩌겠는가? 그때면 내 딸은 이미 헌계집이 된 뒤고 누구한테 하소연 거리도 못 된다. 따라서 나는 어떡하든 혼인 전에 한몫을 쥐는 것이 가장 안전한 방법이다.'

김달용은 오직 목돈에 목을 맸다. 늙으면 자식 촌수보다 돈 촌

수가 더 가깝다는 말도 명심했다. 알고 보면 김달용은 나름대로 계획이 있었다. 전에는 여유가 없어 꿈도 못 꾸었는데 차츰 목돈을 쥘 가능성이 엿보이자 요 며칠 희미하게 자신을 돌아보며 다른 곳으로의 이주를 염두에 두었던 것이다. 주색잡기로 눈덩이처럼 불어난 빚은 어떻게 청산되더라도 호기심에 손댔다가 점점 아편쟁이로 떨어지는 자신에 대해 자괴지심 같은 것을 느꼈다. 거기다 비록 피라미일지라도 자신이 밀정이란 사실이 새삼 두려움으로 다가왔다. 행여 자신의 행각이 탄로라도 나는 날에는 목숨까지 장담할 수 없기 때문이다. 그래서 김달용은 목돈을 쥐고 용정에서 멀찌감치 떠날 생각이 일었다. 세상에 둘도 없는 아들 명훈을 볼 때 각오는 한층 새로워졌다. 그렇게 하더라도 용정에 남는 정란이 적어도 밥을 굶는 일은 없을 거라는 생각도 커다란 위안거리였다.

술이 오른 임 주사가 주절거렸다.

"남들이 저보고 수전노니 구두쇠니 하며 뒤에서 수군거리는 거 잘 알아요. 그렇지만 또 돈이 있어야 사람 구실도 하고, 이왕이면 덜 고달프게 살 것 아닙니까? 돈은 없고 시기심이 생기니까 괜히 다른 사람 흉이나 보는 작자들의 짓거리지요. 저는 돈을 잘 다루려는 것이지, 결코 쌓아놓는 성미가 못됩니다. 저승 갈 때 입는 수의에는 주머니도 없다는데, 악착스레 돈을 모아가자고 저승에 가져갈 수도 없는 노릇 아닙니까?"

역시 술이 얼근한 김달용은 수의가 어떠니 하는 임 주사의 말에 하마터면 손을 들 뻔했다. 그래도 이번에는 먹은 마음이 있어 수전노에게 끝까지 버티어 냈다.

"잡화상에 오니 눈은 풍년인데 입이 흉년이구먼. 한 잔 더하게 술 좀 가져오게."

"약주야 얼마든지 마시면 되지요. 그런데 고슴도치 잡아놓고 범 하품하는 것도 아니고, 인제 그만 형님께서 결단을 내리시지요."

밤이 되었다. 가사도 맞지 않는 노래를 어쩌고저쩌고 읊조리며 김달용은 풀린 다리를 끌고 노름방으로 향했다. 주머니에는 임 주사를 구슬려 꾼 돈 5원이 들어있었다. 노름방에서 재주를 다한 김달용은 용정 뒷골목의 색싯집 망향옥을 찾았다.

"오늘은 술꾼들이 전부 속에 탈이 났나? 어째 골목이 조용하구먼."

"호랑이도 제 말을 하면 온다더니 용계촌 김 주사 아니오?"

마루에서 색시와 수작하던 주인 여자가 제법 반기는 체했다. 김달용이 호기를 부릴 때는 대개 주머니 사정이 좋다는 걸 간파했던 것이다.

"그깟 외상값 몇 푼에 우세를 당하는구먼. 뒤에서 사람을 씹고 그러면 정말로 외상값 떼먹을까 보다."

"참말로 넘겨짚기는 순사 뺨치겠소. 하도 발걸음이 뜸하니까 궁금해서 얘길 했지, 뜬금없이 외상값 얘기가 왜 나와요?"

여주인의 짐작대로 김달용의 주머니 사정은 괜찮은 편이었다. 문지방이 닳도록 노름방을 들락거리다 보니 알게 모르게 노름에 문리가 트였는지 오늘은 꽤 돈이 새끼를 쳤다. 그러자 김달용은 미련 없이 자리를 털고 일어섰다. 평소 같으면 장사꾼 아니면 금광 꾼이나 산판꾼 중에서 물 좋은 호구(虎口)가 한둘은 끼어 있게 마련이었다. 한데 오늘은 올챙이만 꾀어들어 졸때기 판이기도 했지만, 김달용은 노름보다도 더 급한 일이 있었다. 아편이었다.

"우리 월선(月仙)인 어딜 갔나? 서방이 왔는데 코빼기도 안 비치는구먼."

일부러 한갓진 방으로 비척비척 걸어가며 뒤따르는 주인 여자에게 수작이었다. 월선은 망향옥에서도 첫손 꼽히는 색시였다. 더 중요한 것은 아편 조달이 쉽다는 점이었다.

"너도나도 월선이, 월선이. 좀 기다리시오, 불러 줄 테니. 먼 따오기 귀하게 여기고 가까운 닭은 천하게 여기다가 언젠가는 아쉬울걸."

여주인이 투정 아닌 투정을 부렸다.

"허허, 이왕이면 다홍치마 아닌가? 먹지 않는 종놈 없고 투기 없는 여자 없다더니만, 가만 보니 과부 투정이구먼. 기다리소, 내 힘 좋은 사내 하나 붙여 줄 테니."

"어째 이야기가 그쪽으로 흐를까? 관두세요, 이제 사내라면 신물이 납니다. 과부 마음 헤프면 동네 시아버지가 열둘이란 말도 못 들었소?"

살짝 눈을 흘기는 여자 얼굴에 교태가 엿보였다.

"말이야 쉽지. 그렇지만 물오른 몸에 억지 춘향이 노릇이 쉬울까? 몰라."

주색잡기에 능한 김달용은 술집 여주인과의 대거리에도 크게 밀리지 않았다.

술 한 상을 걸판지게 벌리고 아편까지 피워 댄 김달용은 마침내 몽롱한 상태로 빠져들었다. 북청댁과 정란은 물론, 세상에서 둘도 없는 명훈이조차 머리에서 새까맣게 지워진 밤이었다. 간혹 왁자하니 터져 오르는 술꾼과 색시들의 웃음소리만 무슨 환청처럼 들려왔다. 용정 뒷골목의 외딴 방에서 김달용은 서서히 침몰하고 있었다.

며칠 뒤였다. 한낮에는 햇볕 따가운 용정에 이번에는 강혁과 김용이 나타났다. 임무를 무사히 마치고 이제 북로군정서로 복귀 중이었다. 김좌진의 배려로 복귀 전에 집에 다니러 가는 길이었고, 용정 시내에 온 것은 약소하나마 선물 준비가 목적이었다. 가는 날이 장날이라고 마침 용정에 육장이 서는 날이었다. 이왕 들른 김에 둘은 제일 번화가인 앞십자 거리의 장 구경에 나섰다. 역시 장터는 삶의 활력이 넘치는 곳이었다. 조선 사람과 중국인이 뒤섞여 온통 시끌벅적하니까 시원찮은 두메 장꾼은 이리저리 눈길 주기에도 바빴다. 장날 눈요기에다 국수와 만두로 배까지 불린 강혁과 김용은 이윽고 용계촌 가는 길을 잡았다. 나무 그늘에 앉아 땀을 식히는 사람은 대부분 장꾼이었다. 해는 아직 중천에서 달궈지고 있었다.

나름의 노력과 포수들의 협조로 강혁은 기지로 적합한 장소를 물색해 두었다. 이·삼도구의 밀림 지대를 중심으로 서너 곳이 유력했다. 그 중 확실한 장소는 뒷날 백두산이 기지로 결정되면 그때 다시 논의할 일이었다. 유리한 지점으로 알맞은 장소와 인근 지리 등은 또 그 나름대로 정리를 했다.

이번 백두산 답사에서 강혁은 포수들 외에 또 잊기 힘든 사람을 만났다. 말로만 듣던 도인이었다. 그날의 답사 지역은 삼도구 서쪽에 있는 백두 산록이었다. 공교롭게도 김용은 몸살을 앓았고, 포수들은 상여 멜 일이 생겨 부득이 강혁은 혼자서 답사에 나섰다. 이제 지리도 얼마만큼 익숙해졌고 지형에 대한 안목도 생겨나 혼자라도 그다지 큰 어려움은 없었다. 거리도 포수 산막에서 크게 먼 곳은 아니었다. 그 때문인지 강혁은 일면 방심도 하고 또 답사에 욕심까지 부렸다. 특히 마지막에 들렀던 골짜기를 두고는 망설임이 일었다. 겉보기에도 시원찮은 데다 시간까지 촉박한 때문이었다. 그래도 마음먹은 곳을 그냥 지나치면 아무래도 뒷맛이 찜찜할 것 같아 답사를 강행했는데 그만 날이 저물었다. 어둠은 쉬 몰려왔고 산중의 밤길은 아무래도 선뜩선뜩했다.

강혁은 하릴없이 침침한 밤길을 우뚝우뚝 걸어가는데 문득 저편 산중에서 불빛 같은 게 어른거렸다. 걸음을 뗄 때마다 불빛도 따라서 깜박거렸다. 혹 백두산 호랑이의 눈빛인가 싶어 긴장감이 일었다. 걸음을 멈추고 정신을 집중했더니 다행히 인가에서 새어나오는 불빛이었다. 불빛이 깜박인 것은 걸음을 옮길 때 중간에 나무가 가리고 한 때문이었다. 안도감에 이어 마치 심 봉사가 눈을 뜬 만큼이나 그 불빛이 반가웠다. 밤중에 산막까지 가기에는 아무래도 무리였기 때문이다.

강혁은 오직 불빛만 바라고 산길을 더듬었다. 길도 없는 길인데다, 장애물에 가끔 불빛까지 사라져 애께나 먹었다. 거기다 캄캄한 산중의 불빛은 생각보다 거리가 훨씬 멀기까지 했다. 고생 끝에 드디어 불빛 근처에 다가갈 수 있었다. 거기는 대낮에도 좀처럼 찾기 힘든 외진 곳이었다. 마을도 아니었다. 절벽에 의지한 토굴 집 한 채가 전부였다. 지붕은 소나무 널판으로 얼기설기 엮은 너와 집이었다. 불빛은 거기서 새어 나왔다.

이상한 일은 그때 일어났다. 강혁이 도착했을 때 주위에 무슨 기척이라고는 없었다. 사람은 물론 개 따위가 얼쩡거린 것도 아니고 자신도 별다른 인기척을 내지 않았다. 그런데 문득 말소리가 들려왔다. 조선말이었다.

"도착했으면 어서 안으로 들어오게!"

꼭 기다린 사람의 말투였다. 거기다 더 이상한 것은 말소리의 정체였다. 주위에 지금 사람이라고는 없었다. 그렇다고 거리가 저만큼 떨어진 토굴에서 고함치는 소리는 더더욱 아니었다. 그것은 훨씬 더 은밀해서 마치 옆 사람이 귀에다 대고 속삭이는 듯한 말소리였다. 굳이 표현을 빌리자면 무림 고수의 전음입밀(傳音入密) 같은 것이라고나 할까. 강혁은 자석에 이끌리기라도 한 듯 불빛으로 향했다. 한데 예전에 한 번쯤은 와본 듯 사물이 별반 낯설지 않고 마음마저 편안했다. 토굴 앞에서 인기척을 내자 방금 들었던 목소리가 방 안에서 흘러나왔다.

"들어오게나."

문을 열자 은은한 관솔불 아래 사람이 앉아 있었다. 눈을 감고 가부좌를 튼 자세였다. 장삼에다 치렁치렁한 백발을 어깨까지 드리운 모습이 첫눈에도 그대로 도인이었다. 풍기는 분위기와 함께 얼굴까지 맑아 나이를 짐작하기는 쉽지 않았으나 아무래도 환갑은 넘은 듯싶었다.

"거기 앉게. 그리고 맨 나중의 골짜기는 그냥 지나쳐도 괜찮았는데…."

도인이 입속말로 중얼거렸다. 바깥에서 들었던 귓속말을 긴가민가하던 강혁이 결국은 매우 놀랐다. 도인이 자신의 행동은 물론 속마음까지 환히 읽어냈기 때문이다.

"예? 무슨 말씀이신지요?"

일단 시치미를 뚝 떼며 반문했다. 도인이 감았던 눈을 번쩍 뜨며 말을 돌렸다.

"종일 돌아다녀 많이 시장하지?"

도인의 미소 띤 얼굴이 아이처럼 천진했다. 그냥 얼굴 전체가 웃는 상이었다. 눈 속에도 맑은 기운이 가득했다. 가부좌를 풀고 바깥을 다녀온 도인은 송기(松肌)떡 비슷한 걸 몇 개 담아왔다. 솔 향기 향긋하고 약초 냄새 그윽한 떡 한 조각에 강혁은 벌써 배에 든든한 기운이 차오르는 것을 느꼈다.

"하나 남았는데 마저 먹지?"

"두 개도 무리였습니다. 떡이 얼마나 근기가 있는지 머슴 밥 두 그릇보다도 더 배가 부른 것 같습니다. 그런데 도사님께서는…."

도인이 허허 웃으며 강혁의 말허리를 잘랐다.

"도사는 무슨 도사야? 원진(圓珍) 처사(處士)라고 부르게. 그게 어려우면 그냥 어른이라고 불러."

"그럼…, 거사(居士)님께서는 오늘 제가 한 일을 어찌 그리 소상히 알고 계십니까? 저로서는 그저 놀라울 따름입니다."

"알기는? 그냥 기색을 보아하니 그런 느낌이 들어서 넘겨짚기를 해본 것뿐이야. 그건 그렇고…. 자네 가슴에 기운이 느껴지는 걸 보니 아마도 태극(太極) 그림을 지닌 모양이구먼. 한번 보여주게."

이제 강혁은 별반 놀라지도 않았다. 아까보다 쉬운 문제를 맞혔을 뿐만 아니라 이미 마음속으로는 도사가 분명하다고 결론을 내렸기 때문이다. 더구나 이곳은 영산(靈山)으로 이름난 백두산이 아닌가. 원진은 강혁이 품속에서 꺼낸 조그만 태극기를 이윽히 바라보았다.

"태극 4괘(卦)로구먼. 이게 조선의 국기(國旗)라지. 그런데 자네는 이 태극의 참뜻을 알고 있나?"

원진이 태극기 중앙의 원을 가리키며 물었다. 강혁은 나라 잃은 설움과 필요할 때 증표로 삼기 위해 태극기를 지니고 다녔지만, 사실 태극의 깊은 뜻까지는 몰랐다. 알더라도 단편적인데 불과했다.

"부끄럽습니다. 지금 좀 자세히 가르쳐 주십시오."

"나는 신경 쓰지 말고 편히 앉도록 하게. 지금은 밤중인 데다 또 이렇게 만난 것도 큰 인연이니 오늘은 여기서 하룻밤 유하도록 하게나."

손바닥으로 얼굴을 두어 번 문지른 원진은 이윽고 붓과 종이를 준비한 뒤 태극에 관해 설명했다.

"우주 만물의 궁극적인 근원을 뜻하는 것이 바로 이 태극이야. 그래서 태극은 둥근 원(圓)으로 상징하고 원기(元氣)라 했네. 원기가 무엇이냐 하면 음양(陰陽) 이기(二氣)로 분화하기 이전의 기(氣),

즉 원초적 혼돈의 일기(一氣)를 말함이네. 따라서 태극과 원기는 만물을 생성시키는 최고의 근원일세. 이 태극기의 태극을 한번 보게나. 원으로 상징되는 태극 중앙에 곡선이 그려져 있지 않나? 이 곡선은 태극 양의(兩儀=음과 양)로, 곧 태극에서 음양이 생성되는 모습을 나타낸 것이야. 적색은 양이고 청색은 음을 의미한다네."

원진은 한문을 종이에 쓰거나 태극 중앙의 곡선을 손끝으로 짚어가며 설명을 도왔다. 태극에 대한 설명이 대략 끝나자 손가락은 태극 둘레의 4괘로 옮겨갔다.

"주역(周易)에 이르기를 태극은 우주 만물의 근원이며 본체로서 양의(兩儀)를 낳고, 양의는 사상(四象)을 낳고, 사상은 팔괘(八卦)를 낳고, 그 팔괘에서 만물이 생긴다고 했네. 여기 이 태극기의 4괘는 바로 그 8괘의 건곤이감(乾坤離坎)일세. 건곤이감의 4괘가 나타내는 의미 내용은 춘하추동(春夏秋冬)이요, 동서남북(東西南北)이며 또 인의예지(仁義禮智)도 되는 걸세."

팔괘에 대해서 원진은 《역경(易經)》을 들어 설명을 보충했다. 유교 3경(三經)의 하나인 역경은 주로 음양의 원리로 우주의 모든 변화를 설명하고 해석한 책이었다. 비록 원진이 유교 경전으로 자연의 존재 법칙인 우주를 설파했지만, 강혁의 눈에는 그가 보수적이거나 고리타분한 유자(儒者)로는 전혀 인식되지 않았다. 그보다는 풍기는 분위기로 보나 조금 전의 놀라운 경험으로 미뤄 도가(道家) 쪽의 선인(仙人) 정도로 단정을 내렸다. 잠시 틈이 났을 때 강혁은 자신의 짐작을 밝혔다. 원진이 이번에는 말허리를 자르지 않고 빙그레 웃으며 말했다.

"원래 도교, 유교, 불교는 같은 뿌리야. 비록 시대와 장소를 달리하여 발생한 종교지만 그 근본을 캐보면 삼교(三敎)가 같다는 말일세. 부처 좌우에 노자와 공자가 시립(侍立)한 그림이 있는 것도 삼교는 같다는 뜻을 은유적으로 표현한 것이야. 조선 사람으로는 매월당(梅月堂) 김시습(金時習)이 유불선 모두에 심취한 분이지."

삼교에는 경계가 없다는 것을 원진은 예까지 들어가며 설명했다.

"잘 알겠습니다. 그런데 저는 오늘 거사님께서 보여주신 선견지명과 통찰력이 그저 놀라울 따름입니다. 미련한 저를 좀 깨우쳐 주실 수는 없겠습니까?"

갈수록 원진에게 친밀감이 느껴지는 데다 오늘 새로운 세계, 새로운 공부를 접할지도 모른다는 기대감에 강혁은 가슴이 뛰었다. 웃음기를 거둔 원진은 강혁을 이윽히 바라보았다.

"자네는 선천적으로 품성이 맑은 데다 이쪽과 인연 또한 없지 않다. 그래서 내 말을 대개 잘 알아듣겠지만, 깊이 파고들자면 밤을 꼬박 새워도 한참 모자랄 것이야. 그러면 태극 얘기의 연장 선상에서 오늘은 큰 줄기와 맥 따위만 밝힐 테니 나머지 공부는 장차 자네 몫으로 하게."

선선히 청에 응한 원진은 강혁에게 주의부터 주었다.

"그럼 먼저 태극도설(太極圖說)이란 책 구절에서 시작하겠네. 오늘 얘기의 근본 바탕이 되는 만큼 잘 새겨듣도록 하게."

원진은 청아한 목소리로 또박또박 말하고 가끔 글까지 곁들였다. 강혁은 그 소리가 글이 되어 머릿속에 차곡차곡 쌓이는 듯한 느낌을 받았다.

"태극도설에 이르기를 만물의 근원은 태극이다. 태극은 동(動)과 정(靜)의 상태를 반복하는데, 동할 때 양의 기가 생겨나고, 정할 때 음의 기가 생겨난다. 그 음과 양의 변화와 결합으로 인해서 수(水)·화(火)·목(木)·금(金)·토(土)라는 오행(五行)이 생성된다. 태극과 음양과 오행이 혼연히 융합하여 서로 결합함으로써 천과 지가 분화(分化)하는데, 그 천과 지가 분화한 후에 남녀가 성립하며, 그 교감(交感)에 의해 만물이 출생한다. 그리고 만물 중에서도 사람은 음양오행의 빼어난 기운을 이어받은 가장 영묘(靈妙)한 존재다."

《태극도설》은 북송(北宋) 시대의 한 유학자가 지은 책으로, 이후 성리학(性理學)에 절대적인 영향을 끼쳤다.

강혁과 눈길을 맞추던 원진이 이번에는 글에 집중했다.

"원초적 혼돈인 원기(元氣)에서 삼원(三元)인 기(氣)·형(形)·질(質)의 물질이 생겨났네. 다시 말해 천지는 무(無)에서 생기고 만물은 유(有)에서 생겼는데, 기·형·질의 삼원은 곧 천지의 원시 물질이자 만물의 물질 기초가 되는 셈이네. 그리고 만물의 영장(靈長)인 사람은 하늘, 그리고 땅과 함께 천지인(天地人)으로, 우주의 세 가지 근원인 삼재(三才)의 하나를 이룬 것이네."

원진의 얘기는 천지 만물에서 점차 오묘한 사람의 몸으로 옮겨 갔다.

"인체는 그 삼원(三元) 물질로 구성된 정(精), 기(氣), 신(神)에 따라 생존한다네. 그런 인체는 육체와 정신으로 구분되는데, 마찬가지로 생명도 하나가 아니고 둘일세. 세포나 골수, 내장 등으로 구성된 육체의 유한 생명이 그 하나이고, 욕망이나 감정, 사상 등의 정신세계를 이룬 무한 생명이 나머지 하나라네. 유한 생명인 육체를 명(命)이라 하고 무한 생명인 정신을 성(性)이라 하는데, 사람은 성과 명으로 조성된 하나의 유기체일세. 성은 명이 없으면 성립하지 못하고, 명은 또 성이 없으면 영험하지 못하다네. 쉽게 말해 몸과 마음이 조화를 이뤄야만 비로소 인체가 정상적인 활동을 한다는 뜻이야."

잠시 강혁에게 생각할 여유를 준 원진이 뒷말을 이었다.

"그럼 먼저 유한 생명인 명에 대해서 말하겠네. 육체가 비록 유한 생명이기는 하나 정상적이면 365세까지는 살 수가 있어. 한데 왜 인생 칠십은 예부터 드물다 하여 고래희(古來稀)라는 말까지 생겨났느냐? 사람은 생활을 영위해 나가면서 눈과 귀 등의 감각기관으로 자연계의 색깔과 소리 등의 객관 물질과 접촉하여, 사상과 희로애락 등 나름의 주관을 형성하게 되네. 그런데 객관 물질과 주관 생활이 부단히 운동하고 발전하면서 인체의 정·기·신이 끊임없이 침해를 받는 게야. 그리하여 체내의 삼원이 점차 손실되어 질병이 생기고, 끝내는 삼원이 단절되면서 정상보다도 훨씬 일찍 유한 생명은 끝나고 마는 걸세."

거기서 원진이 문득 강혁에게 물었다.

"자네 생각에는 내 나이가 얼마쯤 되어 보이는가?"

잠시 머뭇거리던 강혁은 방금 들은 말로 대신했다.

"아직 고희(古稀)가 먼 듯싶습니다."

"고희라… 고희."

입속으로 고희란 말을 천천히 뇌던 원진이 허허 웃으며 고맙다는 말을 덧붙였다. 한참 젊은이로 봐줘서 고맙다는 뜻 같았다. 얘기는 다시 본론으로 돌아갔다.

"이제 인체에서 가장 중요한 본성(本性)에 대해서 말하겠네. 무한 생명인 본성은 체내에 없는 곳이 없다네. 인체의 마디마다 전부 신(神)이 있다는 말이 바로 그 뜻일세. 그런 본성은 인류의 탄생과 동시에 갖춰진 선천적인 본원 물질로, 낮에는 체내의 운동을 주재하다가 밤이 되어 사람이 잠들면 본성은 육체에서 나와 꿈을 형성한다네. 그래서 자신은 이제껏 경험을 못 한 세계가 종종 꿈속에서 펼쳐지는 경우가 있는데, 그게 바로 본성이 육체를 이탈하여 다른 정보와 상통하는 것일세. 사람은 그러한 본성의 출입을 통하여 우주 정보를 전달하고 심지어는 미래까지 예측할 수 있다네. 그게 가능한 이유는 무궁무진한 잠재력을 지닌 본성이 하늘과 땅은 물론 사람의 뼈와 골수까지 꿰뚫을 수가 있기 때문이지. 사람이 죽어 육체는 소실되어도 그러한 본성은 우주 삼원에 영원히 존재하기 때문에 무한 생명이라고 하는 게야. 그러한 본성의 특징은 한마디로 선(善), 그 자체라고 생각하면 간단할 것이네."

본성 얘기에 강혁은 자신도 모르게 마음이 맑아지는 것 같았다. 어쩌면 어려운 이야기 같기도 한데, 한마디 한마디가 새록새록 새겨지는 것도 이상했다. 조금 전에 겪은 불가사의한 일도 이제는 그다지 놀랄 일이 아닌 듯했다. 무한 생명에 대한 원진의 설명은 계속 이어졌다.

"그런데 성에는 또 말성(末性)이란 게 있어. 말성은 인류의 후천

생존 과정에서 조금씩 축적된 악습을 이르는 말이야. 탐욕 따위가 대표적인 말성이지. 인체의 본성은 세세 대대로 유전을 거치는데, 만약 보살핌이 없으면 부단히 퇴행 되고 대신에 말성이 증강된다네. 다시 말해 본성이 자라면 말성이 굴복하고, 반대로 말성이 자라면 본성은 숨게 되는 이치일세. 그래서 사람이 꾸준히 말성을 제거하면 본성이 점차 마음을 밝혀 깨달음을 얻게 된다네. 그러면 삼원이 배양되어 유한 생명인 육체를 장수시킴은 물론 무한 생명까지 영성(靈性) 시켜 결국은 본성이 생사의 피동(被動)에서 뛰쳐나와 인천합일(人天合一)의 경지에 이른다는 뜻이야."

다시 강혁에게 정리할 시간을 준 원진이 한층 진지하게 말했다.

"그런데 인체의 보물인 본성을 개발하려면 반드시 육체에 의지해야만 하고, 육체 내에서 완성할 수가 있다네. 따라서 육체가 소중한 것만은 틀림없는 사실이지. 한데 사람은 대개가 유한 생명인 육체에는 지나칠 정도로 관심을 쏟지만, 정작 무한 생명인 본성은 잠재능력이 무궁무진한데도 상대적으로 너무 소홀히 대하는 것이야. 안타깝고 또 안타까운 일이지."

강혁에게 본성의 의미만큼은 확실히 깨우쳐 주려는 듯 원진이 묵직하게 덧붙였다.

"생자필멸(生者必滅)이며 불생불멸(不生不滅)이란 말이 있네. 난 자는 반드시 없어지고, 모든 것은 나지도 않고 없어지지도 않는다. 이제 그 말의 참뜻을 알 만한가?"

"예, 유한 생명인 육체와 무한 생명인 본성을 각각 이르는 말 같습니다."

"역시 자네는 보통 사람이 아닐세. 궁금한 게 있으면 물어보게나."

"그처럼 중요한 본성을 어떻게 하면 잘 보살필 수가 있습니까?"

이미 예상했다는 듯 원진은 빙그레 만족한 웃음을 지었다. 몸까지 앞으로 숙이며 한층 또렷한 목소리로 말했다.

"번뇌는 삼독(三毒)인 탐진치(貪瞋痴), 즉 욕심내는 마음(貪)과 성내는 마음(瞋), 그리고 어리석은 마음(痴) 때문에 생긴다네. 마음에서 그러한 번뇌를 없애고 말썽을 쓸어버리도록 부단히 노력하게. 그러면 자연 몸과 마음이 맑고 깨끗해져서 본성이 밝아질 것이야. 문제는 잠깐의 억제는 가능할지 몰라도 그것을 지속시키기는 참으로 어렵다네. 그래서 수련(修鍊)이 필요한 거야. 수련하여 비록 공(功)을 쌓더라도 사람이 덕(德)이 없으면 끝내 성취하기는 힘들 걸세. 따라서 공과 더불어 덕도 쌓아야만 하네. 공과 덕은 서로 밀접한 관계여서 덕을 키우면 공력이 증진되고 덕이 없으면 공력이 손실되는 법이야. 그러면 또 덕은 어떻게 키우느냐? 사람은 모두 나와 같은 몸이고, 만물은 나와 한 뿌리라는 마음으로 그것을 실천하면 될 것이네. 왜냐하면, 우주 만물의 영장이 곧 사람인 때문일세."

자신의 행위와 관련하여 강혁은 문득 궁금증이 일었다.

"지금 제가 하는 일에 대해서는 이미 거사님께서 환히 아시리라 믿습니다. 그것이 혹 본성 개발이나 덕을 키우는 것과 상반되지 않겠습니까?"

원진은 형편을 익히 안다는 듯 미소를 지은 뒤 답했다.

"전쟁은 서로 죽이고 파괴하는 행위이므로 그 자체는 당연히 부당한 일이지. 그러나 엉뚱한 욕심으로 이민족을 침략하여 나와 인연 있는 사람을 살육하고, 질서를 파괴하며, 온갖 악한 짓을 일삼을 때는 당연히 그와 맞서야만 하네. 그리하여 나라와 민족을 지켜내는 일은 대도(大道)라 불러도 무방할 것일세. 유정(惟政) 사명대사(四溟大師)가 수차례 왜군을 격파한 사실을 돌이키면 답은 자명하지 않는가?"

그 말을 듣자 강혁은 개운한 마음과 함께 자부심까지 솟구쳤다. 이제 궁금한 것이 한둘이 아니었다. 국운(國運)의 행방을 비롯하여 본성을 수련하는 구체적 방법 등을 물어보려고 마음을 도사리는데 원진이 문득 몸을 일으켰다. 도를 설파할 때와 달리 원진의 표정이 심각해졌다.

"이미 하늘이 운수를 정하면 사람이 바꿀 수가 없네. 자네에게는 무척 안타까운 노릇이지만…."

뒷말을 얼버무린 원진은 선반에서 작은 밤톨만 한 환약 하나를 꺼냈다. 선 채로 그걸 강혁에게 건네며 조금은 측은한 목소리로 말했다.

"만병통치약은 아닐세. 지니고 있으면 쓰일 날이 닥칠 것이야. 그리고 네 주위에 뜻밖의 큰 변이 생기더라도 거기에 너무 집착하지 말게. 본래 이 세상 모든 일은 인연으로 생긴 것이요, 또 인연 따라 달라지는 것이네. 한데 그것을 고정 불멸처럼 생각하고 집착하는 것은 몸과 마음만 상할 뿐이야. 회자정리(會者定離)라고 만나면 헤어지는 것은 사람이 거스를 수 없는 정한 이치 아닌가?"

"큰 변은 어떤 변입니까? 대처할 방법은 없습니까?"

다급한 마음에 강혁은 자신도 모르게 벌떡 일어섰다. 원진의 말과 표정에서 언뜻 죽음을 떠올렸기 때문이다. 원진은 강혁을 외면한 채 다시 손바닥으로 얼굴을 문지르며 말을 돌렸다.

"오랜만에 속세 사람을 만났더니 탁한 기운이 온몸으로 스며드는구먼. 그렇다고 자네가 탁한 사람이란 뜻은 아니니 혹 오해는 말게나. 마침 음양이 바뀌는 시간이라 나는 산에 올라 새 기운을 받아야겠네."

장삼을 여미는가 싶더니 원진이 훌쩍 방을 나갔다. 강혁이 곧바로 뒤따랐으나 어디로 사라졌는지 흔적도 없었다. 대신 예의 그 속삭이는 듯한 말소리가 강혁의 귀에 들렸다.

"올해가 가기 전에 여기를 다시 찾게 될 것이네. 그러니 우리가 못 만나더라도 아침 일찍 길을 떠나게. 지금 자네를 기다리느라고 산막에서는 걱정이 이만저만 아닐세."

집주인 없는 토굴은 갑자기 적막한 산중이 되었다. 혼자된 강혁은 원진이 암시한 큰 변이 어떤 것인지 자꾸만 마음에 걸렸다. 막연하나마 독립 전쟁과 연관하여 주위 사람의 희생 정도로 짐작할밖에 없었다. 인생의 비애를 느끼는 강혁에게 원초적 외로움 같은 것도 몰려들었다.

잠시 토굴 주위를 거닐며 마음을 추스르던 강혁은 다시 방으로 돌아왔다. 새삼 방 안을 둘러보니 단출한 가운데 책이 눈길을 끌었다. 《태극도설》은 만물 생성의 과정을 그린 도(圖)와 그 해설인 설(說)로 꾸며져 있었다. 원진이 얘기 서두에 인용했을 뿐만 아니라, 태극이란 제목이 마음을 끌어 책을 펼쳐보았다. 첫머리에 원을 비롯한 다섯 개의 그림이 세로로 그려져 있고 그 뒤부터는 한문 해설이었다. 강혁으로서는 해설을 해석할 수가 없었다. 도가의 경전인 《태일무자진경(太一無字眞經)》도 어렵기는 마찬가지였다. 피로가 겹친 강혁은 원진을 기다리다 이내 잠속으로 빠져들었다. 맑은 기운이 서린 때문인지 잠자리는 한없이 편안했다. 역시 집주인은 아침이 되어도 돌아오지 않았다.

강혁이 원진과의 인연을 회상하고 김용을 가르치며 걷다 보니 어느덧 용계촌 어귀에 다다랐다. 외솔터가 저만큼 보였다. 용계촌 들머리에는 듬직한 소나무 한 그루가 우뚝했다. 줄기와 가지가 휘어 약간 기형적인 모습을 띤 소나무는 마을 정자나무도 되었는데, 사람들은 그곳을 외솔터라 불렀다. 그런 외솔터는 삼거리였다. 마을 앞을 지나는 큰길에다 외솔터에서 고샅길 하나가 뒷산으로 숨어든 탓이었다. 외솔터 삼거리를 지난 큰길은 마을 앞 중간쯤에서 다시 왼쪽으로 웃계 가는 길을 터놓은 뒤, 마을 끝에 이르러서는 제법 훌륭한 공터를 만들었다. 공터가 평소에는 개구쟁이들의 놀이터로 그만이었고 마을 행사에도 쓰임이 좋았다. 마을 입구인 외솔터에서 보자면 큰길 오른쪽으로 초가집들이 듬성듬성 늘어섰는데 그게 바로 용계촌이었다.

외솔터가 가까워지자 강혁의 걸음이 빨라졌다. 가슴 두근거림도 한결 심했다. 자기를 노상 걱정하는 외삼촌과 동생 순복이 빨리 보고 싶었다. 그러나 줄곧 머릿속을 맴도는 것은 역시 정란의 얼굴이었다. 외솔터 삼거리를 지나치려는데 문득 정자나무 뒤에 사람이 앉아 있었다. 뜻밖에도 이웃집에 사는 전상갑이었다.

"형, 여긴 웬일이야?"

대뜸 강혁의 얼굴에 반가운 기운이 넘쳐났다.

예전에 강혁과 전상갑은 형제간이나 다름없었다. 이웃사촌이라는 말 이상이었다. 간도의 강혁은 형제가 없어 외톨이였다. 역시 외동인 전상갑은 자기를 잘 따를 뿐 아니라 착하고 영리한 강혁을 마치 친동생처럼 아꼈다. 특히 나무나 사냥을 하러 산에 갈 때는 곧잘 강혁을 딸리고는 했다. 그러다 전상갑은 병을 얻고 강혁도 객지 생활을 하게 되자 자연 만남이 귀해졌다.

"어! 강혁이구나."

언뜻 옛날 감정이 살아났는지 전상갑의 얼굴에 생기가 돌았다. 그러나 잠깐이었다. 낯선 김용을 보자 이내 몸을 떨며 두려운 기색을 보였다. 멈칫거리며 정자나무에 세워둔 창을 들고 뒷산 고샅길로 내빼려 했다. 행색이 사냥감을 쫓다가 어떻게 외솔터로 온 것 같았다.

"형, 겁내지 마. 저 애는 내 동생이야."

강혁은 가까스로 전상갑의 소매를 붙들었다. 오늘은 병이 좀 우선한지, 아니면 강혁에 대한 믿음이 의식을 지배했는지 크게 고집을 피우지는 않았다. 그래도 여전히 눈길은 불안했다. 어릴 때부터 홀로 자란 김용은 대략 눈치를 채고 저만큼 물러났다.

"형, 요즘도 토끼 잡아?"

전상갑을 다시 정자나무 아래 주저앉힌 강혁이 다정스레 물었다.

"토끼는 눈이 많은 겨울에 잘 잡히지."

사냥 얘기를 꺼내자 전상갑은 긴장이 조금씩 풀렸다. 그래도 불안스레 자꾸만 엉덩이를 들썩인다. 그런 전상갑을 보자 강혁은 새삼 분노가 치밀었다. 전상갑은 강혁에게 든든한 형도 되었지만, 한편으로는 효성 지극한 아들이요, 처자 잘 거느리는 늠름한 대장부였다. 한데 그런 사람을 왜놈들이 저토록 망가뜨리고 말았다는 데 생각이 미치자, 도대체 분해서 견딜 수가 없었다.

"형, 나하고 같이 집에 올라가자!"

"나는 뒷산에 간다."

전상갑이 크게 도리질을 했다. 이제 대인기피증은 골수에 박힌 듯했다. 강혁한테 놓여난 걸 다행으로 여기는지 얼른 창을 챙겼다. 예전부터 강혁의 눈에도 익은 외날 창이었다. 순간 강혁의 눈이 반짝 빛났다.

"형, 그 창 나한테 줘 봐!"

이리저리 눈길이 불안한 전상갑을 앞에 두고, 호주머니에서 빨간 헝겊을 꺼내어 창의 대와 날 사이에 단단히 묶었다.

"형, 산짐승은 붉은빛을 엄청 무서워해. 산에서 혹 사나운 짐승이 달려들면 이 창으로 사정없이 쫓아버려. 형, 알았지?"

고개를 끄덕이는 전상갑의 얼굴에 희미한 웃음이 번진다. 마치 자신의 몸을 보호해줄 신통한 부적이라도 얻은 듯, 연신 헝겊을 매만지며 뒷산 고샅길로 향했다. 그를 바라보는 강혁의 눈에는 슬픔이 일렁였다. 그래도 마음이 조금은 편안해졌다. 요긴하게 써먹은 빨간 헝겊은 답사 때 헛포수가 정표로 준 물건이었다. 산짐승은 붉은빛과 쇳소리를 무서워한다는 것도 그때 알았다.

정 씨와 순복은 반년 만에 강혁을 보게 되자 반가워서 어쩔 줄 몰랐다. 강혁이가 왕청현의 독립군 부대로 간 것은 이미 알고 있었다. 단 하루라도 걱정 않는 날이 있을까마는, 특히 일본군의 왕청현 침입이라는 엄청난 소문을 접한 뒤로는 강혁 소식에 목을 맸던 터였다. 이번에는 순복이 강혁을 먼저 보게 되었다. 저녁 준비를 위해 나물 바구니를 들고 우물가로 가는데 저만큼에서 강혁이 우뚝우뚝 걸어오는 게 아닌가. 정신이 아득해진 순복은 먼저 하늘에 감사했다. 순간적으로 눈앞이 뿌예지며 눈썹에 물기가 맺혔다.

"오빠, 오빠!"

순복은 바구니를 팽개치다시피 하고 오빠를 애타게 부르며 내달렸다. 달리면서 자기도 모르게 강혁 주위를 얼른 살폈다. 아니나 다를까 저 뒤편에 또 한 사람이 따르는 게 눈에 들어왔다.

'세상에, 세상에….'

세상이 이보다 더 좋을 수는 없었다. 순복은 꽃을 본 나비가 되었다. 뒷사람은 볼 것도 없이 일규라고 단정 지었다. 일견 섣부른 판단일 수도 있었으나 오랫동안 순복이 품어온 환상을 생각하면 그다지 나무랄 일도 못 되었다. 옆집의 무산 할미가 말을 가릴 정도로 이제 순복은 선머슴애가 아니었다. 아무리 반가워도 전처럼 오빠 품에 무작정 달려드는 일은 없었다. 벌건 대낮이기도 했지만 무엇보다 일규 앞에서 또다시 말괄량이가 될 수는 없는 노릇이었다.

강혁에게 다가가 뒷사람을 곁눈질한 순복은 순간적으로 현기증을 느꼈다. 천연스럽게 저벅저벅 걸어오는 사람은 일규가 아닌 앳된 청년이었던 것이다. 김용의 인사를 받는 순복은 앞뒤 없이 기다란 한숨부터 내쉬었다.

급하게 차려진 저녁 뒤였다. 정 씨는 강혁을 붙잡고 그동안의 궁금증을 한꺼번에 풀려고 들었다. 일규와 관련해서도 전부터 궁금히 여기던 것을 꼬치꼬치 캐물었다. 쪽마루 한 곁에서 나물을 다듬는 순복은 애써 덤덤한 표정을 가장했다. 귀에다 온 신경을 집중해서 듣기만 했다. 행여 일규가 자신에게 전하는 말을 강혁이 불쑥 꺼낼까 봐 마음이 조마조마했다. 그러나 마음 졸인 일은 끝내 일어나지 않았다. 역시 속 깊은 오빠는 다르다고 생각했다. 두었다가 혼자 있을 때 살짝 전해줄 것으로 지레짐작했기 때문이다.

순복이 일규를 짝사랑하는 것은 혼자만의 비밀이었다. 일규의 빠져들 듯한 눈웃음은 물론, 얼굴조차 모르는 정란에게 속 깊은 얘기까지 할 수는 없었다. 순복이 남몰래 쌓아 올린 사랑의 성은 아무도 기웃거릴 수 없는 신성한 영역이었다. 본인이 내색하지 않으니 더구나 주위 사람은 순복의 일구월심 짝사랑을 알 턱이 없었다.

김용은 순복이 나물 다듬는 것을 도왔다. 사람의 정에 메말랐던 만큼 아늑한 가정이 몹시 부러운 모양이었다. 특히 남자만 북적거리는 부대에서 생활하다가 예쁜 누나가 알뜰히 챙겨주자 부끄러움까지 탔다. 동생이 없는 순복도 붙임성 좋은 김용이 편안했다. 일규가 못 온 것이 김용의 죄가 될 수는 없었다.

간밤에 잠을 설쳤는지 순복은 아침에 얼굴이 까칠했다. 그래도 활달한 척 아침 밥상을 푸짐하게 차렸다. 여름 꽁보리밥이긴 했으나, 귀한 쌀과 함께 팥도 드문드문 섞어 그다지 거친 밥은 아니었다. 버섯 따위의 나물도 정성 들여 무쳤고, 구수하게 떠도는 장찌개 냄새는 그대로 입맛을 돋우었다. 강혁이 용정 장에서 사 온 생선까지 상에 오르자 산골에서는 보기 드물게 진수성찬이었다.

"어허, 아침밥을 왜 이리도 많이 담았나? 네가 좀 더 먹어라."

정 씨가 쌀이 많이 섞인 자신의 밥을 덜어서 김용의 밥그릇에 올렸다. 다시 밥을 반 숟갈쯤 더 덜며 말했다.

"한 번 주면 정이 없다지, 허허허."

"저는 아직 엊저녁 배도 안 꺼졌어요. 누나 밥은 왜 이렇게 적어?"

김용이 고봉으로 수북해진 밥을 떠서 순복이의 밥그릇으로 옮겼다. 정 씨에게 금방 배워 밥을 한 번 더 덜었다. 배가 안 꺼졌다는 김용의 말에 강혁은 능청이 고단수라며 속으로 웃었다.

"그동안 오빠가 힘들었을 텐데 조금 더 먹어요."

이번에는 강혁의 밥그릇이 수북해졌다. 강혁은 차마 어른에게 밥을 덜어줄 수는 없었다. 김용을 쳐다보며 묘하게 웃었다.

"그럼 너하고 나하고 나누어 먹자. 이 거짓말쟁이야."

순복은 자신의 감정을 숨기고 애써 명랑한 척 굴었다.

이번에도 순복은 오빠의 전령사가 되어 웃계의 정란을 찾아갔다. 전령 내용은 점심을 지난 무렵 하여 감걸의 돌무덤에서 만나자는 것이었다. 지난겨울에 강혁이 사랑의 만세를 외쳤던 그 장소였다. 오전의 강혁은 훈장을 비롯하여 동네 인사를 다녔다. 훈장 역시 일규의 부재를 서운히 여겼다.

순복이가 전하는 정란의 집안 분위기는 대체로 썰렁했다. 고주 망태로 돌아온 김달용은 여전히 한밤중이고, 갈수록 술만 탐하는 가장으로 인해 북청댁은 속상해 있더라는 것이었다. 부모가 그 모양이니 정란과 명훈이도 풀이 죽을 수밖에 없었다. 그래도 말은 어김없이 전했다며, 조금은 시무룩한 순복이가 강혁을 안심시켰다.

행여 정란이 먼저 나올까 봐 강혁은 일찌감치 감걸로 나왔다. 그때부터 돌무덤에서 웃계 언덕길에 눈길을 준 채 기다렸다. 한데 어쩌다 사내들만 나다닐 뿐 여자라고는 그림자도 비치지 않았다. 강혁이 벌써 몇 시간째 기다리는지 몰랐다. 이제 여름의 긴 하루해도 뉘엿뉘엿 석양빛을 드리우고 용계촌에서는 저녁연기가 피어올랐다. 강혁은 기다림 반, 걱정 반으로 돌무덤을 떠날 수가 없었다. 시간이 흐를수록 정란에 대한 철석같은 믿음까지 조금씩 흔들렸다. 지금 와서 이별이란 말은 상상조차 할 수 없었다. 강혁의 입에 침이 마르고 몸이 안절부절못한 지는 이미 오래되었다.

그때였다. 저 위 언덕길에 문득 사람이 나타났다. 거리도 상당한 데다 땅거미까지 밀려들어 사람을 식별하기란 쉽지 않았으나, 어쨌든 치마 차림새로 미뤄 여자인 것만은 분명했다. 강혁은 단번에 정란이 틀림없다고 확신했다. 물론 일 없는 여자가 함부로 나다니기에는 너무 늦은 시간이라 알아맞히기가 쉬울 수도 있지만, 사랑하는 사람의 어떤 본능적인 직감 같은 것도 무시할 수는 없었다. 혹시 모르는 일이라 사람 내왕을 살피며 강혁은 징검다리로 향했다. 역시 언덕길을 내려온 사람은 정란이었다. 이제 두 청춘이 만난 지도 그럭저럭 일 년이 되었다. 또 한참을 기다린 뒤끝이라 반

가운 마음이 앞서 강혁은 저절로 말이 편하게 나갔다.

"정란아."

"순복 오빠, 오래 기다리게 해서 어떡해요?"

늦게 온 정란은 정말 강혁을 쳐다볼 낯이 없었다. 그렇지만 오늘 낮에 일어난 한바탕 풍파에 대해서는 강혁이 알 턱이 없었다.

정란은 강혁과 장래를 약속한 뒤 한층 성숙해졌다. 그것은 곧 참된 마음이 흔들림 없이 한곳으로 정해졌다는 뜻이었다. 그러자 정란은 참으로 그리움을 주체할 수 없는 나날이었다. 물론 미래에 대한 정란의 결정이 심사숙고한 것은 아니었다. 그렇지만 즉흥적인 것은 더더욱 아니었다. 지난 만남 때 강혁이 먼저 둘의 장래 문제를 들고 나왔기에 망정이지, 아니면 정란은 부끄러움을 무릅쓰고라도 무슨 답을 구하려 들었을지도 몰랐다. 그만큼 첫 만남 이래 강혁에게 마음이 쏠린 상태였고, 어떤 숙명 같은 것을 느끼고 있었다.

남자와 장래를 약속한 정란은 과년한 처녀로서 가슴 두근거림 같은 것도 없지 않았다. 하지만 걱정이 태산인 것도 사실이었다. 무엇보다 부모가 자신의 결정을 용납하지 않을까 봐 그게 제일 두려웠다. 김달용은 물론이요, 북청댁도 아직 정란의 사랑을 까맣게 모르고 있었다. 북청댁이 자기 혼사를 걱정할라치면, 으레 시치미를 뚝 떼고 자기는 시집 안 가고 평생 엄마와 살겠다며 의뭉을 피우고는 했다. 그러면 북청댁은 "너처럼 말하는 처녀가 시집가니까 신랑밖에 모르더라."라고 말하며 핀잔이었다.

정란이 생각에 그런 어머니는 자신의 결정에 크게 반대는 않을 성싶었다. 문제는 아버지였다. 북청 시절부터 김달용은 명분보다는 실속을 밝히는 편이었다. 간도로 이주해 온 뒤로는 전보다 한층 돈에 집착했다. 빈털터리에 독립군으로 나선 강혁과의 결혼을 그런 아버지가 선선히 받아들여 줄지 정란은 참으로 의문이었다. 어제도 술에 절어서 귀가한 김달용은 늦은 밤까지 식구들을 성가시게 굴었다. 아침에는 해가 높다랗게 떠올라도 여전히 작은 방에서 코골이에 바빴다. 북청댁의 성화가 아니래도 정란은 아버지의 생활에 막연한 불안감을 느끼고 있었다.

그때 마침 순복이 찾아왔다. 조금은 이른 방문이라 행여 하며 조바심을 내는데 역시 강혁의 소식을 전했다. 일본군이 쳐들어와 독립군과 싸웠다는 놀라운 소문은 정란도 들어서 알고 있었다. 밤낮으로 걱정이 떠날 날이 없었는데, 다행히 순복이 전하는 말은 강혁의 무사 귀향에다 감걸에서의 만남이었다.

사실 정란은 일본군의 침입 소문을 듣기 전부터 강혁의 귀향을 손꼽았다. 자신에게 약조한 기한은 연말이었으나, 그전에 한 번쯤 다녀가야 일이 잘 풀릴 것 같았기 때문이다. 기다려야 할 하루해조차 길어 혹시 하는 마음에 순복에게 휴가 날짜를 물었더니 이번에도 이삼일이 고작이었다. 그렇다면 그냥 다니러 온 것이 분명했다. 어떤 파격적인 변화를 꿈꾸던 정란으로서는 조금은 실망스러웠지만, 어쨌든 강혁의 귀향은 눈물이 핑 돌만큼 반가운 소식이었다.

마음이 들뜬 정란은 오후 시간을 만들려고 집 앞 개울에서 빨래하고 오는데 문득 아버지의 목소리가 사립문까지 들려왔다.

"요즘같이 어려운 세상에 굶어 죽으라고 벌거숭이한테 딸을 줘.

저런 소견머리하고는, 쯧쯧."

제법 혀까지 툭툭 찼다. 순간 정란은 가슴이 콩닥콩닥 뛰며 숨
쉬기조차 힘들었다. 누군가 어머니에게 자기 혼삿말을 넣은 모양
이었다. 강혁이가 왔으니 어쩌면 그쪽인지도 몰랐다. 정란은 살그
머니 방 쪽으로 더 다가갔다. 반박하는 북청댁의 목소리가 한결 나
지막했다.

"장남인 데다 그럭저럭 밥술은 굶지 않는 집인가 봅디다. 다 그
래그래 짝 맞춰 살고 하는 거지, 뭐 별것 있나요?"

일단 강혁은 아닌 듯해 정란은 크게 실망했다.

"그게 바로 벌거숭이지, 그럼 꼭 쪽박을 차고 나서야만 벌거숭
인가? 중매고 뭐고 모조리 일 없다고 그래. 그따위 자리는 �고 쌨
으니까."

우선 급한 상황은 모면하는 듯싶어 정란은 은근히 아버지를 응
원했다. 한편으로는 장차 결혼 승낙받을 일이 꿈만 같아 절로 한숨
이 나왔다. 다른 때와 달리 북청댁도 오늘은 쉽게 물러서지 않았
다.

"우리라고 뭐 별것 지녔소? 신랑 될 사람만 건실하면 어금버금
한 곳도 괜찮지. 너무 가리다가 나중에는…."

"어허! 며칠이고 밥을 굶어 봐야 아가리에서 저런 말이 안 나오
지. 여러 소리 할 것 없고 정란이 혼사는 나한테 맡겨. 요즘 세상
이 어떤 세상인데 밥만 먹고 살아?"

마누라 말을 중간에 사정없이 무지른 김달용은 뒤까지 다졌다.
꿍꿍이속만 지니고 막무가내로 다그치다 보니 자기의 앞뒤 말이

조리에 어긋나는지도 몰랐다. 처음에는 먹는 일에 방점을 찍더니 또 뒷말은 밥만 먹고는 못 사는 게 세상이라고 했다. 그때 마침 명훈이가 아프다며 칭얼거려 이야기는 일시 중단되었다.

김달용은 다시 누워서 뒤척였다. 이제 어지간히 씨알이 먹혀드는 임 주사의 얼굴이 스쳤다. 그러다 이번에는 딸 혼사 얘기랍시고 제법 자기주장을 펼치던 마누라 말이 귓가에 맴돌았다. 다시 궐련에 불을 붙이는 김달용은 뭔가 미진함을 느꼈다. 이왕 정란의 혼사 얘기가 나왔을 때 마누라를 좀 더 다잡지 못한 게 후회스러웠다. 궁리를 거듭하던 김달용이 이번에는 마누라에다 딸까지 불러 앉혔다. 그리고는 가장 정란을 위하는 척하며 신랑감의 구비 조건을 밝혔다. 말을 빙빙 돌리고 미사여구를 동원해서 그렇지, 조건이란게 전부 돈과 연관되고 돈만 있으면 만사형통이라는 식이었다. 김달용이 딸의 호강을 무기로 북청댁의 얕은 반발까지 주저앉힐 때, 정란은 몇 번이나 용계촌의 순복이 오빠란 말이 혀끝에서 맴돌았다. 매도 먼저 맞는 놈이 낫다고, 이왕 자신의 결정이 탈 없이 수용되기 어려운 바에는 아예 이참에 모두 털어놓자는 생각이 문득문득 일었던 것이다. 정란은 또 애써 감걸에서 만나기로 한 강혁을 떠올렸다. 지금 분란을 일으키면 당장 정인(情人)을 만나는 길부터 막힐지 몰랐다. 그래서 억지웃음으로 자신은 아직 시집가기 싫다며 얼버무렸다. 생각보다 일이 수월한 느낌이 들자 김달용은 은근히 욕심이 일었다. 이왕 칼을 뺀 김에 진도를 더 내고 싶었다.

"세상이 어지럽고 어려울수록 돈이 제일이다. 조금만 생각해 봐라. 큰소리치고 떵떵거리던 양반이 지금 어디 있나? 돈이 바로 양반인 세상이다. 정란이 너는 아직 세상 물정을 잘 모른다. 맨날 쌀밥에 고깃국을 먹을 수만 있다면, 그런 곳에 시집가는 것이 알고 보면 장땡이란 말이다. 설사 나이가 좀 많고 또 홀아비면 어떠냐? 밥 굶고 들어앉아 보면 총각이 어디 있나? 총각이."

순간 정란은 머릿속으로 섬광 같은 것이 번쩍 일었다. 용정 임주사란 작자의 칙칙한 눈길도 떠올랐다. 혼사에 그토록 돈을 앞세우는 아버지의 속셈도 한층 명료해졌다. 생각이 거기에 미치자 왈칵 설움 같은 것이 가슴 저 밑바닥에서 북받쳐 올랐다.

"아니, 훈이 아버지는 지금 딸자식을 앞혀놓고 무슨 얼토당토않은 말을 늘어놓는 거요, 늘어놓길."

북청댁이 제법 새된 소리로 항의했다.

정란은 그 길로 집을 뛰쳐나왔다. 두 손을 번갈아 가며 눈가를 이리저리 훔쳐도 눈물은 샘솟듯 솟아났다. 아버지가 평소 살갑게 대하지는 않았지만 그래도 그런 아버지인 줄은 미처 몰랐다. 야속하고 또 야속했다. 빨래터에서 저만큼 우뚝한 바위 뒤까지 어떻게 왔는지도 몰랐다.

"정란아, 정란아…"

북청댁이 제법 큰소리를 외치며 딸을 찾았다. 정란은 얼마 동안 시간 감각을 잃어버렸다. 그래도 저기 개울물이 강혁이가 기다리는 곳으로 흘러갈 거라는 생각은 새삼스러웠다. 하늘에는 무심한 구름 조각들이 갖가지 형상을 만들며 노닐었다. 동네를 한 바퀴 둘러보고 오는지 다시금 북청댁의 목소리가 들려왔다. 아까보다 더 절박했다. 정란은 슬그머니 바위 뒤에서 몸을 일으켰다.

"얘가 거기 있으면서 왜 대답을 안 하니? 남 속 터지는 줄도 모르고…."

한 손으로 치마를 거머쥔 북청댁이 주섬주섬 다가왔다.

"집에 가서 얘기하자. 너희 아버지는 용정 간다며 또 휙 나갔다. 무슨 볼일이 그리도 많은지…."

북청댁은 딸의 눈이 퉁퉁 부은 걸 보고는 다시 긴 한숨을 내놓았다.

"너희 아버지가 한 말은 귀에 담지 말아라. 내가 무슨 생뚱맞은 소리냐고 따졌더니, 꼭 어디 마음을 정해서 한 얘기는 아니고, 말인즉슨 그렇다며 도리어 화를 내더라. 그래도 그렇지."

집에 돌아온 정란은 언제 그랬느냐는 듯 차분하게 행동했다. 오히려 북청댁이 불안스러운 눈길로 딸의 눈치를 살필 정도였다.

이른 저녁 뒤였다. 정란은 동무 집에 놀다 오겠다며 북청댁을 졸랐다. 마을에는 마침 시집간 정란 또래가 친정에 와 있었다. 시집간 여자는 친정에 돌아와 한두 달 지내다가 시댁에 돌아가곤 했는데, 이것을 집난이 풍습이라고 했다. 여름이라 정란은 얇은 옷을 입었다. 하얀 저고리에 주홍색 치마였다. 옷차림을 다듬고 사립문을 지나치면서 미리 챙겨둔 작은 보자기를 가슴에 안았다. 그리고는 입술을 옥물고 걸음을 재게 놀렸다. 강혁이가 아직껏 감걸에 있을 거라는 확신이 자신을 지배한 때문이었다.

"안 오면 어쩌나 했더니 기다린 보람이 있네. 그런데 얼굴 보니 운 것 같은데…. 집에 무슨 일이 있었어?"

느티나무에서 위쪽 돌무덤으로 향하던 강혁이 뒤를 돌아보았다.

"울긴 누가 울어요!"

동그스름한 눈에 얼른 손이 가면서도 정란은 잡아뗐다.

"그것도 모를까 봐. 다 큰 처녀가 마실 다닌다고 꾸중 들었나?"

"사실은…. 명훈이가 까불고 놀다가 다리를 다쳤어요."

생판 거짓말은 아니었다. 다만 시일이 좀 흘렀을 따름이다.

"저런! 우리 똘똘이가 왜 안 따라왔을까 싶더라니까. 많이 다쳤나?"

"조금…. 마침 마을에 약이 있어서 이제 괜찮아요."

정란은 오늘 겪은 일을 밝혀야 할지 어떨지 속으로 견주는 중이었다. 돌무덤에 도착하자 보자기부터 펼쳤다.

"아니, 벌써 웬 햇감자야?"

"시장할 텐데 마땅한 게 없어서…."

저녁 무렵에 정란은 남새밭에서 감자를 조금 캤다. 한창 물오른 줄기는 그대로 두고, 조심스레 땅 밑을 파서 실팍한 알만 골라냈다. 당연히 강혁을 염두에 두고 한 일이었다. 삶은 감자는 아직 덜 여물어서 껍질이 없는 듯이 보드라웠다. 마주 앉은 두 사람이 얘기를 도란도란 나누다 보니 사위는 급속히 어두워졌다. 어둠의 힘을 빌렸는지 정란은 편하게 말을 곧잘 했다. 호칭까지 복이 오빠에서 강혁 씨로 바뀌었다. 얘기는 차츰 제일 민감한 두 사람의 장래 문제로 넘어갔다. 강혁은 오랫동안 숙고한 바를 밝혔다.

"순복이가 일렀는지는 몰라도 우리 둘의 관계를 외삼촌도 웬만큼 눈치챈 것 같아. 어쨌든 이번에는 외삼촌한테 모든 걸 밝히고

118

나는 11월쯤에 정식으로 휴가를 낼 참이야. 그때 먼저 정란의 부모님부터 찾아뵌 다음에, 가능하면 우리 둘이 맞절까지 올리도록 노력해볼게. 그러면 끝나는 거 아닌가?"

"……."

"왜 말이 없어. 그게 싫어?"

"싫은 게 아니라…. 그쪽은 어떤지 몰라도 우리 집에서는 아직 아무것도 모른단 말이에요. 결혼 승낙받는 게 그렇게 쉬운 줄 알아요?"

"어려울 건 또 뭐가 있나? 딸 데려가서 아들딸 낳고 잘 살겠다면 그만이지."

아들딸 낳는다는 말에 정란이 살짝 얼굴을 붉힌다. 짙은 어둠 속이라 강혁은 눈치를 못 챘다.

"우리 아버지가 얼마나 엄격한지 몰라서 하는 소리지. 그리고 또….

정란은 차마 아버지가 내세웠던 조건까지 그대로 옮길 수는 없었다. 얘기를 해봤자 강혁에게 없던 돈이 생기는 것도 아니고, 또 웬만한 돈 가지고는 아버지가 바라는 양에 찰 것 같지도 않았던 때문이다. 괜히 정인에게 걱정만 끼치기 십상이었다.

"또 뭐? 내가 사랑하는 아내를 굶길 사람으로 보일까 봐 걱정이야? 사람의 일은 정성이야, 정성. 내가 정성을 다해 말씀드리면 아버님께서도 웬만하면 허락하시겠지, 뭐."

강혁도 순복한테 얘기를 들어서 정란 아버지의 성품을 대략은 읽고 있었다. 가정형편을 비롯하여 자신은 뾰족하게 내세울 게 없다 보니 정란 아버지로부터 결혼 승낙을 받아 내기란 참으로 어려울 것 같았다. 그래서 여차하면 김좌진 총사령관에게 배운 것을 승부수로 띄울 작정이었다. 승부수는 바로 정성이었다. 강혁은 구체적인 방법을 밝혔다.

"정 어렵다 싶으면 방문 앞에 멍석 깔고 앉아 허락이 내리실 때까지 몇 날 며칠이고 진을 빼는 거야. 석고대죄까지 하는데 그만 질려서라도 내 딸 데려가라며 호통치시지 않겠어? 흐흐흐."

"또 그 음침한 웃음을…."

조그맣게 따라 웃는 정란은 머리가 복잡했다. 정인의 말처럼만 된다면 오죽이나 좋을까. 여간 호락호락하지 않을 텐데. 하지만 정인의 꿋꿋한 호기만큼은 정란에게 고마우면서 위안이 되었다. 낮에 응어리졌던 가슴도 조금은 풀리는 듯했다.

원래 정란이 집을 나설 때는 꺼림칙한 느낌의 임 주사 얘기까지 모두 밝힐 작정이었다. 그런데 강혁의 말을 듣다 보니 마음이 바뀌었다. 이제 서너 달만 참으면 어떻게든 일은 결판나기 때문이었다. 그렇다면 아직 확실치도 않은 얘기를 굳이 꺼내 강혁을 심란하게 만들 필요는 없었다. 혹시 그 전에 정란 자신이 감당 못 할 일이 생기면 그때는 나름의 행동을 취하기로 마음을 굳혔다. 그것은 가출이었다.

강혁이 밤 깊어가는 걸 은근히 걱정하자, 정란은 어머니에게 그랬듯이 동무를 끌어들여 정인을 안심시켰다. 물론 자신도 집 걱정이 안 되는 것은 아니었다. 그러나 낮에 받은 충격이 워낙 큰 때문인지 아직도 마음이 들떠 있었다. 거기다 머리에서 떨치려 해도 어찐지 강혁을 다시는 못 볼 것만 같은 막연한 불안감이 불쑥불쑥 일었다. 강혁이 독립군이라거나 결혼에 대한 아버지의 태도가 강경한 때문만은 아니었다. 그것은 정체를 숨긴 채 사람의 의식을 기웃거리는 난해한 존재였다. 불길한 느낌에 정란은 일찍 헤어지기가 한층 싫었다. 무엇보다도 우선은 이보다 더 행복할 수 없었다.

"강혁 씨 말대로라면 우리 어디서 살아?"

정란의 얼굴이 다시 빨갛게 물들었다.

"일단은 내가 돌아올 때까지 용계촌에서 순복이한테 구박받아가며 혼자 살아야지. 그래야 시집살이의 매운맛도 알 것 아닌가?"

"피이, 정말이야?"

"아직 형편이 어찌 될지 몰라서 한번 해본 소리야. 아니면 내가 올빼미 독립군 할까?"

"올빼미 독립군? 그게 뭔데요?"

"낮에는 부대에서 생활하다가 밤이 되면 집에 돌아가는 독립군이지. 농사철에는 농사도 지어가면서 말이야."

"그게 훨씬 좋겠네. 그럼 매일매일 얼굴을 볼 수 있잖아. 그런데지금 강혁 씨는 어디서 살아요?"

"왕청현의 산속에 있지. 그건 왜 물어?"

"그럼 좋아하는 사람이 어디 사는지도 모른다는 게 말이 돼요! 왕청현 어딘데?"

"꼭 찾아올 사람처럼 자꾸 묻고 그러네. 서대파의 북로군정서를 들먹이면 조선 사람들은 대부분이 다 알아."

"북로군정서, 북로군정서! 앞으로 강혁 씨는 나를 생각해서라도 항상 몸조심해야만 돼. 알았지요? 얼마 전에 일본군이 쳐들어왔다는 얘길 듣고 걱정 많이 했어요. 그런데 자꾸 쳐들어오면 어떡하지?"

초저녁 하늘은 별이 드문드문했는데 지금은 완전히 먹장구름에 가려졌다. 달이 어디쯤 떠 있는지 가늠하기조차 힘들었다. 구름은 자주 몰려들어도 막상 비는 내리지 않아 걱정이라며, 강혁의 외삼촌인 정 씨는 어젯밤에도 한숨을 내쉬었다.

사랑하는 사람과 더 있고 싶은 마음은 강혁 역시 마찬가지였다. 그러나 정란은 여자였다. 늦은 귀가로 인해 부모에게 꾸중이라도 듣게 되면 자신의 마음이 더 아플 것 같았다. 아쉬움을 뒤로 하고 먼저 몸을 일으켰다. 캄캄한 밤중이라 정란을 마을 입구까지 바래다줄 요량이었다.

그사이 들풀은 이슬을 잔뜩 머금고 있었다. 몇 발짝 걷지도 않았는데 짚신과 바짓가랑이가 축축해졌다. 먹장구름이 달을 가려 지척을 분간하기 어려운데, 사람 왕래가 드문 곳이라 길까지 사나웠다. 어둠을 핑계로 강혁이 슬며시 정란의 손을 잡는다. 한데 이게 웬일인가. 단번에 손을 뿌리칠 줄 알았던 정란이 마치 기다렸다는 듯이 마주 손을 잡아주는 게 아닌가. 거기다 손을 꼬옥 쥐여주기까지 했다. 부드러우면서 따뜻한 손이었다.

강혁은 그만 구름 위로 둥실 날아올랐다. 그럴밖에 없었다. 정란은 첫사랑이었다. 그 첫사랑으로부터 자신이 사랑받고 있다는 사실을 명확하게 확인할 수 있었기 때문이다. 난생처음이었다. 그 감동과 황홀함이란 실로 말로써는 표현할 수 없었다. 그것은 오직 느껴본 사람만이 알 수 있는 신비의 세계였다. 강혁은 적어도 이 순간만큼은 세상에 부러울 게 없었다. 세상에서 제일 귀한 보물을 지닌 존귀한 존재였다. 세상의 온갖 잡다한 번뇌에서 이탈해 황홀한 경지에서 우화등선(羽化登仙)하는 신선이었다. 정란이 다만 손을 꼬옥 잡아준 행위로 강혁이 그러한 경지를 맛본다는 것은 참으로 불가사의한 일이었다. 이 순간 그만 세상이 딱 멈췄으면 하는 게 강혁의 솔직한 바람이었다.

한 쌍의 연인은 말이 없었다. 말이 필요가 없었다. 거추장스러운 말은 때때로 진실을 호도할 수가 있었다. 지금은 손바닥을 통해 서로 전하는 체온만으로도 온갖 참된 얘기를 얼마든지 나눌 수 있었다. 웃계로 향하는 징검다리를 건너자 강혁은 곧바로 정란의 손을 다시 잡았다. 이제 그것은 지극히 자연스러우면서 신성한 의식과도 같았다.

어둠을 겨우 한 발짝씩 밀어내며 웃계 언덕길을 올랐을 때였다. 문득 저만큼에서 사람들이 수군거리는 소리가 들려왔다. 돌멩이에 담뱃대를 탁탁 두드리는 소리도 들렸다. 마을 앞에 나앉아 세월 이야기로 무료한 밤을 달래는 노축이었다. 짙은 어둠 속이라 발각될 염려는 없었지만, 본능적으로 강혁은 얼른 발길을 돌렸다. 이제는 정란을 그나마 빨리 집에 보내기가 힘들어졌다. 밤잠 없는 늙은이들은 밤 깊어가는 줄도 모르고 뒤가 질길 것이 뻔했기 때문이다. 강혁은 하릴없이 다시 언덕길을 내려왔다. 정란도 형편을 아는지라 손이 잡힌 대로 수굿이 따랐다. 다시 징검다리를 건너온 강혁이 이번에는 느티나무에서 개울 아래로 정란을 이끌었다. 어두운 밤길을 걷기에는 그쪽이 한결 수월했다. 마침 편편한 바위를 발견하고 정란의 손을 잡은 채 나란히 앉았다.

"날아갈 수도 없고 이제 큰일 났군. 어머님께서 다그치면 뭐라고 답할래?"

강혁은 한숨까지 내쉬었다.

"동무 집에서 같이 자는 줄로 아실 거야. 너무 걱정하지 말아요."

정인을 안심시킬 요량인지 정란이 다시 손을 꼬옥 잡았다. 시간이 흐르자 연인은 오히려 마음이 편안해졌다. 사달이 났으면 벌써 났을 것이고 지금 와서는 걱정한다고 돌이킬 수도 없었다. 정란이 무료해서 수심이 깊어질까 봐 강혁은 짐짓 가락을 흥얼거렸다. 바람결에 정란의 풋풋한 살 내음이 코를 자극해 정신이 내둘린 영향도 있었다. 그러다 정말로 흥이 솟구친 강혁은 백두산의 정 의병이 그랬듯이 아리랑 타령의 가사를 개작해서 한 곡조 걸쭉하게 뽑았다.

아주까리 동백아 열지 마라
오늘 밤 감결에서 사랑이 인다

정란은 손으로 입을 가리며 쿡쿡 웃는다. 비록 정인을 위해서였지만 강혁은 혼자 흥에 겨웠던 게 괜히 머쓱해졌다. 그 때문에 품앗이로 자꾸만 정란에게 노래를 시키려 들었다. 정인의 흥과 청을 차마 물리치기 어려웠을까. 결국, 정란은 꾀꼬리 같은 목소리로 노래를 시작했다. 사방이 적막한 가운데 졸졸거리며 흘러가는 시냇물 소리는 그대로 훌륭한 반주가 되었다.

　세 봄이 다 가도록 기별조차 없는 임을
　가을밤 안신(雁信)까지 또 어찌 참으래요
　두만강 눈 얼음은 다 풀리어 갔다는데

　세 봄이 아니오라 열세 봄 지났어도
　못 참을 내 아니언만 가신 임 날 잊을까
　강남의 제비들은 제집 찾아왔다는데

　기러기 갈 때마다 일러야 보내며
　꿈길에 그대와는 늘 같이 다녀도
　이 몸이 건너면 월강 죄란다

　월강곡(越江曲)이었다. 오래전 북부 지방 사람들은 월강죄라는 죽을죄를 무릅쓰고 살길을 찾아 두만강을 건너갔다. 오랜 세월 무인지경인 간도 땅은 값비싼 산삼에다 또 씨앗만 뿌려 놓아도 알곡이 탐스러웠고, 포수들에게는 동물의 왕국이라 사냥감이 넘쳐났기 때문이다. 그렇게 강을 건너간 낭군이 오랫동안 소식이 없자 집에 남은 아낙네가 강 건너 북쪽 하늘을 쳐다보며 그립고 애타는 마음에 부른 노래가 월강곡이었다.
　월강곡 노래를 듣다 보니 강혁은 자연스레 간도 유민들이 떠올랐다. 특히 초기 개척민들이 겪은 애환과 관련해서는 많은 얘기가 전했다. 그러나 지금의 분위기에는 역시 사랑 얘기가 가장 좋았다. 강혁이 밝은 목소리로 말했다.

"재미있는 옛날이야기 하나 할까?"

용정 지명의 유래와 관련된 전설이었다. 줄거리는 대략 이러했다.

옛날에 해란 강변의 한 조선 농민 집에 예쁘고 마음씨 고운 처녀가 살았다. 처녀는 해란강에 빨래하러 갔다. 그런데 그곳에서 동네 꼬마들이 금빛이 나는 작은 뱀을 잡고 못살게 굴고 있었다. 불쌍한 생각이 든 처녀는 뱀을 구해 강물에 놓아주었다. 한데 그 뒤부터 처녀가 빨래하면 어김없이 금빛 뱀이 나타나 주위를 맴돌고는 했다.

그런 어느 날이었다. 처녀가 빨래하고 있는데 문득 귀공자 청년이 나타났다. 동해 용왕의 아들인 뱀이 청년으로 변한 것이다. 두 남녀는 곧 사랑하는 사이가 되었다. 청년이 용왕에게 처녀와 결혼할 뜻을 밝히자, 노한 용왕은 아들이 바깥출입을 못 하도록 가둬버렸다.

처녀는 날마다 강변에 나와 청년을 기다렸으나 끝내 모습을 볼 수가 없었다. 청년이 죽은 것으로 단정한 처녀는 상심 끝에 그만 강변에 있는 우물 속으로 몸을 던졌다. 그때였다. 우물 속에서 한 마리 금빛 용이 솟구치더니 처녀를 받쳐 들고 하늘 저 멀리 날아갔다. 물론 그 용은 동해 용왕의 아들이었다. 그 뒤 마을 사람들은 둘이 잘되기를 축원하여 용이 나온 우물을 용정(龍井)이라 하고 마을 이름도 육도구에서 용정촌이라고 불렀다.

"아유! 잘됐네요. 나는 그 처녀가 꼭 죽는 줄만 알았네."

결말에 이르러 얘기가 반전되자 정란은 좋아서 어쩔 줄 몰랐다. 자기감정까지 실어가며 강혁이 하도 실감 나게 얘기를 엮는 바람에 얼마나 긴장하고 안타까웠는지 정란은 손바닥에 땀이 촉촉이 배어 있었다.

어느 순간부터 비가 한두 방울씩 떨어졌다. 콩알만큼이나 굵은 빗방울이었다. 근처에 마땅히 피할 곳도 없거니와 빗방울이 들다 말겠지 싶어서 연인은 대수롭잖게 여겼다. 한데 그게 아니었다. 시간이 흐를수록 묵직한 빗방울 소리가 잦아졌다. 땔감으로 잘려져 이제 감걸 주위에서 큰 나무는 징검다리의 느티나무가 유일했다.

"일단 느티나무로 피하자."

소낙비를 눈치챈 강혁이 정란의 손을 잡고 종종걸음을 쳤다. 이미 한밤중을 지난 데다 비까지 쏟아져 길에 사람이 나다닐 염려는 전혀 없었다. 나름대로 서둘렀는데도 연인이 느티나무에 도착했을 때는 옷이 비에 젖어 척척했다. 비는 제법 주룩주룩 내렸다. 차츰 느티나무 아래도 안심할 곳이 못 되었다. 나뭇잎이 물기를 머금는 것도 한계에 이르렀던 때문이다. 새 이엉을 게을리 한 초가집에 비가 새듯이 마침내 느티나무 방에도 한두 방울씩 비가 들었다. 정도의 차이일 뿐 이내 지붕은 성한 곳이 없어졌다. 여름옷은 젖는 대로 살갗에 달라붙었다. 졸지에 수재민 신세가 된 연인은 머리 위로 빗물이 뚝뚝 떨어져도 도리가 없었다. 나름대로 병법에 조예를 지닌 강혁이 아무리 진퇴양난이기로서니 속수무책으로 당하기만 하

겠는가. 잠시 생각이 깊더니 이윽고 계책 하나를 뽑아 들었다. 아
군 피해를 최소화하는 방안이었다.

강혁은 먼저 반반한 돌덩이 하나를 구한 뒤, 그나마 빗방울이
우선한 땅에다 돌덩이를 놓았다. 진지를 구축한 주장은 돌 위에 앉
아 팔을 벌리며 자못 거역하기 어려운 목소리로 말했다.

"이리 와!"

주장의 명령에도 불구하고 정란은 진지 속으로 드는 걸 망설였
다. 그러다 주장의 행동에서 어떤 비장감을 느꼈는지 살포시 무릎
위에 앉아 정인의 팔에 안겼다. 상체는 최대한 넓히고 사지를 바짝
오므린 주장은 가녀린 병사를 최대한 보호했다. 처음부터 허술한
진지였으나 정란에게는 참으로 포근하고 아늑한 공간이었다.

이제 비는 그야말로 절정이었다. 그동안 농민들에게 욕먹은 것
이 한스럽다는 듯, 하늘은 원 없이 장대비를 들입다 퍼부었다. 석
달 가뭄이 하루에 장마질 태세였다. 비가 쏟아지자 사방은 오히려
훤히 밝아졌다. 양동이 비라는 말이 무색할 정도로 워낙 거세게 퍼
부어 바닥에 떨어진 비가 다시 땅 위로 한참 튀어 올랐다. 그리하
여 사람 허리께까지는 마치 안개가 낀 것처럼 자욱했다.

강혁은 쏟아지는 빗줄기를 망연히 바라보았다. 그러다 눈길이
천천히 정란을 향했다. 눈을 살포시 감은 정란의 얼굴이 바로 코앞
에 있었다. 마치 큰 아기가 포근히 잠이라도 든 듯한 모습이었다.
정란의 이마에 떨어진 빗방울이 쪼르르 코 옆을 지나 연분홍 입술
로 흐른다. 또 한 방울, 또 한 방울. 사랑하는 사람의 입술이 강혁
의 눈앞에 무방비 상태로 놓여 있었다. 입술은 비에 젖어 촉촉했

다. 강혁은 거의 본능적으로 여인의 입술에 입을 가져간다. 닿을 듯 말 듯했는데 정란이 그만 얼굴을 돌린다. 강혁은 무안하면서 죄스러웠다.

정란은 꿈을 꾸고 있었다. 꿈자리는 거의 환상적이었다. 들려오는 건 오직 빗소리밖에 없었다. 그것은 축복을 퍼붓는 소리였다. 간간이 얼굴에 떨어지는 빗방울의 감촉까지 정란은 상쾌했다. 눈은 여전히 감은 상태였다. 빗방울도 문제지만 어째 눈을 떠서는 안 될 것 같았다. 그러다 어느 순간 코끝에 간지러움이 느껴진다. 그것을 피해 얼굴을 돌렸는데 어째 입술이 간질간질하다. 다시 얼굴을 하늘로 향했다. 빗방울의 감촉을 즐기려는 뜻인데 확실치는 않았다. 다시 코끝에 간지러움이 느껴진다. 이번에는 가만히 있었다. 왠지 그래야만 할 것 같았고 또 그러고 싶었다. 강혁은 탐스러움을 지나 어쩌면 도발적인 느낌까지 드는 정란의 입술을 다시 훔친다. 이번에도 피할까 봐 조바심이 일었다. 괜한 걱정이었다. 정란의 입술은 엄숙한 의식을 치를 준비가 되어 있었다. 긴 입맞춤이었다. 한 사람의 체온보다 두 사람의 열기는 훨씬 따스하고 또 감미로웠다. 아끼는 손으로, 그리고 이번에는 입술로 두 남녀는 두둥실 구름 위를 날았다.

어느 순간, 정란이 손을 뻗어 강혁의 목을 감는다.

"사랑해. 강혁 씨! 사랑해요."

정란의 숨결이 열기로 가득하다.

"나도!"

강혁은 역시 사나이에다 주장다웠다. 꼭 필요한 말을 한마디만

했다. 입맞춤은 계속되었다.

얼마 뒤 사방이 희끄무레해졌다. 새벽의 어둠이 점점 묽어지고 있었다. 아직도 간간이 가랑비가 내렸다. 비가 억수같이 쏟아진 것은 한밤중을 지난 무렵이었다. 한데 바깥에서 밤을 꼬박 지새우고도 연인은 언제쯤, 그리고 얼마만큼 비가 내렸는지 몰랐다. 엄청난 빗줄기였다는 느낌만 아슴푸레했다. 강혁의 옷이 물에 빠진 생쥐 꼬락서니인 것으로 봐서는 한동안 퍼부은 것 같기도 했다. 어쩌면 또 모르는 게 당연한지도 몰랐다. 폭포수 같은 비가 쏟아질 때, 남자의 얼굴이 계속해서 여인의 얼굴을 가리고 있었기 때문이다.

젖은 옷으로, 그것도 새벽에 집으로 돌아가는 데도 정란은 크게 걱정하지 않았다. 밤새도록 어머니에게 큰 걱정을 끼쳤다면 그것은 죄스러웠지만 한편으로는 본의 아니게 결혼에 대한 자신의 의지를 밝힌 셈도 되었기 때문이다. 또 간밤에 꾼 꿈을 생각하면 설사 며칠을 두고 꾸중을 듣는다고 해도 무방할 것 같았다.

시냇물이 세차게 흘렀다. 희끄무레한 가운데 징검다리가 물에 잠겨 보이지 않았다. 강혁이 등을 갖다 대자 정란이 다소곳이 업혔다.

"강혁 씨, 우리 처음 만났을 때 내가 빠진 곳이 여기 맞지?"

물살 센 중간 지점에 이르자 정란이 문득 추억을 더듬었다. 강혁이 웃었다.

"그때는 순간적으로 얼마나 당황했던지 말도 마라. 지금도 돌이 이렇게 튼튼한데 나를 못 믿었나?"

"못 믿은 건 아니고…. 왜 사람이 살다 보면 엉뚱한 일이 닥칠 수 있잖아요? 어머나! 강혁 씨, 하지 마."

강혁이 징검돌 위에서 넘어질 듯이 몸을 휘청대자 정란은 제법 엄살을 피웠다. 말을 하고 보니 정란은 정말로 자기들 앞에 엉뚱한 일이 닥치지나 않을까 마음이 불안했다. 그것은 어쩌면 지금 너무 행복에 겨워서인지도 몰랐다. 그때 마침 강혁의 듬직한 목소리가 들려왔다.

"앞으로 죽을 때까지 나만 꼭 믿고 살아. 알았지?"

정란의 손을 꼬옥 잡고 언덕길을 오른 강혁은 이윽고 걸음을 멈추었다. 희끄무레하게 날이 밝아와 더는 바래다줄 수 없었다.

"몇 달만 기다려. 그때는 내가 무조건 데려갈 테니까. 알았지?"

애써 큰 소리로 말하며 강혁이 새끼손가락을 내밀었다.

"제 걱정은 말고…. 강혁 씨! 정말 몸조심 잘하세요. 저를 위해서라도…."

억지웃음을 지어도 정란의 눈에는 이미 눈물이 글썽했다. 결국, 돌아서서 치마 앞자락으로 눈물을 수습한다. 강혁은 차마 떨어지지 않는 발길을 돌린다. 한 걸음에 한 번씩 돌아보고 싶은 마음을 억지로 참는다. 저만큼에서 혹시나 해서 뒤돌아보았다. 정란은 망부석처럼 그 자리에서 꼼짝 않고 서 있다가 손을 흔든다. 그 모습이 너무 안쓰러워 강혁은 다시 달려가고픈 마음을 억지로 참는다. 참말이지 억지로.

4. 천 년 통치의 길

사직은 토지의 신인 사(社)와 곡식의 신인 직(稷)을 함께 이르는
말이다. 백성은 땅이 있어야 설 수가 있고, 곡식이 없으면 살 수가
없었다. 그래서 새로 나라를 일으킨 임금은 먼저 사직단을 세워 백
성을 위해 복을 비는 제사부터 지냈다. 그런 연후에 종묘를 지어
나라의 기틀을 다져 갔으므로, 종묘사직이라 하면 왕실과 나라를
뜻하는 말이었다.

종묘사직은 궁궐을 중심으로 왼쪽인 동에는 종묘, 오른쪽인 서
에는 사직을 두는 게 전통이었다. 궁궐 앞쪽인 남에는 관아(官衙)가
들어서고, 뒤쪽인 북으로는 저자가 있었다. 조선 왕조의 정궁인
경복궁도 이와 비슷했으나, 시전(市廛)인 운종가(雲從街)는 북이 아니
고 궁궐 앞쪽에 형성되었다.

경복궁의 한양 도성은 사대문을 두었는데, 동서남북으로 흥인
지문(興仁之門), 돈의문(敦義門), 숭례문(崇禮門), 숙청문(肅淸門)이 그것
이었다. 또 사대문 사이에는 각각 네 개의 소문이 있었다. 그래서
궁궐의 정문인 광화문과 도성의 남대문인 숭례문은 남으로 호응했
다. 남대문의 도성 성곽은 이미 강점 전에 일제가 헐어버렸다. 그
리하여 수족이 잘린 오백 년의 숭례문은 고군분투하는 장수처럼

홀로 우뚝 서 있었다. 숭례문은 정남향에서 서쪽으로 얼마간 비켜나 있었다.

1920년 7월 10일의 아침나절이었다. 문득 고급스러운 자동차한 대가 숭례문에 나타났다. 총독 사이토의 전용차였다. 숭례문을지난 자동차는 널찍한 직선 대로를 따라 천천히 달렸다. 직선 대로는 바로 태평통으로 끝에는 궁궐 정문인 광화문이 있었다. 도로 밖으로는 게딱지 같은 기와집들이 나지막이 널려 있었다. 일렬로 늘어선 전봇대와 푸른빛의 가로수가 뒤로 밀리고 또 다가왔다. 궁궐앞의 육조(六曹) 거리로 다가갈수록 신식 건물들이 우뚝우뚝했다.새까맣게 널려 있는 기와집은 하루가 다르게 시세를 잃고 있었다.

역시 태평통 대로에서 눈길을 확 사로잡는 것은 광화문 바로 뒤에다 신축 중인 조선총독부 청사였다. 독일 건축가가 설계한 신축건물은 르네상스식 석조 건축의 양식이었다. 모두 5층 건물로 길이와 폭이 각각 4백과 2백 미터를 훨씬 초과했다. 거기다 옥상 한가운데는 둥그런 돔 지붕까지 설치되었다. 천황의 왕관을 상징한다는 돔 꼭대기까지는 높이가 오십 미터를 넘겼다. 말 그대로 동양최대의 서양식 건물이었다.

거대한 몸집으로 궁궐을 막아선 새 청사는 정면의 모양새까지망가뜨리고 있었다. 원래는 궁궐 정문인 광화문을 중심으로 왼쪽끝에는 서십자각(西十字閣), 오른쪽은 동십자각이 설치되어 있었다.십자각은 궁궐의 망루로 조선의 5대 궁궐 가운데 경복궁만 유일하게 궐문(闕門) 형식을 갖추었다. 이들은 궁궐 담장을 따라 연결되어일렬로 늘어선 모습이었다. 한데 멀리서 보면 신축 건물과 방향이

삐딱해 괴상한 모습이 연출되었다.

아침부터 사이토 총독이 경복궁에 나들이하는 이유는 새 청사의 정초식(定礎式) 때문이었다. 정초식은 건물의 기초 공사를 마치고 외장 공사에 앞서 기초의 모퉁이에다 연월일을 기록한 돌이나 금속판을 설치하여 공사 착수를 기념하는 행사였다. 규모가 큰 건축에서는 공사의 연혁과 당일의 신문 등을 항아리에 넣어 매설하는 예도 있었다. 이른바 타임캡슐이었다. 총독 전용차는 육조 거리에서 궁궐 정문을 지켜온 두 마리의 해태상을 통과했다. 해태는 옳고 그름을 판단한다는 상상의 동물로, 광화문 앞에 놓여 왕실의 권위와 위엄을 나타냈다. 또 흥선 대원군이 경복궁을 중건할 때는 화재가 자주 발생하여 화기를 누르려는 목적도 있었다. 전용차는 광화문의 3개 관문 가운데 중문으로 들어섰다. 예전에는 조선 임금만 출입했던 어도(御道)였다.

궁궐에서 광화문의 3개 관문을 나서면 양편이 기다란 석조물 난간으로 장식되었는데 끝에는 얕은 계단이 있었다. 광화문의 월대(月臺)였다. 나라에서 중요한 행사가 있을 때 임금과 백성이 만나 소통하는 장소였다. 중문과 직선인 가운데 계단은 역시 임금 길이고, 좌우의 난간 계단은 신하들이 사용했다. 한데 일제는 자동차 따위가 그대로 드나들 수 있도록 월대의 계단을 없애버렸다. 조선 왕조의 상징이자 백성들의 정신적 표상인 궁궐 정문을 의도적으로 훼손했던 것이다.

전용차 안에는 사이토와 모리야 비서관이 타고 있었다. 광화문의 중문을 지나 궁궐로 들어서자 총독이 문득 혼잣말처럼 중얼거렸다.

"다른 건 몰라도 데라우치 총독의 두둑한 배짱 하나만큼은 알아
줘야 해. 다른 곳도 아니고 조선 궁궐에다 총독부 청사를 건립하다
니, 이게 어디 예사 배짱 가지고 되겠어?"

여러 이유로 데라우치에게 인색한 사이토임을 고려하면 파격적
인 칭찬이었다. 그것은 경복궁의 왕조 지우기 작업에 데라우치의
공이 그만큼 컸다는 뜻도 되었다. 모리야 비서관이 조심스럽게 총
독의 말을 받았다.

"공진회(共進會) 개최도 있지 않습니까? 그 당시 우리 내지에서도
여러 문제로 떠들썩했던 거로 알고 있습니다만…."

"데라우치가 공명심에다 정치적 야망에 사로잡혀 억척을 많이
떨었지. 칠십도 채 못살면서 말이야."

비서관이 언급한 공진회는 1915년 가을에 경복궁 안에서 개최
된 행사를 가리켰다. 대한제국 강점을 진두지휘한 초대 총독 데라
우치는 경복궁 훼손에도 선봉에 나섰다. 시정 5주년을 기념한다며
이른바 '조선 물산 공진회'를 경복궁에서 개최했다. 조선에서 총독
정치가 시작된 10월 1일은 매년 총독부의 시정 기념일이었다.

만물 박람회 성격의 공진회 행사장에는 구경꾼과 동원된 사람
들로 북새통을 이루었다. 그런데 공진회 진열관이 들어선 경복궁
궐내는 두고라도, 벌써 궁궐 앞부터 치장이 요란했다. 머리 위로
는 일장기와 만국기를 매단 줄이 이리저리 뻗쳐 가을 하늘을 수놓
았고, 각종 플래카드와 출품작을 설명한 포스터는 거리를 도배하
다시피 했다. 거기다 궁궐 정문인 광화문은 정치색까지 띠고 있었

다. 임금 길인 중문에는 대형 일장기가 드리워졌고, 양쪽 관문 위에는 일본 황실의 상징인 노란색의 국화꽃 문양이 선명했다. 그런데 경복궁의 행사장 입장은 중문을 통했다. 대형 일장기 아래를 지나면서 조선 사람은 일제 신민이라는 사실을 새삼 각인하라는 뜻이었다. 뿐만이 아니었다. 임금만 출입한 길을 구경꾼들이 지나다님으로써 백성들 스스로 자기 왕실의 권위를 짓밟으라는 악의까지 내포되어 있었다.

순박하고 단순한 백성들이 어찌 총독부의 음모를 속속들이 알겠는가. 그저 임금이 기거한 궁궐에 대해 호기심이 일었고 구경거리가 궁금할 따름이었다. 중문을 통해 궁궐로 들어선 구경꾼은 다시금 혼이 쏙 빠졌다. 여러 진열관에 전시된 물품들이 신기하기 짝이 없었던 때문이다. 더불어 총독 정치 5년의 치적이라며 그동안의 발전상을 시각화한 것도 눈에 자주 띄었다.

총독부의 의도는 너무도 뻔했다. 미개한 조선이 문명화된 일본의 지배를 받음으로써 그동안 얼마만큼 발전했는가를 보여주려는 것이었다. 은연중 통치의 당위성을 역설하는 행위였다. 그런 가운데 왕실의 권위는 땅에 떨어지고 또 여지없이 짓밟혔다. 공진회를 다녀간 인파는 백만 명이 훨씬 넘었다.

데라우치 나름의 심모원려는 그 이상이었다. 공진회를 내세워 광화문과 근정문 사이, 즉 흥례문 일대를 헐어내고 평지로 만든 데는 보다 큰 이유가 있었다. 바로 거기에다 총독부 청사를 건립하는 것이었다. 경복궁의 수난은 이때 이미 잉태된 셈이었다. 데라우치는 공진회 이듬해인 1916년에 새 청사의 지진제(地鎭祭)를 지냈다.

그전에 경복궁의 전(殿)과 당(堂), 누각(樓閣) 등 4천여 칸의 건물은 아무렇게나 헐어서 민간에 방매했다. 건물은 일본인들의 요정이나 별장 용도로 팔려나갔다.

광화문과 새 청사는 80여 미터 떨어져 있었다. 궁궐로 들어선 전용차는 마침내 신축 건물의 대현관 앞에 도착했다. 차에서 내린 총독은 먼저 건물에다 눈길을 던졌다. 화강암과 대리석을 외벽에 붙이는 공사가 많이 진행된 상태였다. 차츰 건물의 위엄이 드러나기 시작했다. 만족한 듯 고개를 끄덕이던 총독은 대현관의 계단을 통해 2층으로 올라갔다. 식장이 마련된 중앙 홀이었다. 총독이 입장하자 미즈노 정무총감을 비롯하여 참석자들이 모두 자리에서 일어섰다.

바닥과 벽면을 대리석으로 꾸며놓은 실내는 웅장하면서도 부드러움을 더했다. 동양에서 최고의 건물을 짓겠다고 미리 작정한 데다, 특히 청사를 대표하는 중앙 홀은 한층 심혈을 기울인 때문이었다. 천장까지 훤하게 뚫려 중앙 홀은 5층 난간에서도 곧바로 내려다보였다. 오늘은 식장에서 일본 전통의 신도 의례를 치르기 위해 흰 천이 여럿 매달려 있었다. 바닥의 대리석에 새겨진 현란한 모자이크는 중앙 홀에 쏟은 기교를 대변했다. 일장기를 뜻하는 둥그런 원형 무늬가 그 중심이었다. 원형 한가운데는 일본 황실의 상징인 국화 문양을 새겼고, 바깥으로는 온통 빛이 퍼져 나가는 듯한 모습을 담고 있었다. 역시 태양 숭배에 기초하여 일제의 위상을 나타내려는 작품이었다. 바닥에 이어 천장의 둥그런 돔 지붕을 올려다보던 총독은 이윽고 귀빈석의 자기 자리에 가 앉았다.

9시가 되자 정초식의 실내 행사가 시작되었다. 향불이 피워진 제단 앞에서 흰 도포에 베 망건을 쓴 제주가 푸닥거리했다. 식순에 따라 신도 의례가 끝나자 총독의 축사가 이어졌다. 총독부의 청사 건립과 관련하여 관계자의 노고와 그 기술이 뛰어남을 치하하고, 앞으로도 공사가 원만히 진행될 수 있도록 가일층 노력해 달라는 일상적 당부로 축사가 시작되었다. 이어 조선총독부의 밝은 미래를 장황히 짚던 사이토가 문득 근엄한 표정을 풀었다.

"사실 본인이 지금 이 자리에서 축사하고 있지만, 한편으로는 뒷날 애석한 일을 겪지나 않을까 내심 걱정입니다. 여러분이 노력한 덕으로 동양에서 가장 웅장한 건물이 완공되었을 때, 막상 저 자신은 총독 자리에서 물러나 있으면 그 심정이 어떻겠요? 새집을 짓느라 실컷 애만 쓴 꼴이니, 말 그대로 닭 쫓던 개 지붕 쳐다보는 격이 아니겠어요?"

사이토의 우스갯소리에 식장에는 잠시 웃음이 떠돌았다. 식장 인원은 2백 명쯤 되었다. 귀빈석의 정무총감 미즈노도 슬그머니 따라 웃었다. 머릿속으로는 빠르게 생각이 스쳤다.

'그 주인공은 아마 내가 아닐까 싶다. 청사가 완공되려면 아직도 몇 년이 남았으니 정무총감이 총독 후보 일 순위인 것은 당연한 얘기 아닌가? 물론 내가 조선 통치에 적임이라는 평가도 뒤따라야겠지. 조선 통치는 하면 할수록 묘한 매력이 느껴지거든. 내지에서 들먹거리면 말도 많고 탈도 많은데, 여기 조선 총독은 만판 왕이나 진배없는 존재 아니냔 말이야. 수상이라면 또 몰라도 어느 대신 자리를 조선 총독에다 비할까. 한데 총독과 비교하면 상대적으로 이인자 자리는 위상이 너무 초라하다. 지금도 저 퇴물 군인이 축사한답시고 거들먹대는 자리에 나는 들러리밖에 안 되니, 이거야 원.'

동경 제국 대학을 수석으로 졸업한 미즈노는 지식의 또 다른 장식품쯤으로 여기는지 바둑까지 열심히 공부했다. 장래 자신의 처신과 관련하여 문득 엊그제 탐독한 바둑 격인이 떠올랐다.

'바둑에 위기십결(圍棋十訣)이 있다. 그것은 비단 바둑뿐만 아니라 정치를 대입해도 그 하나하나가 요결(要訣)이다. 상대를 공격할 때는 먼저 나를 돌아보라는 공피고아(攻彼顧我)나 작은 것을 버리고 큰 것을 취하라는 사소취대(捨小取大) 같은 격언은 늘 명심할 일이다.'

위기십결은 바둑의 작전 요령을 열 가지 격언으로 만든 것이었다.

중앙 홀의 실내 행사가 끝나자 참석자들은 바깥으로 우르르 몰려나갔다. 외부의 정초식 행사 때문이었다. 정초석이 박힐 자리는 건물 정면의 맨 오른쪽 기둥 모서리로, 동남편의 동십자각을 바라보았다. 주위에는 행사를 위해 나무 기둥을 여럿 세우고 바닥에는 널찍한 송판 마루가 깔려 있었다.

흰 장갑을 낀 총독은 흙손으로 정초석이 박힐 자리에 시멘트를 발랐다. 흙손은 오늘 행사를 위해 특별히 은으로 제작되었다. 뒤이어 총독이 한문으로 정초(定礎)란 글자가 새겨진 화강석을 시멘트에 박아 넣었다. 박수갈채가 쏟아졌다. 정초석을 이윽히 바라보던 총독이 주위 사람들을 향했다.

"누가 썼는지 몰라도 그 글씨 한번 명필이구먼."

글 임자는 바로 사이토 자신이었다. 예상대로 왁자한 웃음소리와 함께 다시 박수갈채가 터져 올랐다. 의기양양한 총독이 말을 보탰다.

"이 정초석이 아무리 못해도 백 년은 넘게 가겠지? 백 년만 쳐도 2020년이라…. 그렇다면 내가 쓴 글씨가 두고두고 이 자리에 남겠구먼. 설사 새 청사에서 근무를 못 해보면 또 어떨까, 허허허"

정초석 곁에는 큰 구덩이가 파여 있었다. 훗날 기억될 만한 물품을 땅속에 묻음으로써 이날의 정초식을 기념하려는 뜻이었다. 묻히는 것은 일종의 기억 상자였다. 토목부장이 자그마한 아연 상자를 흔들며 말했다.

"이 타임캡슐 속의 내용물을 말씀드리겠습니다. 타임캡슐의 맨 아래는 은판이 들어있습니다. 은판에는 총독 각하를 비롯하여 관계자 5명의 관직과 이름이 새겨져 있습니다."

관계자 5명은 사이토 총독과 미즈노 정무총감, 토목부장, 영선과장, 경복궁 출장소장이었다.

"은판 위에는 총독부 청사 설계도와 공사 개요서가 있습니다. 그리고 맨 위에는 날짜를 기념하기 위해 오늘 발행된 《매일신보》가 들어있습니다."

몇 달 전부터 《조선일보》와 《동아일보》도 발행되었지만, 타임캡슐에는 총독부 기관지인 《매일신보》 1부만 넣었다. 아연 상자는 큰 돌 속에 넣어진 뒤 시멘트로 봉해졌다. 미리 설치된 쇠갈고리 줄에 의해 돌덩이가 구덩이 속으로 들어가면서 정초식도 대략 끝났다. 신축 건물 앞에서 여송연을 즐기던 총독이 문득 미즈노에게 말했다.

"정무총감, 오늘 또 새삼스레 느낀 일이지만 저 광화문은 이제 아무짝에도 쓸모없는 것 아닌가? 우리 총독부 청사가 아무리 번듯하게 들어선다 해도 궁궐 정문이 계속 앞을 가로막고 있으면 모양새는 두고라도 어디 권위가 서겠나. 그에 대한 대책을 생각해 봤소?"

광화문은 경복궁의 여러 건물 가운데서도 빼어난 걸작이었다. 한데 웅장하고 조화롭던 궁궐 풍경이 다 망가진 데다, 전혀 엉뚱한 건물까지 끼어드니 아무리 걸작이라도 부조화가 연출될 수밖에 없었다. 사이토의 말에 정무총감은 별걱정을 다한다는 듯 느긋하게 답했다.

"각하, 우리 총독부는 장차 이 자리에서 여러 백 년, 아니 천 년을 두고 조선을 통치해야만 합니다. 따라서 총독부 정문을 가로막는 광화문은 어차피 없어질 운명에 처해 있습니다. 그렇다고 철거를 너무 일찍 서두를 필요는 없을 듯싶습니다. 어쨌든 광화문은 저들의 궁궐 정문인 만큼 철거에 따른 반발도 고려 사항이 아니겠습니까?"

그런 미즈노는 언뜻 바둑 위기십결에 봉위수기(逢危須棄)라는 격언이 떠올랐다. 위험이 닥치면 손을 빼고 시기가 올 때까지 건드리지 말라는 뜻이었다. 정무총감이 한결 자신감 넘치는 목소리로 말을 보탰다.

"뒷날 총독부 건물이 완연히 제 모습이 갖추어졌을 때를 한번 상상해 보십시오. 그러면 언뜻 보아 광화문이 총독부의 웅장한 건물을 가로막은 듯 착각하기 쉽습니다. 다시 말해 광화문이 전혀 엉뚱한 자리에 놓인 것처럼 매우 부자연스럽다는 뜻입니다. 그러면 자연 조선인들의 애정이나 관심도 그만큼 줄어들기 마련입니다. 아마 그때쯤이 광화문 철거의 적기가 아닐까 싶습니다. 당연히 해태인가 뭔가 하는 돌덩어리도 포함해서 말입니다. 지금은 우리의 문화 정치가 바야흐로 꽃을 피우는 시기 아닙니까? 아직은 서두름이 오히려 내버려 두느니만 못하지 싶습니다."

미즈노의 답변은 대책이라기보다 거의 훈계조에 가까웠다. 총독도 그걸 느꼈는지 일시 얼굴이 붉어졌다. 여송연을 입으로 가져가는 손가락이 미세하게 떨린다. 겉으로는 열기를 내뿜는 더위를 탓하며 연장자의 풍도를 보이려 애썼다. 총독부의 수뇌 두 사람은 호흡을 맞추면서 알게 모르게 알력이 생겨났다. 물론 권력 내지는 주도권 다툼의 산물이었다. 서로의 인간성에 대한 불신도 커다란 요인으로 작용했다. 미즈노는 총독의 고도로 계산된 이중성에 환멸감을 느꼈고, 사이토는 또 사이토대로 야심만만한 정무총감의 의도적인 윗사람 흔들기에 구역질이 났다.

축하연에서 낮술이 과했던지 사이토가 예정에 없던 일을 꺼냈다. 이왕 경복궁에 왔으니 천천히 조선 궁궐을 둘러본다는 것이었다. 그로 인해 헌병들은 경복궁을 또다시 샅샅이 살핀 뒤 돌발 사태에 대비했다. 모리야 비서관을 비롯하여 몇몇을 대동한 총독은 이윽고 근정문으로 향했다. 총독부 건물이 들어서면서 이미 홍례문과 옆을 둘러싼 회랑(回廊)이 헐린 상태라 이제 달랑 문 하나만 지나면 그대로 구중심처(九重深處)에 들 수 있었다. 새 건물과 근정문 간의 거리도 30여 미터에 불과했다. 근정문을 들어선 사이토는 장엄한 건물을 얼마간 쳐다보았다. 왕권의 상징인 근정전이었다. 왕의 즉위식이나 외국 사절의 접견 등 국가적 행사를 치른 곳이었다. 삼봉(三峰) 정도전(鄭道傳)이 왕은 부지런해야 한다는 말과 함께 "천하의 일은 부지런하면(勤) 잘 다스려진다(政)."라는 뜻에서 붙인 이름이었다. 조선 궁궐의 정궁이 경복궁이요, 경복궁의 정전(正殿)이 바로 근정전이었다. 회랑으로 둘러싸이고 평평한 돌이 깔린 근정전 앞마당은 조정(朝廷)이었다. 따라서 사이토 총독은 지금 조선 왕조의 최고 정점에 발을 들여놓은 것이었다.

사이토는 뒷짐을 진 오연한 자세로 조정 중앙의 어도를 따라 걸었다. 문무백관이 좌우로 정렬했던 품계석(品階石)을 지나 근정전 건물의 중앙 계단을 올랐다. 안내를 맡은 관리가 근정전의 정문을 열었다. 뒤편 중앙에는 임금의 자리인 어좌(御座)가 높다랗게 놓여 있고 병풍은 일월오악도(日月五嶽圖)였다. 해와 달, 그리고 다섯 봉우리의 그림이었다. 바깥에서 근정전을 볼 때는 2층 형태의 건물이지만 내부는 아래위가 트인 통층이었다. 천장 가운데는 여의주를 놀리며 구름 사이를 노니는 황금빛의 용이 두 마리 새겨져 있었다. 넓고도 높은 근정전 내부는 우아하면서 근엄한 분위기를 자아냈다.

"총독 각하, 조선 천하는 지금 각하의 선정 아래 바야흐로 문화의 꽃이 피어나고 있습니다. 그를 기념하는 의미에서 저 자리에 한 번 앉아보시지 않겠습니까?"

모리야 비서관이 가리킨 자리는 조선 왕들이 앉았던 용상(龍床)

이었다. 그러잖아도 힐끗힐끗 용상에다 눈길을 던지던 총독은 비서관의 부추김에 곧바로 응했다.

"그럼 어디 한번 앉아볼까?"

신축 건물에 필요한 화강암과 대리석을 다듬느라 경복궁은 온통 돌가루가 날아와 먼지투성이였다. 근정전도 마찬가지였다. 안내원이 용상을 비롯하여 어도 길의 먼지를 닦아냈다. 그래도 차마 구두 걸음은 민망했는지 사이토는 문밖에서 신발을 벗었다. 어좌의 닫집 계단을 오른 사이토는 용상에 가서 슬며시 엉덩이를 내렸다. 오직 조선 왕만이 앉았던 경복궁 근정전의 용상이었다. 한데 그 지엄한 자리에 지금은 일본인 총독이 앉아서 거드름을 피웠다. 평소 잠재하던 의식에다 술기운이 부채질한 탓일까, 마침내 사이토는 조선 왕이라도 된 듯한 기분을 만끽했다. 천장의 용 그림을 쳐다보며 묵직하게 말했다.

"옛날 말에 왕 된 자의 도는 용이 머리를 높이 들고 멀리 바라보며, 깊이 들여다보고 또 자세히 듣는 모습과 같은 것이라 했네. 나는 나름대로 그 말의 뜻을 새기려 애썼는데 실천이 어떠했는지는 의문이구먼. 신하로서 충성스럽게 간언(諫言)하지 않는 자는 나의 신하가 아니라고 했네. 모리야 군, 나한테 하고 싶은 말이 있으면 이럴 때 기탄없이 한번 얘기해 보게나."

"지금 각하의 조선 통치는 한마디로 이론의 여지가 없습니다. 각하께서 베푸시는 선정에 만백성이 성은을 입고 있습니다."

총독의 기분을 눈치챈 비서관이 제법 아양을 떨었다. 자리가 용상이다 보니 사이토는 망발도 서슴지 않았다.

"뒷날 이 자리에서 어전 회의를 열면 딱 좋겠구먼. 그러면 내가 조선 땅에 무슨 미련이 남겠는가? 허허허"

사이토는 용상에서 일어서며 감회를 밝혔다.

"이 자리에 마지막으로 앉았던 사람이 바로 창덕궁의 이왕(李王) 아닌가. 그 사람도 일국의 국왕치고는 한참 물러빠졌어. 물론 우리는 골치가 덜 아파 좋기는 하지."

사이토가 운운하는 창덕궁 이왕은 바로 조선의 마지막 임금인 27대 순종을 가리키는 말이었다. 비록 낮술에 취해 행동이 방자한 사이토의 말일지라도 순종에 대한 평가는 대체로 동이 닿았다.

고종과 명성황후의 둘째 아들로 태어난 순종은 1907년에 부왕 (父王)으로부터 양위(讓位)를 받아 대한제국의 2대 황제에 올랐다. 을사늑약으로 이미 국운이 기운 뒤 제위(帝位)에 오른 만큼, 어찌 보면 비운의 인물이기는 해도 한편으로는 너무 나약한 임금이었다. 고종이 일제 침략에 맞서 헤이그에 밀사를 파견하는 등 나름대로 저항하다 강제 퇴위를 당할 때, 아들인 그가 순순히 제위를 물려받은 것부터가 그랬다. 이후 순종은 한일 신협약과 한국군 해산 등으로 일제에 계속 실권을 빼앗겨도 침묵으로만 일관했다. 사이토의 표현처럼 한 나라의 국왕으로는 너무도 약한 모습만을 보이다가 끝내는 합병 조약으로 종묘사직까지 잃고 말았다. 조약 뒤 경복궁에서 쫓겨난 순종은 황제 폐하(陛下)에서 왕에 대한 존칭인 전하(殿下)로, 그것도 일제가 지어준 이왕이란 괴상망측한 호칭을 들으며 창덕궁에서 허수아비로 생활하고 있었다.

한편 이즈음의 마루야마는 엉덩이에서 비파 소리가 나도록 바삐 쏘다녔다. 봉천 회의 관계로 걸핏하면 군의 관계자들과 머리를 맞대는데, 이번에는 총독부 초청으로 만주 마적단의 두목 장강호가 경성에 왔던 것이다. 모두가 만주 독립군 토벌과 관련된 일이었다.

지난 5월 상순에 아카이케 경무국장이 참석한 봉천 회의는 절반쯤의 성공을 거두었다. 만주 실권자인 장작림이 합동 수사반 편성에 동의한 데다, 실제로 봉천성은 2개조의 수사반이 활동을 개시했다. 한데 길림성은 서정림 성장의 반대로 수사반 편성은 걸음마도 떼지 못한 상태였다. 독립군 세력이 한결 왕성한 곳은 길림성이었다.

5월 말경에 재차 봉천 회의가 열렸는데 이번에는 마루야마가 총독부 대표로 참석했다. 협의의 주된 내용은 장작림 의견에 대한 수용 여부였다. 길림 성장이 독립군을 수사할 수 있도록 먼저 1개월간의 기한을 주자는 것이 장작림 의견이었다. 회의 결과는 의견을 일단 수용하되, 수사가 미진할 때는 장작림과 재교섭한다는 것이었다. 그러나 서정림이 누군가. 그는 처음부터 자기 소신에 따라 독립군 수사를 명백히 거부한 성장이었다. 유예 기간 운운하며 어르고 달랜다고 해서 눈 하나 깜짝할 인물이 아니었다. 당연히 북간도 독립군에 대한 별도 수사 따위는 없었다.

일제도 이즈음 북간도의 중일 합동 수사에 회의감을 품게 되었다. 봉오동 전투에서 받은 충격이 워낙 컸던 때문이다. 자기들 멋대로 정한 유예 기간에 북간도의 독립군과 정식으로 한바탕 맞붙어 본 결과 독립군의 역량은 상상 이상이었으며, 따라서 합동 수사반 따위의 소수 부대로는 토벌이 어림도 없다는 걸 절감했다. 그런데도 수사반 편성 카드를 계속 만지작거리는 이유는 중국 측을 압박하여 대규모 토벌을 위한 교두보를 마련하자는 속셈이었다.

3차 봉천 회의가 7월 중순에 다시 열렸다. 이때는 종전의 참석자들 외에 조선군 참모상과 관동군 참모장 대리가 참석할 정도로 회의가 고위급으로 격상되었다. 회의는 장작림에게 2개 조항을 제기하자는 선에서 결론이 났다. 첫째는 강안(江岸) 일대의 접경 지방은 합동 수사를 수시로 시행하자는 내용이었다. 둘째는 한 발 더 나갔다. 비록 명목은 합동 수사로 하되, 기한을 정하여 일본 군대가 소탕 작전을 벌이면 이를 승낙하라는 것이었다. 이제 일제는 아예 일본군의 간도 출병을 중국 측에 공공연히 강요할 정도였다. 당연히 그런 무리한 요구를 장작림이 순순히 받아들일 리 없었다. 장작림은 강안 일대의 합동 수사는 대체로 응할 기미를 보였으나, 군대의 소탕 작전은 구체적인 안(案)의 제출부터 요구했다. 그러자 일제는 1개 연대 병력을 주축으로 하여, 2개월에 걸쳐서 간도와 그 부근 지역에 소탕 작전을 벌이겠다고 답하였다. 어쨌든 장작림도 일본군의 간도 출병만큼은 쉽사리 응하지 않았다.

일제가 겉으로는 장작림과의 협상에 매달리는 척했지만, 이미 내부적으로는 다른 계략을 은밀히 추진하고 있었다. 대규모 출병을 기정사실로 한 사전 정지 작업이었다. 그 하나가 독립운동에 관대하고 일제에 비협조적인 중국 간부의 교체였다. 그리하여 연길 도윤이 장세전에서 도빈으로 바뀌었다. 전임자가 비밀 훈령까지 내릴 정도로 독립운동에 지지를 보냈다면, 후임자인 도빈은 일제 눈치나 살피며 자기 보신에 능한 관리였다. 예전에 통역관 이동춘 이 원세개와 친분 있는 것을 알고 그것을 이용하려던 관찰사로, 연 길 관청에서는 구년묵이였다. 일제로서는 눈엣가시나 다름없는 서 정림 길림 성장도 제거 대상이었다. 장작림과 사돈 되는 포귀경 길 림 독군이 성장까지 겸직하도록 이미 손을 써놓은 상태였다.

다른 하나는 독립군 토벌을 위한 구체적 계획이었다. 3차 봉천 회의 이후 일본군은 간도 출병을 기정사실로 하고 계획 입안에 착 수했다. 이름하여 '간도지방 불령선인 초토계획(間島地方 不逞鮮人 剿討 計劃)'이었다.

한데 정작 만주 실권자인 장작림은 6월 중순부터 북경에 가 있 었다. 북양군벌의 양대 파벌인 안휘성의 환계(皖系)와 직례성의 직 계(直系)가 북경 정부의 주도권을 놓고 오랫동안 대립했는데, 마침 내 전운이 고조된 때문이었다. 조선 독립운동의 기지인 만주를 포 함해서, 중국의 미래가 걸린 싸움이 일어나기까지의 경위는 대략 이러했다.

권력의 화신으로 황제 놀이까지 벌인 원세개가 1916년에 죽자 중국은 지방마다 군벌들이 득세하여 거의 독립적인 왕국을 건설하 였다. 이들은 마치 삼국지의 군웅할거를 보여주듯 생존을 위해 필 사의 노력을 기울였다. 여기서 굳이 따지자면 원세개는 삼국지의 동탁(董卓)과 비길만했다.

원세개의 북양군벌도 단기서(段棋瑞)의 환계와 풍국장(馮國璋)의 직계로 분열했다. 장작림이 우두머리인 봉천성의 봉계(奉系)도 있었으나 원래 북양군벌의 주류는 아니었다. 단기서는 국무총리 겸 육군 총장으로 북경 정부의 실권을 장악했다. 다른 한 축인 풍국장은 부총통이 되었다. 그리하여 원세개의 대총통을 승계한 여원홍(黎元洪)은 국무총리의 결재 도구로 전락했다. 내각 책임제와 대총통 중심제가 불분명한 법의 탓도 있었다. 그로 인해 단기서와 자주 부딪치던 여원홍은 남경에 있는 풍국장에게 대총통 자리를 넘겨버렸다.

단기서가 새로운 중화민국을 내세우고 또 독일에 선전 포고하는 등 일방적으로 독재를 펼치자, 남방의 혁명아 손문은 서남 군벌과 손잡고 호법전쟁(護法戰爭)을 일으켰다. 1917년 9월의 일이었다. 이에 단기서는 무력 토벌을 주장했으나, 대총통인 풍국장은 협상을 통한 화평 통일 정책을 고집했다. 결국, 북양 군대가 철수하자 무력 통일이 좌절된 단기서는 하야했고, 풍국장은 남방과의 전쟁을 끝냈다. 그러자 단기서의 심복인 서수쟁(徐樹錚)이 주군의 복귀와 무력 토벌을 재추진하고 나섰다. 특히 장작림의 봉계 군벌을 끌어들이려고 많은 공을 들였다. 명분은 남정(南征) 참여를 내세웠고 미끼는 부총통 자리였다.

그러잖아도 장작림은 북경 진출이 꿈이었다. 이리하여 산해관(山海關)을 넘어 관내로 진출한 '남정 봉군 총사령부'의 5만여 병력 앞에 풍국장은 주눅이 들었다. 북경 정부에 단기서를 복귀시킨 장작림은 명실상부한 동삼성의 실권자가 되었다. 1918년 3월에 벌어진 일이었다. 그 결과 장작림과의 합작은 이제 두 파벌의 대세를 가를 만큼 중요해졌다. 북경 정부의 주인이 점점 장작림에 의해 결정된다고 해도 과언이 아니었다.

북양군벌의 두 파벌은 힘을 신장시키는 데 혈안이 되어 외세까지 동원했다. 환계는 일제를 등에 업었고, 풍국장의 직계는 영국과 미국을 배경으로 삼았다. 단기서는 일제와 비밀 군사 협정을 체결한 뒤, 세계대전 참전을 구실로 이른바 '참전군'을 창설했다. 대총통인 서세창(徐世昌)이 사병이나 다름없는 참전군을 육군에서 관할하도록 요구했지만 거절당했다. 데라우치 수상은 그런 단기서에게 어마어마한 차관을 제공했다. 중국에서 5·4운동이 폭발한 원인이었다.

참전군 편성으로 군벌 내에서 단숨에 군사적 우위를 점한 단기서는 남방에 대한 무력 통일 정책을 다시 추진하였다. 그러나 북양군은 이미 자중지란의 상황이었고 직계의 지휘관들은 남하 명령을 무시하고 전투를 중지했다. 그 중심은 직계 조곤(曹錕)의 심복인 오패부(吳佩孚)였다. 오패부는 전투를 중지했을 뿐만 아니라 한발 더 나아가 칼끝을 돌려 북상했다. 북경의 단기서와 일전을 각오한 행동이었다. 기미년 말에 풍국장이 죽자, 오패부는 상관인 조곤과 함께 일약 직계의 우두머리가 되었다. 마침내 1920년 6월 중순에 직계는 보정, 환계는 북경에 주둔한 채 대치하면서 일촉즉발의 상황이 연출되었다. 그러자 대총통인 서세창이 장작림을 북경으로 불러들여 양자의 중재를 주문했다.

중립을 표방하고 조정에 나선 장작림은 이제 북경 정부에서 당당히 3대 세력의 하나로 자리매김했다. 단기서의 심복인 서수쟁은 판세가 불리하게 돌아가자 장작림 암살까지 꾀하였다. 가까스로 몸을 피해 봉천으로 돌아온 장작림은 7만의 병력을 관내로 진출시켰다. 당연히 이번에는 직계 편이었다.

곪은 상처는 터지기 마련이었다. 7월 14일부터 불붙은 직환전쟁(直晥戰爭)은 불과 며칠 만에 환계의 단기서가 백기를 들었다. 이리하여 원세개 사후 북경 정부를 장악했던 단기서는 몰락하고, 직계의 조곤과 오패부가 권력을 장악했다. 이 와중에 마적 출신인 장작림은 전리품 챙기기에 바빴다. 귀한 비행기 12대에다 약 1백 량의 차량에는 탄약과 장비 따위를 가득 싣고 봉천으로 돌아왔다. 이제 북경 정부에 대한 장작림의 영향력은 한층 막강해졌다.

만주는 한민족과 떼려야 뗄 수 없는 땅인 데다 지금은 독립운동 기지였다. 일제가 만주를 눈독 들인 지는 이미 오래였다. 따라서 독립 진영에서는 북경 정부의 향방에도 주의를 기울였지만, 만주 실권자인 장작림의 거취는 한층 중요할밖에 없었다.

삼복더위가 맹위를 떨치는 7월 중순이었다. 태양에 찌든 경성의 행인들은 대부분이 후줄근한 데다 입성까지 추레했다. 한데 이 건물을 들락거리는 사람은 말쑥하면서 시원한 차림새였다. 관광객이나 외국인들을 빼면 조선에서 나름대로 거들먹대는 자들이었다. 건물은 '조선철도호텔'이었다.

1897년에 고종은 환구단(圜丘壇)에서, 황천 상제께 천제를 올리는 환제제를 거행하고 대한제국을 선포했다. 황제국의 출범을 대내외에 알리는 행사였다. 하지만 대한제국이 일제에 강점된 이상 환구단은 헐릴 운명을 타고난 셈이었다. 대한제국의 상징적 공간인 때문이었다. 아니나 다를까 데라우치 총독은 환구단을 헐고 최고급 호텔을 지었다. 경복궁의 공진회를 개최하려면 외국인을 숙박시킬 호텔이 필요하다는 게 이유였다. 공진회 일 년 전인 1914년에 건물이 완공되자 철도국이 직영한 관계로 '조선철도호텔'이 되었다. 독일풍의 5층 건물인 호텔은 명성이 자자했다. 조선에서 최초로 엘리베이터가 설치되었고, 선 라운지로 꾸며진 커피숍은 장안 최고의 명소가 된 지 이미 오래였다. 냉방이 잘된 커피숍인데도 손님들은 의식적으로 티를 냈다. 하얀 모시 옷차림으로 쥘 부채인 합죽선(合竹扇)을 할랑거리는 자가 있는가 하면, 매미 날개 같은 적삼에다 고급 비단인 갑사(甲紗) 치마를 짧게 두르고 명주 손수건으로 얼굴을 꼭꼭 누르는 여자도 있었다.

저녁 무렵이었다. 작달막한 키에 눈이 쭉 찢어진 사내가 호텔에 들어섰다. 간도 독립군 문제로 동분서주하는 마루야마였다. 호텔의 내부 구조에 익숙한지 곧장 식당으로 향했다.

"기다리고 있었습니다."

마루야마가 식당 방으로 들어서자 사내 하나가 몸을 일으켰다. 총독부 경무국의 야마구치(山口) 고등과장이었다. 원래 고등과는 사상 정치범을 다루는 부서였으나 지금은 독립운동에 나선 사람을 색출하여 처결하는 것이 주 임무였다. 그래서 고등과는 독립운동의 중심인 간도를 늘 주시할밖에 없었다. 고등과장인 야마구치 역시 경무국의 사무관이었다. 한데도 간도 업무를 협의할 때는 마치 마루야마의 하수인처럼 굴었다. 신래종 실세인 데다 총독까지 등에 업은 마루야마의 위세에 눌린 탓이었다.

고등과장이 예를 갖추자, 앞에 앉아 있던 시커먼 사내 둘도 엉

거주춤 몸을 일으켰다. 날렵한 몸매는 일본인이고, 키가 훤칠한 덩치는 중국 사람이었다. 바로 마적 이름이 천락인 나카노와 대륙에서도 악명을 떨치는 마적단의 두목 장강호였다. 나이 오십인 마적 두목은 차림새가 제법 멀쑥했다. 목에 달고 다니는 불상은 포대화상(布袋和尚)이었다. 포대화상은 만주의 전통 토비들이 조상으로 숭배하는 최고의 신이었다.

"우리 일동사 사장님 아닙니까? 멀리서 오느라 고생이 많으셨군요. 진작 연락을 드려야 했는데 요즘 따라 워낙 업무가 바빠서 실례했습니다."

나카노를 본 마루야마는 반가움을 못 이기는 체 과장된 몸짓을 보였다. 만주에서 만난 적이 있어 둘은 구면이었다. 총독부 초청으로 나카노와 장강호는 이미 4일 전에 경성에 도착해 있었다.

"이쪽이 바로 제가 누차 말씀드린 장강호 두목입니다."

나카노의 소개와 통역으로 마루야마는 꼭 소도둑처럼 생긴 장강호와 인사를 나눴다. 서로의 필요로 총독부의 일등 모사꾼과 대륙의 모략 마적 두목이 손을 잡는 순간이었다.

총독부의 거금을 만지기 위해 장강호는 경성에 오기 전에 이미 일을 벌인 상태였다. 마적 두목이 막상 독립군 토벌을 시작하려니 무기가 부족했다. 그래서 먼저 중국군의 무기와 탄약을 탈취했는데, 총기 50여 정에 탄약은 1만 발에 이르렀다. 웬만큼 준비가 갖춰지고 총독부 지시까지 내려오자 마침내 장강호는 6월 중순부터 활동에 나섰다. 그렇다고 정예한 독립군 부대와 정면으로 맞붙었다가는 그대로 깨강정이 날 판이라 비교적 작은 단체부터 건드렸다. 장강호 마적단에 제일 먼저 희생된 독립 단체가 흥업단(興業團)이었다. 무송현에 기반을 둔 흥업단은 활약이 제법 볼만한 단체였다. 마적단은 흥업 단원들을 몽강현으로 유인한 뒤 포박했다. 지금도 구금 중인 6명의 단원은 온갖 악형에 시달려야만 했다. 김재호(金在鎬), 송계원(宋桂元), 전성규(全星奎), 오제동(吳濟東) 등이었다.

7월 초였다. 총독부 호출을 받은 나카노는 두목 장강호와 함께 근거지인 몽강현을 떠나 조선 땅으로 향했다. 압록강의 국경 도시인 중강진을 거쳐 경성에 도착한 그들은 지금 본정(本町=명동)의 여관에 투숙 중이었다. 사내들만의 버성긴 자리에는 역시 술이 최고였다. 만찬에 앞서 정종과 함께 마적 두목을 위해 독한 배갈까지 나오자 자리는 쉽게 어울렸다. 뜻밖에 최고급 호텔에서 극진한 대접을 받게 되자 감격한 나카노가 제법 인사를 차렸다.

"바쁘실 텐데 이렇게 두 분이 왕림해주셔서 참으로 황송합니다."

마루야마가 묵직하게 고개를 저었다.

"원, 별말씀을…. 우리 대일본 제국을 위해 애쓰시는 두 분을 생각하면 대접이 한참 소홀합니다. 우선 저녁부터 먹은 뒤 따로 술자리를 갖도록 하지요. 한데 총독부에서도 대략은 파악하고 있습니다만 실제 간도 불령선인의 세력이 어떻습니까?"

"불령선인 단체나 인원까지는 누구도 정확히 알 수 없지요. 하지만 기세가 제법 왕성한 것만은 분명합니다. 서간도 방면은 그나마 수사반 활동으로 주춤해졌지만, 북간도는 아마 사령부나 총독부에서도 골머리를 싸맬걸요?"

나카노가 뻔한 걸 왜 묻느냐는 투로 반문했다. 마루야마는 고개를 끄덕이는 듯 마는 듯하다가 입을 열었다.

"우리 총독부는 불령선인 문제에 최선을 다하려고 노력 중이지요. 그러나 갈수록 놈들은 포악해지고 국경 상황도 험악해졌어요. 앞으로는 정말이지 골치 아픈 간도 불령선인 문제를 조속히 해결할 길은 오직 두 분의 분투 여하에 달렸습니다."

마루야마가 한숨까지 섞어가며 기대를 표하자 나카노는 그만 기가 크게 살았다.

"전과 비교하면 불령선인이 좀 왕성해졌다는 얘기지, 그렇다고 큰 두통거리까지는 못 됩니다. 우리 부대는 만주와 연해주 일대의 지리에 통달한 데다 불령선인의 동향까지 손바닥 들여다보듯이 환히 읽고 있습니다. 따라서 우리 정예병을 동원해 막상 토벌에 나서면 그깟 오합지졸쯤이야 가는 곳마다 추풍낙엽이지요. 문제는 토벌 비용입니다만…. 그러잖아도 저는 시베리아 출병 뒤로는 조국에 봉사할 길이 마땅찮아 답답해하던 중이었습니다."

이제 갑갑증이 풀렸다는 듯 나카노는 기세 좋게 술잔을 털어 넣었다. 이어 뭔가 보여줄 게 있는지 다시 자기 가방을 만지작거렸다. 궁금증을 유발하는 행동이었다.

"현재 부대원은 얼마쯤 됩니까?"

나카노의 허풍을 그쯤에서 막으려는지 야마구치 고등과장이 대화에 불쑥 끼어들었다. 부대원 대신 마적이란 말이 혀끝에 맴돌았으나 차마 뱉지는 못했다. 칼날 같은 눈초리가 제법 매서웠다.

"대략 1천4백은 될 겁니다. 모두가 일당백이지요."

자기들끼리 입을 나불거리자 마적 두목은 이리저리 눈을 산만하게 굴리며 쥐새끼처럼 눈치를 살폈다. 어쩌다 나카노가 살을 보태 좋은 말로 통역하면 그제야 희미하게 웃을 따름이었다. 차츰 깔보는 마음이 생겼는지 마루야마가 나카노를 향해 직설적으로 물었다.

"두목이란 자는 성깔이 꽤 마를 듯싶은데, 우리 총독부 지시에 잘 따를까요?"

"생긴 것처럼 힘도 좋고 어쩌다 사나울 때도 없지 않지만, 대체로 의리파라고 보시면 됩니다. 일 처리가 대범하고 확실하지만, 상대가 약속을 지키지 않으면 못 참는 성미지요. 그리고 탁 까놓고 말해 마적한테는 돈과 아편이 전부 아닙니까? 대가만 확실하다면야 아닌 말로 사냥개보다 더 다루기 쉬운 게 바로 마적이지요."

나카노는 은근슬쩍 협박까지 곁들이며 장래 토벌 비용 문제를 상기시켰다. 물론 자기 나름의 요량은 있었다. 조국 봉사가 어쩌고저쩌고는 왕창 입에 발린 말이고, 어떻게든 총독부와 마적단을 잘 이용해 중간에서 한몫 챙기자는 속셈이었다. 나카노는 문득 가방에서 서류 뭉치를 꺼냈다. 아까부터 만지작거려 경무국 사무관들이 궁금해하던 가방이었다.

"이것은 흥업단 일당을 포박했을 때 놈들이 소지하고 있던 것입니다. 괜히 공치사나 들으려고 하는 말이 아니라 그들 일당은 무송현에서 제법 뿌리를 깊이 내렸어요. 조선인은 말할 것도 없고 중국 관헌으로부터도 일정한 편의와 대우를 받았으니까요. 우리 일본 사람들이 오죽하면 무송 방면으로 여행 가기를 꺼렸겠습니까? 결코, 포박된 인원의 다수로 활동상을 따질 일은 못 되지요."

자기 공을 한껏 부풀린 나카노는 이윽고 서류를 고등과장에게 주섬주섬 넘겼다. 상해 임정의 임관 사령장(辭令狀)과 선전서, 격문, 지사들에게서 온 편지 따위였다. 나카노가 전하는 바는 분명했다. 독립군 토벌과 관련하여 확실한 물증이 있으니 토벌 비용 또한 어김없어야 한다는 뜻이었다.

"지금 투숙 중인 여관에 불편한 점은 없습니까?"

마루야마는 긴한 체 머리까지 내밀었다.

"아직은 뭐 별로…."

"그럼 잘됐군. 장차 여유를 갖고 차근차근 협의할 일이 많지 싶습니다. 불편한 점이 없으면 계속 그 여관에 머물도록 합시다. 그건 그렇고… 술자리를 옮겨서 좀 더 깊은 얘기를 나누고 싶은데 두목은 어떡하면 좋을까요?"

마루야마가 제법 의논성 있게 나왔으나, 한마디로 마적 두목은 빼고 우리끼리만 가자는 뜻이었다. 소싯적에 가출해 눈칫밥에 이골이 난 나카노가 그것을 모를 리 없었다.

"여관에 먼저 보내버리면 그만이지요."

호텔 만찬은 이제 파장 분위기였다. 쓰임새 좋은 마적을 장차 수족처럼 부리려면 어쨌든 나카노부터 구워삶아야겠다고 마루야마는 다짐했다. 다음 술집을 정하느라 머릿속으로 고급 요정을 하나하나 짚어보았다. 마음이 요정으로 쏠리자 벌써 샤미센 소리가 귀에서 동당거렸다. 요정에 소속된 게이샤가 차례로 떠올랐다.

통감 이토 시절에 꽃을 피우기 시작한 화류계는 지금 전성기를 맞았다. 총독부의 남산을 비롯하여 곳곳에 들이박힌 일본 요정과 술집들은 밤이 되면 한층 윤기를 내며 흥청거렸다. 총독부 실세인 마루야마는 내로라하는 요정만 출입한 때문에 기실 단골은 한정된 편이었다. 맨 먼저 '지토세(千歲)'부터 떠올랐다. 근래 들어 총독부 고관들이 부쩍 들락거리는 요정이었다. 요정 주인인 오찌요의 장사 수완이 비상했기 때문이다.

'정무총감의 단골 술집인 만큼 그와 맞닥뜨릴지도 모른다. 내가 총독에게 기운 뒤로 겉으로는 무심한 척 굴지만 꽁한 심사가 없지는 않을 것이다. 비싼 돈 주고 술 마시러 가는데 도리어 기분을 잡쳐서는 안 되지. 거기다 혹 아카이케라도 만난다면 낭패 아닌가.'

생각이 경무국장에 미치자 마루야마는 대뜸 지토세를 머리에서 지웠다. 다음은 '가게쓰(花月)'였다. 총독부 고관들이 지토세로 몰리기 전에는 단연 가게쓰의 단골이었다. 그만큼 전통과 명성을 지닌 요정이었다.

'가게쓰가 여러모로 좋긴 한데….'

마루야마가 뜸을 들이는데 언뜻 '치요모토(千代本)'가 머리를 스쳤다. 연전에 개업한 아담한 요정이었다. 치요모토가 떠오르자 마루야마는 표정부터 일그러지며 술잔에 손이 갔다. 예전 일로 새삼 분기가 솟구쳤다.

마루야마는 그 치요모토에 줄기차게 돈을 갖다 바친 관리 중의 하나였다. 정초에 도쿄 본바닥에서 물 건너온 게이샤 때문이었다. 몸매가 물개의 허리처럼 미끈한 데다 콧날은 오똑하고 눈에는 요염한 기운이 넘치는 여자였다. 다른 사람은 어떤지 몰라도 적어도 마루야마에게는 보기만 해도 가슴이 설레고, 손 한번 잡는 것조차 차마 황송한 게이샤였다. 따라서 초장부터 입맞춤은 언감생심이었다. 화류계에서 조명이 난 마루야마인데도 그랬다. 문제는 그 뒤에 일어났다. 봄에 마루야마는 간도를 다녀오느라고 얼마간 경성을 비웠다. 한데 자신이 그토록 공들인 치요모토의 그 게이샤를 그만 아카이케 경무국장이 널름하고 말았던 것이다.

아카이케는 인물이 훤한 데다 성격까지 사내다워서 요정에 출두하면 게이샤들에게 대인기였다. 한데 그런 사내가 대개 그렇듯이 아카이케도 겉멋을 많이 부렸다. 요정에 갈라치면 옷맵시부터 차린 뒤 예외 없이 진솔 버선으로 깔끔함을 떨었다. 허영심에 들뜬 게이샤들은 그런 아카이케에게 열광했다. 첩 살림을 차리고 싶어 하는 게이샤가 줄을 섰다. 조선 팔도의 경찰을 호령하는 권세에다 인물까지 훤칠하니 그럴 법도 했다. 그에 반해 마루야마는 사회적 지위를 빼고 나면 별 볼 일 없는 사내였다. 인간적인 매력이 없다 보니 자연 계집도 따를 리 없었다. 마루야마는 차츰 경무국장과의 술자리를 탐탁잖게 여겼다. 계집들 앞에서 직속상관을 받드는 일은 또 그렇다 쳐도, 같은 사내로서 느끼게 되는 열등감은 참으로 감내하기가 힘들었던 것이다. 하필이면 치요모토의 그 게이샤가 아카이케와 놀아났으니 마루야마가 무슨 사단을 안 일으킨 것만도 다행이었다. 그 뒤에도 진득한 미련을 못 버린 마루야마는 치요모토를 두어 번 더 찾았다. 한데 게이샤는 아카이케의 근황에 조바심을 낼 뿐, 마루야마 따위는 안중에도 없었다. 그리하여 치요모토는 마루야마에게 일패도지(一敗塗地)를 안긴 씁쓸한 공간으로만 기억될 뿐 당분간은 멀리하고픈 요정이었다.

"사내가 상판대기만 번지르르하면 계집들이 환장한단 말이지. 작은 고추가 맵다는 말도 모르나? 내 참 아니꼬워서….."

자신도 모르게 마루야마가 혼잣말을 중얼거렸다.

"그게 무슨 말씀이신지…."

나카노가 어리둥절한 표정을 지었다. 마침 방에 들른 여종업원이 누구한테 눈길을 던지는지 살피기까지 했다. 적어도 마루야마는 아닌 듯했다. 동료의 중얼거림에 익숙한지 야마구치 고등과장은 표정이 심드렁했다. 치솟는 분기를 삭이려고 마루야마가 남은 술을 털어 넣었다. 문득 남산의 요릿집 은하장이 떠올랐다. 그제야 얼굴이 조금 펴졌다. 사실 마루야마는 은하장에 마음이 기웃거려 다른 요정들을 퇴짜 놓고 있는지도 몰랐다. 민원식과 함께 들락거리며 소소한 재미를 붙인 탓도 있었지만 무엇보다 은하장에는 미향이 존재했다. 마루야마는 근래 미향에게 바짝 열을 올리는 중이었다. 손으로 턱을 괸 마루야마는 은하장도 마음을 접었다. 방금 만찬을 치른 뒤라 천하 일미의 쇠갈비 요리조차 재미가 적을 듯했다. 또 일본 의회에 참정권 청원 운동을 벌인다며 민원식이 도쿄에 가고 없었다. 조선 요릿집을 단짝 없이 찾으려면 상당한 각오가 필요했던 것이다.

모사꾼에다 나름대로 약은 마루야마도 모르는 것이 있었다. 총독부나 경무국의 정보가 미향을 통해서 독립 진영으로 넘어간다는 사실이었다. 마루야마는 미향의 계산된 접근은 상상도 못 했다. 지금은 소소한 정보에 불과해도 장차 알 수 없는 노릇이었다.

"고등과장, 자리를 그만 가게쓰로 옮기는 게 어떻겠소? 멀리 만주서 특별한 손님이 왔는데 우리도 특별히 잘 모셔야지, 허허허."

결국, 마루야마는 차선책을 택했다. 얼마 전 가게쓰에 들렀을 때 요염한 자태를 뽐내던 게이샤가 떠올랐던 것이다. 갑자기 마음이 바빠진 마루야마가 나카노를 채근했다.

"그동안 만주 산골에서 지내느라 얼마나 갑갑했습니까? 거기다 경성까지 오느라고 노독도 많이 쌓였을 테지요. 그럴 때는 뭐니 뭐니 해도 술과 계집이 만병통치약이지. 일이야 형편 봐가며 차차 도모하면 될 것 아닙니까? 자, 그만 일어섭시다."

말도 어둡고 무식하게 생긴 마적 두목은 적당히 구슬려 여관으로 돌려보냈다.

한편 그 시각에 정무총감 미즈노는 역시 단골인 지토세에 죽치고 있었다. 동행인은 아카이케 경무국장이었다. 당연히 자리는 특실이었다. 제일 호화로우면서 은밀한 곳으로 주위에 잡인은 얼씬도 할 수 없었다. 두 사람 외에는 요정 주인인 오찌요가 가끔 들락거렸다. 요리상에는 각종 해산물이 깔끔하게 차려져 있었다.

재색을 겸비한 오찌요는 한때 가게쓰 요정을 대표하는 꽃이었다. 어떻게 통감 이토 늙은이를 살살 녹이는가 싶더니 마침내 요릿집을 차렸다. 지금의 지토세였다. 요정 주인이 되자 오찌요의 장사 수완이 빛을 발했다. 불과 얼마 만에 지토세를 장안에서 손꼽는 요정으로 만들었다. 특히 요즘 들어 총독부 연회는 전통의 가게쓰보다 지토세에서 자주 열렸다. 오찌요가 미즈노의 마누라를 구워삶은 작전이 주효했다. 입이 귀에 걸릴만한 선물 공세와 함께 남편의 외도에 대해서도 감시자 역할을 자임했던 것이다.

한데 일이 점차 묘하게 풀렸다. 처음 미즈노는 마누라 등쌀에 못 이겨 지토세를 찾았는데, 불과 얼마 만에 첫손 꼽히는 단골이 되었다. 그만 자신도 모르게 매력 덩어리인 오찌요에게 푹 빠졌기 때문이다. 뒤주간에 쥐 드나들 듯 혼자 자주 들락거리기가 쑥스러웠는지, 아니면 점수 관리 차원인지는 모르지만 어쨌든 지토세는 미즈노 주당들의 진지가 되었다. 게이샤 출신인 오찌요는 그 주당들도 섭섭지 않게 대접했다. 그러다 결국은 여자들의 형세가 역전되었다. 이번에는 요정의 여주인에게 미즈노의 마누라가 부탁하는 처지로 바뀌었다. 감시자 역할을 자임한 오찌요의 감시가 필요해진 만큼, 그것은 엄밀히 말해 부탁이라기보다 애원에 가까웠다. 쉽게 말해 고양이에게 생선 가게를 맡긴 꼴이었다.

오늘 술자리 역시 미즈노가 만들었다. 정무총감과 경무국장은 주로 신변 잡담이나 일본 지인들의 근황을 얘기했다. 내무성 출신으로 뿌리가 같아 둘은 지인들이 많이 겹쳤다. 십 년 연하인 아카이케는 오래전부터 미즈노의 심복 중의 심복이었다. 여주인이 김이 모락모락 피어오르는 안주를 들고 왔다. 미즈노는 정갈스러운 옥색 술잔을 들다가 오찌요와 눈길이 마주쳤다. 사랑스러운 여자는 하얀 치아를 살짝 드러내며 방긋이 웃는다. 윙크도 잊지 않았다. 마음이 들뜬 미즈노는 오늘 밤도 자신의 늦은 귀가를 예상했다. 이미 큰 비밀도 아닌지라 아카이케는 그런 남녀를 보고도 모른 척했다. 괜히 술잔에 손이 갔다. 이러다 게이샤와 어울리기도 전에 취하겠다며 경무국장은 속으로 투덜거렸다. 다시 둘만 남게 되자 이번에는 바싹 긴장된 표정으로 미즈노가 말했다.

"이번 달 초에 벌써 의주에서만도 세 차례나 암살 사건이 일어 났네. 그 의열단인가 뭔가 하는 암살대가 활동을 개시한 게 아닐 까?"

아카이케는 술맛 떨어진다는 듯 입맛을 쩍쩍 다신 뒤 답했다.

"아까 회의 때도 말씀드렸듯이 범인을 잡지 못해 정보가 부족한 실정입니다. 우리에게 협조적인 인사들이 살해된 만큼 암살대 소 행도 배제할 수는 없겠지요. 그런데 왜 갑자기 그 문제를 꺼내십니 까?"

"어제 당구를 치다가 혼겁을 했다네. 갑자기 생소한 조선 사람 이 불쑥 나타나기에 간이 툭 떨어질 뻔했지, 뭔가! 다행히 나와 당 구를 상대한 사람이 아는 자이긴 했지만…."

미즈노의 취미는 당구와 바둑이었다. 아닌 게 아니라 본격적으 로 의열단이 활동을 시작했다는 풍문이 떠돌았다. 그 때문에 정무 총감이 공포심을 느끼는 것 같았다. 더군다나 의열단은 총독부 고 관을 최우선으로 처단한다지 않는가.

일제에 맞선 지사들의 노선은 크게 과격파와 온건파로 나눌 수 있었다. 그에 따라 독립운동 방략도 여러 가지로 갈리었다. 독립 전쟁론이나 의열 투쟁론이 과격파라면 외교론이나 준비론 등은 온 건파에 속했다. 일제 고관들에 있어 온건파의 방략은 물론, 무력 으로 독립하겠다는 독립 전쟁론도 일정 부분 이해할 수 있었다. 그 러나 의열 투쟁론에 이르면 간담부터 서늘해졌다.

근대적 군사력을 보유한 일제를 상대하려면 오직 의열 투쟁, 즉

폭력만이 식민 통치를 종식하고 독립을 쟁취할 수 있는 첩경이라는 게 의열 투쟁론이었다. 강력한 비밀 결사 조직인 의열단과 대한광복회가 대표적인 단체였다. 의열단은 조선총독부를 비롯하여 파괴 대상 다섯과 함께 총독부 고관부터 시작해 마땅히 죽여야 할 대상 일곱을 적시했다. 이른바 '5 파괴 7 가살'이었다. 국내에서 활동한 대한광복회는 '일인(日人) 고관 및 한인(韓人) 반역자를 수시수처(隨時隨處)에서 처단하는 행형부(行形部)'까지 두었다.

수상쩍은 암살이 부쩍 빈번한 것으로 미뤄 암살대가 횡행하는지도 몰랐다. 그런 암살대는 하나같이 총독부 고관부터 겨누었다. 정무총감은 총독부의 이인자였다. 그리하여 미즈노는 요즘 더한층 불안감이 엄습하며 죽을 맛이었다. 아카이케도 점점 죽을 맛이었다. 이제 미즈노는 요정 여주인의 눈치까지 살피는지 게이샤는 안중에도 없는 듯했다. 그놈의 암살대를 들먹이며 줄곧 우는 소리만 냈다.

"아카이케 군, 다른 사람들 모르게 경무국장 선에서 내 주위에 형사 두엇쯤 더 붙여주면 안 되겠나? 암살대가 조선 놈들인 만큼 신분이 확실하고 똘똘한 조선 형사로 말일세. 도대체 불안해서 어디 살 수가 있어야지."

아카이케는 정무총감이 이토록 겁쟁이인 줄은 미처 몰랐다. 적어도 겉으로는 태연자약한 총독과는 전혀 딴판이었다. 총독이 무인 출신임을 고려하더라도 그랬다. 그러자 아카이케는 문득 남대문 폭탄 사건이 떠올랐다. 정무총감은 폭탄 소리에 놀라 귀빈실로 도망쳤다는 당시 신문 보도가 사실이 아닐까 하고 불쑥 의심이 일었다. 그래도 지금까지는 입에 거품을 물며 억울함을 호소하는 미즈노 편이었다.

아카이케는 좀이 쑤시다 못해 머리에서 쥐가 날 지경이었다. 원래 이 시각이면 경무국 졸개들이라도 거닐고 상석 보료에 버티고 앉아 밤의 꽃들로부터 황제처럼 떠받들어져야만 정상이었다. 한데 게이샤는 고사하고, 그러잖아도 근래 골치를 썩이는 암살대 얘기만 계속 들어야 했다. 이래저래 골이 난 아카이케가 퉁명스럽게 말했다.

"모르긴 해도 불령선인 암살대가 해군 대장 출신인 총독이나 자기들을 못살게 구는 저부터 노릴 겁니다. 아무려면 문화 정치를 열심히 하는 총감 각하부터 해치려 들겠습니까?"

총독부의 귀한 나리들은 어쩌면 밤이 더 바쁜지도 몰랐다. 그들 가운데 한 패거리는 남산의 서사헌정(西四軒町), 즉 장충단(獎忠壇) 계곡의 일본 요정인 남산장(南山莊)에 모여 있었다. 오츠카 내무국장과 고우치야마 재무국장 등이었다. 지토세의 정무총감이 신래종의 두목이라면 남산장의 고관들은 재래종을 이끌었다.

남산장 건물은 본래 왕세자가 거처했던 경복궁의 비현각(丕顯閣)이었다. 역시 공진회를 빌미로 민간에 방매된 건물이었다. 조선 왕세자의 저택 건물에다 정원까지 빼어난 남산장은 나름대로 운치를 지닌 요정이었다. 마침 계곡의 밤바람까지 시원하게 불었다. 적당히 취기가 오른 재래종 고관들은 한가지로 신정치를 비판했다. 적어도 이들에게만큼은 데라우치가 사이토와는 비교가 안 될 정도로 식민 통치에 유능한 총독이었다. 무단 통치의 틀을 문화 정

치로 바꾼 것은 스스로 무덤을 판 행위라며 개탄했다. 이들이 문화
정치의 실패를 예견한 것은 비단 어제오늘의 일이 아니었다. 한데
도 아직껏 신임 총독이 버티는 걸 보면 신기할 지경이었다. 재래종
의 그러한 비판은 애국심의 발로이거나 정치 이념에 대한 뚜렷한
신념 따위와는 애당초 거리가 멀었다. 그것은 단지 신래종에 대한
불평불만의 우회적 표현일 따름이었다. 사이토 총독의 묵인 아래,
미즈노는 자신이 끌고 온 부하들을 요직에 앉히고 중용했다. 당연
히 총독부의 구닥다리들은 아니꼬울 수밖에 없었다. 그뿐만 아니
라 현실적인 면에서도 타격이 컸다. 구닥다리들은 여러모로 개발
된 식민지 이권에 사정이 밝았다. 자연 구린 돈이나 눈먼 돈을 심
심찮게 만졌으며, 그 돈으로 치부까지 해가며 마구 흥청거렸다.
한데 그런 꿀단지를 신래종에 빼앗겼거나 적어도 그들의 눈치를
살펴야만 하니 적대감이 일 수밖에 없었다. 굴러온 돌에 박힌 돌이
빠지는 심정이라고나 할까.

초저녁에는 제법 비현각의 왕세자쯤이나 되는 듯 고관들이 최
소한의 품위는 지켰다. 그러나 시간이 흐를수록 언행이 저질스러
워졌다. 게이샤 희롱이야 그렇다 쳐도 마침내 아랫사람까지 입질
에 올렸다.

"마루야마? 그 애송이가 술은 잘하지. 나는 그만 그 인간이 딱
보기가 싫어요. 그 작자만 보면 속이 더부룩해지고 편치를 않다니
까. 총독의 사냥개가 되어 왈왈거리는 건 하마 옛날 얘기라 말하는
내 입만 아프지."

말이 끝나기 바쁘게 다른 국장이 받았다.

"전번 국장 회의 때 그 작자가 하는 꼬락서니를 봤는지 모르겠네. 보충 설명을 위해 그놈이 회의 중간에 참석하는 것까지는 좋아요. 뭐 그럴 수도 있으니까. 한데 회의가 끝날 때까지 퍼더버리는 건 또 무슨 심보야. 제까짓 게 국장이라도 된단 말입니까? 한마디 하고픈 마음이 굴뚝같았지만 내가 너무 소심한 인간이랄까 봐 그냥 참고 넘겼지요, 에이."

며칠 뒤였다. 이번에는 마적 나카노가 경무국의 마루야마와 야마구치 고등과장을 가게쓰 요정으로 초대했다. 어찌 보면 맹랑한 짓거리였지만 또 나름대로 사정은 있었다. 비록 일동사 사장이란 명함을 사용해도 나카노는 그대로 마적이었다. 마적 이름은 천락이었다. 만주 산골에서 우락부락한 사내들과 독한 배갈만 마시던 나카노가 전번에 요정을 가보니 가히 지상 전국이 따로 없있다. 그래서 하마나 하며 재차 요정 출입을 기대했으나 그 뒤로는 늘 허탕이었다. 바쁘다는 핑계로 어쩌다 고개를 내미는 마루야마에 비해, 그래도 고등과장이 방문 횟수는 잦았지만 간단한 술자리 정도가 고작이었다. 한데 알고 보면 여기에도 마루야마의 책략이 숨겨져 있었다. 환락의 세계와 함께 돈의 위력을 보여줌으로써 그것을 필요로 하는 나카노로부터 충성심을 끌어내려는 속셈이었다. 허구한 날 이빨을 갈아 제치며 코나 드르렁거리는 마적 두목과 함께 여관에 처박혀 있으려니 나카노는 요정 게이샤들의 미끈한 몸매가 눈앞에 아른거려서 미치고 환장할 지경이었다. 그래서 술김에 가게쓰로 무작정 쳐들어가 경무국 간부들을 초대했던 것이다.

문제는 술값이었다. 나카노 자신은 지금 빈 주머니였다. 장래 자신의 역할을 예견하면 그깟 술 값쯤은 관리들이 알아서 처리할 것 같았고, 정 안되면 독립군 토벌 비용으로 어떻게 충당한다는 배짱이었다.

"불령선인을 토벌하려면 실탄은 많으면 많을수록 좋습니다. 이왕 경성에 온 김에 대량으로 사 갔으면 좋겠는데 어떻게 가능할지 모르겠네요."

잠시 변죽을 울리던 나카노가 관리들에게 선수를 치고 나섰다. 이제 슬슬 토벌 비용도 도마에 올려야 했지만, 자신의 존재 가치를 재삼 인식시키는 것도 중요했다. 마적단 참모의 말에 야마구치 고등과장이 곧바로 반응했다.

"여부가 있겠습니까? 한데 뒷날 말썽의 소지를 없애려면 탄환 구매는 형식적이나마 절차를 거쳐야 하는데…."

그때였다. 짐짓 한눈팔고 앉았던 마루야마가 말허리를 자르고 들었다.

"그런 정도는 당연히 우리 경무국에서 적절한 조처를 해드려야지. 무슨 일을 그처럼 어렵게 만드시나?"

마루야마의 핀잔에 잠시 생각을 굴리던 고등과장이 자기 명함을 꺼냈다. 뒷면에다 몇 자 끄적거린 뒤 나카노에게 건넸다.

"이 명함을 가지고 본정의 경찰서장을 찾아가십시오. 언제든지 탄환 구매를 허가해주도록 제가 미리 조처해 두겠습니다. 그 허가서만 지니면 어느 총포점을 가더라도 탄환 구매가 가능하지요. 달리 또 필요한 게 있습니까?"

사무관들이 바짝 덤비는 걸 본 나카노는 술값 걱정은 완전히 덜었다. 마음이 느긋해지자 제법 목소리를 깔며 의지를 보였다.

"실탄 문제는 쉽게 해결된 셈이군요. 그런데 이제 총보다 훨씬 간단한 무기가 나와서 냄새만 맡아도 사람들이 죽는다는 얘기를 들었습니다. 그것도 갖춰두면 토벌에 쓰임새가 좋을 듯싶은데 어떻게….."

"독가스 말씀이군요. 화학 무기는 아직 군에서도 귀할 뿐만 아니라 너무 잔인해서 국제적으로 사용을 금하자는 추세인데….."

아는 척 나섰던 고등과장이 언뜻 마루야마의 눈치를 살폈다. 아니나 다를까 특별부 책임자는 못마땅한 표정으로 고개를 저었다. 고등과장이 주춤주춤 말허리를 돌렸다.

"그렇지만 얼마쯤은 구할 수 있을 겁니다. 악질적인 데다 하루가 다르게 불어나는 불령선인을 상대하자면 그 독가스가 필요할 것도 같군요. 더군다나 무인지경의 만주 삼림 속에서 사용할 것 아닙니까? 자세한 내용은 우리 경무국의 위생과에 알아본 뒤 나중에 다시 말씀드리도록 하지요. 자, 날씨도 후덥지근한데 시원한 맥주부터 한 잔씩 더 합시다."

토벌 얘기는 속도를 더해갔다. 그동안은 마적단의 역량이나 의지 따위를 살피느라 마루야마가 일부러 진도를 내지 않았다. 그러나 이제 믿어도 괜찮다고 판단했는지 고등과장에게 눈치를 보냈다. 마침내 준비해온 카드를 고등과장이 꺼내 들었다.

"탄환 구매에도 돈이 소용되겠지만 기타 여러모로 쓸 데가 많을 것입니다. 우선 오늘은 천오백 원을 준비했습니다. 토벌에 따른 실비는 차차 보아가며 또 얘기하지요."

나카노는 느닷없이 돈벼락을 맞은 기분이었다. 입을 헤 벌린 채 즉흥적으로 말이 나가버렸다.

"유용하게 잘 쓰겠습니다. 한데 한 가지 의논할 게 있어요. 다음부터 불령선인을 포박했을 때 처리를 어떻게 하면 좋겠습니까? 지금 붙잡아 둔 놈들만 해도 생 골치가 아프거든요."

그런 문제는 이미 총독부에서 확고한 방침을 세운 듯했다. 고등과장이 더는 마루야마의 눈치를 보지 않고 또렷이 설명했다.

"앞으로 불령선인을 포박하더라도 국경의 우리 관헌에게는 인도하지 마십시오. 놈들을 우리한테 넘겨주면 참으로 뒤처리가 곤란해서 그렇습니다. 그동안 간도 방면에서 압송되어온 불령선인 숫자가 적지 않아요. 한데 막상 단죄하려 들면 증거 불충분이니 뭐니 해서 귀찮아 죽을 지경입니다. 또 설령 처벌하더라도 출옥 후에는 다시 맹렬한 악한으로 돌아가니 놈들을 잡느라고 말짱 헛고생만 하잖아요?"

고등과장은 숨을 고르며 마루야마와 나카노를 번갈아 쳐다본다. 밀실에는 세 사람뿐이었다. 고등과장 야마구치가 얼른 위스키를 들이켠다. 술이 목구멍을 다 통과하기도 전에 손으로 목을 치는 흉내를 낸다. 뒤이은 목소리가 한결 나지막했다. 그러나 단호했다.

"앞으로 불령선인을 포박하게 되면… 그 자리에서 죽여 없애는 걸 원칙으로 정합시다."

한 번 더 고등과장의 손이 자기 목을 빠르게 스친다.

"이때 주의할 점은 말썽만큼은 절대 금물입니다. 왜 쥐도 새도 모른다는 말이 있잖아요? 그다음은 압수한 증거품이나 불령선인의 신분 따위를 인근의 우리 관헌에게 넘겨주거나 통고만 하면 됩니다. 그러면 우리 측에서 확인 후 성과 여부를 가릴 테니까 가능하면 우리 관헌과 긴밀한 관계를 유지하면서 일을 수행토록 하세요. 여기서 확고한 대원칙은 불령선인만큼은 절대로 살려줄 수 없다는 것입니다. 무슨 말인지 잘 아시겠지요?"

큰소리를 치긴 해도 막상 보통 위험한 일이 아닌 데다, 독립군과 철천지원수 되는 게 조금은 꺼림칙했던지 나카노는 잠시 침묵했다. 그러다 고등과장을 향했다.

"지금 포박 중인 흥업단의 단원 6명은 어떡할까요?"

"방금 원칙을 정하지 않았습니까? 불령선인은 아예 씨를 말려야지 살려두면 반드시 후환이 생깁니다. 그냥 총살이 제일이지요."

이번에는 고등과장이 손가락으로 방아쇠 당기는 흉내를 낸다. 듣고만 있던 마루야마가 슬며시 끼어들었다.

"이제 총독부 방침이 어떠한가를 명확히 아셨지요? 당분간 경성에 머물면서 우리와 계속 협의를 해야만 되니 오늘은 이 정도로 합시다. 괜히 어물거리다가 술집에 계집이 동이라도 나면 그도 낭패 아니오?"

곧바로 벨을 눌러 요정 마담을 찾은 마루야마는 까다롭게 여자를 주문했다. 화려한 색깔의 기모노에다 커다란 가발을 쓴 게이샤들이 앞으로 꼬꾸라지듯 절을 올렸다. 모두 늘씬한 미인들인데 개중에는 마루야마가 눈독을 들인 게이샤도 있었다. 처음에는 샤미

센을 뜯는가 하면, 부채로 춤도 춰 가며 놀이에 제법 격조가 있었다. 한데 사내들은 게이샤에 이골이 난 경무국 간부들에다 오늘 작정하고 요정을 찾은 만주 마적까지 끼어 있었다. 술이 들어가면서 눈빛이 변하는가 싶더니 게이샤에 대한 희롱질도 점점 도를 넘어섰다. 얼마 뒤 술꾼이 더 늘어났다. 경기도 경찰부장인 지바와 총독부 위생과장이 합세했다. 지바는 평소에도 마루야마의 술 패거리였지만 위생과장은 다소 의외였다. 쇠뿔도 단김에 빼랬다고 독가스 문제를 결판내려고 마루야마가 부른 것 같았다. 어쩌다 기분을 맞출 때도 있지만 마루야마의 게이샤는 얼굴값 이상으로 도도하게 굴었다. 마루야마는 언뜻 엉뚱한 생각이 일었다. 만약 아카이케라면 계집이 어떻게 나올까를 상상했다. 갑자기 화가 솟구쳤다.

"지바 부장은 경무국장을 어떻게 생각하나?"

딸꾹질에다 눈까지 개개풀린 마루야마가 술친구를 향했다.

"어떻게 생각하다니?"

"경무국장이면 경무국장답게 놀아야 할 것 아닌가. 기껏 요정 게이샤들에게 잘 보이려고 멋대가리를 내는 걸 보면 눈꼴이 시지 않으냐는 얘기야, 내 말은?"

마루야마가 뜬금없이 아카이케 경무국장을 걸고 나서자 지바는 그냥 실실 웃기만 했다. 괜히 분위기 맞추려고 맞장구치다가 나중에 설화(舌禍)를 당할지도 몰랐기 때문이다.

"지바 부장, 방문 좀 열게."

마침내 대취한 마루야마가 비척비척 일어서며 말했다.

"어허, 또 장기 자랑 하시려고? 오늘은 많이 취한 것 같은데 그만 참지."

말리는 척하면서도 지바는 게이샤를 시켜 방문을 열게 했다. 술 취한 마루야마의 옹고집은 여간해서는 꺾을 수 없다는 걸 잘 알았던 것이다. 방 가운데로 나온 마루야마는 침 뱉은 손을 방바닥에 짚더니 짧은 다리를 힘차게 치킨다. 장기는 다름 아닌 물구나무서기였다. 한데 이상한 것은 그냥 서 있기만 해도 비척대던 마루야마가 물구나무서기를 하자 이내 꼿꼿해졌다. 그런 자세로 이번에는 방문을 타고 넘어 마루로 나간다. 마루야마의 심중을 읽은 지바가 먼저 손뼉을 친다. 신기한 듯 눈으로 마루야마를 쫓던 게이샤들도 박수를 보냈다. 그제야 만족한 듯 마루야마는 침을 흘려가며 히죽거렸다. 아주 행복한 얼굴이었다. 지금의 마루야마는 게이샤를 유혹하려고 안간힘을 다하는 한 마리의 수컷이었다.

"총독부 나리님, 바짓가랑이 흘러내려요. 제발… 창피해 죽겠어요."

마루야마의 게이샤는 보다가 못해 새된 소리로 끝낼 것을 주문했다.

며칠 뒤였다. 고등과장의 명함으로 본정 경찰서에서 총기와 탄환 구매 허가를 받은 나카노는 명치정(明治町)의 한 총포점을 찾았다. 구매 물품은 총탄 2천여 발과 권총 따위였다. 뿐만이 아니었다. 천우당(天祐堂) 약방에서는 독가스 재료까지 샀다. 독립군 토벌을 위한 사전 준비였다. 이제 어김없이 총독부의 꼭두각시가 된 장강호와 나카노는 다른 일도 신속히 처리했다. 포박 중인 흥업단의 단원 6명을 가차 없이 총살토록 마적단에 명했다. 경성의 마적 두목을 대신해 중강진 헌병 분대에 전화로 지시를 내린 자는 야마구치 고등과장이었다. 이리하여 만주에서 맹렬히 독립운동을 전개하던 단원 6명은 끝내 마적에 의해 허무하게 죽고 말았다. 총살을 당한 곳은 봉천성의 임강현 오도구였다.

5. 나 김좌진이외다

간도의 사계절을 보면 겨울은 몹시 추운 데다 그 기간까지 길었다. 11월에 얼음이 잡히면 이듬해 5월경에 이르러서야 비로소 해빙되었다. 1년 중 거지반이 겨울인 셈이다. 봄 날씨는 건조한 가운데 바람이 많이 불고, 여름인 지금은 비도 잦고 또 한창때는 가마솥더위가 될 때도 있었다. 그러다 낙엽 지는 가을인가 싶으면 이내 살얼음이 치고는 했다.

이글이글한 태양에 산천초목이 후줄근하게 늘어진 7월 중순이었다. 이곳 산중에는 무더위쯤은 아랑곳없이 연일 우렁찬 함성이 터져 올랐다. 십리평의 사관연성소 생도들이 주인공이었다. 오늘 북로군정서 사령부에서는 뜻깊은 행사가 열리고 있었다. 인근 동포 마을의 대표들을 초청하여 생도 훈련에 대해 시범을 보이는 것이다. 연병장에는 연성소 생도들이 늘어서 있었다. 4백 명쯤 되었다. 생도를 향해 앞쪽에 줄지어 선 사람들은 북로군정서 관계자였고, 저 뒤편의 내빈은 마을 대표들이었다. 연단에는 김좌진 사관연성소 소장이 한창 훈시 중이었다. 짧은 훈시지만 전하는 바는 명확했다.

"저는 생도 여러분이 참으로 고맙습니다. 주변 환경이 매우 열악한데도 불구하고 힘든 교육과 훈련을 잘 따라주기 때문입니다. 저는 여러분이 자랑스럽습니다. 사관연성소의 제1기 생도로서 모범적인 행동을 보여주기 때문입니다. 그런데 오늘은 그런 여러분의 훈련 참관을 위해 특히 동포 대표님들께서 우리 사령부를 방문하셨습니다. 자랑스러운 생도 여러분! 그렇다면 여러분은 마땅히 그동안 갈고닦은 기량을 한껏 펼쳐 보여야만 합니다. 아니, 꼭 그렇게 해야만 합니다. 왜냐하면, 오늘 이 자리는 우리 대한군정서의 발전을 위해 물심양면으로 애쓰신 대표님들께 우리가 노력한 모습을 보여주는 자리도 되지만, 한층 중요한 것은 우리 힘으로 능히 저 무도한 일본군과 혈전을 치를 수 있다는 확신의 장이 되어야만 하기 때문입니다. 그렇다면 생도 여러분이 먼저 확신을 하고, 아울러 대표님들께서도 확신을 지니도록 힘껏 기량을 펼쳐 주기 바랍니다."

훈시가 끝나자 생도들은 학도단장(學徒團長)의 구령에 맞춰 내빈 일동을 향해 정중한 인사를 올렸다. 생도들은 크게 2개 학도대(學徒隊)로 편성되었는데, 3개 구대(區隊)가 합쳐서 1개 학도대가 되었다. 학도대장이나 구대장을 맡은 강화린(姜華隣), 오상세(吳祥世), 이운강(李雲岡), 김훈 등은 모두 신흥 무관 학교 출신이었다. 연단 앞에서 생도들을 총지휘하는 학도단장은 총사령관의 부관인 박영희(朴寧熙)로 역시 신흥 출신이었다. 대부분이 김좌진의 초청에 응해 군정서 사령부에 합류한 신진기예였다. 서로군정서의 결사대였던 김훈은 이범석과 함께 북로군정서로 왔다.

김좌진 총사령관은 사관연성소 책임자인 소장을 겸직했다. 사령부 참모장인 이장녕은 교관이 되고, 나중소 참모부장은 교수부장을 맡아 열심이었다. 따라서 사령부와 사관연성소의 수뇌는 육군 무관 학교 출신이 맡고, 행동대는 대부분 신흥 출신으로 구성된 셈이었다.

생도 훈련에 앞서 독립군가가 우렁차게 울려 퍼졌다.

나아가세 독립군아 어서 나아가세
기다리던 독립 전쟁 돌아왔다네
이때를 기다리고 십 년 동안에
갈았던 날랜 칼을 시험할 날이
나아가세 대한민국 독립군사야
자유 독립 광복할 날 오늘이로다
정의의 태극 깃발 날리는 곳에
적의 군사 낙엽같이 쓰러지리라

이윽고 떡갈나무 색의 옷을 입은 생도들은 본격적인 훈련에 들어갔다. 참관한 대표들에게 오늘 선보일 훈련은 남군과 북군으로 나눠 조우전(遭遇戰)을 전개하는 것이었다. 북군인 제1 학도대는 강화린이 지휘했고, 남군의 제2 학도대는 이범석이 대장을 맡았다. 통감(統監)은 사령부 참모장인 이장녕이었다. 서간도의 이장녕은 며칠 전에 북로군정서 사령부에 다시 합류했다. 김좌진의 간곡한 청 앞에 사소한 감정쯤은 봄 눈 녹듯이 사라지고 없었다.

"전원 돌격 앞으로!"

이범석의 명령이 떨어지기 무섭게 남군 생도들이 우렁찬 함성을 내지르며 달려나간다. 북군도 질세라 마주 짓쳐 나온다. '연습은 실전처럼 실전은 연습처럼'이라는 말이 훈련 때마다 되풀이되어 생도들은 벌써 눈빛부터 달랐다. 먼지가 피어오르는 가운데 실전을 방불케 하는 대항 연습이 펼쳐졌다. 생도들의 옷은 이내 땀과 먼지로 범벅이 되었다. 때는 바야흐로 한여름이었다.

박수갈채 속에 훈련은 끝났다. 얼마 뒤 구수한 냄새가 떠도는 돼지고기가 날라져 왔다. 대표들은 생도 호궤(犒饋)를 위해 미리 살찐 걸귀를 준비했다. 평시 생도들의 식사는 조밥에다 풀 반찬 정도가 고작이었다. 그러나 사기를 북돋우려고 때로는 한꺼번에 소 두 마리를 눕힐 때도 없지 않았다.

오늘같이 뜻깊은 행사에 주인공인 서일 총재의 모습이 보이지 않았다. 무기를 직접 구매하기 위해 노령에 간 때문이었다. 마을 대표들이 생도 훈련을 참관하게 만들기까지 서일이 기울인 공은 참으로 컸다. 지금의 북로군정서는 군사나 무기, 그리고 군자금 등에서 만주 제일의 무장 단체였다. 독립군 간부 양성을 위한 사관 연성소도 나날이 발전했다. 다른 여러 무장 단체에서도 무관 학교 설립을 최우선 과제로 삼을 만큼 연성소는 성공작이었다. 총재 서일의 십 년 공이 드디어 결실을 보았던 것이다.

서일은 북간도 최초의 무장 단체인 중광단의 단장으로 출발해 지금은 북로군정서 총재로 활동 중이다. 국치 후 왕청현에 중광단을 조직할 때부터 독립 전쟁에 뜻을 두었으나 현실의 벽은 높기만 했다. 무력 투쟁의 한계를 절감한 서일은 하릴없이 독립 전쟁을 뒷날로 미룰 수밖에 없었다. 그리하여 자신이 몸담은 대종교를 방편으로 먼저 민족정신 함양에 심혈을 쏟았다. 선교 기구인 시교당(施教堂)과 소학교, 그리고 야간 강습소 등을 설립하여 동포들의 정신부터 일깨우려 들었다. 대종교의 포교 활동은 그대로 독립운동이었다. 서일이 입에 달고 다니는 말이 있었다.

"여러분은 단군의 자손이므로 곧 선민(選民)입니다. 따라서 결코 왜적 따위에 통치받을 민족이 아닙니다. 여러분은 이 점을 깊이 명심해야만 합니다."

만세 운동의 열풍으로 독립 열기가 한껏 부풀자 드디어 서일도 떨치고 일어섰다. 걸출한 무인인 김좌진과 손잡고 군정부를 출범시켰다. 오직 전쟁만이 나라를 독립시킬 수 있다며, 전쟁 준비에 모든 역량을 쏟아부었다. 독립군 양성을 위한 일체의 뒷받침은 물론, 무기 등의 군수 물자 조달에도 온 힘을 기울였다.

서일 총재는 뚜렷한 대중적 기반이 가장 큰 자산이었다. 그의 지난 십 년은 왕청현 인근의 동포들과 고락을 함께한 세월이었다. 중앙 조직과는 별도로 지방 조직을 두어 동포 사회를 효율적으로 관리했고, 독립군이 편성된 뒤에는 군과 민의 일치단결에도 힘을 기울였다. 그리하여 무장 단체의 기초가 되는 인적 자원은 물론, 그들을 유지하고 발전시킬 군자금에 이르기까지 인근 동포들의 뒷바라지는 열정적이었다. 간도 동포들은 그동안 망국노로서 설움을 톡톡히 받았다. 중국과 일제의 이중 지배는 그대로 이중의 아픔이었다. 만세 운동으로 한 번 더 깨어난 동포들이 서일의 큰 뜻을 외면할 리 없었다. 동포들과 북로군정서가 한마음으로 똘똘 뭉친 결과가 바로 오늘의 생도 훈련 참관이었다.

한편 이 무렵의 서일은 노령에서 입술이 바짝바짝 타드는 나날을 보내고 있었다. 무장 투쟁의 선결 요건인 무기 구입이 난관에 봉착한 때문이었다. 노령에서 무기를 사려면 체코군이나 러시아 무기상과 선이 닿는 지사가 먼저 구매 교섭을 벌였다. 무기는 일반 군총을 비롯하여 탄약, 권총, 수류탄 등과 함께 기관총까지 거래되었다. 일반 군총은 러시아제 5연발과 단발총이 대부분이었다. 일제를 비롯한 군사 강국의 30과 38연발 소총은 성능이 우수한 만큼 구하기가 어려웠다. 가격은 일정치 않았으나 대략 군총 1정이 35원 정도에 거래되었다. 거기에는 탄환 1백 발이 든 총대가 포함되었다.

노령 땅의 총이 막상 독립군 손에 쥐어지기까지는 난관이 한둘이 아니었다. 군자금을 마련하여 무기를 사는 일부터 그랬다. 일단 무기가 구매되면 부대에서는 체력이 뛰어난 독립군이나 장정을 운반대로 파견했다. 무기 구매 자체가 비밀인 만큼 도로 이용은 불가능했고, 오직 인력에 의존해 대삼림을 통과할 수밖에 없었다. 무기를 간도의 부대까지 운반해오는 것은 고된 가운데 긴장된 작업의 연속이었다. 각국 관헌은 물론 마적까지 따돌려야만 했다.

운반대는 일차적으로 무기를 중국과 러시아 국경 부근으로 운반했다. 군총 두 자루와 분담한 탄약을 진 운반 대원은 앞뒤가 서로 연락이 끊기지 않게 삼삼오오 짝을 지어 대삼림을 행진했다. 감시가 심한 국경을 통과할 때는 힘써 우회하거나 상황에 따라서는 뇌물로 관헌을 매수했다. 매수 작전까지 실패할 때는 목숨을 내걸고 운반 작업을 펼칠밖에 도리가 없었다. 블라디보스토크와 왕청현 서대파는 대략 5백 리 떨어졌다.

지난 6월이었다. 서일은 대량의 무기 구매를 위해 운반대 2백 명과 함께 운반대 보호를 위한 무장 경비대 30명을 이끌고 노령으로 향했다. 험한 산길을 따라 종일 행군한 운반대는 훈춘 인근의 민가에서 하룻밤을 보냈다. 다음날은 러시아 국경을 넘어 30여 호의 동포 마을에 무사히 도착했다. 운반 대원을 마을에 분산 배치한 서일은 무기 구매를 마무리 지으려고 다시 길을 재촉했다. 무기는 배편으로 블라디보스토크 항구에 도착할 예정이었다. 대원들이 머무르는 마을과 항구는 70여 리 떨어졌다. 한데 뜻밖의 난관에 부닥쳤다. 제정 러시아가 몰락하고 소련이 태어나면서 화폐 개혁이 단행되었던 것이다. 그 때문에 어렵게 마련해 간 옛날 지폐는 거들떠보지도 않았다. 실로 형편이 난감했으나 서일은 운반대를 그대로 마을에 주둔시켰다. 어렵게 국경을 넘어온 만큼 빨리 새 지폐를 마련하여 무기 구매를 성사시킬 요량이었다. 그러나 한번 꼬인 일은 자꾸만 꼬여 들었다. 시일이 흐르면서 운반 대원들은 극심한 배고픔에 시달렸다. 초여름은 서서히 식량이 바닥나는 계절이었다. 한데 2백 명이 넘는 객식구까지 끼어들었으니 마을에 먹거리가 남아날 턱이 없었다. 채 여물지도 않은 감자까지 파먹으며 연명을 해나갔다. 그러한 호구지책(糊口之策)도 단지 며칠이었다. 마침내 먹거리란 먹거리는 깡그리 바닥나 대원들은 물론 마을 동포까지 기아선상에서 허덕였다.

안전도 큰 문제였다. 마을에서 30리 지점에는 일본군 병참 기지가, 또 후방은 불과 20리에 마적단의 소굴이 버티고 있었다. 어느 쪽이든 마을에 나타나는 날에는 상황이 한층 어려워질밖에 없었다. 서일은 블라디보스토크와 마을을 오가며 어떻게든 대책을 마련하려고 애썼다. 그러나 뾰족한 해결책 없이 한 달을 보냈다. 참으로 고통스러운 나날의 연속이었다.

북로군정서가 동포 대표들을 초청하여 뜻깊은 행사를 치른 다음 날이었다. 멀리서 귀한 손님이 군정서 사령부를 방문했다. 총재부의 인사국장이 동반해 온 사람은 상해 임정의 간도 특파원인 안정근(安定根)과 왕삼덕(王三德)이었다. 북간도의 대표적 단체인 북로군정서와 국민회는 이전부터 종교와 기타 관계로 알력이 끊이지 않았다. 이를 해소하려던 군정서는 현천묵(玄天默) 부총재를 상해로 보내 조정을 신청했고, 임정에서는 특파원 두 사람을 파견했다. 각 단체의 입장을 청취한 뒤 알력을 조정하고 단합을 일궈내는 게 특파원의 임무였다.

특파원 외에도 임정에서는 군무위원(軍務委員)인 이용(李鏞)을 간도로 파견했다. 중국의 무관 학교를 졸업한 이용은 헤이그에서 열린 만국평화회의에 밀사로 갔다가 순국한 이준(李儁) 열사의 아들이었다. 안정근은 의사 안중근의 동생이었다. 3남 1녀의 막내인 안공근(安恭根)도 근래 임정에서 활약했다. 과연 의사와 열사의 집안다운 사람들이었다. 임정 특파원은 이틀간 생도들의 대항 연습을 관람하고 영문(營門)도 시찰하며 뜻깊은 시간을 보냈다. 그래도 단체 간의 알력 해소가 주 임무인지라 총사령관과 독대하는 시간이 많았다. 김좌진은 안정근 특파원보다 세 살 밑이라 안중근과는 꼭 10년 차가 났다.

특파원이 사령부를 떠나기 전날인 3일째 밤에는 특히 사령부의 간부들과 자리를 함께했다. 총사령관과의 독대에 만족했는지 특파원들의 표정은 밝았다. 현안에 관한 대담이 끝나자 간부들은, 특히 안정근 특파원에게 형에 관한 질문을 많이 던졌다. 지난날 안중근이 이토를 처단할 때 워낙 통쾌감을 느꼈기 때문이다. 김좌진 총사령관이 물었다.

"당시 이토가 하얼빈에 온 목적은 무엇이었습니까?"

중요한 물음이었다. 만일 안중근 의거가 없었다면 늙은 도적 이토가 또 무슨 짓을 저질렀을지 알 수 없는 노릇이었다.

"철도를 비롯한 여러 이권과 대한제국의 병합 문제를 놓고 러시아와 비밀 협상을 벌이는 게 주목적이었던 것으로 알고 있습니다."

1909년의 하얼빈역은 세 방향으로 연결되는 만주 철도의 중심이었다. 그곳을 향해 각기 세 방향에서 열차를 타고 오는 사람이 있었다. 남쪽에서는 이토 추밀원 의장이, 그리고 서쪽은 코코프체프 러시아 재무대신이었다. 나머지 하나 동쪽에서는 대한 의군 참모중장인 안중근이 하얼빈을 향했다.

청나라가 통제력을 상실하면서 만주는 비어 있는 땅이었다. 이 광활한 만주 벌판에 철도가 갖는 의미는 매우 컸다. 처음 만주 철도망은 남하 정책의 러시아가 펼쳤다. 러시아는 삼국간섭의 대가로 청나라로부터 동청(東淸) 철도 부설권을 획득했다. 동청 철도의 간선(幹線)은 만주 대륙의 북부를 비스듬히 횡단했다. 즉 시베리아 횡단 철도의 서쪽 치타역과 동쪽의 블라디보스토크역을 잇는 철도였다. 만주리(滿洲里)와 하얼빈, 그리고 수분하(綏芬河)를 통과했다. 동청 철도의 지선(支線)은 하얼빈에서 남쪽으로 뻗어 장춘과 봉천을 지나 대련에 닿는 남만주 철도였다.

러일 전쟁에서 승리한 일제는 포츠머스 강화 조약에 따라 대한 제국에 대한 우월권과 함께 만주에 대한 여러 이권도 차지했다. 여순과 대련의 조차권과 더불어 남만주 철도의 남쪽을 러시아로부터 넘겨받았다. 대련에서 장춘 부근까지의 구간이었다. 이 철도의 관리를 위해 일제는 남만주 철도 주식회사를 설립했다. 그런데 이 만철(滿鐵)은 애초부터 단순한 철도 회사가 아니었다. 철도와 인접한 영토를 철도 부속지라는 이름으로 차지한 뒤, 철도 경영이라는 가면을 쓰고 온갖 제국주의적인 시책을 단행했다.

만철의 초대 총재인 고토(後藤新平)는 대련항 건설, 무순(撫順) 탄광 개발, 여순 공과학당, 남만(南滿) 의학당, 호텔 설립 따위의 다양한 시책으로 만철의 토대를 탄탄히 마련했다. 뿐만이 아니었다. 남만주 철도와 인근 도시를 연결하는 지선을 잇달아 건설하자 철도 연변에는 왜색풍의 근대 도시가 속속 들어섰다. 만철의 대형 계열사로 제철소와 기계 제작소도 설립되었다. 만철은 일제의 만주 침략에 첨병 역할을 하면서 거대한 기업으로 발돋움했다. 일제 수뇌들은 철도 지배로 만주를 차지한다는 의식이 차츰 굳어져 갔다. 그것을 바로 보여주는 예가 이른바 간도협약이었다.

이토의 하얼빈 행차 두어 달 전에 일제는 청과 간도협약을 체결했다. 이 협약에서도 간도를 청에 넘겨주는 대신 철도를 챙겼다. 안동과 봉천 간을 잇는 안봉선 경편 철도를 본 철도로 개축하고, 길림과 회령을 잇는 길회선 철도에 대한 부설권 따위였다. 얼토당토않게 간도 땅이 고스란히 청국에 넘어가자 한민족은 크게 분개했다. 간도협약은 평범한 일본 사람도 수긍이 가지 않기는 마찬가지였다. 아무리 남의 나라 땅이라고는 하지만, 고작 철도의 개설권 내지는 부설권을 얻는 대가로 간도 땅을 넘겨주는 것이 도무지 이해하기 어려웠던 것이다.

이토의 하얼빈행 무렵의 일제는 그만큼 철도에 대한 애착이 심했는데 이제 남만주 철도가 문제였다. 관동주에 대한 조차권도 골칫거리였다. 이것들은 일제가 러일 전쟁의 전리품으로 챙긴 것인데, 먼저 취득했던 러시아와 협상하여 원래 주인인 청의 반환 요구를 물리쳐만 했다. 또 일제와 러시아는 미국의 만주 진출에 대항하여 비밀 협상도 가질 계획이었다. 그런저런 일로 러시아 재무대신을 만나기 위해 이토는 특별 열차로 하얼빈에 왔다. 추밀원 의장이자 공작인 이토가 만주에 오는 것 자체가 보통 일이 아니었다. 어쩌면 대한제국과 만주의 운명이 그의 행보에 달렸는지도 몰랐다. 마침내 서쪽에서 오는 재무대신 코코프체프도 하얼빈역에 도착했다. 대한국인 안중근은 미리 도착해 이토를 기다리고 있었다. 결국은 침략의 원흉을 향해 통렬하게 세 발을 쏘아 모두 명중시켰다. 행여 이토가 다른 사람일지도 모른다는 생각에 6연발 브로닝 권총의 나머지 세 발은 주위의 꼭두각시들에게 하나씩 안겼다. 그 옛날 신천군 청계동에서 사냥으로 익힌 사격 솜씨가 유감없이 발휘되는 순간이었다. 총알이 다하자 안중근은 권총을 집어 던지며 곧장 아수라장으로 뛰어들었다. 그리고 두 손을 높이 치켜들고 마음껏 외쳤다.

"만세, 만세, 대한제국 만세!"

이토의 죽음은 대한제국과 일본, 그리고 중국의 근대사를 가르는 일대 분기점이었다. 뒷날 안중근이 순국하자 남방의 혁명아이자 중국의 국부(國父)인 손문이 시를 지었다.

공은 삼한을 덮고 이름은 만국에 떨치나니
백 세의 삶은 아니나 죽어서 천추에 드리우니
약한 나라 죄인이요 강한 나라 재상이라
그래도 처지를 바꿔 놓으니 이토도 죄인 되리

거사 뒤 안중근은 동지 우덕순과 함께 잠시 하얼빈의 러시아 감옥에 갇혔다. 한데 거기에는 전직 러시아 재무차관도 있었다. 그는 러일 전쟁 때 군수품 수송을 담당했는데 부정행위로 하얼빈에 유배된 인물이었다. 안중근 의거에 감탄한 나머지 전직 차관은 눈물을 흘리면서 말했다.

"당신들이 나라를 위해 목숨 바치는 걸 보니 나는 실로 부끄럽기 짝이 없소!"

안중근과 우덕순은 여순 감옥에 이송된 뒤 아무 일도 없었다는 듯 웃으며 환담했다. 가만히 지켜보던 일본 순사가 고개를 갸우뚱거렸다.

"당신들은 큰 죄를 저질러 장차 목숨조차 바람 앞의 등불인데 어쩌면 그토록 한가로울 수 있소?"

안 의사가 일갈했다.

"내가 이토를 죽인 일은 어쨌든 우리의 대한제국뿐만 아니라 당신네 일본에도 좋은 일을 한 것이니 그런 줄이나 아시오!"

김좌진이 안정근에게 다시 물었다.

"안 의사님의 젊은 시절은 어떠했습니까?"

"제 기억에 제일 뚜렷한 것은 가형(家兄)의 사냥꾼 모습입니다. 공부는 뒷전이고 상투 튼 위에 빨간 수건으로 머리를 동이고서 장총을 메고 다녔는데, 나는 새와 달리는 짐승을 백발백중으로 맞혔습니다. 가형이 사냥을 해오면 한가지로 글 읽기와 술을 즐겨 하는 아버지 형제분이 꼭 한자리에 모이고는 했지요. 가형은 일상생활에서 제일 좋아했던 것 네 가지를 감옥에서 밝힌 적이 있습니다. 첫째가 친구와 의를 맺는 일이고, 다음은 술 마시고 노래하는 것이며, 셋째가 총 사냥이고, 마지막이 날랜 말을 타고 달리는 것이라 했습니다."

이장녕 참모장이 물었다.

"안 의사님의 옥중 투쟁은 어떠했습니까?"

그 부분은 보충 설명이 필요한 듯, 안정근은 먼저 가형이 망명길에 오를 때부터 시작했다. 망명길의 안중근은 정거장으로 전송 나온 두 동생에게 당부의 말을 잊지 않았다. 내용은 이러했다.

"지금은 우리가 제 몸과 가족만 돌보고 있을 때가 아니므로 나는 집과 나라를 멀리 떠나 여러 곳으로 돌아다니며 나랏일을 위해 목숨을 바치기로 맹세했다. 일을 꾸미는 것은 사람이 하지만 성사 여부는 하늘에 달렸으니 내가 어찌 미리 짐작할 수 있겠느냐? 옛적부터 꼭 성공할 수 있다 하여 큰일을 시작한 영웅호걸이란 없다. 그들은 오로지 자기의 열성과 굳센 의지로 백 번을 좌절당해도 굽히지 않았으며 목적을 달성하지 않고서는 그치지 않았다. 나 역시 그렇게 할 뿐이다. 우리나라 사회에서 가장 부족한 것이 단합인데, 이것은 사람들이 겸손의 미덕이 적고 허위와 교만으로 일을 처리하며 남의 위에 있기를 좋아하고 남의 밑에 있기를 싫어하기 때문이다. 나는 너희들이 좋은 것을 배워 익히고, 자기를 낮추고 남을 존중하며, 사회에 해독을 끼치지 않기를 바란다. 하느님이 우리에게 화(禍)를 내린 것을 후회하실 때면 나라를 되찾는 날이 오게 될 것이고, 우리 형제들도 다시 한자리에 모이게 될 것이다. 만약 그렇지 않다면 나의 뼈를 어디서 찾을지 알 수 없는 일이다."

망명길에서 가형이 당부한 것을 회상한 안정근은 다음 말을 이었다.

"가형은 황제의 강제 퇴위와 정미7조약, 그리고 군대까지 해산되는 1907년의 8월 초에 망명길에 올랐습니다. 다시 말해 군대의 강제 해산에 반발한 군인들이 의병으로 나선 것이 정미의병 아닙니까? 가형도 그때부터 나라를 위해 생각하고 있던 일을 실행하여 의병도 일으키고 결국은 이토까지 처단한 것입니다. 이렇게 장황히 설명하는 데는 역시 이유가 있습니다. 가형은 대한의군의 참모중장으로서 계획한 뒤, 역시 참모중장으로서 독립 전쟁의 와중에 이토를 사살한 것을 명백히 밝혔던 것입니다. 따라서 전쟁 중에 붙잡혔으니 만국공법에 따라 포로로 취급해 줄 것을 주장하고, 여순 법원 공판정에서 신문을 받는 것은 잘못된 일이라며 반박했습니다. 이는 억지 논리로 사형을 피하려는 술수가 아니었어요. 일제의 침략으로 인해 풍전등화의 위기에 놓인 한국의 형편을 어떻게든 세계에 알리려는 법정 투쟁이었습니다. 아마 한국인이면 가형의 뜻을 잘 이해하시리라 믿습니다."

일제는 끝내 안중근에게 사형을 선고했고, 안중근은 상고 포기로 경술년 2월 19일에 사형이 확정되었다. 사형 집행 한 달 전인 2월 26일 자 《대한매일신보》에 안중근에 관한 기사가 실렸다.

"안중근 씨 공판 전에 여순 법원에서 일본인 가운데 한국어에 능통한 사람을 5일간이나 매일 안 씨에게 보내 좋은 낯으로 권유하되, '이토 살해는 그의 정책을 오해했기 때문이라고 공판정에서 한마디만 하면 무사히 방면되리라' 하매 안 씨가 정색하고 대답하되 '내가 이토를 살해함에 실로 3대 목적이 있거늘 어찌 정책을 오해하였다 하리오' 했고, 급기야 공판이 종결되어 사형을 선고하는 때에 안 씨는 태연히 웃으며 말하기를 '이보다 더 극심한 형벌은 없느냐?'고 하였다더라."

이장녕 참모장이 다시 물었다.

"안 의사님의 옥중 생활은 어떠했습니까?"

"가형은 계속 이어지는 재판과 신문 속에서 시간을 쪼개 옥중 자서전인 안응칠 역사를 썼습니다. 혹시 호도될지 모르는 자신의 떳떳한 행적을 밝혀놓으려 했던 거지요. 그리고는 동양 평화를 기원하며 동양 평화론을 저술했습니다. 하지만 날씨도 혹한인 데다 이미 사형 집행일까지 다가오는지라 저술 작업은 보통 힘든 게 아니었습니다. 가형은 책을 완성하기 위해 사형 집행일을 보름 정도 연기해 달라고 요청했고, 고등 법원장은 이를 확실히 언약했습니다."

그러나 총 5장으로 구성된 《동양 평화론》의 저술은 앞부분인 서두와 전감(前鑑)만 완성되고, 뒤의 현상 · 복선 · 문답의 3장은 미완성으로 끝났다. 일제가 약속을 어기고 사형을 집행했기 때문이다. 동양 평화론의 서두는 "대저 합하면 성공하고 흩어지면 패망한다는 것은 만고에 분명히 정해지고 있는 이치이다."라고 시작되었다.

김좌진 총사령관이 다시 물었다.

"동포에게 남긴 유언을 지금 들려주시겠습니까?"

안중근은 사형 집행 이틀 전에 한국 변호사를 통해 '동포에게 고함'이라는 유언을 남겼다. 동생인 안정근의 육성으로 재생되었다.

"내가 한국 독립을 회복하고 동양 평화를 유지하기 위하여 3년 동안을 해외에서 풍찬노숙하다가 마침내 그 목적을 달성하지 못하고 이곳에서 죽는다. 우리 2천만 형제자매는 각각 스스로 분발하여 학문에 힘쓰고 실업을 진흥하며 나의 끼친 뜻을 이어 자유 독립을 회복한다면 죽는 자로서 유한이 없겠노라."

나중소 참모부장이 엄숙한 얼굴로 물었다.

"안 의사님이 순국하기 전날 두 동생분이 면회했다던데, 무슨 말씀을 하시던가요?"

"예, 저와 동생은 하루 전에 가형을 만났습니다. 먼저 한복을 가

저왔느냐고 묻더군요. 명주 한복은 가형이 택한 수의였습니다. 다음은 전날 밤부터 썼다며 유서나 다름없는 편지 여섯 통을 주더군요. 그리고는 평소 아들 된 도리를 다하지 못하고 불효를 많이 끼쳤다며 늙으신 어머니를 부탁했습니다. 저희에게도 유언을 남겼는데 장차 한국은 공업이 발달할 것이니 저한테는 공업을 말하고, 또 동생 공근에게는 학자의 길을 닦으라 했습니다. 그다음 당시 여섯 살인 가형의 큰아들은 신부(神父)로 키워 달라며 일일이 부탁하고…."

안정근은 말이 띄엄띄엄하더니 끝내 눈물을 보였다. 사령부 간부들도 다시 숙연해졌다. 잠시 뒤 특파원 안정근이 안 의사와의 마지막 면회를 정리했다.

"가형은 자기가 죽거든 하얼빈에 묻었다가 뒷날 국권이 회복되거든 자신의 뼈를 조국 땅에 반장(返葬)을 해달라고 부탁했습니다. 자신은 천국에서도 조국의 독립을 위해 힘쓸 것이며, 대한 독립의 소리가 천국에 들려오면 마땅히 춤추며 만세를 부를 것이라 했습니다. 저희가 슬픈 얼굴로 고개를 들지 못하자 오히려 가형은 담담한 목소리로 이렇게 말하더군요. '사람은 태어난 이상 반드시 한 번은 죽는 법이고, 죽음을 일부러 두려워할 필요는 없다. 삶은 꿈과 같고 죽음은 잠드는 것과 같다. 조금도 어려운 일로 여기지 말라.'라고 했습니다."

안중근의 유언은 자신이 남긴 유묵(遺墨)과 한 점 다름이 없었다. 유묵 내용은 이러했다.

"이로움을 보거든 정의를 생각하고 위태로움을 보거든 목숨을 주라(見利思義見危授命)."

문답이 안중근의 순국에 이르자 분위기는 한층 숙연해졌다. 그때 문득 나중소가 엄숙한 목소리로 시를 읊었다. 망명 지사 김택영(金澤榮)이 지은 〈하얼빈의 노래〉였다.

장부가 세상에 태어났으니 뜻은 마땅히 기걸 차야 할지어다
시대가 영웅을 만든다지만 영웅이 시대를 만들기도 한다
북풍이 점차 차가워 오는데 도리어 나의 피는 뜨거워진다
비분강개해 일어났으니 마땅히 쥐새끼 같은 도적은 잡아야지
모든 우리 동포들이여 내가 세운 공업을 잊지 말지어다
만세 만세여! 대한 독립이로다

시를 읊은 나중소 참모부장이 말했다.

"중요한 일 한 가지만 더 묻겠습니다. 우리 안 의사님의 유해는 어떻게 됐습니까?"

"사형 집행 뒤였습니다. 동생과 제가 늦게까지 기다려도 연락이 없어 형무 소장을 찾아가 가형의 시신을 돌려달라고 요구했습니다. 한데 이미 시신은 감옥 묘지에 묻혔으며 정부 명령에 따라 위치조차 알려줄 수 없다고 했습니다. 저는 변호사에게 들은 말이 있어 심하게 따졌습니다. 일본 법률에 유해를 내보내는 규정은 법관이 비준하여 실시하면 되는데, 어째서 정부 명령을 앞세워 법률 규정을 위반하느냐고 대들었지요. 결국은 바닥에 드러누운 저와 동생을 강제로 밖으로 끌어내고 감옥 문까지 잠가버렸습니다. 그래

서 하얼빈에 묻어 달라는 가형의 유언을 받들지 못했습니다. 안타깝고 두려운 일은 훗날 국권이 회복돼도 유해를 찾지 못해 고국 땅에 반장을 하지 못하는 게 아닌가 하는 것입니다."

일제는 유족에게 안중근의 유해를 돌려주게 되면 뒷감당이 두려웠던 것이다. 안중근의 유해가 묻힌 곳이 독립운동의 성지가 될 것은 너무도 명약관화한 일이 아닌가.

지금 사령부에서 맹활약 중인 이범석을 운남의 육군 강무당에 입학시킨 신규식도 안중근을 기렸다. 그는 중국의 신해혁명에 참가한 유일한 조선 사람으로 손문과도 친분이 두터웠다.

푸른 하늘 대낮에 벽력 소리 진동하니
육대주의 많은 사람 가슴이 뛰놀았다
영웅 한번 성내니 간웅이 꺼꾸러졌네
독립 만세 세 번 부르니 우리 조국 살았다

다음 날 아침 일찍 특파원 두 사람은 다음 차례로 광복단(光復團)을 향해 떠났다.

북로군정서로 돌아온 강혁은 먼저 윤동철의 근황부터 알아보았다. 역시 짐작대로 윤동철은 계속 모연대장으로 활동하고 있었다. 그렇다면 총사령관은 죄를 묻는 대신 반간(反間)으로 역이용한다는 뜻이었다.

윤동철이 적의 첩자란 것을 알게 된 김좌진은 그를 조용히 소장실로 불렀다. 다른 사람은 아무도 없었다. 자기가 한 짓이 있는지라 윤동철은 처음부터 불안한 기색이었다. 아니나 다를까 총사령관은 먼저 그동안의 활약에 치하를 보낸 뒤 문득 얼굴색을 고치며 밀정 얘기를 꺼냈다. 윤동철은 매우 놀랐으나 마침내 올 것이 왔다며 체념하는 표정이었다. 백번 죽어 마땅하다며 흐느끼다가 총사령관의 채근에 이윽고 자신의 밀정 행각을 실토했다.

윤동철이 북로군정서의 신진기예라는 사실을 탐지한 영사관에서는 그의 가족을 표적으로 삼았다. 정체를 숨긴 조선 순사는 병자들에다 다음 끼니가 걱정인 가족에게 교묘한 방법으로 마수를 뻗쳤다. 비록 신흥 출신의 윤동철이지만 정신을 차렸을 때는 이미 발이 깊숙이 빠진 뒤였다. 당근 따위는 물리칠 수 있었다. 그러나 가족의 안전을 볼모로 하고, 그동안 제공된 첩보를 꺼내며 위협해오자 미상불 난감할밖에 없었다. 끝내 모연대의 활동상과 인적 사항 등을 넘겨주었다.

신문을 끝낸 총사령관은 곤혹스러운 얼굴로 눈을 감았다. 한데 어느 순간이었다. 우당탕하는 소리와 함께 윤동철이 의자에서 벌떡 일어서 방의 구석으로 뛰어갔다. 거기에는 군도(軍刀)가 있었다. 총사령관의 군도였다. 칼집에서 칼을 뺀 윤동철은 곧바로 자신의 목을 겨눈다. 김좌진이 황급히 말했다.

"윤동철, 잠깐만! 죽는 것은 어렵지 않으니 먼저 내 말부터 듣게."

윤동철이 주춤했다. 총사령관의 꾸중이 신랄했다.

"비록 처음에는 모르고 그랬다지만, 알고 난 뒤에는 협박 따위에 굴하지 말았어야지. 왜놈에게 정보를 제공하는 것이 얼마나 나쁜 짓이고 또 우리에게 치명타로 돌아온다는 걸 모른단 말인가!"

"저 스스로 목숨을 끊어 본보기로 삼고자 합니다."

김좌진이 천천히 고개를 가로저었다. 깊은 통찰력을 지닌 듯한 눈이 빛을 발했다.

"어떤 상황에서도 밀정질은 용서받을 수 없지만, 그나마 자네에게는 정상 참작의 여지가 있네. 또 지금 이대로 죽는다면 자네는 제 조국을 배반하고 민족을 저버린 왜놈 끄나풀 운동철로 영영 끝장나고 말 걸세. 신흥에서 열심히 가르친 선생과 학우들에게 부끄러운 일이며 또 자네만 쳐다보는 식구들은 어쩔 셈인가?"

"총사령관님, 그러면 제가 어찌하면 좋겠습니까?"

"지난 잘못은 이왕 지나간 일이고, 자네 결심 여하에 따라 죄에 대해 속죄할 길은 앞으로 얼마든지 있네. 자네 죄를 아는 사람은 나 외에도 두어 명 더 있는데, 그들은 설령 무덤에 들더라도 비밀을 지킬 사람들이네. 이 정도면 내가 자네에게 맡기려는 일이 어떤 것인지 대략 눈치챘을 걸세. 나는 연병장을 좀 다녀와야겠는데 그동안 자네 앞날은 자네가 선택하게. 그 칼로 개죽음을 하든지 아니면 도망을 하든지 나는 상관 않겠네. 설령 지금 그 칼로 나를 찌르더라도 어쩔 수 없겠지. 부디 현명한 판단을 바라네."

칼에 의지한 채 고개 숙여 흐느끼는 운동철을 남겨둔 채 김좌진은 연병장으로 향했다. 간부 숙소에서 5리쯤 떨어진 곳이었다. 연병장에는 연성소 교사인 이범석이 생도들에게 총창술(銃槍術)을 가르치고 있었다.

군은 얼굴로 주위를 시찰한 김좌진은 다시 소장실로 향했다. 어떤 확신을 지녀 문을 열 때도 그다지 망설임이 없었다. 역시 윤동철은 산 채로 거기 남아 있었다. 칼이 꽂힌 군도를 앞에 놓고 단정히 꿇어앉은 모습이었다. 군도 아래에는 종이가 깔려 있는데 손가락을 깨물어 쓴 듯 글씨가 검붉었다. 글의 내용은 이랬다.

"제 목숨을 총사령관님께 바치겠습니다."

이윽고 김좌진은 윤동철에게 이중 첩자, 즉 반간을 제의했다. 보잘것없는 정보로 계속 첩자인 척 행세하다가 결정적인 순간에 거짓 정보로 적에게 막대한 타격을 입히자는 것이었다. 어금니를 꾸욱 깨문 윤동철은 재생의 기회를 준 김좌진 총사령관에게 무릎 꿇고 절부터 올렸다.

첩자를 부리는 것은 지휘관으로서 참으로 중요하면서도 어려운 일이었다. 첩자 될 사람은 인(仁)으로써 감복하게 만들고 의(義)로써 다루어야만 했다. 한낱 이익으로 달래고 위세로 으르기에는 한계가 있었다. 그런 면에서 이제 윤동철은 자발적이며 적극적인 활약을 기대해도 무방했다. 인간적으로 마음이 서로 통한 때문이었다. 김좌진은 윤동철과 관련된 일체의 일을 비밀로 엄수했다. 첩자 된 사람은 많으나 그를 기용하고 부리는 사람은 오직 하나여야 한다는 명제에 충실했다. 당연히 이정 비서에게조차 내색하지 않았다. 신뢰감이 부족해서가 아니었다. 윤동철의 경우처럼 적으로부터 어떤 마수가 뻗쳐올지 알 수 없었고, 인간에다 약자인 이상 무한 신뢰는 자칫 독이 될 수도 있었기 때문이다.

군무에 최선을 다하는 김좌진은 사령부의 전반적인 일을 꼼꼼히 챙겼다. 때로는 엄중하게 또 때로는 간곡하고 친절한 훈시를 통해 독립군의 정신 무장과 소통에도 많은 힘을 기울였다. 인간적인 면도 따뜻했다. 길림 자택에 자주 안부를 전했으며, 필요하다 싶으면 마적에게도 편지 쓰기를 서슴지 않았다. 인근 마적단이 동포 2명을 납치해가는 사건이 발생하자 정의와 인도를 앞세운 논리정연한 편지로 동포들의 무사 석방에 일조한 것이 좋은 예였다. 군정서 총재부에서는 그런 총사령관에게 특별히 명마를 사주며 노고를 위로했다. 우렁찬 울음소리에다 체격까지 더할 나위 없는 검정말이었다. 모든 면에서 총사령관이 솔선수범하니 사령부는 화기애애한 가운데 사기충천했다.

강혁은 장차 독립군 간부가 될 생도들에게 병법의 묘미를 터득시켜 주려고 애썼다. 오늘은 수업이 딱딱하지 않게 산상삼시여전설화(山上三屍與錢說話)를 예로 들며 추리의 중요성을 강조했다. 설화 내용은 이러했다.

3명의 도둑이 수천 냥의 돈을 훔쳐 달아난 사건이 발생했다. 그런데 뜻밖에 산 위에서 세 도둑의 주검과 함께 훔쳐 간 수천 냥의 돈까지 발견되었다. 이들 곁에는 단지 빈 술병 하나가 나뒹굴고 있었다. 이 사건의 결말에 추리적 요소를 가미하면 답은 어떻게 될 것인가.

수천 냥의 돈을 훔친 도둑들은 산 위로 도망쳐 왔다. 이제 남은 것은 분배의 문제였다. 도둑들은 성공을 자축하고 숨을 돌리기 위해 동료 한 사람에게 술 심부름을 시켰다. 한데 술을 사러 간 도둑은 문득 재물에 욕심이 일었다. 그는 산에 남은 동료들을 독살할 마음으로 술에 독약을 탄 뒤 산으로 올라왔다. 욕심이 일기는 산에 남은 도둑들도 마찬가지였다. 좀 더 많은 분배를 위해 산의 도둑들은 술을 사서 올라온 동료를 몽둥이로 죽여버렸다. 그런 뒤 두 도둑은 분배 많음을 즐거워하며 술을 나눠 마셨다. 하지만 그들도 이내 배를 움켜쥐고 나뒹굴었다. 독약 섞인 술이 문제였다. 이 설화는 욕심은 다시 새로운 욕심을 낳아 결국은 파국에 이른다는 교훈을 흥미로운 구성으로 전개한 것이었다.

강혁은 또 관찰 내지는 사고의 중요성도 일깨웠다. 이에 대한 예는 손빈(孫臏)의 경주마 얘기가 적절했다. 손빈은 손자병법으로 유명한 손무의 후손이었다. 자신을 후대해주는 장군이 말 경주 내기에서 번번이 패하자 어느 날 손빈은 장군을 따라 경기장을 찾았다. 내기는 세 마리 말을 차례로 출전시킨 뒤 두 번 이기는 사람이 승자가 되었다. 첫 내기에서 또 장군이 물을 먹었다. 그런데 손빈이 가만히 상대편의 세 마리 말을 관찰했더니 대략 상중하로 구분할 수 있었다. 이에 손빈은 장군의 귀를 빌렸다.

"다시 내기하십시오. 이길 방법이 있습니다. 상대가 상등 말을 출전시킬 때 장군께서는 하등 말을 내보내시고, 중등 말을 출전시킬 때는 상등 말을 내보내십시오. 그리고 상대가 하등 말을 출전시킬 때 중등 말을 경주시키십시오. 그러면 한 번은 패하지만 두 번은 이길 수 있습니다."

결과는 손빈의 예측에서 한 치도 어긋남이 없었다. 관찰의 미묘함을 터득한 장군은 그 뒤 잃은 돈을 찾고도 늘 주머니가 두둑했다. 손빈이 장군으로부터 한층 후대 받은 것은 물론, 술잔깨나 얻어 마신 일은 다시 말할 것도 없었다.

강혁의 병법 교육 시간에는 김용도 종종 뒷자리를 차지했다. 비록 1기 사관생도는 아니었지만 가까운 장래를 위한 공부였다. 예전처럼 '지자(智者)'라는 말에 토를 달아 수업 분위기를 흐트러뜨리는 일 따위는 당연히 일어나지 않았다. 그런 김용도 얼마 뒤에는 사관연성소의 지소에서 교육을 받아야만 했다. 사령부에서는 십리평에 지소를 설치하여 진도가 떨어지는 생도를 따로 교육할 예정이었다.

임일규는 역사를 열심히 가르쳤다. 오늘은 역사적 인물 가운데 장군에 관한 얘기로, 특히 시대별로 3대 장군을 기렸다. 삼국 시대는 을지문덕의 활약이 빼어났고, 고려는 강감찬(姜邯贊), 조선 시대는 단연 이순신이었다.

을지문덕은 고구려 영양왕(嬰陽王) 때의 명장이었다. 침착하고 날쌘 자질에 지략과 술수 또한 뛰어났으며, 글까지 막힘이 없는 장수였다. 당시 오랜 세월 분열로 점철된 중국을 하나로 통일한 수(隋)나라는 고구려까지 넘보았다. 612년 1월에 마침내 수의 양제(煬帝)는 113만의 수륙 양군을 이끌고 고구려 정벌에 나섰다. 그러나 첫 관문인 고구려의 요동성(遼東城)은 그대로 철옹성이나 진배없었다. 온갖 방법을 동원하여 몇 달을 공격해도 끝내 성을 함락시킬 수 없었다. 한마디로 난공불락의 요새였다. 다급해진 양제는 곧바로 평양 도성을 향해 진격하기로 마음먹고 30만의 별동대를 편성하였다. 대장은 우중문(于仲文)과 우문술(宇文述)이었다.

고구려 장수인 을지문덕은 별동대를 지치게 만들려고 계속 유인 작전을 펼쳤다. 하루 일곱 번 싸워 일곱 번 모두 패주할 정도였다. 승리감에 도취한 적장은 진격을 거듭했다. 한데 을지문덕은 패주하면서 은근히 청야수성전(清野守城戰)을 곁들였다. 즉 들판에는 곡식 한 톨 남김없이 전부 성안으로 거둬들였고, 그러한 성만큼은 모두 굳건히 지켜냈다. 봉오동 전투에서 홍범도가 써먹은 바로 그 작전이었다. 마침내 별동대는 평양성까지 진격했다. 도성인 평양성은 한층 난공불락의 요새였다. 병사들이 지쳐 빠진 별동대는 더하여 군량미까지 바닥났다. 이때 을지문덕이 우중문에게 시를 지어 보냈다.

신묘한 책략은 하늘의 원리에 통달했고
오묘한 계략은 땅의 이치를 다했노라
전쟁에 이겨서 그 공이 이미 높으니
만족함을 알고 그만두기를 바라 노라

은근한 조롱과 함께 반격의 의지가 담긴 시였다. 거기다 군사들을 물리면 우리 왕이 당신네 황제를 찾아가 뵙겠다며 우문술에게는 철군할 명분까지 만들어주었다. 결국은 별동대도 물러가지 않을 수 없었다. 그러나 이때부터 전세가 완전히 뒤바뀌었다. 고구려왕이 찾아오는 것은 그만두더라도, 을지문덕이 거느린 군사가 별동대를 바짝 추격해오는 것이 아닌가. 별동대가 살수(薩水=청천강)를 건널 때 마침내 을지문덕은 총공세를 퍼부었다. 그리하여 처음 30만 대군으로 호호탕탕하게 진격해 온 별동대는 불과 2천7백여 명이 살아서 돌아갔다. 이 패배로 말미암아 수나라는 점차 멸망의 길로 접어들었다.

일규는 을지문덕의 살수대첩을 설명한 뒤, 삼국을 통일한 김유신(金庾信)에 대해서도 잠깐 언급했다. 김유신이 삼국 시대를 대표하는 걸출한 장수였으나 지금은 국권 회복이 대명제이므로 외세를 물리친 을지문덕을 굳이 삼국 시대의 장군으로 꼽았다며 토를 달았다.

다음은 강감찬이었다. 1018년에 거란(契丹)의 소배압(蕭排押)은 10만 대군을 이끌고 고려에 대한 3차 침입을 감행했다. 고려의 상원수(上元帥)인 강감찬은 홍화진(興化鎭)에서 거란군을 초토화했다. 이듬해 회군하는 적을 다시 구주(龜州)에서 크게 격파하고 개선하자 현종(顯宗)이 친히 멀리까지 마중을 나왔다. 왕은 강감찬의 머리에 금화팔지(金花八枝)를 꽂아주는 등 최고의 예우로 노고를 위로했다.

이제 마지막으로 이순신 장군을 기릴 차례였다. 한데 충무공에 대해서는 생도들도 제법 귀가 틔었다. 근래의 명장인 데다 특히 북방이 아니고 현재의 주적(主敵)인 왜군을 물리친 관계로 얘기를 접할 기회가 많았던 때문이다. 그러나 충무공의 혁혁한 전과와 뜨거운 애국심에 대해서는 듣고 또 들어도 경이 그 자체였다.

"서울에서 출생한 충무공은 비교적 늦은 나이인 32세 때 무과에 급제하였습니다. 미관말직만 전전하다가 임진왜란 일 년 전인 1591년에 비로소 전라좌도 수군절도사(水軍節度使)가 되었지요. 이때 공은 머지않아 왜군이 침입할 것을 예상하고 거북선을 만들었습니다. 과연 왜적의 침입으로 임진왜란이 일어나자 공은 옥포(玉

浦)에서 선견 부대 30여 척을 격파했어요. 첫 싸움에서 적의 기를 누른 것이지요. 이어 사천(泗川)에서는 처음으로 거북선을 선보이며 적선을 격침하더니 차례로 당포(唐浦)와 당항포(唐項浦)에서 수십 척을 잠수시켰습니다."

임진왜란 발발 초기에 이순신이 거둔 승리였다. 왜적이 몰려온 지 20일도 되기 전에 한양 도성이 떨어지고, 선조는 홀로 피난길을 떠났다. 한데 이순신의 잇따른 승리는 커다란 위안이자 희망이었다. 일규의 목소리가 차츰 들뜨기 시작했다.

"여름인 7월이었습니다. 전선을 인솔한 공은 견내량(見乃梁)에 이르러 적의 대선단을 발견했어요. 공은 싸울 때 늘 지형이나 기후 등을 크게 고려한답니다. 한데 견내량은 바다가 좁고 물이 얕아서 해전사의 일대 혁명인 거북선을 자유자재로 운용하기에는 장소가 적당치 못했습니다. 이에 공은 거짓으로 쫓기는 척 계략을 써서 적을 한산도(閑山島) 앞바다로 유인했어요. 이윽고 학이 날개를 편 모양으로 적을 둘러싸는데 이른바 학익진(鶴翼陣) 전법입니다. 여기서 적선 70여 척을 격침해 그동안의 승리가 결코 우연이 아님을 증명했지요. 왜군은 해상 보급로가 끊겼고 반대로 조선 수군은 기세가 크게 올랐습니다."

마침내 이순신은 삼도 수군통제사(水軍統制使)가 되었다. 난이 소강상태로 접어들자 이순신은 전열을 가다듬는 데 온 힘을 기울였다. 한데 정보에 대한 항명을 빌미 삼아 결국 선조에 의해 투옥된 뒤 한 달간의 옥살이를 했다. 그다음은 도원수 권율(權慄) 아래서의 백의종군이 기다리고 있었다. 이순신의 벼슬을 물려받은 원균

(元均)은 정유재란(丁酉再亂)의 칠천량(漆川梁) 해전에서 괴멸되고 말았다. 일규의 목소리가 침통해졌다.

"공은 다시 수군통제사에 올랐으나 배는 이미 12척밖에 남아 있지 않았습니다. 비록 전선과 병력은 빈약하기 짝이 없었으나, 공은 명량(鳴梁)에서 133척의 적선과 맞서 31척을 박살 내는 대전과를 올렸지요. 다음 해 명나라 수군과 연합하여 마침내 철수하는 적선 5백여 척을 뒤쫓아 남해의 노량(露梁) 바다에서 큰 접전을 벌였습니다. 그러나 공은 불행하게도 적탄을 맞아 전사하고 말았습니다. 나라의 큰 대들보가 무너진 셈이지요. 전략과 애국심이 비할 데 없는 공은… 왜적으로부터 조선을 지켜낸 최고의 명장이었습니다."

끝부분을 특히 힘주어 말함으로써 일규는 충무공의 업적을 기렸다. 시인인 임일규 교관은 이순신이 지은 시 〈한산도 야음(夜吟)〉을 들려주는 것으로 수업을 마무리했다.

바다에 가을빛 노을이 지니
찬바람에 놀란 기러기 높이도 날아가네
근심스러운 마음에 잠 못 이루는 밤
새벽 달빛은 무심코 활과 칼을 비추네

일본군의 간도 침입이라는 비상한 국면에 대처하기 위하여 무장 단체 지도자들은 수시로 회합을 했다. 첫 번째 과제는 역시 단합이었다. 각 단체를 순방하는 임정 특파원들 역시 단합과 통일을 역설하였다. 그리하여 의논 끝에 동도(東道) 명칭의 새로운 기관을 설치하고 군사 행동에 통일을 기할 것을 결의했다.

새로운 기관은 동도군정서와 동도독군부, 동도파견부였다. 동도군정서 총사령관은 의연히 북로군정서의 김좌진이 맡았다. 동도독군부는 동도군정서의 별동대였다. 그러한 동도독군부는 홍범도의 대한독립군과 최진동의 도독부, 의군부, 신민단 등이 연합한 부대였다. 비록 부대는 연합해도 지휘관을 비롯하여 소부대의 성격은 그대로 간직하고 있었다. 연길현 의란구에 사령부를 둔 동도독군부의 총사령관은 홍범도가 추대되었다. 근래 노령에서 간도 땅으로 넘어온 한 부대는 그대로 동도파견부가 되었다.

독립군이 단합을 이루자 위력은 한층 막강해졌다. 동도의 이름 아래 결집한 병력만도 3천 명을 헤아렸다. 만일 이들 독립군이 일시에 떨치고 나선다면 간도에 있는 중국 측 군경 정도로는 도저히 진정시킬 수 없을 정도였다.

그러던 어느 날이었다. 의란구의 홍범도는 약 1개 중대를 이끌고 다른 부대가 주둔한 명월구(明月溝)로 향했다. 도중에 경유하게 되는 노두구(老頭溝) 고개의 참나무 숲에서 병사들이 한참 점심 요기를 할 때였다. 자신의 망원경으로 주위를 살피던 홍범도는 문득 저만큼 고개 밑의 보리밭에서 사람이 움직이는 걸 발견했다. 무장한 일제 경찰이었다. 영사관의 고등계 형사부장인 쯔바이(坪井)가 인솔한 수색대였다. 병력은 모두 28명이었다. 상황을 파악한 홍범도는 곧바로 유리한 지점을 택해 독립군을 매복시켰다. 자신들의 행동이 낱낱이 감시당하는 줄도 모르고 수색대는 열심히 고개를 올라왔다. 어느 순간, 한낮의 정적만 감돌던 참나무 숲에서 느닷없이 한 발의 총성이 울렸다. 사격 신호를 겸해 홍범도가 쏜 총소리였다. 귀한 총알 한 방에 경찰 한 명이 꼬꾸라진 것도 어김이 없었다. 곧바로 대기 중이던 독립군들의 총이 일제히 불을 뿜었다. 보릿대가 움직이는 곳을 겨누기만 하면 여지없이 하나씩 꼬꾸라졌다. 혼비백산한 수색대는 응사할 엄두도 못 내고 고개 밑으로 줄행랑쳤다. 그나마 목숨을 붙여간 자는 여섯 명에 불과했다.

정초 무렵의 간도는 현금 호송대의 나카토모 순사가 피살된 것만으로도 온통 난리였다. 이제 봉오동 전투까지 치른 독립군과 일제는 피차 물불을 가릴 처지가 못 되었다. 간도는 긴장감이 새록새록 더했다. 중국 측도 예외일 수는 없었다. 신임 연길도윤인 도빈이 현지사(縣知事) 회의를 소집했다. 조선총독부의 극성에 시달리다 못한 장작림이 회의 개최를 지시했던 것이다. 조선 사람의 반일 무장 활동 단속을 위한 대책 강구가 목적이었다. 무장 단체를 단속하려면 어쨌든 무력이 뒷받침되어야만 했다. 그 결과 연길도윤 휘하에 3백 명의 경비대를 신설하고, 북간도의 4개 현에는 모두 250명의 경비대원을 증강키로 의결했다.

서간도의 독립 기지는 지리멸렬한 상태였다. 김좌진은 서로군정서의 독판 이상룡과 이청천 사령관으로부터 친서를 받았다. 한데 내용이 참으로 우울했다. 봉천성에 중일 합동 수사반이 편성되어 극심한 탄압을 가해오자 서로군정서도 끝내는 독립운동의 성지인 유하현을 떠나지 않을 수 없었다. 그리하여 백두산 기슭인 안도현 삼림으로 신흥 무관 학교를 옮겼으며, 사령관 이청천은 3백여 명의 생도를 이끌고 안도현 삼인방(三仁坊)에 주둔 중이라는 내용이었다.

한데 얼마 뒤 신흥 무관 학교는 결국 폐교되고 말았다. 어려운 환경 속에서도 조선의 동량지재를 길러내며 10여 년의 전통을 이루었지만, 일제의 발악에 더는 버틸 수가 없었다. 단체뿐만이 아니었다. 4개월에 걸친 합동 수사반의 만행으로 수백 명의 조선 사람이 학살되었다. 서간도 참변이었다.

7월 말의 무더위 속에서도 북로군정서는 전력 증강을 위해 땀을 쏟았다. 그러다 사령부에서 뜻밖의 사건이 터졌다. 연성소 학도대의 구대장인 김훈이 그만 권총 오발 사고를 냈던 것이다. 피해자역시 구대장인 강화린인데 왼쪽 발꿈치에 중상을 당했다. 또래인두 사람은 신흥 출신의 신진기예였다.

"불행 중 다행히 다리 치명상은 피했다는군요."

늦게 연락을 받은 강혁이 군의실로 뛰어들자 이범석이 말했다. 강화린은 응급 치료를 받고 있었다. 열악한 환경이지만 사령부는 군의실만큼은 갖추고 있었다. 독립군의 신체검사도 여기서 행해졌다.

"당장 치료도 중요하지만, 후유증이 없어야 할 텐데. 걱정이네요."

평소 강혁은 건강하고 사기 왕성한 군대를 최고의 덕목으로 꼽았다. 이범석이 동료의 근심을 조금은 덜어주었다.

"사고 즉시 총재부에 연락해서 양약과 기계 도구를 지니고 엄(嚴) 군의가 입영토록 조치했답니다. 어딜 가나 군인은 늘 부상이문제지요."

얼마 뒤 강혁과 이범석은 주위의 나무 그늘을 찾았다. 각각 중국의 보정 군관 학교와 운남의 육군 강무당을 졸업한 두 사람은 사관연성소를 이끄는 젊은 용이었다. 김좌진 총사령관을 비롯하여 간부진도 무한한 신뢰를 보냈다. 두 사람 모두 바쁜 나날을 보내느라 북간도에서 제대로 짬을 내 만나기는 이번이 처음이었다. 아무래도 대화는 최근의 간도 정세로 쏠릴밖에 없었다. 얘기가 서간도 참변에 이르자 거기서 떠나온 둘은 분하고 안타까운 마음을 금할 수 없었다. 그런 이범석이 문득 니켈 회중시계를 꺼내 시간을 본다. 서간도에 있을 때부터 강혁의 눈에도 익은 시계였다. 지금 크게 바쁜 일과 시간은 아니었다. 무더위가 기승을 부리는 한낮에는 사관연성소도 잠시 교육 훈련을 중단하고 휴식을 취했다. 또 8월 2일부터 3주간은 휴학에 들어갈 예정이었다.

"자당(慈堂)께서 선물하신 시계라 더 소중히 여기는군요. 하긴 낳고 길러주신 은혜가 태산인들 높다 하겠습니까?"

예전에 들었던 말이 언뜻 떠올라 강혁은 다소 쓸쓸한 얼굴로 말했다. 이범석은 당시 자신의 둘도 없는 보물이 그 시계라고 단언했다. 동그란 안경을 벗어들며 이범석이 말을 받았다.

"이를 말씀입니까? 그런데 저 같은 경우는 낳은 정과 길러주신 은혜가 제각각이지요. 생모는 어릴 때 돌아가셔서 기억조차 없고, 지금 제 가슴에 자리 잡은 분은 지금껏 길러주신 계모지요. 어쩌다 이 말을 하게 되면 사람들이 저를 이상한 눈으로 쳐다보더군요. 하긴 계모라는 선입견에다 또 지금의 제 어머니를 모를밖에 없으니 무리는 아닙니다만…."

진지한 이범석을 보자 강혁도 자연 조심이 되었다.

"얘기하는 거로 보아 예사 분이 아니신 것 같군요."

"어머니가 아니면 저는 아마 개망나니가 되고 말았을 겁니다. 이왕 말이 나왔으니 어머니에 관한 얘기를 조금 하지요. 어릴 때 저는 지독한 개구쟁이였어요. 그런데 어떤 사건을 계기로 저에 대한 어머니의 진실한 마음을 확연히 깨달았습니다. 그때부터 저는 오직 그분이 기뻐할 일만 골라서 할 만큼 철이 들었지요. 착하고 공부 잘하는 아이를 소원하시기에 모범생에다 우등생이 되려고 나름대로 노력했습니다. 그 결과 보통학교를 졸업할 때는 강원도에서 3명만 선발하는 최우등생에도 뽑혔지요. 당시 데라우치 총독상을 받고 어찌나 의기양양했던지…. 지금 생각하면 참으로 부끄러운 상이 아닙니까? 하지만 그 일로 기뻐하던 어머니의 모습만큼은 저에게 평생 잊지 못할 큰 즐거움이지요. 그 뒤 무시험으로 최고의 중학을 입학하니까 어머니가 이 시계를 선물하더군요."

이범석은 마치 꿈꾸는 소년처럼 행복한 얼굴이었다.

"자기가 낳은 친자식도 길들이기 어렵다는데 하물며 계모가… 어이쿠, 실례했습니다. 대체로 계모에 대한 인식이 안 좋다 보니 저도 모르게 그만… 한데 그 사건이란 게 궁금하군요. 도대체 어떤 일이기에 어린애가 하루아침에 변할 수 있지요?"

강혁은 땀도 없는 얼굴을 손바닥으로 부채질한다. 상대의 소중한 사람을 비하한 듯해서 무안함이 일었던 것이다.

"궁금하다니까 더 얘기해 드리지요. 어머니 부분만 빼면 사실 한 철부지의 막돼먹은 얘기에 불과합니다. 제가 아홉 살 나던 해,

그러니까 그 병합이란 걸 당하기 이태 전이지요. 아버지가 강원도의 이천 군수로 발령이 나서 우리 식구는 그곳으로 이사를 했습니다."

이범석의 계모는 이사 가기 바로 앞 해에 시집을 왔다. 그녀의 등장으로 집안 분위기는 한결 밝아졌고, 4대 독자인 이범석에게도 온갖 정성을 기울였다. 그러나 아이는 여전히 바깥으로만 맴돌며 개구쟁이질에 여념이 없었다. 끼니조차 걸핏하면 남의 집에서 해결했다. 사정에 어두운 사람들은 계모의 구박이거니 하고 지레짐작할 정도였다. 계모가 워낙 다정스럽게 대해 이범석도 악의 따위는 드러내지 않았다. 다만 무관심한 척 본능적 기피로 일관할 따름이었다. 그러다 아이의 도를 넘어선 장난질은 마침내 커다란 풍파를 잇달아 몰고 왔다.

이날도 개구쟁이 이범석은 고무총을 지니고 거리로 나왔다. 그때 길모퉁이에서 문득 딸랑거리는 방울 소리가 들렸다. 등에다 사람을 태운 나귀였다. 나귀를 보자 악동은 장난기가 발동했다. 재빨리 느티나무 뒤로 몸을 숨긴 뒤 고무총으로 저만큼의 나귀를 겨냥했다. 표적은 급소인 불알이었다. 곧바로 고무총에서 총알이 튕겨 나갔다. 허구한 날 이것저것 맞히는 놀이에 열중한지라 악동의 솜씨는 그다지 서툴지 않았다.

'명중이다.'

악동은 속으로 쾌재를 불렀다. 아이 장난에 개구리는 죽을 맛인 것처럼, 난데없이 급소를 일격 당한 나귀는 바로 발광을 했다. 입에 거품을 물고 길길이 날뛰었다. 결국은 나귀 등에 탄 일본인 금융조합 이사장이 길바닥에 떨어졌다. 불알 통증에 미쳐버린 나귀가 어찌 주인을 알겠는가. 일본인 이사장은 나귀 발에 그만 머리가 짓뭉개져 버렸다. 이 고무총 사건으로 이범석의 부친은 적잖이 돈을 날려야만 했다.

꾸중도 잠시, 사건은 얼마 뒤 다시 터졌다. 그날은 악동이 동료 개구쟁이들과 함께 임진강(臨津江)에서 고기를 잡아 오는 길이었다. 들에서 한가롭게 풀을 뜯고 있는 소를 보자 예의 그 장난기가 발동했다. 개구쟁이의 대장인 이범석이 야릇한 웃음을 띠며 소 엉덩이로 다가갔다. 그다음은 살아서 꿈틀거리는 뱀장어를 교묘한 방법으로 소 항문에다 집어넣었다. 개구쟁이들은 소가 보일 반응이 궁금해 눈을 떼지 못했다. 미끈거리는 기다란 물고기가 산 채로 자기 뱃속을 헤집자 소도 차츰 반응을 보였다. 불알에 일격을 당했던 나귀처럼 곧 미쳐서 날뛰었다. 뿔로 이리저리 들이받다가 끝내는 죽고 말았다. 결과를 예상 못 했던 개구쟁이들은 소의 죽음도 슬펐지만, 뒷일이 한층 태산이었다. 소는 농가의 큰 재산인 데다 농사를 짓는 데 없어서는 안 될 가축이었다.

"이놈 어디 있어? 남의 귀한 소를 죽이다니…. 아예 바깥출입을 못 하게 다리몽둥이를 확 분질러 놓을 테다."

해 질 무렵에 대문을 왈칵 밀어붙인 사람은 이범석의 부친이었다. 4대 독자의 귀한 아들이라 고무총 사건 때는 대충 넘겼지만, 이번에는 불같이 노했다. 또 무슨 일인가 싶어 대청마루에서 길쌈을 하던 계모가 벌떡 일어서고, 방 안에 있던 악동도 주춤주춤 마루로 걸어 나왔다. 아들의 얼굴을 보자 그만 노기가 더 솟구친 걸까, 부친은 대뜸 가까이 있는 방직기의 지렛대를 뺀 뒤 이범석에게 던졌다.

"악."

외마디 비명이 계모의 입에서 터져 나왔다. 다친 사람은 다름 아닌 그녀였다. 쇠뭉치가 아이에게 날아가는 걸 본 계모가 앞뒤 없이 몸을 던져 이범석을 감쌌던 것이다. 이내 흰 무명치마 아래로 붉은 피가 좔좔 흘러내렸다. 계모의 복숭아뼈가 그만 쇠뭉치에 박살 난 때문이었다.

"어머니!"

평소 목에 가시나 걸린 듯 서먹하던 호칭이 자신도 모르게 이범석의 입에서 튀어나왔다. 눈앞은 이미 물기로 흐릿한 상태였다. 어머니는 그 한마디에 아픔조차 잊은 듯 다리를 감추며 물었다.

"오냐! 어디 다친 데는 없니?"

그런데 무슨 일인지 이범석의 어머니는 이날부터 물만 마실 뿐 곡기를 아예 끊었다. 밤에는 안방으로 건너가지 않고 아들 방에서 뜬눈으로 새우다시피 했다. 다른 사람은 그러한 사실을 잘 몰랐다. 하지만 가까이서 지켜본 이범석은 눈치를 챘다.

3일째 되던 날이었다. 아들은 문득 한밤중에 잠이 깨었다. 누워서 동정을 살펴보니 어머니는 그때까지 바느질 중인데 가만히 울고 있는 게 아닌가.

"어머니, 왜 우셔요?"

"아니다. 울긴… 어서 자라."

이범석이 깬 걸 알고 당황한 어머니는 얼른 눈물 자국을 훔쳤다.

"아니에요. 방금 울고 계신 것을 제가 똑똑히 보았어요. 난 다 알아요. 요즘 식사도 안 하시잖아요. 제가 소를 죽여 속상해서 그러지요? 앞으로 장난질은 그만할 테니 식사하고 그러세요, 네?"

울먹이는 아이의 머리를 쓰다듬으며 쓸쓸한 웃음을 짓던 어머니가 천천히 말했다.

"어린 네가 내 마음을 어찌 다 알겠니? 난 네가 아무리 잘못해도 야단 한 번 칠 수가 없단다. 꾸중하는 소리를 누가 듣기라도 하면 계모라 그런다며 손가락질을 할 것이고, 너를 잘 키워달라고 당부한 네 아버지는 또 오죽이나 심기가 상하시겠니? 비록 나는 계모이긴 하다만, 오직 너 하나만 진심으로 의지하며 살아간단다. 그런데 너는 갈수록 싹수가 노랗기만 하니, 내가 밥 먹고 살아본들 장차 무슨 희망이 있겠니?"

그 말은 어린 이범석의 가슴에 비수처럼 예리하게 꽂혔다. 이어 벅찬 감동이 몰려왔다. 아들은 엄마의 치마폭에 머리를 묻고 한참을 울었다. 마침내 이범석은 어머니에게 손가락을 걸고 약속했다. 착하고 공부 잘하는 아이가 되겠노라고.

"생모 아닌 계모에게 사모곡(思母曲)을 바치는 제가 잘못된 겁니까?"

눈가가 흠씬 젖은 이범석이 한탄하듯 말했다. 코가 찡해진 강혁은 하늘을 자세히 올려다보았다. 마치 거기에 자신과 인연 맺은 누군가가 있듯이. 무더위에 나뭇잎이 한층 후줄근하게 늘어진 오후였다.

한편 경무국의 마루야마는 뻔질나게 간도를 드나들었다. 그때마다 나남의 19사단에 들러 정보 관계자들과 쑥덕거리는 것도 잊지 않았다. 장세전 연길도윤의 교체에도 그는 일정한 역할을 담당했다. 간도의 마루야마는 책략 동원에 바빴다. 용정의 총영사에게는 무장한 독립군만 출현해도 무시로 중국 측에 항의할 것을 주문하고, 스에마쯔 경찰부장과는 수시로 머리를 맞댔다.

"어쨌든 경찰부장은 중국 측과 불령선인 사이에 자꾸만 틈이 벌어지도록 일의 초점을 맞추시오. 상대를 분열시키는 데는 이간질보다 나은 게 없어요. 예를 들면 지금 불령선인의 군사 경영에 대해서도 중국 측의 의심을 키우란 말입니다. 불령선인의 궁극적 속셈은 간도 땅 일부를 차지하거나 아니면 우리 일본을 상대로 간도를 전쟁 지대로 만들려는 데 있다고 말이오. 그러잖아도 그것이 중국 측으로서는 가장 예민한 문제 아니오? 처음에는 긴가민가할지 모르지만 같은 말을 자꾸 듣다 보면 필경 의심이 생겨나기 마련이거든. 그리고 우리에게 협조적인 조선인을 불령선인으로 가장시켜 반강제로 금품도 징수하고, 또 협박장도 보내라고 했는데 어떻게 효과가 좀 있었소?"

마루야마의 말이 채 끝나기도 전에 스에마쯔 경시는 희색이 만면했다.

"효과 정도가 아니라 위력이 아주 대단합니다. 일부 조선인들은 불령선인의 군자금 징수에 대해 일체 불응하자며 집단 반발 움직임을 보이고, 여론도 폭발 일보 직전이지요. 이간질이 그 정도로 위력적인 줄은 미처 몰랐습니다. 아무쪼록 앞으로도 많은 지도 편

달을 바랍니다."

지난해 용정 만세 운동 때, 집회 군중과 중국 군경 간에 단단히 이간질한 경험이 있는 경찰부장이 제법 의뭉을 피웠다.

"틈이 안 생겨나면 오히려 그게 이상하지. 여하튼 발각되지 않도록 유의하시오. 도리어 역풍을 맞을 수도 있으니까. 유력한 단체끼리 어떻게 싸움질은 시켜 보았소?'"

좁쌀눈을 더욱 좁히며 마루야마가 은근히 기대를 표했다.

"예, 최진동의 도독부 사람처럼 가장해서 북로군정서의 군용물을 강탈했습니다. 머지않아 두 단체 간에 큰 흙탕물이 일지 싶습니다."

"헤이그에 밀사로 갔다가 거기서 자살한 이준의 아들이 있다던데….”

"이용 말씀이군요."

"그자가 간도에 무관 학교를 설립하려고 상해 가정부의 공채(公債) 10만 원을 가져왔다는 정보가 있어요. 알고 있습니까?"

간도 선인 특별부 책임자의 정보가 다르긴 달랐다. 스에마쯔 경시가 뒤통수를 긁적거렸다.

"아직….”

간도 경찰부장의 머릿속으로 한 생각이 번쩍 스쳤다. 현시달 경부가 정보를 독차지하고 있을지도 모른다는 의심이었다.

"중국 관청과 잘 교섭해서 사기죄로 체포하도록 한번 만들어 봐요. 그렇게만 되면 자연 조선인들은 그자뿐만 아니라 공채에 대해서도 의혹이 일 것 아니오? 그리고 서간도와 비교하면 여기 북간도는 우리 친일 세력이 매우 약한 편입니다. 그 부분도 계속 신경을 쓰시오."

잠시 망설임을 보이던 마루야마가 목소리를 낮추어 말했다.

"이것은 아직 비밀이니까 혼자 참고만 하시오. 불령선인 토벌과 관련하여 크게 판을 벌이는 것은 따로 우리 총독부와 군에서 빈틈없이 준비하고 있어요. 늦어도 겨울이 오기 전에 특별한 조처가 있지 싶습니다. 그렇지만 현지에서는 중국 측에 자꾸만 꼬투리를 잡고, 한편으로는 불령선인 단체의 전력 약화에도 지속해서 힘을 쏟아야 할 것이오. 그러다 보면 자연 우리 군의 출병 구실도 생겨나기 마련이고, 또 부쩍 기세를 올리는 불령선인 토벌도 한결 수월할 것 아니오?"

나름대로 음모 술수의 대가인 마루야마는 마침내 김좌진 총사령관에게도 손길을 뻗쳤다. 중국 측이 신변의 안전을 보장하는 가운데 단둘이 연길도윤 공서에서 만나 최근 매우 급해지는 간도 정세와 관련해서 허심탄회하게 의견을 나누자고 제의했다. 당연히 속셈은 따로 있었다. 구미 당기는 조건을 제시하여 명망 높은 김좌진을 자기편으로 끌어들이면 더없이 좋고, 아니면 슬며시 전향 의혹을 퍼뜨려 독립 세력의 적전 분열만 일으켜도 좋다는 계산이었다. 거기에 대해서는 사이토 총독의 언질도 있었다.

왕청현 제4구 경찰의 왕(王) 분소장으로부터 연락을 받은 김좌진은 두말하지 않고 응했다. 간부들이 신변 안전과 함께 잔꾀를 의심해 말렸으나 옹색한 모습을 보이기 싫어하는 총사령관은 마침 신임 연길도윤에게 청할 것도 있다며 겸사겸사 영문을 나섰다. 김좌

216

진과 마루야마는 국자가의 연길도윤 공서에서 만났다. 통역으로 나온 거류민 회의 일본인 간부까지 포함하여 3명이 자리를 함께했다. 그런데 다른 것은 접어두고 두 사람은 풍기는 분위기만으로 벌써 대인과 소인만큼이나 차이가 현격히 드러났다. 6척이 넘는 장대한 풍채에다 기상까지 활달한 김좌진은 그대로 영웅의 풍모가 뚜렷했으나, 왜소한 키에다 대머리상의 마루야마는 어딘가 초라한 모습이었다. 본인도 그것을 느끼는지 마루야마는 괜한 헛기침을 자주 했다.

탐색전으로 시작된 두 사람의 대화는 차츰 열기를 더했다. 나름의 논리로 무장한 마루야마는 일한 합병의 역사성과 그동안의 조선 발전에 대해 제법 과장된 식견을 보였다.

"만약 조선이 우리 대일본 제국에 합병되지 않았다고 한번 가정해봅시다. 세계열강이 그러한 조선을 가만히 내버려 두었을 것 같아요? 모르긴 해도 열강의 싸움터로 한없이 피폐하였다가 결국은 어느 나라엔가 무자비한 통치를 받고 있을 것이오. 또 우리 일본의 타율적 힘이 없었다면 조선은 그대로 정체된 후진 사회로 머물러 있을 것이며, 지금처럼 여러 측면에서의 근대적 발전은 상상조차 할 수 없을 것입니다."

마루야마는 주로 조선의 근대화를 무기로 내세웠다.

"당신네 나라가 서구적 근대화를 강제 이식함으로 말미암아 우리 한국의 전통은 여지없이 단절되고 말았소. 걸핏하면 조선의 발전과 행복을 위한다거나 동양 평화를 목적으로 조선을 지배한다는 그 기만적인 말은 이제 제발 그만 들었으면 좋겠소."

일제가 병합의 필요성으로 대내외에 내세우는 명분부터 김좌진이 일축했다. 정의에 기초한 조리 있는 말솜씨는 갈수록 마루야마를 압도했다.

"나는 일본의 침략적 제국주의와 군국주의를 미워하지 일본이란 나라 자체를 싫어하는 것은 아니오. 한데 이웃 나라 간의 그동안 역사를 한번 곰곰이 돌이켜 보시오. 우리의 삼국 시대부터 출몰한 귀국의 해적단은 걸핏하면 해변으로 몰려와서 백성들을 괴롭히고 약탈을 자행했습니다. 거기다 임진왜란을 일으켜 우리 한민족에게 커다란 죄악을 쌓더니만, 급기야는 힘이 좀 없다고 나라까지 훔치는 만행을 저질렀어요. 이웃으로서 과연 최소한의 양심이라도 가진 나라가 맞습니까?"

차분하게 대응하던 김좌진도 마침내 흥분기를 보이며 침략과 피해로 점철된 역사를 들이댔다. 이제는 과거를 입에 올려봤자 본전도 못 건진다고 생각했는지 마루야마는 슬그머니 현실로 화제를 돌렸다.

"지금의 우리 대일본 제국은 세계적으로 손꼽히는 군사 강국입니다. 막강 육군은 두더라도 무적함대가 태평양을 호령하고 있으며 또 하늘에는 비행대까지 날고 있어요. 명분이 아무리 그럴싸하더라도 현실과 괴리가 크면 그것은 망상에 불과해요. 노령에서 몇 자루씩 사들인 그깟 딱총으로 정예한 우리 일본군의 털끝이라도 당할 것 같습니까? 계란으로 바위를 친다는 게 도대체 가능한 일이냐 이 말이에요."

"가능하지 않을까요? 해는 하늘 복판에 떴다가 서쪽으로 지고,

달은 십오야에 둥글었다가 점차 이지러지기 마련입니다. 모든 사물은 극도에 달했다가 때가 되면 쇠락한다 이 말이오. 지금의 일제 무력이 한없이 이어질 것 같습니까? 성서에 좋은 구절이 있더군요. 칼로써 흥한 자 칼로써 망한다고…."

그쯤에서 마루야마는 손을 홰홰 내저었다.

"자꾸 그렇게 삐딱하게만 말씀하시지 말고… 제가 단도직입적으로 제안을 하겠습니다. 지금의 우리 사이토 총독은 조선 땅에 문화 정치를 펼치며 일본과 조선이 하등 구분 없는 내선일체를 실현하려고 노력 중입니다. 그런 총독은 조선 사람 가운데 당신을 가장 우러르고 아낍니다. 같은 무인으로서 볼 때 김좌진만 한 열혈남아가 없다고 말입니다. 그것은 그만큼 안타까운 마음도 크다는 뜻이지요. 헛된 일에 힘을 쏟다가 혹 개죽음이나 당하지 않을까 하고…."

미처 통역이 말을 맺기도 전에 김좌진이 카랑카랑한 목소리로 반문했다.

"개죽음이라니? 비록 살아 있더라도 구차히 사는 것은 욕이요, 마땅히 죽을 때 죽을 수만 있다면 그만한 영광이 어디 있겠는가!"

이제는 김좌진이 어떻게 나오든 개의치 않고 마루야마는 자기 할 말만 했다. 이래도 당신이 뻗댈 수 있을까 하는 야릇한 표정과 함께 마침내 엄청난 제안을 했다.

"우리 사이토 총독이 김좌진 씨에게 제안한 것을 제가 대신 전하지요. 참고로 말하면 사이토 해군 대장은 조선 총독을 떠나 일본 군벌의 핵심으로, 차기 수상 자리에 가장 근접한 인물입니다. 만일 김좌진 씨가 우리 일본에 협조만 하면 10만 원의 은사금(恩賜金)과 함께 귀족 작위까지 상신하겠답니다. 그런 총독의 바람은 단 하나뿐인데, 어쩌면 당신의 꿈을 펼칠 수 있는 절호의 기회인지도 모르지요. 그것은 김좌진 씨가 우리 일본군의 고문이 되어 그 뛰어난 군사 재능으로 일본군의 비상에 일익을 담당했으면 하는 거요. 그만큼 총독은 당신에게 큰 기대를 품고 있습니다."

통역을 담당한 일본인은 눈을 동그랗게 뜨며 부러운 표정을 지었다. 돈 10만 원은 평생 가도 만지지 못할 거금이었다. 그러나 사이토 총독은 상대를 골라도 한참 잘못 고른 셈이었다. 김좌진은 이미 젊을 때 전답을 골고루 나누어주며 노비를 해방했고, 나중에는 하나 남은 집까지 학교 교실로 제공했다. 그만큼 재물에 대해서는 일찍부터 마음을 비운 사람이었다. 김좌진은 마루야마의 얼굴을 물끄러미 쳐다보다가 훈계하듯 또박또박 말했다.

"우리 조선 사람 중에 이완용이나 송병준 같은 작자가 그렇게 많은 줄 압니까? 돈이나 자기 보신이라면 임금도 능멸하고, 그것도 모자라 나라까지 팔아먹는 개종자는 그리 흔치 않다 이 말이에요. 총독이 그 정도로 나를 생각해 준다니까 나도 한걱정을 해주지 않을 수가 없구려. 제2의 강우규가 나타나기 전에 하루라도 빨리 본국으로 돌아가는 게 상책이란 내 말을 꼭 전해 주시오. 그리고 나는 오늘 당신들의 그릇된 생각을 일깨워줄 마음으로 나왔는데, 오히려 당신은 나에게 죽을 길로 인도하려 애쓰는구려. 무릇 대장부는 신의를 제일 무겁게 여기는 법이오. 그런데 내가 나라와 민족을 이 지경으로 만든 원수 편에 서서 도리어 군사 고문이란 이름으로 우리 독립군을 무찔러라. 배신도 이 정도가 되면 개나 돼지보다도 못한 것 아니오?"

이제 더 말을 섞다가는 입만 더러워지겠다는 생각인지 그쯤에서 자리를 박차고 일어선 김좌진은 구레나룻을 쓸며 묵직하게 말했다.

"제발 돈 없는 사람을 구슬려 삶아 애매한 반역자 좀 만들지 마시오. 돈과 좋은 자리만 내밀면 혹할 줄 아는 모양인데, 천만에!"

그런 군정서 총사령관은 마루야마 앞으로 머리를 내밀며 마지막으로 못을 박았다.

"이보시오, 총독부 나리. 나 김좌진이외다, 김좌진!"

그 말에 함축된 의미는 컸다. 김좌진은 스스로 자긍심을 지녀도 될 만큼 떳떳한 길을 걸어왔으며, 앞으로도 나라와 민족을 위해 살겠다는 의지의 표현이었다. 더는 할 말을 잃은 마루야마는 멍청한 얼굴로 김좌진의 뒷모습만 바라보았다. 자신도 모르게 경외심(敬畏心) 비슷한 감정이 이는 건 어쩔 수 없었다. 문득 머릿속으로는 엉뚱한 물음까지 던져졌다. 만약 자신이 김좌진이라면 어떻게 처신했을까 하는 자문이었다.

마루야마를 뒤로한 김좌진은 도빈 연길도윤과의 면담을 신청했다. 독립군 문제로 일제의 교섭이 빈번하지만, 어쨌든 중국 관청은 불간섭주의를 취해 달라고 요청할 작정이었다. 그러나 면담은 불발로 끝났다. 일제의 눈치나 살피는 신임 도윤이 김좌진을 만나는 게 껄끄러워 미리 자리를 피한 때문이었다.

서대파의 사령부로 돌아오는 김좌진은 의형인 박상진 생각에 연연했다. 아마도 마루야마에게 의열 활동의 대명사인 강우규를 언급한 때문인지도 몰랐다. 그만큼 박상진과 함께한 대한광복회는 친일분자들에게 그대로 공포의 대상이었다.

울산에서 태어난 박상진은 평양 법원 판사로 임명되었다. 임종 직전의 대한제국이 경술년 봄에 처음으로 고등시험을 치렀는데 여기에 합격했던 것이다. 그러나 박상진은 발령장을 찢어버리고 독립운동의 길로 나섰다. 일제의 녹을 먹을 수 없는 데다 조국의 독립이 당면 과제가 되었기 때문이다. 영남의 독립운동 단체를 통합하여 대한광복회를 조직한 박상진은 총사령으로 추대되었다. 박상진보다 다섯 살 아래의 열혈 청년인 김좌진도 이 단체에 참가했다. 실천 강령을 보면 비밀 결사 조직인 광복회의 성격을 뚜렷이 알 수 있었다. 강령은 모두 일곱 가지로 구성되었다.

첫째가 부호의 의연(義捐) 및 일인(日人)이 불법 징수하는 세금을 압수하여 무장을 준비한다는 것이었다. 그다음은 남북 만주에 군관 학교를 세워 독립 전사를 양성하고 주변 대국에서 무기를 사들인 뒤, 무력이 완비되는 대로 일인 섬멸전을 단행하여 최후 목적의 달성을 기한다는 게 주요 내용이었다. 군자금의 강제 징수를 빼면 그대로 현재 김좌진이 추구하는 독립운동의 길과 일치했다. 강령 중 여섯째가 일인 고관과 한인 반역자를 수시 수처에서 처단하는 형행부를 둔다는 내용이었다. 이 조항은 군자금 강제 징수와 함께, 광복회의 의열 활동을 뚜렷이 보여주는 대목이었다. 사실 광복회에서는 본보기로 몇몇 친일파를 처단했다. 자연 친일분자들의 오금이 저릴밖에 없었다. 한데 만주 지역을 총괄하던 광복회의 부사령이 그만 일제에 검거되고 말았다. 1917년의 일이었다. 이제 만주 지역을 책임질 적임자는 여러 면에서 김좌진밖에 없었다. 결국, 박상진은 친형제처럼 지내던 김좌진에게 후임 만주 부사령의 중책을 맡겼다.

그해 한여름이었다. 박상진을 비롯한 광복회 핵심은 만주로 떠나는 김좌진의 앞날을 위해 송별회를 열었다. 장소는 남대문 밖의 남문여관으로 광복회의 서울 거점인 동시에 기생 출신인 어재하(魚在河)의 집이기도 했다. 어재하는 기생으로서 의열 활동에 관여한 것도 대단했지만 이름 또한 운치가 있었다. 어재하는 곧 '물에 노니는 고기'란 뜻이 아닌가. 그런 어재하는 만주 장도에 오르는 김좌진에게 여비를 건넸고, 총사령인 박상진은 우애 넘치는 동생을 향해 송별 시를 읊었다.

가을이 깃든 압록강 너머로 그대를 보내니
쾌히 응한 그대의 굳은 마음 우리 서약을 밝혀주네
공을 세운 그 날에 개선가 소리 들리리라
칼집 속의 용천검 빛은 북극성에 이를지니

김좌진을 만주로 보낸 그 여름이었다. 광복회는 전국의 여러 자산가에게 군자금을 청하는 포고문을 발송했다. 사전에 대상자를 엄밀히 선정한 데다 비밀 유지를 위한 방법도 치밀했다. 그러나 심금을 울리는 포고문을 읽고도 친일분자로 호의호식하던 자들은 행여 남에게 뒤질세라 포고문 배포를 일제에 일러바쳤다. 결과적으로 포고문 발송은 광복회 조직이 노출되는 빌미만 제공한 셈이었다. 거기다 친일파를 처단하는 과정에서도 그만 단서를 남겼다. 이리하여 광복회의 전모가 백일하에 드러나고, 총사령인 박상진에 대해 대대적인 검거 작전이 펼쳐졌다.

처음 박상진은 국외 탈출을 엿보다가 그만 모친의 임종 소식을 접하게 되었다. 세상의 근본인 충효를 거스를 수는 없다는 게 박상진의 심정이었다. 그리하여 체포는 불을 보듯 뻔했으나 의연히 상가인 자기 집으로 향했다. 슬픔에 겨워 통곡하는 상주 곁으로 다가간 자들은 역시 일제 경찰이었다. 그들로서는 의외의 수확이었다. 그러한 경찰의 포박을 물리친 총사령은 백마를 타고 순순히 앞장섰다. 흰 두루마기 차림의 상주는 회한 가득한 시를 읊었다.

어머니 장례도 마치지 못했고
나라님 원수도 갚지 못했네
빼앗긴 국토마저 되찾지 못했으니
죽은들 무슨 면목이 있으리

기미년 가을에 경성 복심 법원의 판결 뒤 박상진은 본정 구치소 감옥에 수감되어 있었다. 소식을 접한 김좌진은 만주행 이후 처음으로 서울에 잠입했다. 목적은 구치소를 파괴하여 피로써 맹약한 의형을 구출하는 일이었다. 한데 박상진 가족의 완강한 반대로 끝내 구출 작전은 무산되고 말았다. 하릴없이 김좌진은 분함과 비애 가득한 가운데 만주로 되돌아올밖에 없었다.

오늘 김좌진이 연길도윤 공서를 방문한 일은 별다른 소득을 얻지 못했다. 마침내 서대파 골짜기로 들어선 김좌진은 한층 안색이 침울해졌다. 조금 전까지는 형무소에 갇혀 있는 의형 박상진을 회고하느라 마음이 무거웠다. 한데 자신이 군정서 사령부로 선정한 서대파를 둘러보자 답답한 현실이 가슴을 짓눌렀다. 일제의 압력에 시달리다 못한 중국 측이 걸핏하면 주둔지 이동을 요청한 때문이었다.

6. 요동치는 북간도

8월 초였다. 경성의 불볕더위를 피해 사이토 총독은 인천 바닷바람을 쐬러 나섰다. 자동차에 함께 탄 사람은 심복인 마루야마였다. 부평평야(富平平野)를 비롯한 들판은 온통 벼가 푸릇푸릇 자라는 중이었다. 들과 산을 계속 뒤로 밀어낸 자동차는 이윽고 인천 부두에 도착했다. 중천에서 이글대던 불덩이는 그사이 서쪽으로 많이 기울어 있었다.

위병이 부두 여기저기서 매서운 눈초리를 던지는 가운데 총독과 마루야마는 노를 저으며 말을 나누었다. 총독부에서 이제 마루야마는 실세 중의 실세였다.

"오래전에 내 장인어른이 군사를 이끌고 이곳 인천에 진주했네. 그리고는 서울 도성으로 들어갔는데 우리 일본인이 도성 안에서 거주한 것은 처음이라고 하더군."

사이토의 장인은 당시 해군 소장인 니레이(仁禮景範)였다. 1882년에 임오군란이 일어났을 때 일본은 공사관이 불타고 다수의 인명이 피해를 보았다. 이에 일본은 군함 4척과 보병 1개 대대를 인천에 상륙시켰는데, 해군 책임자는 니레이였고, 보병 대대장은 뒷날조선 총독으로 부임하는 데라우치 소좌였다. 그 결과 주모자 처벌과 손해 배상을 내용으로 하는 제물포 조약이 맺어졌다.

인천에 온 사이토는 감회가 새로운 모양이었다.

"내가 인천 바다에 처음 올 때도 여름이었지. 당시는 청나라와 전운이 한창 피어날 무렵이었어. 한데 지금은 조선 총독이라⋯."

1894년이었다. 동학 농민 전쟁에 골머리를 앓던 조선 조정은 청에 원군을 요청했다. 청의 군대가 아산(牙山)에 상륙하자 조선을 사이에 두고 청과 각을 세우던 일본도 즉각 인천에 군대를 불법 상륙시켰다. 공사관과 거류민 보호를 출병 명분으로 내세운 일본은 조선 조정의 철병 요구도 거절하였다. 아산 일대에서 청군과 일전을 겨룬 일본군이 마침내 8월 1일을 기해 선전 포고함에 따라 청일 전쟁이 발발하였다. 사이토가 인천에 온 것은 전쟁 직전이었다. 대본영의 중요한 명령을 일본군에 전달하고 청국 함대에 대해 비밀 정찰 업무까지 담당했다. 그 뒤 일본 연합 함대가 청의 북양 함대를 깨뜨렸을 적에는 전황 시찰사로 서해안을 돌아본 적도 있었다.

사이토 총독은 위스키를 홀짝거렸다. 자신은 물에 길든 호반이라며 시원한 바닷바람에 한껏 기분을 냈다. 그러나 사실 사이토의 함장 경력은 겨우 일 년 남짓했다. 16년간이나 장차관을 역임하며 해군 군정에만 종사한 때문이었다. 다시 말해 장인 니레이와 야마모토의 후광으로 해군 사쓰마 벌을 계승해 대장이 되었을 뿐 실전 경력은 없다는 뜻이었다.

"조선에 지방 자치 제도를 실시하는 것에 대해 마루야마 군은 어떻게 생각하나? 솔직히 말해보게."

다시 위스키를 홀짝인 총독이 문득 지방 자치 문제를 꺼냈다.

지방 자치는 이즈음 총독부 최대의 현안이었다. 며칠 전 지방 자치에 관한 법령을 공포한 뒤, 문화 정치의 첫 사업으로 심혈을 기울인 역작이라며 대대적 선전에 열을 올리는 중이었다.

"각하, 한마디로 위대한 영단이십니다. 어떻게든 조선 땅에 문화 정치의 초석을 다지고 또 선정을 베푸시려는 각하의 열정에 그저 경탄할 따름입니다."

심복의 요건 중 하나가 주군을 위해서라면 찬사에 인색하지 않아야 했다.

"뭐, 내가 엎드려 절 받자고 얘기를 꺼낸 건 아닐세. 아직도 내무국장을 비롯한 몇몇 사람은 계속 시기상조를 거론하거든. 혹 내가 독단에 빠진 거나 아닌지 확인 삼아 물어보는 걸세."

총독이 재래종의 대표격인 오츠카 내무국장을 들먹이자 마루야마의 표정이 언뜻 굳어졌다. 평소 자신을 경멸하는 듯한 오츠카의 밉상스러운 얼굴이 떠올랐던 때문이다. 하긴 마루야마와 친밀한 총독부 간부가 썩 드물기는 했다.

"총독부에 너무 오래 근무하여 무사안일에 빠진 데다 예전의 단순한 총칼 지배에만 익숙한 그들이 어찌 각하의 원대한 뜻을 속속들이 알겠습니까? 지방 자치는 각하께서 부임 때부터 시정 방침으로 밝혔던 사항입니다. 따라서 이번에 법령을 공포하여 실행에 옮긴 것은 백번 지당하다고 생각합니다."

부두의 주인은 갈매기였다. 수도 없이 이리저리 날아다니며 연신 끼룩거린다. 해안의 수심이 얕고 조수 간만의 차가 심한 인천 부두는 계속 바닷물이 차오르고 있었다. 이따금 울리는 긴 뱃고동

소리는 바다의 정취를 한결 더했다. 총독으로 부임한 사이토는 시정 방침에 관해 유고에서 장래 적당한 기회가 오면 지방 자치 제도를 시행할 수 있도록 여건을 조성하겠다고 밝혔다.

한반도의 만세 운동을 기화로 3대 조선 총독이 된 사이토는 부임 당시 난국 수습과 민심 안정이 최우선 과제였다. 그 때문에 신 정치로 문화 정치를 표방했다. 그러나 통치 내용을 조금만 살펴보면 문화라는 말을 쓰는 것 자체가 어불성설이었다.

헌병 경찰제를 보통 경찰제로 바꾸었다지만 인원이나 시설 따위는 오히려 전보다 훨씬 강화되었다. 또 조선어 신문을 허용한다는 것도 3개 지에 불과해 극히 제한적인 데다 미리 검열을 받아야만 발행할 수 있었다. 지금 한창 추진 중인 지방 자치 제도 역시 허구적인 선전만 요란했지 빛 좋은 개살구이긴 마찬가지였다. 그것은 이번 지방 자치의 핵심인 면협의회(面協議會) 제도를 살펴보면 한층 뚜렷했다.

지방 자치 제도는 피치자(被治者)가 치자와 같이 행정에 참여하는 민의 수렴 기구라며 떠벌렸으나 면협의회는 의결 기관도 아니고 면장의 단순한 자문 기관에 불과했다. 협의회원 선출도 선전과는 판이하였다. 총독부가 지정한 면에서만 선거를 치르게 되어 이 또한 요식 행위에 불과했다. 그렇게 지정된 면은 일본인이 다수 거주하는 극히 일부분의 면으로, 전국으로 치자면 백에 하나도 못되었다. 거기다 지정된 면의 선거권은 5원 이상의 재산세를 내는 일부 자산가들에게만 부여되는 제한 선거였다. 당연히 일본인과 친일 부호들이 선거권을 독차지했다. 지정된 면을 제외한 보통 면의 협의회원은 군수가 지명토록 했다. 그런데 여기 보통 면의 협의회 제도에 사이토 총독의 고도로 계산된 정치적 책략이 숨겨져 있었다. 그것은 자치 제도를 앞세워 허구적 선전으로 민심 완화를 노리는 것보다 한층 치명적인 술책이었다.

마루야마가 위대한 영단이니 어떠니 하며 추켜세워도 사이토는 건성으로 고개만 끄덕였다. 지방 자치 문제를 꺼낼 때부터 입이 근질근질한 얘기가 따로 있었기 때문이다.

"마루야마 군, 조선의 만세 소동은 우리 일본에 엄청난 충격이었어. 한데 총독부가 사전 감지는 물론, 소동이 일어난 뒤에도 쉽사리 잠재우지 못해 전국적으로 불길이 번져갔네. 가장 큰 이유가 뭔지 아나?"

"조선인들이 똘똘 뭉쳐 단합한 것이 문제였습니다."

평소 총독의 훈시 따위를 세밀히 살핀 심복은 생각하는 법도 없이 곧바로 답했다. 수긍의 뜻으로 고개를 두어 번 주억거린 사이토가 속내를 밝혔다.

"사실 친일파, 친일파 하지만 실상은 그렇지도 않아. 중앙 무대의 일부 유력자와 우리 녹을 먹는 무리를 제하면 의식적으로 우리에게 협력하는 자가 과연 얼마나 되겠어? 또 무단 통치 방침을 근본적으로 바꾸어 문화적이며 정서적 접근을 통해 민심 완화를 꾀한다지만, 그 또한 불특정 다수를 향한 일방적 추파 아닌가? 쉽게 말해 지방 곳곳에서 체계적으로 우리를 편들 인사는 거의 없다고 보는 편이 옳아. 한데 이번에 실시 예정인 지방 자치는 제도적으로 조선인을 분열시켜 우리 편을 얼마든지 양산할 수가 있단 말이야.

물론 운용의 묘를 잘 살려야겠지."

애용하는 여송연을 빼물며 생각을 다지는 것으로 미뤄 오늘도 사이토는 꽤 다변할 것 같았다.

"그런 점에서 내가 가장 주목하는 것이 바로 보통 면의 협의회원들일세. 2천5백여 개의 보통 면에서 임명될 회원이 자그마치 3만 명이 넘으니 엄청난 숫자 아닌가? 아직 시행령까지 공포된 것은 아니지만 대체적인 복안은 짰지. 먼저 면내에서 명망 있는 인사를 회원으로 추천케 하는 거야. 면의 유력 인사라고 해봤자 태반이 소위 양반 유생이거나 지주 따위가 아니겠어? 우리는 그중에서 비교적 부리기 쉬운 자들을 협의회원으로 임명하는 거야. 그러면 벌써 추천과 임명 과정에서 고을과 문중 따위로 갈려 상호 반목이 생겨나며 알게 모르게 틈새가 벌어질 걸세. 그다음은 면협의회라는 틀 속에 편입된 인사와 고루한 양반들을 차등해서 대우하는 거야. 그러면 자연 양반 계급은 예전과 같은 관계를 유지할 수 없을 걸세. 우리를 편드는 자는 급속히 부상하는 반면, 외면하는 자는 몰락의 길을 걷게 될 터이니 알력이 안 생겨나고 배기겠는가? 또 지역의 유력 인사에게 공개적으로 여러 혜택을 제공하면 유력자와 상민 간에도 반목과 사고의 담장이 생겨날 걸세. 아니 그런가?"

과연 이간질의 대가인 마루야마의 주군으로 손색없는 사이토였다. 그쯤에서 위스키를 들이켠 총독은 육포를 질겅거렸다. 소금기 밴 바닷바람이지만 해가 질수록 한결 시원했다. 식민지 백성을 분열시키기 위한 사이토의 고등 술책은 계속되었다.

"우리에게 반대하는 조선 식자층이나 상해 가정부를 살펴보면 크게 두 가지 흐름으로 나눌 수가 있네. 하나는 비타협에다 폭력적인 노선으로 이른바 독립 전쟁을 주장하는 자들일세. 다른 하나는 실력 양성을 통해 장기적으로 독립을 준비하자는 쪽으로, 보다 합법적이며 비폭력을 견지하는 사람들이지. 따라서 우리는 제반 세력의 동거를 지켜만 볼 것이 아니라, 온건한 무리를 향해서는 지속해서 회유하고 포섭하는 정책을 펼쳐야만 하네. 저들의 독립 진영을 자꾸 교란해야만 우선 조선을 통치하기가 한결 쉬워져. 나아가서는 동화 정책도 점점 성과를 거둘 수가 있네. 독립 불능을 지속해서 강조하는 것이나 민원식의 신일본주의를 옹호하는 게 다 같은 맥락이지. 우리가 그런 노력을 펼치는데도 무식하게 총칼로만 지배하던 시절처럼 또 만세 소동 같은 것이 일어날까? 강하면 부러지고, 버들가지는 바람에 꺾이지 않는 이치일세."

이미 미즈노 정무총감이 예견한 것처럼 문화라는 이름을 앞세워 민족 분열과 친일분자 양산을 획책하는 사이토는 분명 조선에 커다란 내상을 입힐 그런 총독이었다.

"각하의 정치적 식견에는 늘 탄복을 금할 수가 없습니다. 결국, 조선 통치의 백년대계는 각하 재임 시에 이룩되리라고 확신합니다."

제법 감동한 표정까지 지으며 심복이 힘주어 말했다.

뚜우, 뚜우…

기선에서 둔중한 뱃고동 소리가 울린다. 그 바람에 반복적인 해조음(海潮音)이 잠시 잦아진다. 수평선을 배경으로 저 멀리 떠 있는 것은 조선 쌀을 일본으로 실어 나르는 기선이었다. 인천의 미두취

린소((米豆取引所)에는 백성들의 목숨이나 진배없는 쌀이 산더미처럼 쌓여 있었다.

"조선에서 바다를 들먹이면 당장 연상되는 인물이 있네. 마루야마 군은 누군지 알겠나?"

드넓은 바다를 응시하던 사이토가 이윽고 눈길을 거두며 물었다.

"각하께 죄송합니다만 제가 해군은 문외한이라서…."

마루야마가 꼭뒤로 손을 가져가며 말끝을 흐렸다. 함께 위스키를 마신 만큼 한층 말조심이 필요할 때였다. 사이토가 묵직하게 머리를 가로저었다.

"내가 말하는 인물은 우리 일본 사람이 아니고 조선의 이순신일세. 조선의 바다를 보면 어김없이 그 인물부터 연상되거든. 나는 공사관의 무관으로 초급 장교 시절을 미국에서 보냈는데, 우리 해군 간부들이 유럽 시찰을 오면 나도 종종 수행했네. 한데 당시 의외로 이순신에 대한 평가가 대단하더구먼. 그래서 그의 일대기를 찬찬히 살폈는데 역시 예사 인물이 아니었어."

해군 대장 사이토의 눈길은 다시 먼 바다를 떠돌았다.

"호기심이 발동한 동기는 거북선 때문이었지. 세계 최초의 장갑 전함을 조선 수군이 처음 선보였다는 게 영 믿기질 않았거든. 한데 외국에서 더 객관적으로 살펴보니 이순신은 여러모로 불가사의한 존재였지. 우리 일본 수군이 그의 상대였다는 점이 좀 유감스럽기는 해도 말일세. 그러나 세계 해전사에서 일대 기적을 쓴 전설적인 인물이 이순신인 것만큼은 부정할 수가 없더군. 가정해서 이순신한 사람만 없었더라도 이미 3백 년 전에 동양 역사는 크게 달라졌을 거야. 시대가 영웅을 탄생시키는지, 아니면 영웅이 역사를 만드는 것인지…."

이순신의 출중한 자질에다 바다의 무인이란 동질감이 더한 까닭인지 충무공에 대한 사이토의 평가는 그다지 박하지 않았다. 한편으로는 러일 전쟁 영웅인 도고 헤이하치로(東鄕平八郞)의 객관적 인물평에 사이토가 일정 부분 영향을 받은 것도 사실이었다.

도고는 아예 이순신을 스승으로 여길 정도였다. 도고가 1913년에 원수 해군 대장에 오르자 축하연이 열렸다. 당시 해군대신인 사이토도 참석했다. 주인공이 열 살 위의 선배일 뿐만 아니라 정통 사쓰마 벌의 원로였기 때문이다. 그게 아니래도 도고는 이미 국민적 영웅으로 '군신(軍神)'이나 '동양의 넬슨'으로 통할 때였다. 축하연이 한창 무르익을 무렵이었다. 러일 전쟁에서 대승한 쓰시마(對馬島) 해전과 관련하여 누군가가 도고에게 아첨의 말을 던졌다.

"쓰시마 해전은 역사에 길이 남을 위대한 승리였다. 트라팔가르 해전에서 나폴레옹에게 패배를 안겨준 넬슨 제독에 필적할 만하다. 당신은 군신이다."

머리를 갸웃거린 도고가 답했다.

"칭찬을 받았는데 실례의 말을 하겠다. 내가 볼 때 넬슨이 군신 정도의 인물은 못 된다. 진정으로 군신이라고 할 제독이 있다면 그 사람은 조선의 이순신 정도일 것이다. 이순신에 비하면 나는 하사관에도 미치지 못한다."

도고는 이순신에 대한 대략적 설명이 필요함을 느꼈다.

이순신은 '히데요시(秀吉)의 조선 정벌' 7년 동안 해전에서 23전을 전승하여 단 한 번의 패전도 없었다. 불과 12척의 배로 대승리를 쟁취했으며 마지막 전투를 승리로 이끌기 위해 자기 죽음을 알리지 말라고 유언한 것은 순국의 표상이었다. 이순신의 전술과 충성심, 그리고 통솔력과 발명 등은 바다의 전설로 부족함이 없다는 게 설명 요지였다.

한번은 사적인 자리에서 사이토가 이순신 얘기를 꺼냈더니 도고는 옷깃부터 여미었다. 그런 도고는 일본 역사상 최고의 승리로 손색없는 쓰시마 해전을 회상했다.

"적장도 훌륭하면 존경하는 것이 우리 무인의 도리일세. 잘 알다시피 발트 함대가 극동으로 다가올 때 우리는 조선의 진해만(鎭海灣)에 잠복 중이었지. 1905년 5월 27일의 새벽이었네. 적함을 발견했다는 신호에 따라 함대가 출동할 때, 나는 이순신 제독의 혼령한테 빌었네. 그 순간 가장 절박한 것이 승리밖에 더 있겠나? 마침내 쓰시마 앞바다에서 양측 함대가 접근했을 때, 나는 정(丁)의 글자처럼 날개를 펼쳤네. 이른바 정자진(丁字陣)인데 이순신 제독의 학익진을 응용한 셈이지. 그런 만큼 전투 결과는 다시 말할 것도 없었네. 바다의 사나이로서 솔직히 말하지. 나를 넬슨 제독과는 비교해도 좋네. 그러나 바다의 신인 이순신 제독과 견주는 것은 신에 대한 모독일세."

쓰시마 해전은 러일 전쟁에서 일본이 승기를 잡는 분수령이 되었다. 당시 일본 연합 함대를 이끈 사령관이 바로 도고 제독이었다.

마침내 서녘 하늘과 바다가 주황색으로 붉게 물들었다. 장엄한 황혼이었다. 저녁놀과 술기운으로 얼굴이 불그스름한 사이토가 현실로 돌아왔다.

"특별부장, 군은 대체 간도 불령선인을 어쩔 참이던가?"

"각하께서도 잘 아시다시피 계획은 짜여 있으나 출병 구실이 마땅치 않아서…."

군과 긴밀한 특별부 책임자가 채 말을 맺기도 전에 총독이 증섞인 목소리로 말했다.

"그러면 감이 떨어질 때까지 기다리겠다는 거야, 뭐야? 전에도 내가 말했듯이 불필요한 순은 자라기 전에 일찍 따버리는 게 상수야. 간도 불령선인도 자꾸 우물거리다가 토벌 시기를 한번 놓쳐 봐. 나중에 도끼까지는 몰라도 아마 낫질 정도로는 쉽지 않을걸? 출병 구실이라는 것도 그래. 그깟 종이 사자나 다름없는 중국 측을 상대하면서 구실이 뭐 별건가? 만들면 구실이지."

그쯤에서 사이토는 큰 비법이라도 전수하듯 말이 신중해졌다.

"당연히 세계의 이목이 걸림돌로 작용하겠지. 그때 가장 좋은 출병 구실이 뭔 줄 알아? 바로 공사관과 거류민 보호일세. 아까도 말했듯이 청일 전쟁 직전에 이곳 인천에 출병하면서 우리가 명분으로 삼은 게 바로 그거야. 실제는 그다지 위험할 것도 없지만 그보다 좋은 구실이 어디 있어? 자기 나라 공사관과 거류민을 보호하기 위해 군대를 출동시켰다는데 그럼 어쩔 거야, 안 그래?"

총독 말에 마루야마의 좁쌀눈이 번쩍 빛을 발했다. 뭔가 감이 잡힌다는 표정이었다. 그런 마루야마의 머릿속으로 언뜻 장강호 마적단도 스쳤다.

사이토는 취기로 기분이 도도해졌다. 제법 심복의 손까지 끌며 다정하게 굴었다.

"오늘 천하절경이라는 인천 월미도(月尾島)를 구경 못 해 섭섭하구먼. 그래도 오랜만에 바닷바람을 흠뻑 쐬고 나니 갑갑하던 속이 확 뚫렸어. 그만 경성으로 돌아가서 오늘 밤은 흠뻑 한번 취해 보세나. 한데 정무총감 그자는 밤마다 지토세의 마담한테 푹 빠져 지낸다며? 마누라는 또 그렇다 쳐도 지위와 체면이 있는데, 그 사람도 참…,"

인천 나들이 뒤였다. 사이비 문화 정치로 기고만장한 사이토 총독에게 뜻밖에 골치 아픈 일이 생겼다. 미국 의원단 일행이 먼저 중국을 돌아본 뒤 한반도를 거쳐 일본으로 건너간다는 것이었다. 이른바 원동시찰단(遠東視察團)이었다.

일제의 만세 운동 탄압상은 국제적으로 눈총을 받았다. 이를 만회하느라 사이토는 자신의 신정치로 인해 이제 조선은 독립국이나 진배없는 양 선전을 해댔다. 그런데 아닌 밤중에 홍두깨도 아니고, 세계 여론을 주도하는 미국 의원들 앞에서 까딱 잘못하면 치부를 낱낱이 까발리게 될 판국이었다. 그뿐인가. 조선 지사들은 민족자결주의를 제창한 미국에 큰 기대를 거는 만큼 무슨 사건을 터뜨릴지 알 수 없었다. 또 그동안 고등 술책으로 어렵게 틀어쥔 치안에 누수가 생길 수도 있었다.

"조선에 뭐가 볼 게 있다고 미국 의원들이 온다는 게야? 외무성에 정식으로 요청을 해 봐. 배를 이용해서 만주의 의원단을 곧장 내지로 실어가면 될 거 아냐?"

아닌 게 아니라 어지간한 사이토도 똥줄이 당기는지 미즈노 정무총감에게 지시했다.

"원동시찰단 문제로 외무성에서 답신이 왔습니다."

미즈노였다. 사이토는 기대와 우려가 뒤섞인 얼굴로 물었다.

"뭐라던가?"

"불가하답니다."

미즈노는 불가를 강조했다.

"이유는?"

"외국 의원들의 여행까지 강제할 수는 없다고 했습니다. 틀린 말은 아니지 않습니까?"

"경무국장을 부르시오. 총동원령을 내려야겠어."

미즈노는 속으로 괜히 흥이 솟았다. 마땅히 정무총감인 자신도 신중히 처리해야 할 문제인데도 그랬다. 모든 일에 너무 자신만만한 총독에게 어떤 거부감 같은 게 일었는지도 몰랐다. 물론 자신의 정치적 야망이 작동한 것도 사실이었다.

미국 의원단이 경성에 도착하기 열흘 전인 8월 15일이었다. 봉천 회의의 4차에 해당하는 모임이 경성의 총독부에서 열렸다. 오노 조선군 참모장을 비롯한 관계자 외에 헌병대 사령부에서는 고급 부관이 왔고, 회의 내용상 사이토 길림성 독군 고문이 특별히 참석했다.

아카이케 경무국장이 그동안의 봉천 회의 경과에 대해서 보고했다.

"지난 5월 상순에 저는 총독 각하의 특명을 받고 봉천에 갔습니다. 봉천성과 길림성의 불령선인 토벌과 관련하여 중국 측의 장작림 순열사와 협상을 하는 게 목적이었습니다. 협상에 앞서 우리는 자체적으로 회의를 했는데 그동안 세 차례 열렸습니다. 우리 총독부와 조선군 사령부 외에 현지에서는 봉천 총영사와 양 성의 독군 고문께서 회의에 꼭꼭 참석하셨습니다."

1차 회의 뒤 중일 합동 수사반 편성을 요구한 결과, 봉천성은 2개 조가 편성되어 5월 중순부터 활동을 개시했다. 그러나 길림성은 성장의 반대로 수사반 편성 자체가 무산되자 먼저 성장이 책임지고 단속을 권유하는 선에서 일단락됐다. 결국, 길림성은 백지 상태나 마찬가지였다.

5월 말에 2차 회의가 열렸다. 불령선인을 수사할 수 있도록 길림 성장에게 1개월간의 기한을 주기로 일제는 장작림과 교섭이 됐다. 그러나 서정림 길림 성장은 요지부동이었다. 7월 중순에 3차 회의가 열렸다. 봉오동 전투에서 독립군에게 참패를 당한 일제는 한층 강경해졌다. 장작림에게 2개 조항을 요구했는데, 강안 지방의 합동 수사와 일본군에 의한 소탕 작전을 승낙하라는 내용이었다. 소탕 작전의 구체적 안은 2개월 기한으로 1개 연대 병력을 출동한다는 것이었다. 장작림도 일본군이 자기 안마당에서 설치고 다니는 꼴은 두고 볼 수가 없었다. 따라서 일본군의 출병만큼은 허락할 수 없었다. 그리하여 3차 회의에서 마지막으로 교섭된 내용이 이러했다. 길림성 독군 고문인 사이토 대좌의 감시 밑에, 중국이 불령선인의 수색과 토벌을 실행한다는 것이었다. 그동안의 교섭 경과로 볼 때 일제의 갑작스러운 후퇴였다. 일종의 연막전술이었던 것이다.

아카이케 경무국장의 경과 보고가 끝났다. 회의는 일사천리로 진행되었다. 교섭의 전격적 실행을 단번에 의결했다. 눈가림용인지 단서 조항 하나가 추가되었다. "만일 중국 관헌이 성의를 결(缺)하거나 그 노력이 불충분하다고 인정될 때는 경고를 하고, 중일 합동 수사와 토벌까지도 고려한다."라는 내용이었다.

회의가 일사불란하게 진행된 데는 그만한 이유가 있었다. 일제의 대대적인 간도 출병은 이미 내부적으로 기정사실이 되어 굳어진 상태였다. 지금은 '간도지방 불령선인 초토계획'을 입안하고, 사전에 정보가 누설되는 일이 없도록 특히 단속 중이었다. 그래서 여전히 합동 수사반 편성에 목을 매는 양 능청을 떨었던 것이다. 거기에는 은근슬쩍 파놓은 구덩이가 또 있었다. 일본군이 출병도 하기 전에, 토벌을 맡은 중국군과 독립군이 충돌이라도 한다면 그보다 더 좋을 수는 없었다. 간도 선인 특별부 책임자인 마루야마는 이를 가리켜 손 안 대고 코 푸는 격이라고 했다.

이 무렵 조선군 사령관이 교체되었다. 2년 장기근속에다 만세운동으로 혼뜨검이 난 우쓰노미야 사령관의 후임으로 오오바(大庭二郞) 중장이 부임했다.

"이 정도로 근본적인 토벌이 되겠어? 밥상 위의 파리는 어떻게든 잡아 죽여야지, 쫓는다고 해결되는 건 아니잖아?"

참모장이 불령선인 초토 계획서를 보이자 신임 사령관은 대충 읽은 뒤 불평을 내뱉었다. 황족 출신의 전임자에 비해 헌병과 정보

장교 출신인 오오바 중장은 엄격하면서 음흉한 면까지 지녔다.

"토끼를 잡으려면 범도 뛰어야지 어떡하나? 이왕 뛰는 김에 토끼굴까지 몽땅 파헤쳐 아예 씨를 말리도록 만들어 봐. 그런데 토끼 사냥에 범이 세 마리나 뛰어야 한다니 너무 심한 거 아닌가?"

다시 초토 계획서를 건정건정 읽고 난 오오바는 코웃음을 쳤다. 범 세 마리는 조선군과 관동군, 포조군(浦潮軍)을 가리켰다. 포조군은 시베리아 출병군이었다.

경성회의에 참석했던 길림성 독군 고문 사이토는 국자가에 들러 연길도윤과 군사 책임자인 맹부덕을 만났다. 이제 그는 독립군의 수색과 토벌을 실행하는 중국군의 감시자가 되었다. 이리하여 마침내 북간도 독립군 탄압을 목적으로 소위 진압대(鎭壓隊)가 편성되었다. 책임자는 북간도 4현의 사령관이 된 보병 단장 맹부덕이었다.

독립군 토벌을 책임진 맹부덕은 마음이 심란했다. 명색 대국 군대의 지휘관이 일본군 대좌의 감시를 받아야 한다는 것부터가 굴욕적이었다. 또 그동안 자신은 조선 지사들과 친분을 쌓으며 독립운동을 이해하려고 나름대로 애를 썼다. 한데 본의 아니게 그만 신의를 저버릴 형편에 이르렀던 것이다.

더욱 심각한 문제는 따로 있었다. 외부 노출을 꺼려 지금까지 숨겨왔지만, 실상 자신의 군대는 오합지졸에 불과했다. 어떻게 녹림의 무리까지 보태 머릿수는 채웠지만, 실탄이 없어 사격조차 제대로 해보지 못한 병졸이 태반이었다. 그들마저 각지에 들끓는 마적으로 인해 분산 배치된 상황이었다. 따라서 최근 세력과 기세가 한층 놀라운 독립군을 토벌한다는 것은 애초 꿈도 못 꿀 형편이었다.

주위와 상의를 거듭한 맹부덕은 무난한 꾀를 하나 냈다. 겉으로는 토벌을 가장하면서 뒤로는 각 단체의 지도자들과 교섭을 벌여 근거지 이동을 강력히 요구하는 작전이었다. 독립 단체 지도자들은 난감했다. 그동안 피땀 흘려 구축한 기지를 버리고, 다시 낯선 곳을 향해 떠난다는 것은 참으로 큰 시련이었다. 그러나 장차 독립 전쟁을 수행하려면 중국 영토에 뿌리를 두고 실력을 길러야만 했다. 우호적 관계 유지는 필수적이었다. 그러니 웬만한 희생쯤은 감수하더라도 중국 측의 입장을 세워줘야만 했다. 이리하여 대부분 왕청현에 본부를 둔 북간도의 독립군 부대는 어쩔 수 없이 새로운 기지를 찾아 떠나갔다.

홍범도의 대한독립군은 그전에 벌써 이동을 단행했다. 봉오동 전투 뒤 형세를 관망하던 홍범도는 부하들에게 자신의 구상을 밝혔다.

"지금부터 한두 달 내에 반드시 일본군이 간도로 출병할 것이다. 나는 일본군과의 접전을 싫어하지는 않지만 여기서 죽는다면 개죽음이나 마찬가지다. 그래서 잠시 백두산 지방으로 피해 겨울이 오기를 기다리려고 한다. 이왕이면 한 걸음이라도 더 조선 쪽으로 다가가 의의 있는 희생을 치러야 하지 않겠는가?"

홍범도는 이미 8월 초에 백두산을 향해 서남쪽의 안도현 방면으로 떠나갔다. 8월 말을 전후해서는 맹부덕의 강요에 못 이겨 여러 부대가 장정 길에 올랐다. 안무의 국민회는 홍범도의 뒤를 따랐다. 봉오동 전투에서 활약한 최진동의 도독부는 동북의 나자구 쪽으로 향했다. 홍범도와 의견을 달리했기 때문이다. 그밖에 의군부와 신민단, 광복단과 의민단 등도 안도현 혹은 나자구 방면으로 떠나갔다. 아직 의연히 근거지에 주둔 중인 독립군은 김좌진의 북로군정서 부대가 유일했다.

이즈음 김좌진은 사관연성소 생도들의 졸업식 준비로 바쁜 나날을 보냈다. 한편으로는 긴박하게 돌아가는 간도 정세도 낱낱이 탐지하고 있었다. 마침내 맹부덕의 진압대가 십리평으로 향했다는 정보가 날아들었다. 군사적으로 충돌할 가능성은 극히 희박했으나 총사령관은 만에 하나 비상 경계령을 내렸다.

9월 6일이었다. 누구보다 맹부덕과 친분이 두터운 김좌진은 사령부 수뇌들을 대동하고 미리 마중을 나갔다. 얼마 뒤 육군 2백 명을 거느린 맹부덕도 십리평에 도착했다. 먼저 양측 간부들이 인사를 나눠 어색함을 풀었다. 중요한 손님을 맞은 김좌진은 준비해 둔 큰 소 두 마리와 돼지를 잡아 중국 병사들을 호궤했다. 이윽고 양측 사령관은 단둘이 만나 서로의 처지를 밝히며 담판에 들어갔다.

맹부덕은 자신이 진압대를 이끌고 나온 것에 대해 먼저 사과부터 했다. 이어 그동안 중일 간의 긴박했던 교섭 내용을 낱낱이 밝혔다. 끝내 사이토 대좌의 감시 아래 중국군이 독립군을 토벌하기로 약정되었으며, 자신이 군사를 이끌고 온 이유도 거기에 있다고 설명했다. 맹부덕은 갈수록 목소리가 간곡했다. 토벌에 성의를 보이지 않으면 일본군이 개입한다는 단서 조항과 함께 다른 부대는 남김없이 근거지를 떠나간 사실을 강조했다. 자신에 대한 변호이

자 근거지를 이동하라는 요구였다. 가끔 고개를 끄덕이며 경청하던 김좌진이 차분하게 말했다.

"전임들인 길림 성장과 연길도윤, 그리고 맹 단장 각하의 깊은 배려가 없었다면 지금의 독립군은 실로 존재하기 어려웠을 것입니다. 그에 대해서는 이 자리를 빌려 다시 감사드립니다. 그리고 방금 말씀하신 바와 같이 일제의 압력이 워낙 강경하여 각하께서 부득이 군사를 이끌고 나선 사실도 잘 알고 있습니다."

인사를 차린 김좌진은 차츰 목소리를 키웠다.

"그러나 이곳 왕청현은 엄연히 중국의 주권이 미치는 땅입니다. 중국 측의 군사력이 다소 부족한 것은 사실이나 그렇다고 일제의 요구를 자꾸만 들어주다가는 그 끝이 너무도 분명합니다. 동양의 독일인 일제가 만주를 호시탐탐 넘보는 것은 이미 천하가 다 아는 사실 아닙니까?"

맹부덕은 자신도 모르게 고개를 끄덕였다. 김좌진이 뒷말을 이었다.

"그에 반해 우리 독립군은 그런 일제를 막아내는 최선봉으로, 곧 만주를 보장하는 셈입니다. 일이 그러함에도 불구하고 중국 측이 일제의 압력에 굴복하여 우리 독립군을 없애려 들면, 결국은 입술이 없어 이가 시린 결과를 가져올 뿐입니다. 오월동주(吳越同舟)도 바람을 만나면 서로 구원한다는데 하물며 중국과 조선이야 말해 무엇하겠습니까? 존경하는 맹 단장 각하, 제 말이 틀렸는지 한번 곰곰이 생각해보십시오. 어려움을 잠시 피하려 들기보다는 그 어려움을 똑바로 헤쳐나가는 것이 더욱 현명하고 장구한 계책이 아니겠습니까?"

독립군 총사령관의 조리 정연한 말에 맹부덕의 목소리가 조금은 처연해졌다.

"구구절절이 옳은 말씀입니다. 난들 왜 일제의 야욕에 눈을 돌리고 또 나라를 위하는 마음이 없겠습니까? 한데 지금의 중국은 군벌로 각기 찢어져 정부의 힘이 극도로 미약한 상태입니다. 그래서 일제가 더 얕보고 덤비는 거지요. 우리한테 항의하는 내용이 뭔줄 압니까? 독립군이 무장 차림으로 민가를 횡행하며 금품을 빼앗고, 또 첩자란 명목으로 친일 인사들을 해친다는 것입니다. 양민의 금품을 강탈하고 인명을 살해하는 자가 비적인데, 그렇다면 독립군이 곧 비적이란 뜻 아닙니까? 그런 식으로 시비를 자꾸 걸어올 때는 저의가 뻔합니다. 비적으로부터 양민을 보호한다는 명목으로 침략의 구실을 찾으려는 수작입니다."

맹부덕이 다시 담배에 불을 붙이며 말을 이었다. 아편은 아닌 듯했다.

"총사령관도 짐작하겠지만 일제는 간도 침략을 호시탐탐 노리면서 오직 구실만 찾는 중이에요. 그것도 우리 중국 때문이 아니라 국제 사회의 눈을 속일만한 최소한의 명분 말입니다. 그래서 우리는 어쨌든 침략 구실만큼은 주지 않으려고 부득불 이렇게 출동한 것입니다. 연길도윤께서 독립군에 대한 사격을 공시한 데 대해 매우 섭섭하지요? 한데 그것도 알고 보면 누차 권고했음에도 불구하고 여전히 독립군이 민가를 횡행한다며 격분한 때문입니다. 지금 우리를 감시 중인 일본군 대좌는 걸핏하면 으름장이에요. 우리 중국군 힘만으로 독립군을 해산시키기 어려우면 자기들 일본군이 북간도 각지로 출병하겠다는 뜻이지요."

진압대 책임자인 맹부덕도 끝내는 한숨을 푸욱 내쉬었다.

딴은 김좌진도 중국 측의 난처한 처지를 이해 못 하는 바는 아니었다. 그렇지만 대병력의 갑작스러운 이동이 어디 말처럼 쉬운 일인가. 거기다 서일 총재는 노령에서 아직 돌아오지 않은 상태였고, 생도 훈련도 완전히 끝난 것이 아니었다. 김좌진이 변명 삼아 말했다.

"중국 측의 입장을 고려해 그동안 저희도 나름의 노력을 기울였습니다. 그러나 적을 위해 같은 동족의 군을 염탐하는, 그런 밀정 사냥개들은 일벌백계로 다스림이 옳지 않겠습니까? 또 군자금 등을 모금하기 위해 독립군이 동포 마을을 찾은 것도 부득이한 일이었지요. 하지만 이마저도 앞으로는 최대한 줄이도록 노력하겠습니다."

우선은 시간을 벌어놓고 볼 일이었다. 그렇다고 김좌진이 비굴하게 굴지는 않았다.

"안 됩니다. 독립군이 이곳에 근거지를 두고 있는 한, 저들은 무슨 꼬투리라도 반드시 잡아냅니다. 그래서 다른 단체들도 힘들기는 마찬가지지만 모두 근거지를 옮겨간 것이지요. 부대를 이끌고 두만강을 건너가든지 아니면 더 깊은 산중으로 옮겨가야만 합니다."

맡은 책임이 있는지라 맹부덕도 물러설 기미가 전혀 없었다.

"우리가 강을 건너 조국 땅을 향해 진격할 수만 있다면 오죽이나 좋겠습니까? 그러나 지금 당장은 여력이 없어 그럴 형편이 못됩니다. 깊은 산중으로 군대를 옮겨가는 것도 말처럼 쉽지가 않습니다. 대부대가 당장 식량 부족에 직면할 것입니다. 그렇다고 소수로 나누어 주둔하게 되면 귀국의 마적이 침입할 우려가 다분합니다. 그리하여 사상자가 발생하고 행여 귀국과 우리가 싸움이라도 벌이면, 당장 일제는 말할 것도 없고 후세에 큰 웃음거리만 될 것입니다."

담판은 시간을 끌었다. 한데 김좌진은 근거지 이동에 대해 나름의 복안을 지니고 있었다. 강혁을 백두산 쪽으로 답사를 보낼 때부터 이런 날이 오리라고 예견했다. 그리고 새로운 기지는 거의 백두산 쪽으로 마음을 굳힌 상태였다. 백두산 기지는 이미 군사 통일을 추진할 때 대부분의 단체가 합의를 본 사항이기도 했지만, 여러모로 장점이 많은 곳이었다. 무엇보다 민족의 성산인 백두산을 독립 기지로 삼는다는 것 자체가 의미 깊었다. 더불어 국내 진입전이 한결 쉬워질 것이고, 또 봉천성과 길림성의 접경지대라 지금처럼 한쪽 성에서 너무 설치면 이웃 성으로 피신하기에도 수월했다.

하긴 그러한 장점을 고려해 사전 답사를 시킨 것도 사실이지만, 김좌진이 백두산 방면으로 마음을 굳히기까지는 근래의 일도 작용했다. 서로군정서의 독판인 이상룡이 일제의 독수를 피해 근거지를 안도현으로 옮긴 사실을 알려오더니, 얼마 전에는 참모장인 김동삼이 직접 서대파를 찾아왔다. 백두산 인근에서 공동보조를 취하자는 게 핵심이었다. 뿐만이 아니었다. 봉오동 전투 뒤의 홍범도는 부대를 이동시킬 때마다 반드시 목적지를 김좌진에게 알려주었다. 그런 홍범도와 안무가 다시 연락을 취해 왔다. 일본군의 간도 침입은 기정사실인 만큼 함께 백두산 밀림 지대에서 힘을 기르다가 기회를 보아 일본군과 일대 격전을 치르자는 내용이었다. 김좌진이 한층 백두산행을 다지는 이유였다.

"김 사령관, 다른 부대는 모두 이동을 했어요. 지금은 오직 북로군정서만 남았단 말입니다."

맹부덕은 이제 거의 애원조로 나왔다. 김좌진이라고 느긋할 리 없었다.

"근거지 이동에는 준비와 시간이 필요하고 또 저 혼자 결정할 일도 못 됩니다. 타처로 출장을 간 우리 총재가 일간 돌아옵니다. 그때 여러 사람과 상의해서 최대한 각하의 처지가 난처하지 않도록 조처하겠습니다."

딱한 사정 앞에는 맹부덕도 막무가내로 밀어붙일 수는 없었다. 북로군정서는 여러 면에서 만주 제일의 무장 단체였다. 잠시 침묵을 지키던 맹부덕이 끝내 타협책을 내놓았다.

"좋습니다. 지금부터는 엄중히 삼가며 비밀리에 사무를 집행하고, 또 장총에다 군인 복장으로 대오를 지어 행동하는 일을 금할 수 있습니까? 약속해 주신다면 길게 잡아 한 달간의 여유를 드리겠습니다."

뻗댄 보람이 있었다. 그제야 김좌진 총사령관도 흔쾌히 답했다.

"고맙습니다. 약속은 반드시 이행하겠습니다."

"그럼 이제 다른 부탁을 하겠습니다. 우리 진압대의 감시를 맡은 사이토 대좌가 너무 깐깐하게 굽니다. 번번이 토벌 실적을 내놓으라며 위세를 떤단 말이지요. 새로 건축한 명월구의 사관연성소를 불태운 일이나 재봉틀과 도끼 따위의 물품을 압수한 것도 다 그 때문이지요. 사이토 대좌가 진압대의 군정서 출동을 뻔히 알고 있는데, 빈손으로 돌아가자니 아무래도 뒤가 켕깁니다. 그래서 토벌 실적이 될 만한 물품을 좀 챙겨주면 고맙겠어요."

진압대나 독립군이나 형편이 딱하기는 매일반이었다. 김좌진이 천천히 고개를 끄덕였다.

"잘 알겠습니다. 한데 우리가 사용하는 군수품은 병사의 정신이 깃들었을 뿐만 아니라 동포들의 땀과 피의 결정체입니다. 아무쪼록 가벼이 여기지 마시고 요긴하게 쓰였으면 좋겠습니다."

북로군정서 총사령관과 원만히 교섭을 끝낸 맹부덕은 이튿날 돌아갔다. 한데 진압대가 물러가고 몇 시간 뒤, 기다리고 기다리던 서일 총재가 드디어 돌아왔다. 오랫동안 노령 땅에서 커다란 어려움에 직면했던 서일은 다행히 백위군과 무기 교섭이 이루어졌다. 러시아의 반혁명 세력인 백위군은 거듭된 패전 속에서 부패할 대로 부패해 일제가 원조하는 무기를 그대로 팔아먹었다. 블라디보스토크에서 무기를 넘겨받은 운반대는 회군 길에 올랐다. 주로 낮에는 산중에서 은신하고 야음을 틈타서 행진했다. 그리하여 천신만고 끝에 러시아 국경을 넘고, 훈춘 땅을 거쳐 결국은 십리평에 도착했다.

무기를 한 짐씩 걸머진 운반대 3개 중대가 도착하자, 김좌진을 비롯한 간부진은 찬사와 포옹으로 그들을 뜨겁게 맞았다. 누가 시킨 것도 아닌데 만세 함성이 십리평 산중에 떨쳐 울렸다. 저절로 우러나는 사기충천이었다. 이리하여 1천2백여 명의 북로군정서 독립군은 전원이 개인 화기를 보유할 수 있게 되었으며 총알도 2백 발씩이 넘었다. 그 밖에도 기관총 7문을 비롯하여 권총과 수류탄 등을 다수 보유하게 되었다. 이전에 비하면 전투력의 월등한 증강이었다.

단기 4253년이며 대한민국 2년이었다. 서기 1920년 9월 9일 목요일 오전 10시였다. 십리평 연병장에는 생도들이 줄지어 서 있고, 앞쪽으로는 군정서 관계자와 내빈이 대성황을 이루었다. 줄줄이 매달려 가을 하늘을 수놓은 만국기는 축제 분위기를 한층 돋웠다. 제1회 사관연성소 생도들의 졸업식을 거행하는 날이었다. 연병장은 온통 잔치 분위기로 떠들썩했다. 카키색 군복을 입은 생도들은 자부심으로 연신 싱글벙글했다. 사관 교육을 이수한 졸업생은 모두 298명이었다. 먼저 우렁찬 목소리로 애국가가 울려 퍼졌다.

화려 강산 동반도는 우리 본국이요
품질 좋은 단군 자손 우리 국민일세
무궁화 삼천리 화려 강산
우리나라 우리가 길이 보존하세

김좌진 소장이 개회식을 선언했다. 감개무량한 표정을 감추지 못했다. 대량의 무기를 어렵게 산 뒤 사흘 전에 돌아온 총재 서일이 훈시를 했다. 필요할 때는 수시로 주먹을 불끈불끈 쥔다.

"제1회로 사관연성소 졸업생을 배출하게 되어 참으로 뜻깊은 날입니다. 그런데 열흘 전인 8월 29일은 꼭 국치 10년이었습니다. 그 10년간 가장 가혹한 압박을 받고도, 가장 치욕적인 고통을 당하고도, 다만 피눈물을 머금고 구차하게 목숨을 이어온 것은 모두 오늘 같은 날을 기다렸기 때문이 아니겠습니까? 우리는 모두 그 10년의 막바지에서 큰 희망을 보았습니다. 작년의 만세 운동을 기점으로 우리 한민족이 분연히 떨치고 일어선 것입니다. 그리고 올해는 특히 독립 전쟁의 해로 명명되었습니다. 그런 뜻깊은 해에 오늘같이 뜻깊은 행사를 치르게 되어 참으로 감격을 주체할 수가 없습니다. 나는 생도 여러분이 자랑스럽기 그지없습니다. 여러분은 우리 군정서의 기둥이자 독립군의 기둥이며, 나아가서는 대한민국의 기둥입니다. 그런 여러분을 길러내느라 전력을 쏟은 총사령관 이하 사령부 관계자들에게도 이 자리를 빌려 노고를 위로하는 바입니다."

큰 박수가 다시 쏟아졌다. 서일은 흐뭇한 표정으로 생도들을 일별했다.

"생도 여러분! 우리는 절대로 잊지 말아야 합니다. 정말로, 진실로 동포들의 헌신적 도움이 없었더라면 지금 이 자리는 있을 수 없습니다. 그렇다고 동포들이 잘살기라도 합니까? 안타깝게도 낯선 땅에 맨손과 맨주먹으로 와서 새로이 정착하는 개척 농민들이 태반입니다. 그런 열악한 형편에서도 무기를 사라며 군자금을 쾌척하고, 행여 우리가 굶을까 봐 알곡 한 알까지 정성스레 보탰습니다. 그래서 우리는 비록 나라를 빼앗겼더라도, 나라의 군인으로서

명맥을 이어 나갈 수가 있었던 것입니다. 사실이 그러하다면 우리가 해야 할 일은 명명백백합니다. 바로 저 삼도(三島) 오랑캐를 조국 땅 한반도에서 깡그리 몰아내는 것입니다. 그 선봉 될 자 누구겠습니까? 바로 여러분입니다."

서일에 이어 부총재의 훈시와 내빈의 축사가 잇따랐다. 생도 중 최우등생의 답사도 만장을 흐뭇하게 만들었다. 졸업장을 수여하며 생도들과 일일이 손을 잡는 김좌진은 자부심이 넘쳐났다. 깊은 산중의 뜻깊은 졸업식은 만세 소리 드높은 가운데 끝났다. 생도 졸업식을 치른 김좌진은 곧바로 이동 준비를 서둘렀다. 근거지 이동이 불가피한 만큼 하루라도 빨리 서둘러야 그나마 추운 겨울을 피할 수 있었다.

며칠 뒤였다. 이동에 따른 효율적 부대 편성에 골몰하던 김좌진은 뜻밖의 정보를 접했다. 마적 떼가 훈춘을 습격한 사건이었다. 훈춘은 간도에서 노령으로 들어가는 관문이었다. 두만강과도 불과 60여 리 떨어졌다. 역시 강을 건너온 조선 이주민들이 곳곳에 뿌리를 내렸다. 일본에는 오래전에 개방된 관계로 훈춘에는 일본 영사관의 분관까지 있었다.

9월 12일이었다. 두만강에 낙엽이 조금씩 떠다닐 때였다. 아침을 재촉하는 닭이 목청을 뽑아대는 5시였다. 고요하던 훈춘성이 느닷없는 총소리에 깨어났다. 마적이 성을 습격했던 것이다. 변방 초소는 이미 불길이 치솟고 있었다. 시가지를 습격한 3백여 명의 마적은 방화와 노략질로 쑥대밭을 만들었다. 약탈품을 실은 마차에다 수십 명의 인질까지 납치한 마적 떼는 8시를 지나 철수했다.

한데 일제 영사관과 경찰서는 아무런 피해가 없었다.

"여러 정보를 종합해 볼 때 훈춘 습격은 친일 마적 떼의 소행이야. 거기다 붉은 망토의 여자까지 끼었다면 더 말할 것도 없지."

간부 회의에 앞서 강혁을 찾은 김좌진이 단정하듯 말했다. 그는 만주와 시베리아 일대의 마적을 환히 꿰고 있었다. 총사령관으로서 당연한 책무이기도 했다. 붉은 망토를 한 여자 마적은 야마모토(山本菊子)였다. 30대 중반으로 마적 세계에서는 시베리아 오키쿠로 통했다.

오키쿠는 불과 일곱 살의 어린 나이에 서울 요릿집으로 팔려왔다. 이후 시베리아와 만주 등으로 대륙 각지를 떠돌았다. 전전 방황하다 보니 안 해본 일이 없었다. 술집 작부부터 시작해 마약 행상에다 심지어 몸까지 팔 정도였다. 일본군이 시베리아에 출병하자 위안부 노릇을 하던 그녀는 군에서도 필요한 존재가 되었다. 오랜 세월을 두고 대륙을 떠돌아 그대로 '말하는 지도'였던 것이다. 큰 상금까지 받은 오키쿠는 한층 존재감이 뚜렷해졌다. 오키쿠는 일본군에게 처형되기 직전의 중국인까지 구했다. 만주 마적의 대두목인 고산(靠山)이었다. 그 뒤 마적 졸개들을 이끌고 일본군의 작전을 돕는 그녀는 고산의 정부이자 부두목이었다. 말을 타고 선두에 나서서 붉은 망토를 휘날리며 모젤 권총을 쏘아대는 오키쿠는 이미 예전의 그녀가 아니었다.

"친일 마적이 습격했다면 뭔가 수상하지 않나?"

김좌진의 본능적인 직감이었다. 강혁이 답했다.

"여러모로 이상한 점이 많습니다. 지금까지 일제의 행태로 볼 때, 그쪽에서 간도 출병의 명분을 구하려는 것 같습니다. 무엇보다 훈춘에는 일제 영사관이 있지 않습니까?"

"그러니까 더 이상하지. 왜놈 영사관이나 거류민이 피해를 보아야 출병 구실이 생겨날 텐데, 그런 게 없잖아?"

"진행 중에 뭔가 엇박자가 날 수도 있고, 막상 일제를 상대로 습격을 감행하려니 뒤가 켕겼을 수도 있습니다. 또 한 번쯤 건드려 놓으면 다음에는 구실 붙이기가 훨씬 쉽지 않겠습니까?"

"딴은 그래. 간도 출병을 확정했다는 정보니만큼 억지 구실이라도 만들어 낼 놈들이지. 우리는 일본군 출병을 기정사실로 받아들이고 의연히 대처하세."

이제 발등의 불은 새 둥지를 찾아 이동하는 일이었다. 김좌진은 먼저 부대를 재편성했다. 미리 전투 상황을 염두에 둔 편성이었다. 그 중심이 연성대(鍊成隊)였다. 사관연성소 졸업생 가운데 여러 분야에 임명된 80여 명 외에, 나머지 2백 명으로 연성대를 꾸렸다. 따라서 북로군정서, 아니 전 독립군을 통틀어 연성대는 최정예의 전투력을 지닌 부대였다. 당연히 부대 이동 간에도 정찰을 비롯하여 여러 중요한 역할을 맡길 필요가 있었다. 그런 연성대의 대장은 나중소가 맡고, 사실상 부대를 이끄는 중대장에는 이범석이 임명되었다.

보병 1개 대대도 편성되었다. 편제는 2개 소대를 합쳐 1개 중대가 되고, 4개 중대가 합쳐서 대대가 되었다. 따라서 대대는 총 8개 소대로 구성된 셈이었다. 대대에는 특별히 기관총 부대도 있었다. 대대장은 사십 줄을 앞둔 김규식(金奎植)이 맡았다. 총사령관은 지난달에 특히 대한제국 시절의 간부 군인들을 영입했는데, 김규식도 그중 한 사람이었다.

마침내 면밀한 계획성 아래 김좌진은 근거지 이동을 시작했다. 정찰대를 운용하고 중간 집결지를 정해 당장 소용없는 물건은 우마차에 실어서 보냈다. 침통한 얼굴로 총사령관이 선발대 앞에 섰다.

"저를 잘못 만나 오늘 여러분이 큰 어려움에 직면한 것 같습니다. 그렇지만 우리는 중국군에게 쫓겨 도주하는 것이 아니며, 더군다나 패배는 결코 아닙니다. 어쩌면 이러한 시련이 우리를 한층 단련시키고 새로운 도약의 계기를 마련해줄지도 모릅니다. 단한 사람의 이탈이나 낙오자 없이 여러분 모두를 민족의 성산인 백두산에서 다시 보게 되리라 확신합니다. 왜냐하면, 여러분은 국권회복을 완수할 대한의 남아인 동시에 자랑스러운 대한군정서의 독립군이기 때문입니다."

군정서의 본대는 17일부터 대장정에 나서기로 했다. 한데 독립군 전부가 이동할 수는 없었다. 밤에는 집으로 돌아가는 올빼미 독립군을 비롯하여 뿌리를 왕청현에 둔 사람이 많았기 때문이다. 또 근거지가 마련되기도 전에 전부 백두산으로 몰려갈 수도 없는 노릇이었다. 그리하여 총재부와 사령부는 가는 길이 달랐다. 비전투의 총재부는 가족 등을 동반하여 대종교 동도 본사가 있는 밀산으로 향하고, 전투력 보존을 위해 사령부는 다른 독립군 부대들이 집결해 있는 백두산으로 갈 계획이었다. 그에 따라 백두산으로 이동할 병력은 대략 8백 명이었다. 물론 무 자르듯이 총재부와 사령부가 엄격히 구분된 것은 아니었다. 총재부 이동에도 장차 보호 병력은 필요했고, 현천묵 부총재는 노구를 이끌고 백두산으로 갈 참이었다.

김좌진은 참으로 통탄할 노릇이었다. 군대를 양성하겠다며 서대파 삼림 속으로 든 것이 엊그제 같았다. 처음에는 변변한 군사조차 없었다. 나라가 없으니 지원받을 곳도 없었다. 총재부와 동포들이 도왔으나 모든 것을 피땀 흘려 일구었다. 병영이 건설되고 훈련된 독립군이 차츰 불어났다. 뿌리가 내리면서 김좌진은 독립 전쟁에 대한 자신감이 한껏 솟구치는 중이었다. 한데 하루아침에 뿌리가 송두리째 뽑혀 떠나야 할 지경에 이른 것이다.

앞날은 한층 암담했다. 8백 명에 이르는 대식구의 의식주를 장차 어떻게 감당할 것인가. 이제 중국 측은 간섭 정도를 지나 무력 행사로 나올지도 몰랐다. 뿐인가. 나라를 빼앗은 왜적은 아예 만주로 쳐들어와 독립군이라면 씨를 말리려 한다는 정보가 쏟아졌다. 김좌진은 다시 한 번 나라 잃은 설움이 그대로 뼈에 사무쳤다. 먼 하늘을 우러르는데 문득 눈물 한줄기가 볼을 타고 주르륵 흐른다. 거친 만주에서도 처음 흘려보는 눈물이었다.

마침내 대장정의 날이 밝았다. 하늘이 한층 높푸른 가을이었다. 카키색 군복의 독립군이 십리평 연병장을 출발했다. 총을 둘러메고 각반까지 찼으나 신발은 대부분 짚신이었다. 대기 중이던 수십 대의 우마차도 행렬의 뒤를 따랐다. 거기에는 적에게 안길 많은 탄약이 적재되어 있었다. 울음 섞인 군가 소리가 십리평 연병장에 떠돌았다.

하늘은 미워한다 배달족의

자유를 억압하는 왜적들을

삼천리강산에 열혈이 끓어

분연히 일어나는 우리 독립군

맹세코 싸우고 또 싸우리니

빛나는 전사를 하게 하소서

병력 대부분이 걷는 가운데 말을 탄 기병도 있었다. 김좌진은 검정말을 탔다. 예전에 총재부에서 선사한 명마였다. 이윽고 군정서 부대는 서대파 골짜기를 벗어나 마반산 자락을 행군했다. 휴식 때에도 애써 외면하던 김좌진이 마지막으로 서대파 골짜기에 눈길을 주었다. 저편의 십리평 주위도 더듬는다. 만감이 교차하는 눈빛이었다. 총사령관이 곁의 참모에게 지나가는 말처럼 중얼거렸다.

"우리가 저 골짜기에서 뒹군 사실을 과연 후손들이 알기나 할까?"

마반산을 넘은 부대는 대감자(大坎子)에서 하루를 묵었다. 북로군정서의 방어 진지인 대감자에는 전부터 한 부대가 주둔 중이었다. 거기에 50명의 청년이 대기하고 있었다. 사관연성소를 지원한 청년들이었다. 그동안의 사정을 설명하며 김좌진이 귀향을 달랬다. 그러나 열정이 뚝뚝 떨어지는 젊은이들은 막무가내로 합류를 희망했다. 결국, 총사령관은 장래 연성소의 2기생을 염두에 두고 청년들을 거두었다.

"총재 각하! 더 배웅할 수 없어 죄송합니다."

"백야 총사령관! 어떡하든 몸을 보중하시오. 총사령관만 있으면 국권 회복은 반드시 이루어질 것이오. 건강하게 다시 만나 우리 또 힘을 합쳐봅시다."

밀담을 나눈 서일과 김좌진은 두 손을 굳게 맞잡았다. 수어지교의 만남으로 항일 투쟁에 호흡을 맞춰온 두 수뇌는 일단 여기서 헤어질밖에 없었다. 서일 총재가 거느린 대오는 나자구 방면의 북으로 길을 잡았고, 김좌진 총사령관이 인솔한 무장 대오는 서쪽의 백두산으로 향했다. 정든 병영과 터전을 뒤로하고 소슬바람 앞에 나선 만큼 앞길이 험난할 것은 자명했다. 동포들과 생사고락을 같이하며 힘을 기르던 북로군정서 독립군은 이렇게 떠나갔다.

매일 활기가 넘쳐나던 십리평 연병장은 갑자기 함성이 뚝 끊어졌다. 이틀이 지났다. 연병장 저편의 병영에서 문득 검은 연기와 함께 붉은 화마가 널름거린다. 밀정의 짓이었다. 이리하여 열 채가 넘는 군정서 병영은 고스란히 잿더미로 화했다. 낙심천만의 동포들이 채 마음을 추스르기도 전에 포고문이 나붙었다. 경비사 맹부덕과 연길도윤 도빈의 명의였다. 변명과 협박을 비롯하여 설명이 잡다한 포고문이었으나 간추리면 대략 내용이 이러했다.

"이에 포고한다. 연길, 훈춘, 화룡, 왕청의 각 현에서 간민(墾民) 등이 지난해부터 독립군이 선전한 언사를 믿고 독립을 도모함과 동시에 군소 단체를 결합하여 인민의 재물을 강취한 사실이 있다는 것을 종종 견문한 바로, 수차 해산하라는 명령을 포고하고, 또 군경에게 명하여 이와 같은 언동을 금지하게 하고 혹은 권고하였으나, 최근에 이르러 각 소(所)의 독립단은 더욱 위법의 행동으로 나올 뿐 아니라, 그 위에 군인을 모집하여 그 수가 날로 증가하며, 비밀로 군대를 조직하여 총기를 사사로이 준비하였다. 아침저녁 병사의 교련을 하고 혹은 또 산중에 근거지를 만들고 거주하는 등, 이러한 행동은 다만 지방의 치안을 교란할 뿐 아니라 나아가 국제 상의 교섭 문제를 야기 시켜 세계 공법상에도 역시 허용하지 못할 바이므로, 이 같은 행위는 금지할 것이다. 파리 평화 회의에 청원 한 바는 이미 거절되었는데, 무엇을 가지고 타국 영토 안의 한 모퉁이에서 그와 같은 큰 사업을 성공시킬 수 있으리오. 부질없이 귀중한 생명을 희생시키고 돈만 낭비하는 데에 불과하니 어찌 장래에 좋은 결과를 얻을 손가. 지금 이후로는 독립단으로 촌락에 숨어 있는 자가 있으면 모름지기 힘을 합하여 이를 구축(驅逐)하도록 하고 일면 속히 관헌에게 보고하라. 그리하여 경내에서 독립단은 금후 그 뒤를 끊게 될 것이니 간민들도 역시 이 명령에 좇아 지난날과 같이 양민으로 복귀할 것이며, 만일 명령에 반항할 때는 무력으로 실행할 것이며 조금도 사정을 용납하지 않을 것이다. 이는 오직 지방의 치안을 유지하고 간민의 행복을 도모하기 위함이니 특히 경고한다. 권고에 좇아 명령에 항거하지 말라."

김좌진은 만약의 사태를 대비해 중국군의 동태를 파악해 가며 일부러 한적하고 은밀한 이동로를 택했다. 군인 복장으로 무리 지어 대로로 이동하는 것을 자제하겠다며 맹부덕과 약속한 때문이었다. 우발적 사고도 경계할 필요가 있었다. 숙영은 가능하면 동포 마을에서 가까운 곳을 택했다.

부대는 출발 나흘째에 진시구(榛柴溝) 마을에 도착했다. 원래 개

암나무가 많아서 개암나무골인데 굳이 한문을 빌려와 진시구라 불렀다. 한데 그 마을 사람들이 귀한 소를 잡아 병사들을 호궤했다. 김좌진은 행군을 나선 뒤 처음으로 고깃국을 구경했다. 병사들은 고깃국에다 이역 동포의 따뜻한 정을 말아서 먹었다. 산을 넘어도 또 산이요, 영을 지나도 또 영이었다. 강을 지나면 또 강이요, 십 리를 걸으면 또 십 리 길이었다. 백두산만 바라고 걷는 길은 멀고도 험했다.

9월 26일이었다. 군정서 부대가 행군에 나선 지 어언 열흘째였다. 마침내 연길 외곽인 동불사(銅佛寺) 인근에 도착했다. 미리 정해둔 중간 집결지였다. 선발대를 비롯하여 모두가 이곳에서 무사히 합류했다. 참으로 오랜만에 만난 것처럼 병사들은 재회의 기쁨을 나누느라 떠들썩하기 짝이 없었다. 다른 이유도 있었다. 이날은 바로 추석 명절이었다. 김좌진은 밤하늘에 둥그렇게 떠 있는 노란빛 물체를 올려다보았다. 행군 뒤 매일 밤 대하는 달이었다. 그동안 조금씩 몸피를 키우던 달이 오늘은 둥근 원을 빈틈없이 채웠다. 쟁반같이 둥근 추석 달이었다.

"선배님은 어릴 때 개구쟁이 노릇을 안 하셨지요?"

달을 쳐다보던 김좌진의 눈길이 문득 참모장을 향했다.

"개구쟁이 아닌 애들이 있을까? 정도의 차이겠지."

이장녕은 김좌진과 동향인 데다 육군 무관 학교를 졸업했다. 주위에는 두 사람뿐이었다.

"선배님을 보면 너무 모범생 같아요. 어떤 때는 빈 구석을 좀 보여야 상대가 편안할 것 아닙니까? 심양에 계속 계셨으면 이런 고생을 앓을 텐데, 제가 자꾸 청해서 그만…."

이장녕이 말허리를 잘랐다.

"허허, 오늘 총사령관이 못하는 소리가 없구먼. 내가 자청해서 뛰어든 길인데 고생이랄 게 뭐가 있나? 그렇게 말하면 섭섭하지."

원래 술하고는 담을 쌓은 김좌진이었으나 오늘은 권에 못 이겨 한 잔쯤 마신 상태였다. 부대 정비를 겸해 참으로 오랜만에 가져보는 휴식이었다.

"제가 추석날 노래를 한번 부르지요. 충청도 노래라서 선배님도 잘 아실 겁니다."

김좌진이 달을 쳐다보며 노래를 흥얼거린다. 청양에서 전하는 민요였다.

달 속에 박혀 있는 계수나무를
옥도끼로 찍어내고 금도끼로 다듬어서
초가삼간 집을 지어
부모님과 천년만년 함께 살고 싶어라

"느닷없는 개구쟁이 얘기도 그렇고, 명절이 되니까 우리 총사령관이 양친 생각이 간절한 모양이구먼. 둥근 달은 희망을 뜻하는데 특히 추석 달을 보고 소원을 빌면 효험이 있다는구먼. 두 발로 서서 방아 찧는 토끼한테 우리도 소원 한번 빌어볼까?"

"지금 형편에 무슨 다른 소원이 있겠어요. 우리 병사들이 바깥에서 자지 않고 굶주림만 면할 수 있다면 오죽이나 좋겠습니까?"

총사령관뿐만 아니라 모두의 소원이었다. 잠시 묵직한 침묵이 흐른다. 그러자 이장녕은 방금 흘려들은 말이 떠올랐다.

"알고 보면 나도 개구쟁이에다 그저 꽉 막힌 사람은 아닐세. 왜 청양 민요에 이런 노래도 있지 않나? 아주까리 동백아 열지 마라, 산골에 큰애기 떼 난봉 난다."

가사 말을 해석하자면, 산골 처녀가 아주까리나 동백기름으로 머리단장을 하고 떼로 허랑방탕한 짓을 한다는 뜻이었다. 그와 관련해서 이장녕이 얘기 한 토막을 꺼내려는데, 문득 곁에서 얇게 코 고는 소리가 들렸다. 장정 길에 나선 뒤 김좌진은 한층 수면이 부족했다. 병사들이 휴식을 취할 때도 총사령관은 정찰대를 운용하며 다음 길을 여는데 골몰했던 때문이다. 달이 너무 밝아서 곳곳에 피워진 우둥불이 전에만큼 시세가 못했다. 우둥불은 평안도 방언으로 모닥불을 뜻했다.

한편 총독부 초청으로 경성에 온 장강호는 2개월 넘게 여관 생활을 했다. 산중의 제왕으로 군림하다가 울이나 다름없는 여관에 갇혀 지냈으니 마적 두목의 속이 오죽이나 답답했겠는가. 그러나 마루야마가 장차 큰 건수를 장담하며 자꾸 붙드는 바람에 어떻게 경성에서 자꾸 머물게 되었다. 참모 나카노는 그런 장강호와 마루야마를 연결하는 선이었다.

9월 12일의 훈춘 사건 며칠 뒤였다. 나카노가 여관에서 빈둥거리는데 마루야마가 사람을 보냈다. 그러잖아도 게이샤의 몸매가 아른거려 몸살을 앓던 나카노는 한달음에 달려갔다. 마루야마가

262

뜻밖의 커다란 음모를 제의했다. 훈춘 사건과 밀접하게 관련된 음모였다. 알고 보면 마적단으로서는 꿩도 먹고 알도 먹게 되는 일이었다. 나카노는 그냥 돈이 굴러들어오는 듯했다. 거기다 마루야마가 자신을 큰 애국자인 양 부추기는 바람에 들떠서 여관으로 돌아와 두목을 구슬렸고, 장강호도 수지맞는 장사라 여겼는지 입이 쩍벌어졌다. 경성의 마적은 추석 무렵에 다시 중강진을 거쳐 만주로 돌아갔다.

26일의 경성 아침은 다른 날과 달리 다소 활기가 살아났다. 송편과 시루떡이 흔하고 집집에서 구수한 부침개 냄새가 떠돌았다. 팔월 한가위였다. 빼앗긴 산야지만 명절은 명절이었다. 울긋불긋한 색동옷을 입은 아이들은 놀이에 빠져 하루해가 저무는 줄 몰랐고, 주름 깊은 어른들은 성묘를 다녀와 막걸리로 시름을 달랬다.

장강호 마적을 만주로 돌려보낸 마루야마는 총독부에서 보기 힘들었다. 총독 외에는 대개 군 관계자들과 접촉하며 바쁘게 나돌았던 것이다. 나남의 19사단을 찾아 북행열차를 타거나 용산의 조선군 사령부에서 하루해를 보내기 일쑤였다. 그런 마루야마에게 나름의 술수를 전수하던 고지마 헌병 사령관은 얼마 전에 교체되었다.

추석 다음 날이었다. 그동안 제법 술까지 자제하며 바쁘게 나돌던 마루야마가 이날은 술자리를 주도했다. 명색 자기 생일이라며 어깻바람을 일으켰다. 밤이 이슥해지자 오늘 주인공과 그의 단짝인 경기도 경찰부장만 남았다. 눈이 게슴츠레한 마루야마는 동료들이 의식적으로 피하던 화제를 기어코 입에 올렸다. 의열단 사건이었다.

"서장이 폭사를 당해도 우리 지바 부장은 주눅 든 기색이 아니구먼. 역시 조선의 경시총감으로 손색없어."

마루야마가 엄지손가락을 치키며 제법 칭찬을 늘어놓았다. 일본 수도인 도쿄의 경찰 우두머리가 경시총감이었다. 서장 폭사 운운은 부산 경찰서의 폭탄 사건을 가리켰다. 지바 부장이 어물어물 말했다.

"그렇다고 겁먹은 모습을 보일 수는 없잖아? 유비무환이라고 어쨌든 조심 중이야."

드디어 의열단이 본격적인 활동을 시작했다. 그런데 처음부터 의열단의 기세는 일제를 경악시키고도 남았다. 사건은 대략 이러했다.

9월 14일이었다. 한 중국 고서적 상인이 부산 경찰서를 방문했다. 스물일곱 살의 의열단원인 박재혁(朴載赫)이었다. 경찰서장인 하시모토(橋本秀平)는 중국 고서적을 좋아했다. 그래서 상인으로 가장한 박재혁은 서장실에서 면담을 가질 수 있었다.

부산에서 태어난 박재혁은 학창 시절부터 민족의식이 강렬했다. 그 뒤 무역업을 하다가 상해에서 운명적으로 의열단장인 김원봉을 만났다. 박재혁이 의열단에 가입하자 단장이 부산 경찰서 파괴를 지시했다. 거기에는 그만한 이유가 있었다. 의열단은 창단 직후 국내의 주요 일제 기관들에 대해 동시다발적인 폭탄 투척을 계획했다. 그를 위해 해외에서 어렵게 구한 폭탄 따위를 비밀 아지트에 보관했다. 한데 그만 경찰에 탐지되어 거사가 좌절되었고,

부산 경찰서 파괴는 다수의 의열단원을 체포한 데 대한 복수였다.

경찰서장이 고서적에 관심을 보일 때였다. 박재혁은 문득 서적 속에서 폭탄부터 꺼내 들었다. 이어 일본말로 의열단원을 체포한 사실을 준열히 꾸짖은 뒤 폭탄을 터트렸다. 결국, 서장 처단은 성공했으나 부상을 당한 거사 당사자도 현장에서 붙잡혔다.

"지바 부장, 경찰서장을 폭살한 그런 흉악범들이 간도 땅에는 쌔고 쌨어. 장차 경기도 경찰서는 무사할 것 같아? 어림없지."

"그런들 어쩌겠어? 조심할밖에."

마루야마가 반쯤 마시던 맥주잔을 입에서 급히 뗀다.

"어쩌긴! 조져야지."

"수십만의 조선인을? 그것도 중국 땅에 살고 있는데."

경찰부장이 헛웃음을 치자 마루야마가 천천히 맥주잔을 내려놓았다.

"지바 부장, 이번 폭살 사건은 또 그렇다고 치자. 우리 총독부가 도대체 언제까지 간도 불령선인 문제로 속을 썩여야만 하나? 거기다 조선군 사령부는 사령부대로 죽을 맛 아닌가? 그놈의 게릴라전도 한두 번이어야 말이지."

"딴은 문제야, 문제."

"그래서 내가 사령부에 꾀를 빌려줬네."

취한 중에도 마루야마의 눈에 초점이 모였다. 뭔가 비밀스러운 눈치였다.

"요즘 나남 사단에 출입이 잦다는 말은 들었네. 내가 추측할 때 꾀라면 필시 출병 구실이 아닐까 싶은데 그게 뭘까?"

총독부의 시정 기념일을 코앞에 둔 작년 이맘때도 둘은 찰떡궁합을 과시했다. 기념일에 대한 거부감으로 종로 상가가 폐점을 단행할 때, 지바가 경기도 경찰력을 동원하여 상가 개점에 목을 매는 마루야마를 도왔던 것이다. 당시 온갖 잔머리의 대가인 마루야마를 곁에서 지켜본 지바였다. 그래서 이번에는 군에 붙어서 어떤 음모를 동원할지 은근히 궁금증이 일었다. 지난번 훈춘 사건으로 인해 대략 짐작은 갔다.

"불령선인 토벌 문제로 암만 중국 측을 압박하고 또 초토 계획을 잘 짜면 뭣하나? 제갈량의 동남풍이 없으면 말짱 허사지."

마루야마는 내용을 밝히지 않고 변죽만 울렸다. 삼국지에서 흥미 만점인 제갈량의 동남풍을 끌어들여 얄팍한 식견만 드러낼 뿐이었다.

삼국지의 적벽대전(赤壁大戰)에서 손권과 유비 연합군의 총대장인 주유(周瑜)는 연환계(連環計)를 비롯한 온갖 책략을 동원하여 화공(火攻)으로 조조를 깨뜨릴 채비를 마쳤다. 한데 정작 문제는 화공에 꼭 필요한 동남풍이 없었다. 그때 제갈량이 하늘에 빌어 동남풍이 불어주는 바람에 마침내 주유는 조조를 깨뜨릴 수 있었다. 지금 마루야마가 동남풍이 어떻고 하는 것도 대개 그와 같았다. 간도 출병을 위한 채비가 갖춰진 뒤, 적벽대전의 동남풍만큼 절실해진 출병 구실을 자기가 제공했다는 뜻이었다.

"대체 제갈량의 동남풍이 뭘까?"

지바는 짐작조차 어렵다는 듯 시치미를 뗐다. 괜히 상대의 우쭐한 기분을 다치게 할 필요는 없었기 때문이다. 고급 정보랍시고 마루야마의 입이 제법 묵직했다. 딸꾹질해대며 궁금증만 증폭시켰다.

"며칠 안으로 알게 될 걸세. 한데 일을 제대로 하려면 읍참마속 같은 것도 필요할 테니 좀 더 두고 보게."

읍참마속(泣斬馬謖) 역시 제갈량과 관련된 고사성어였다. 큰 목적을 위해서는 사랑하고 아끼는 사람도 처벌하거나 버리는 것을 비유하는 말이었다. 굳이 마루야마가 숨기는 바람에 당장은 알 수 없었으나, 과연 며칠 내로 지바는 읍참마속의 뜻까지 헤아릴 수 있었다.

조선총독부는 10월 1일의 시정 기념일을 성대히 치렀다. 특히 이번에는 10주년을 맞아 한층 축제 분위기를 연출했다.

다음날인 2일 새벽에 다시 사건이 터졌다. 재습격설로 뒤숭숭하던 훈춘에 과연 마적 떼가 덮친 것이다. 2차 훈춘 사건이었다. 한데 이번에는 장강호 마적단이 중심이었다. 4백여 명의 마적단은 야포까지 차려놓고 훈춘성을 공격해댔다. 당황한 중국 주둔군은 일제 영사관 분관에 구원을 요청했다. 마침 조선에서 지원을 나온 상태라 일제 경찰은 수십 명이 되었다. 그런 일제 경찰은 자진해서 서문 쪽을 맡았다. 한데 별반 싸움다운 싸움도 않고 마적에게 성문을 열어주었다. 장강호와 이미 묵계가 있었던 때문이다. 장강호 마적단에는 마적으로 변장한 일제 경찰까지 섞여 있었다. 성안으로 밀려든 마적은 방화와 약탈로 시가를 휩쓸었다. 이 난리 통에 수십 명의 중국군과 함께 조선 사람까지 희생되었다. 1차 습격 때와 달리 이번에는 일제까지 큰 피해를 봤다. 부녀자 9명이 살해되고 영사관과 부속 건물이 잿더미로 화했다. 그 범인이 마적인지, 아니면 마적으로 변장한 일제 경찰인지는 확실치 않았다. 여하튼 마루야마의 표현처럼 읍참마속 비슷한 형태로, 힘없는 거류민을 희생양으로 삼은 것만은 분명했다.

그러자 마치 기다리기라도 한 듯 당장에 일제가 움직였다. 사건이 일어난 바로 그날부터 중국 주권의 훈춘에 일제 군경을 속속 집결시켰다. 과정이야 어떻든 거류민의 생명과 재산을 보호한다는 좋은 구실이 생겨났기 때문이다. 기습적으로 침략을 단행한 뒤, 나중에 선전포고하거나 구실을 붙이는 일제의 상투 수단이 이번에도 어김없이 나타난 셈이었다.

이 연극에는 오오바 조선군 사령관까지 동원되었다. 초도순시라는 명목으로 미리 북쪽에 대기하고 있다가 군의 긴급 출병을 재가(裁可)했다. 한데 북방 길의 오오바 사령관은 보고서 한 장을 받았다. 중국군의 독립군 토벌을 1개월 동안 감시한 사이토 대좌의 결과 보고였다. 내용은 이러했다.

"1920년 8월 28일 이후 1개월간 실시된 맹부덕의 중국군 토벌대의 행동을 보건대 첫째, 토벌할 실력이 없고, 둘째, 토벌할 의사까지 없어 불령선인의 사기만 높여주는 결과를 초래하였다. 그래서 해결책은 단 하나, 일본군을 주축으로 하고 중국군을 참관자로 하는 토벌대를 새로 구성하는 일이다."

건성으로 보고서를 훑어본 사령관은 차게 웃었다. 그따위 보고서는 이제 서류철의 두께만 더할 뿐이었다.

사전 상의라고는 없이 무조건 불법 출병부터 감행한 일제는 그제야 훈춘 사건과 관련해 연길도윤에게 엄중히 항의했다. 도윤이 맹부덕을 현지에 파견했으나 이미 훈춘은 일제 군경이 접수한 상태였다. 살벌한 분위기에 압도된 맹부덕은 뭐가 뭔지도 모르는 상태에서 일본군이 내민 인정서(認定書)에 서명했다. 현지의 중국군 책임자도 마찬가지였다. 부하 몇십 명을 하루아침에 잃은 그는 맹부덕보다도 더 정신이 없었다.

마침내 일제의 트집이 시작되었다. 마적단에는 백여 명의 불령선인에다 러시아와 중국인까지 섞였다고 주장했다. 일본은 단순한 마적단에게 피해를 본 것이 아니라 다국적으로 구성된 과격파의 항일 행위라며 우겼다. 간단히 말해 독립군 무장 단체의 소행이라는 뜻이었다. 억지로 구실을 만드는 만큼 의도는 뻔했다. 다국적이라는 이름으로 러시아의 참견을 차단하고 중국 측을 압박한 뒤, 불령선인 토벌을 명분으로 간도 출병을 감행하려는 것이었다. 일제는 이제 더는 거칠 것이 없었다. 침략은 훈춘에 국한되지 않았다. 각지의 일본 거류민을 끌어들여 간도 출병을 요구하는 시민대회를 열게 한 뒤, 청원이 간곡하므로 부득불 출병하지 않을 수 없다는 식으로 몰아갔다. 용정의 총영사 대리가 긴급 출병을 요청하자 5일에는 일제 군경이 용정으로 몰려갔다. 훈춘 사건이 터진 지 불과 며칠 만에 북간도 일대는 나남의 19사단 병력으로 득시글거렸다.

일본 내각과 정부도 이 장단에 놀아났다. 무장한 불령선인에 대한 토벌을 목적으로 일본군의 간도 출병을 내각에서 결정한 것이다. 장작림의 중국 측에 출병 승낙을 수차 강요해도 받아들여지지 않자, 마침내 일본 정부는 14일에 간도 출병을 선언하기에 이르렀다. 주력 부대인 나남의 19사단은 크게 3개 지대(支隊)로 토벌 구역까지 분담했다. 내용은 이러했다.

1. 보병 제38여단장인 이소바야시(磯林直明) 소장은 경원으로부터 두만강을 건너 훈춘하(琿春河) 방면에 진출하여 그 일원 토벌의 주역이 된다.

2. 보병 제76연대장인 기무라(木村益三) 대좌는 온성으로부터 월강하여 왕청 방면으로 진출해서 그 일원을 담당하는 주력 부대가 되어 대한국민회, 대한북로군정서 등의 본영을 중심으로 토벌전을 수행한다. 특히 서대파, 십리평, 대감자, 백초구, 합마당(哈蟆塘) 등지를 반복 토벌한다.

3. 보병 제37여단장인 아즈마(東正彦) 소장은 회령 등지에서 월강, 용정 방면에 진출하여 그 일원을 소탕하는 주력 부대가 된다. 무산에서 북상하는 제20사단의 한 부대와 합동 작전으로 불령선인이 안도, 돈화 방면으로 이동하는 것을 저지, 초멸한다.

4. 사단장인 자작 다카시마 중장은 일군 사령부를 나남에서 회령으로 북상하고 전신과 비행대, 그리고 병참을 보급한다.

토벌의 주력이 된 19사단 외에도 용산의 20사단과 시베리아의 11·13·14사단 일부 등 5개 사단에서 2만이 넘는 병력이 투입되고 관동군까지 지원에 나섰다. 국경 인근의 무장 경찰도 모두 합세했다. 기관총과 대포, 비행기 따위의 최신식 무기도 총동원되었다. 그리하여 백두산의 화룡현 토벌을 담당한 아즈마 지대가 병력 5천여 명을 거느리고 용정에 도착했다. 경신년 10월 15일이었다. 바야흐로 무적을 뽐내는 일본군과 독립 전쟁을 준비하던 간도 독립군과의 일대 격돌은 불가피하게 되었다.

한편 동불사 인근에서 추석을 보낸 군정서 부대는 백두산 장정을 계속했다. 오직 길을 주름잡아야만 하는 싸움이었다. 어쨌든 백두산 산록이 나타나고 그 속으로 들어야만 끝날 고된 나날이었다.

아침저녁에는 바람이 선득선득해진 10월 초였다. 천보산 근처를 행군하던 군정서 부대는 뜻밖에 마적과 맞닥뜨리게 되었다. 불필요한 접전을 피하려고 독립군 쪽에서 우회를 요구했으나 50명의 마적은 대담하게 접근해 왔다. 남의 물품을 탐내는 것도 문제였으나 친일 마적은 한층 경계를 필요로 했다. 결국은 치열한 전투가 벌어졌다. 그러나 마적 따위는 이미 연성대의 적수가 될 수 없었다. 불과 얼마 만에 마적은 완전히 소멸되었다. 군정서 부대는 마적의 무기 따위를 전리품으로 챙겼다. 그러잖아도 동포 마을을 상대로 월동 준비를 곁들이는 중이었다. 우선 양식과 피복이 급했다. 그러나 동포들의 형편이 너무 열악해 준비는 허술할밖에 없었다.

얼마 뒤 김좌진 부대는 드디어 화룡 경계에 들어섰다. 백두산의 들머리인 화룡은 산골짜기가 많았다. 이제 적에게 막무가내로 노출될 위험은 한결 줄어든 셈이었다. 김좌진은 오히려 정찰대 운용을 강화했다. 일본군의 간도 침입이라는 엄청난 정보를 접했기 때문이다. 어느 정도 예상한 사태이긴 해도 정말이지 갈수록 태산이었다. 황금빛 물결이 일렁이던 들녘은 허허벌판으로 남고, 날이 갈수록 산의 색깔은 주황빛으로 짙어졌다. 이른 아침에는 서리가 내려 풀에 하얗게 씌워져 있었다.

군정서 부대는 4백 리가 넘는 험로를 행군한 뒤에야 의연히 솟은 백두산 그늘에 들 수 있었다. 민족의 성산에 온 때문인지 군사들은 한결 생기가 넘쳤다. 날짜는 어느덧 10월 중순이었다. 군정서 부대의 백두산 대장정은 꼬박 한 달이 걸린 셈이었다.

전번 답사로 지리에 밝은 강혁이 앞장서서 대오를 이끌었다. 다시 충신장 삼도구를 찾게 되자 정 의병과 헛포수의 근황부터 궁금했다. 원진 도인의 맑은 얼굴도 선명하게 그려졌다.

홍범도의 대한독립군을 비롯한 여러 무장 단체는 벌써 화룡현의 서북부 산간 지대, 즉 이도구와 삼도구에 도착해 단합까지 이룬 상태였다. 종교부터 시작해 이념과 출신지 따위로 사실 독립 단체들은 단합을 저해하는 이질적인 요소가 많았다. 그리하여 각 단체는 강한 독립성을 지녀서 어렵게 통일 지휘부를 구성해도 느슨하고 일시적인데 불과했다. 백두산 장정이 있기 전에 홍범도를 총사령관으로 추대한 동도독군부도 형편은 대개 그와 비슷했다. 그런데 일본군이라는 대적이 간도까지 몰려온 지금은 모두 입만 열면 한가지로 단합을 호소했다. 말 그대로 모이면 살고 흩어지면 죽는다는 식이었다. 군정서 부대가 백두산에 도착했을 때는 여러 단체가 하나의 연합 부대로 편성되어 있었다. 좀 더 응집된 동도독군부로 총사령관은 역시 홍범도였다.

연합 부대는 홍범도의 대한독립군을 주축으로 국민회, 신민단, 의군부, 광복단에다 훈춘에 근거했던 한민회(韓民會)까지 합세했다. 아쉽다면 나자구 방면으로 이동해간 최진동의 도독부가 빠진 것이었다. 또 안도현으로 기지를 옮겨온 이청천의 서로군정서도 합류하지 못했다. 그동안 홍범도의 연합 부대는 군량과 군수품을 긴급 징집하며 나름의 활동을 개시한 상태였다. 또 경찰대를 조직하여 곳곳의 일본군 동정을 탐사하되, 그 허를 찌르거나 혹은 산간으로 유인하여 필승을 기할 때 외에는 전투를 개시하지 않을 것도 결의하였다. 연합 부대의 총 병력은 1천4백여 명이었다. 연합 부대와는 별도인 북로군정서 병력이 6백이므로 백두산 자락에 집결한 독립군은 모두 2천여 명을 헤아렸다.

7. 그대 이름은 대한의 독립군

지난번에 강혁이 답사를 끝내고 하직할 때 정 의병과 헛포수도 곧 청산리 산막을 떠날 뜻을 비쳤다. 포수 출신과 유대 관계가 깊은 대한정의군정사를 찾아간다고 했다. 단체의 본부는 백두산 아래 첫 동네인 내두산에 있었다. 그런데 강혁은 여전히 포수들이 청산리 산막에 그대로 남아 있을 듯한 느낌을 지울 수가 없었다. 그것은 어쩌면 희망 사항인지도 몰랐다. 설령 그들이 떠나고 없더라도 지난번에 받은 도움을 생각하면 인정과 도리상 그냥 지나쳐서는 안 될 일이었다. 강혁은 김용에게 정찰병을 딸려서 산막에 보냈다. 주위 정찰을 겸해서 산막을 한번 다녀오라는 취지였다. 한데 뜻밖에 우쭐한 걸음의 김용이 산막의 세 식구를 모두 데리고 왔다. 물론 식구 하나는 늙은 사냥개였다. 강혁을 본 정 의병이 상투 머리를 긁적이며 변명처럼 말했다.

"에에 또, 자네와 헤어진 뒤 우리도 곧바로 내두산을 향해 떠났네. 한데 공교롭게도 대한정의군정사가 왜군과 크게 한 번 싸운 뒤 군영을 다른 곳으로 옮겨갔다는 게야. 도리 없이 산막으로 되돌아와 이 궁리 저 궁리를 하고 있던 참일세."

사실이 그랬다. 정 의병은 마치 거짓말이 들통 난 사람처럼 숫

제 얼굴이 붉으락푸르락했다.

"나라를 위하는 마음이 크신 줄은 제가 잘 알고 있습니다. 이곳에 머무르고 계신 것이 오히려 저희에게는 크나큰 다행입니다."

먼저 일본군의 간도 침입을 알린 강혁은 포수들에게 간곡히 도움을 청했다. 백두산 지리에 정통한 만큼 정말 요긴한 사람들이기 때문이었다. 헛포수는 두말없이 응했으나 정 의병은 헛기침으로 뜸을 들이다가 속내를 드러냈다.

"그러잖아도 홍범도 대장이 이끄는 부대가 인근에 왔다며 주막 거리의 평양댁이 얘기하더구먼. 그래서 나는 홍 대장을 찾아갈까 하고 마음을 도사리던 참이네. 홍 대장은 내가 의병 하던 때부터 경모해온 데다, 또 부하들은 얼추 연배라서 마음이 편할 것 같거든. 부탁을 못 들어줘서 미안하네."

홍범도 직계의 포수대를 이르는 것 같았다. 이미 의병 시절부터 홍범도와 호흡을 맞춘 포수대는 이제 대부분이 나이 지긋한 노축이었다. 역시 정 의병처럼 이가 듬성듬성한 사람이 많았다. 그래도 산이라면 귀신인 데다 일등 사수들이었다. 사실 강혁은 포수 두 사람을 모두 욕심내는 것은 아니었다. 헛포수만으로도 충분했다. 그런 면에서 정 의병이 홍범도의 연합 부대에 힘을 보태는 것은 오히려 잘된 일인지도 몰랐다. 그런 정 의병도 우선은 강혁의 곁에서 머물렀다. 헛포수를 얻은 김좌진의 기쁨은 더 말할 나위도 없었다.

10월 18일 오후였다. 김좌진은 부대를 이끌고 청산리 골짜기로 들어섰다. 숙고 끝에 내린 결정이었다. 이때는 용정에 출병한 일본군이 화룡현의 독립군을 목표로 포위망을 좁혀오는 중이었다. 그렇다면 외줄기로 뻗은 청산리 골을 선점하는 일이 무엇보다 중요했다. 이곳에 청산리라는 마을이 별도로 존재하지는 않았다. 골짜기를 통칭하여 청산리라고 불렀다. 충신장 삼도구에서 백운평 마을 위의 해란강 상류까지는 장장 70리 계곡이었다. 기동전을 펼치기에는 지형 조건이 더없이 좋았다. 이미 인근을 답사한 강혁과 포수들도 총사령관에게 입을 모아 청산리 골을 권했다.

군정서 부대가 청산리 골을 얼마간 행군할 때였다.

"적이다!"

누군가 날카롭게 외친다. 순간 김좌진은 온몸의 피가 일시적으로 멈추는 느낌이었다. 솟구치는 적개심 때문만은 아니었다. 사랑하는 부하들을 이끌고 난생처음 정규전에 나선 지휘관으로서 어찌 적과의 조우가 예사로울 수 있겠는가. 김좌진이 얼른 눈을 돌려보니 과연 드넓은 광야에 마치 큰 뱀이 꿈틀거리며 나아가듯 일본군이 행군하고 있었다. 끝없는 대열이었다. 뱀의 꼬리는 자욱이 이는 먼지 속에 숨어 있었다. 보급품이 따랐던 때문이다.

일본군도 이편의 독립군을 감지한 모양이었다. 양측의 거리는 불과 10리 남짓했다. 일본군은 더 이상의 접근은 피하고 충신장에 머물면서 전초(前哨)만 운용했다.

김좌진은 청산리 골의 입구 마을에 병력을 분산하여 배치했다. 사령부를 운영하는 나월평과 옆 마을인 송림평 등이었다. 마을 동포들은 대견한 독립군의 노고를 위로하며 힘껏 도왔다. 특히 삼도구 인근의 동포들은 대종교가 바탕인지라 대접이 한결 은근했다.

일본군은 17일 0시를 기해 군사 행동을 취한다며 이미 연길도윤에게 통고한 상태였다. 일방적으로 정한 기일은 2개월이었다. 마침내 보병 제37여단장인 아즈마 소장이 간부들을 집합시켰다. 그는 용정 방면에 진출하여 그 일원의 불령선인 소탕을 책임진 지휘관이었다.

"우리 대일본 제국의 황군은 무적의 군대다. 그런데 봉오동 싸움에서 불령선인을 너무 얕보다가 뜻밖의 손실을 당했다. 약빠른 쥐새끼처럼 우리의 출병을 감지한 불령선인 부대들이 지금 화룡현 산간 지대에 역시 쥐새끼처럼 소복이 몰려있다. 물론 봉오동의 홍범도를 포함해서 제법 기세를 떨친다는 김좌진도 이들 속에 들어 있다. 이제 봉오동에서 당한 원수를 톡톡히 갚을 수 있게 되었다. 그뿐만이 아니다. 산중 곳곳에 잠복한 불령선인을 일일이 찾아다니며 토벌하지 않아도 되는 만큼 이 얼마나 다행스러운 일인가? 이런 행운이 우리에게 부여된 것을 나는 무한한 영광으로 생각하는 바이다. 따라서 제군들도 불령선인 토벌에 최선을 다해주기 바란다."

뜻밖에 진급 기회라도 잡은 듯 아즈마 소장은 입이 벙실벙실 벌어졌다. 애써 기쁜 표정을 감추고 명령을 하달했다.

"산간 지대의 불령선인은 크게 2개 부대로 나뉘어 있다. 김좌진의 북로군정서와 홍범도의 연합 부대다. 현재 김좌진은 삼도구 청산리 부근에 주둔 중이고, 홍범도의 연합 부대는 와룡구의 어랑촌 부근에 있다. 우리는 놈들을 포위한 뒤 단번에 끝장을 내버려야만 한다. 행여 고양이 울음소리에 쥐새끼들이 놀라 사방으로 도망치면 허사라는 얘기다. 포위망이 뚫려서 몇 놈이라도 봉천성 경계로 숨어들면 귀찮은 일이 어디 한둘이겠는가. 따라서 제군들은 이 점을 유념하고 이번 토벌로 불령선인 부대를 괴멸시켜라!"

아즈마 지대는 보병 3개와 포병 1개 대대, 그리고 기병 2개와 공병 1개 중대로 편성되었다. 약간의 헌병을 포함하여 총 5천의 병력이었다. 김좌진의 북로군정서를 책임진 야마다(山田) 연대장은 부대를 둘로 나누었다. 하나는 야마다 자신이 직접 지휘하여 곧장 청산리 골로 진격했다. 지금 충신장에서 전초를 운용 중인 부대였다. 다른 한 부대는 나카무라(中村) 대대장에게 지휘를 맡겼다. 이도구를 거쳐 군정서 부대의 퇴로를 차단하는 게 나카무라의 임무였다.

상황이 점점 긴박해지자 김좌진이 강혁을 따로 불렀다. 다음날인 19일에는 독립군의 합동 회의가 열릴 예정이었다. 그에 대한 사전 조율도 필요했던 것이다. 김좌진은 부대의 집중과 분산에 대해서 질문했다. 그것은 다른 부대와의 연합 내지는 공동 작전과 밀접한 관련이 있었다. 분산시켜야 할 때 분산시킬 수 없으면 얽매인 군대며, 집중시켜야 할 때 집중시킬 수 없으면 고립된 군대이기 때문이다. 따라서 부대 편성은 고도의 전략을 필요로 했다. 강혁이 조심스럽게 의견을 개진했다.

"총사령관 각하, 적이 대병력인 만큼 독립군이 모두 합쳐도 어차피 중과부적입니다. 그렇다면 굳이 우리 군정서까지 연합 부대에 합세해 작전 지휘를 통일할 필요는 없지 않겠습니까? 지금처럼 크게 2개 부대로 분산해서 적군과 맞서는 것이 오히려 장점이 많을 듯싶습니다."

"내가 생각해도 현재 상태를 유지하면서 공동 작전을 적절히 펼치는 게 좋을 듯싶네. 우리 독립군은 먼저 통일된 전략을 수립한 뒤, 힘을 합쳐 일사불란하게 움직여야 그나마 일본군과 장기전을 펼칠 수 있을 거야."

통일된 전략 수립에 골몰하는 김좌진은 보기에도 안타까울 정도로 얼굴이 핼쑥했다. 백두산 대장정에 나선 뒤 총사령관은 남보다 늦게 잠들고 더 일찍 일어났다. 아예 눈을 못 붙인 날도 있었다. 그래도 반드시 군사들과 행동을 함께했다. 군사들이 앉지 않으면 앉지 않고, 먹지 않으면 같이 먹지 않았다.

19일에 삼도구 부근의 묘령(廟嶺)에서 회의가 열렸다. 통일된 전략 수립을 위한 독립군의 합동 군사 회의였다. 한데 회의를 주선한 사람은 중국 측의 군사 책임자인 맹부덕이었다. 그가 원하는 바는 명백했다. 일본군과의 교전을 피해 독립군이 빨리 길림성 지역을 떠나는 것이었다. 그것은 봉천성 내지는 조선 땅으로의 도주를 뜻했다. 회의 참석자는 북로군정서와 연합 부대의 수뇌들이었다. 그런데 김좌진은 이 회의에 참석을 못 했다. 노구를 이끌고 백두산행을 감행한 현천묵 부총재에게 북로군정서 대표로 회의에 참석할 것을 권해 예우한 면도 없지 않았다. 한데 현천묵을 수행해서라도 중요한 회의에 참석을 못 한 이유는 따로 있었다. 청산리 골 입구의 군정서 부대는 이미 충신장의 일본군과 대치 중인 상태였다. 매복은 물론 상황에 따라서는 공세까지 취할 요량이었다. 한데 총지휘관인 김좌진이 전투지를 이탈한다면 그것은 사기 저하를 떠나 전투 포기를 뜻할 수도 있었다. 더구나 이제 막 첫 싸움이 시작되려는 판이 아닌가.

회의에 참석한 수뇌들은 긴장감을 감추지 못했으나 한편으로는 그만큼 각오를 다진 모습이었다. 먼저 맹부덕의 주장에 대해 결론을 내려야만 했다. 다시 말해 싸울 것인가, 아니면 피할 것인가에 관한 결정이었다. 이에 대해 연합 부대의 혈기왕성한 무장들이 회의를 주도했다. 국민회를 이끄는 안무가 시원스레 말했다.

"맹수라며 지레 겁먹고 도망칠 게 아니라 아예 맹수를 잡아 없애버립시다."

곧바로 다른 무장들이 한마디씩 거들었다.

"그게 바로 제 말이에요. 도대체 언제 또 어디까지 달아나야만 합니까?"

"중국 측은 자기 땅에 왜군이 쳐들어와도 가만히 있잖아요? 이제 힘없는 중국 눈치는 그만 보고 우리가 직접 나섭시다."

"이렇게 된 이상 왜놈과 한바탕 싸움은 피할 수가 없어요."

주전론이 피전론을 압도했다. 만약 싸운다면 어떻게 싸울 것인가도 중요했다. 역전의 명장인 홍범도가 말했다.

"각기 유리한 지점을 확보한 뒤 기습전으로 적의 선두 부대를 무찌릅시다."

간단명료하지만 최상의 방법이었다. 북로군정서 간부들은 대체로 듣기만 했다. 대표인 현천묵이 제대로 의견을 개진하지 않은 때문이었다. 고개만 끄덕이던 현천묵 부총재가 마침내 무겁게 입을 열었다.

"애초 훈춘 사건이 터졌을 때 우려는 했지만 결국은 왜군이 간도까지 침입해 왔어요. 그리하여 독립 전쟁을 향한 장도에 큰 차질이 빚어진 것은 물론, 당장 우리에게 총부리를 겨눈 형국입니다. 이 정도면 적반하장도 분수가 있는 것 아닌가요?"

먼저 무장들의 심정을 대변했다. 이어 현천묵은 싸움만이 능사가 아니라며 신중한 태도로 좌중의 혈기를 달랬다. 피전론이었다.

"그렇지만 일시적인 분을 못 참고 당장 우리가 간도에서 왜적과 맞붙으면 승패를 떠나 문제점이 많아요. 무엇보다 그동안 우리 뒤를 봐줬던 중국 측과 관계가 틀어질 것이고 또 일본군의 증파는 불을 보듯 뻔합니다. 만약 사태가 그런 식으로 흘러가면 실로 우리는 안팎으로 고립을 면치 못합니다. 이곳에 모인 독립군은 장차 나라의 독립을 쟁취할 선봉으로 광복을 위한 소중한 싹이에요. 일시적인 분노를 참지 못해 마구잡이식 싸움을 벌이다가 자칫 새싹이 모조리 짓밟히기라도 한다면 이 얼마나 어리석은 짓입니까? 우리가 힘만 기르면 분전(奮戰)의 기회는 앞으로 얼마든지 있어요. 지금은 은인자중하여 가능하면 정면충돌을 피하는 게 상책입니다."

고리타분한 늙은 선비가 우선 분란부터 피하고 보자는 얄팍한 주장이 아니었다. 앞으로도 만주 땅에서 힘을 기르려면 어쨌든 중국 측과의 원만한 관계는 필수적이었다. 무엇보다 미래를 위해 전투력을 보존하자는 장기책은 얼마나 냉철한 살핌인가. 그리하여 결국은 일본군의 공세에 맞대응하지 않고 당분간 피하기로 의결하였다.

회의 결과를 접한 김좌진은 문득 혼잣말처럼 중얼거렸다.

"장재군(將在軍)은 군명유소불수(君命有所不受)라⋯."

이 말은 '전쟁터의 장수는 임금의 명령을 받들지 않을 수 있다.' 라는 뜻이었다. 손자병법의 손무는 거기에 덧붙여 설파했다. 전쟁을 승리로 이끌 수 있으면 임금이 전쟁을 말려도 싸우는 것이 옳다. 마찬가지로 전쟁을 승리로 이끌 수 없으면 임금이 전쟁을 주장해도 싸우지 않는 것이 옳다. 결국, 전장에서의 진퇴 결정은 오직 장수 자신의 판단에 따라야 한다는 것이었다.

회의 결과를 접한 김좌진이 옛말을 떠올린 데는 이유가 있었다. 딱히 피전책에 불만이 있거나 불복하겠다는 뜻은 아니었다. 그보다는 전쟁터의 상황은 천변만화하여 고정적으로 정하기가 어려움을 표현한 것이었다. 고지식하게 원칙을 준수하기보다 임기응변이 중하다는 의미였다.

회의 결과에 김좌진이 우려한 것은 따로 있었다. 양측 부대 간에 긴밀한 연락망이 구축되지 않은 점이었다. 심사숙고하던 총사령관이 다시 강혁을 찾았다.

"피전책에 따라 우리 부대는 오늘 밤 청산리 골짜기로 깊숙이 후퇴할 걸세. 모르긴 해도 아군의 피전책이 이미 맹부덕을 통해 일본군에 전달됐을 게야. 이제 적은 앞뒤 없이 한층 매섭게 우리 뒤를 몰아치겠지. 그러면 우리라고 매양 도망만 다닐 수 있나? 한바탕 붙어서 기세를 꺾어 놓아야만 왜군들도 독립군이 무서운 줄을 알지."

김좌진은 다음 상황을 훤히 읽고 있었다. 그래서 피전책을 따르는 척하다가 적의 허를 치려는 것이었다. 뒷말이 그를 또렷이 증명했다.

"이미 우리 쪽에서 지리를 차지했고, 또 적은 방심한 데다 무모하게 덤빌 테니 첫 싸움은 과히 걱정할 것도 없네. 게다가 우리한 테는 전술의 귀재인 철기까지 있잖아?"

김좌진은 갈수록 철기 이범석을 두텁게 여겼다. 물론 이범석이 운남의 강무 학교에서 배우고 익힌 바를 충분히 발휘해 총사령관을 훌륭히 보좌한 결과였다. 총사령관이 이범석의 전술을 운운할 때, 강혁은 자신의 시급한 임무가 무엇인지 대략 짐작할 수 있었다. 그것은 큰 틀에서 홍범도의 연합 부대와 협력 관계를 끌어내는 것이었다. 바로 전략적 측면이었다. 전략은 전반적인 방략과 꾀를 말했고, 전술은 전략을 구체적으로 수행하는 전투 방법이나 기술적인 면을 가리켰다. 첫 싸움을 자신한 김좌진은 한층 표정이 신중해졌다.

"이제 전투 한두 번으로 끝날 싸움이 아닌 게 문제야. 긴 안목으로 장기전을 염두에 두어야 할 걸세."

"그러자면 가장 시급한 문제가 연합 부대와의 협력이 아니겠습니까?"

"더 말해 무엇하겠나? 오늘 회의에서 부득이 피전책을 택하더라도 연합 부대와 우리 사이에 확실한 연락 체계를 구축하는 게 옳았어. 아마 연합 부대의 홍 대장께서도 그렇게 생각하실 걸세. 이제 피전책이 수립된 데다 일본군의 공세가 거칠어지면 장차 상황이 어떻게 전개될지 알 수가 없네. 행여 고립된 부대만큼 위험한 게 어디 있겠나? 그리고 어느 한쪽이 고립된 부대가 된다는 것은 곧 다른 부대가 고립무원이란 뜻과 상통하거든. 물자와 정보 따위를 공유하며 때로는 공동 작전을 펼쳐도 시원찮을 판에, 고립은 바로 최악의 경우가 아니겠는가?"

김좌진이 첫 싸움은 떼 놓은 당상처럼 말할 때 강혁은 나름의 결심을 했다.

"우리 부대가 다음으로 향할 곳은 아마도 이도구 쪽이 아닐까 싶습니다. 그때 다시 부대에 합류하더라도, 저는 지금 이도구의 연합 부대로 가서 협력 문제를 풀면 어떨까 싶은데…."

"역시 와룡 선생이야. 그렇게만 해준다면 걱정할 것이 뭐가 있겠나? 헛포수가 인근 지리에 밝으니까 정찰 겸 연락 간부로 삼을 작정이네. 와룡 선생도 홍 대장께 부탁해서 정 의병을 이쪽으로 활용토록 해보게. 와룡 선생은 홍 대장의 신임이 너무 두터운 게 탈 아닌가, 허허허."

그제야 김좌진이 크게 안도하는 표정을 지었다. 하긴 이런 날을 위해 강혁을 데리고 반일무장 단체 지도자 회의에 참석했고, 또 서신 심부름도 시켰던 것이다. 모두 북로군정서 총사령관의 심모원려였다. 김좌진과 의논을 맞춘 강혁은 곧장 길을 잡았다. 홍범도를 오래 경모해온 정 의병도 동행했다. 청산리 입구에서 이도구의 어랑촌까지는 거의 한나절 거리였다. 강혁을 본 홍범도는 처음엔 긴장했으나 말을 나눈 뒤에는 크게 무릎을 쳤다. 피전책을 떠나 전투가 불가피하다는 사실을 누구보다 잘 알고 있었기 때문이다.

홍범도는 연합 부대를 와룡구 골의 완루구(完樓溝)에 배치했다. 어랑촌의 서북쪽이었다. 이미 한 달 전쯤에 부대를 이끌고 온 홍범도는 이도구 지리에도 밝았다. 그런 이도구는 기독교 교세가 강했다. 한편 김좌진은 적개심에 불타는 젊은 지휘관들을 달래, 그날 밤에 청산리 골짜기 입구에서 저 위의 싸리밭골 마을로 이동했다. 대략 30리 행군 거리로 산중에서는 제법 멀찍했다.

첫 승리를 위해 김좌진은 작전 계획을 완벽히 수립했다. 용병의 큰 법칙은 먼저 모략을 꾸미고 그다음에 작전하는 것이었다. 강한 적을 무모하게 공격할 수는 없으니 모략은 일단 유인 쪽으로 초점을 맞추었다. 적에게 좌우되는 것이 아니라 적을 좌우할 작정이었다.

김좌진은 일본군 선두 부대를 박살 낼 장소를 정했다. 안개가 자주 끼는 백운평 마을을 지나 직소(直沼)가 있는 곳으로, 전번 답사 때 강혁이 감탄을 금치 못했던 바로 그 절벽이었다. 당연히 김좌진도 검정말을 타고 인근 지리를 탐사했다. 과연 적을 유인해 들일 수만 있다면 절벽 주변이 매복전을 펼치기에는 더없이 좋은 장소였다. 김좌진은 병가(兵家)에서 꺼리는 우유부단함이 없었다. 용병에 있어서 이럴까 저럴까 하는 망설임보다 더 해로운 것은 없으며, 화(禍)는 일쑤 의심에서 생겨난다는 것을 잘 알기 때문이었다. 김좌진은 입술을 꾹 깨물며 전의를 다졌다.

'피전책으로 일관하면 적의 기세만 올려준다. 이제 피할 수 없는 싸움이다. 그렇다면 싸움은 반드시 이겨야만 한다. 어떻게 시작하고 어떻게 기른 군사들인가. 지난 10년간의 치욕을 씻지 못하고 도리어 왜적에게 꺾이기라도 한다면 장차 동포들에게는 어떻게 고개를 들겠으며, 죽더라도 무슨 낯으로 선열을 대할 것인가. 더구나 이곳은 민족의 성산인 백두산이 아닌가. 장차 군사들에게 자신감을 심어주기 위해서라도 첫 싸움은 반드시 이겨야만 한다. 아니, 싸우기 전에 이미 이겨놓고 싸울 것이다.'

김좌진은 싸움에서 이기는 방법을 아는 지휘관이었다. 싸울 수 있는 경우와 싸워서는 안 될 경우를 알고 있으며, 많은 병력과 적은 병력의 사용법에 대해서도 밝게 알았다. 싸움의 승패를 가름하는 주요 관건이 일쑤 인간의 능력을 발휘하는 여부에 있다는 것도 명확히 알았다. 그런 면에서 지금 군사들의 기세와 사기는 더 바랄 것이 없었다. 평소의 정신 교육 덕분이었다. 군사들은 입만 열었다 하면 일본군을 깨뜨리는 이야기밖에 없었다. 기세를 떨치는 쪽에 승산이 높은 것은 당연했다. 김좌진은 사방에 정찰병을 띄워 적의 동정을 자세히 파악했다. 충신장의 일본군이 마침내 추격에 나섰다는 전갈이 왔다. 말똥을 집어서 이동 시간을 재며 접근 중이라는 정보였다.

20일의 이른 아침이었다. 싸리밭골의 김좌진은 작전상 부대를 둘로 나누었다. 제1 제대는 자신이 직접 거느리고, 연성소 졸업생을 중심으로 한 제2 제대는 연성대장인 이범석에게 지휘를 맡겼다. 총사령관이 지시했다.

"이제 동포 마을을 떠납시다."

울창한 산림을 행군한 김좌진은 마침내 백운평 직소에 도착했다. 청산리 골의 끝으로 부대가 매복할 진지였다. 곧바로 세밀하고 능률적인 매복이 시작되었다. 골짜기의 끝 지점인 전면 산기슭에는 김좌진의 제1 제대가 배치되었다. 상대적으로 전투력이 약한 부대였다. 그리하여 끝 지점에 이르기 전의 양호한 진지, 즉 깎아지른 듯한 양쪽 절벽에는 제2 제대를 집중적으로 배치했다. 나중에는 후방 공격수가 될 첨병까지 자리를 잡고 기관총 부대를 적절히 운영하는 꼼꼼한 매복이었다. 제2 제대는 십리평의 연병장을 쩌렁쩌렁 울린 최정예 병력이었다. 이들은 일본군을 필요 이상 두려워하지도 않지만, 절대로 얕잡아보지도 않았다.

매복이 진행되는 동안 김좌진은 유인 부대를 운영했다. 한데 봉오동에서 홍범도가 취한 유인법과는 방법이 달랐다. 쥐도 매번 같은 먹이로 유인할 수 없듯이 아무리 허술한 일본군이라 해도 속지 않을 수가 있었던 때문이다. 차림새가 일반 농부로 바뀐 여남은 군사가 김좌진의 말을 경청했다. 무겁게 고개를 끄덕이는 군사들은 진중한 중년층이었다.

"무엇보다도 우리가 일찌감치 이동한 줄 알고 왜군이 스스로 추격을 포기하면 말짱 허사가 됩니다. 따라서 여러분은 각자 마을 앞을 어슬렁거리다가 적이 묻거든 단지 거짓 정보만 흘리면 됩니다. 굶주리고 쫓기는 듯한 군사들이 얼마 전에 지나갔다고 하면 왜놈들은 추격에 한층 더 열을 올릴 것 아니겠어요? 마을 앞을 어슬렁거리되 주의할 점은 마을 사람처럼 행동이 지극히 자연스러워야만 합니다."

농부 차림의 군사들이 직소에서 다시 마을을 향해 내려왔다. 그들은 매복지 아래인 백운평과 싸리밭골, 그리고 평양촌 마을에 각각 머물렀다. 거짓 정보를 흘리는 일 외에 중요한 임무는 또 있었다. 일본군이 도착하기 전에 말랑말랑한 말똥을 길에다 뿌리는 것이었다. 일본군은 여전히 독립군을 오합지졸로 얕잡아보았다. 거기다가 오합지졸이 허겁지겁 도망치기에 바빴다면 어떤 마음으로 뒤쫓겠는가. 경적필패(輕敵必敗)는 오랜 명언이었다.

군정서 부대가 진지를 구축하고 매복이 끝날 무렵 황혼이 몰려왔다. 마치 핏빛처럼 붉으면서 장엄한 황혼이었다. 10월 20일은 음력 9월 9일로 중양절(重陽節)이었다. 중양은 양(陽)이 겹친다는 뜻이었다. 가을밤은 자꾸만 깊어갔다. 높은 하늘에는 달이 가는지 구름이 가는지 걸음이 빨랐다. 겨울 속으로 몇 걸음 내디딘 절기라 산중의 밤기운은 급격히 떨어졌다. 마른나무와 고자 등걸로 여기저기서 화톳불이 피어오르고 병사들은 두꺼운 낙엽에 몸을 묻었다. 밤은 한밤중으로 더욱 깊어갔다. 긴장감으로 수군대던 연성소 졸업생들도 하나둘 꿈속으로 빠져들었다.

노병인 나중소는 대한제국의 간부 군인들과 함께 계속 화톳불을 지켰다. 평소보다 밤이 한결 길게 느껴지는 것은 당연했다. 복잡한 머릿속은 20여 년 전으로 거슬러 올라갔다. 당시 어느 국경 전투에서 청나라 군대를 크게 두들기자 사람들이 얼마나 통쾌히 여겼던가. 매양 당하는 사람의 한은 깊어지게 마련이었다. 참으로 두고두고 되새겨도 나중소의 가슴을 뿌듯하게 만드는 전투였다. 한데 나라는 결국 일제에 의해 결딴나고 말았다. 단군 이래로 다시없는 치욕이었다. 나중소는 자꾸만 기력이 쇠잔해지는 것은 정신력으로 이길 수 있었다. 그리하여 무작정 만주로 달려왔다. 오직독립 전쟁에 대한 집념 하나로 생도 교육과 훈련에 남은 역량을 모두 쏟아부었다. 과연 소기의 성과를 거두었는지는 이제 날이 밝으면 명확히 알 수 있었다.

나중소는 문득 상념에서 깨어났다. 시를 읊조리는 소리가 들렸기 때문이다. 한시에 일가견을 지닌 총사령관의 비서 이정이 주인공이었다. 흘러가는 달을 쳐다보며 즉흥시를 읊고 있었다.

나뭇잎 떨어져 산 모습 조용한데
하늘이 높아 보이니 달빛 더욱 밝구나
장사의 마음속은 말의 무리가 달리는데
날 새길 기다리자니 밤이 이리 길구나

새벽달과 높이 뜬 별빛에 구식 군인들의 입담도 차츰 잦아들었다. 마침내 동쪽 하늘이 희붐하게 밝아왔다. 1920년 10월 21일이었다. '독립 전쟁의 해'로 명명된 경신년의 늦가을이었다. 길면서 짧은 밤을 보낸 군사들은 이윽고 전투 준비에 들어갔다. 아침 식사는 따로 없었다. 신속한 이동을 위해 군량을 줄이기도 했지만 적이 한창 몰려온다는 전초의 보고가 있었기 때문이다. 군사들은 소나무와 잣나무 가지로 위장하고 천연 은폐물에 몸을 숨겼다. 장전된 총을 다시 점검하고 손에서 가까운 곳에 탄약 2백 발씩을 두었다. 어느 순간 일체의 잡담이나 흡연이 금지되었다. 직소에서 물 떨어지는 소리가 한결 크게 들린다. 매복한 군사들은 오직 총구가 향한 저 아래 공지 쪽만 노려본다. 엊그제까지 핏빛 단풍으로 뒤덮였던 산은 그사이 잎을 거의 떨군 상태였다.

일규는 제2 제대의 지휘부에 속했다. 최일선이었다. 일규는 홍분과 긴장감으로 한층 몸이 옥죄었다. 결국, 일본군과 맞닥뜨리는 것인가. 머릿속에 각인된 일본군의 모습은 하나였다. 추석 무렵에 의병 대장인 막내 삼촌을 무지막지하게 끌고 간 일본군이었다.

해가 동산 위로 제법 솟구쳐 올랐다. 9시가 다 되었다. 하마나 하마나 하며 기다리던 적이 하나둘 공지에 나타난다. 완전 군장을 한 모습이었다. 야스가와(安川) 소좌가 인솔하는 보병 제73연대의 전위 부대였다. 한데 일본군은 봉오동에서 그렇게 호되게 당하고도 산악전을 별반 대비하지 않은 것 같았다. 묵직한 외투에다 여전히 미끄럽고 둔한 가죽 군화 차림새였다. 그에 비하면 홑옷에다 미투리 신의 독립군은 한층 몸놀림이 가벼울 수밖에 없었다. 거기다 몸에 지닌 전투 장비라고는 3백 발의 탄띠가 전부였다.

카키색 군복이 계속 공지로 들어선다. 외줄로 늘어서서 전진은 하지만 속도가 붙지 않았다. 휴대용 건빵까지 씹어 가며 전진하는 것이 경계심이라고는 조금도 없었다. 독립군을 깔봐도 너무 깔본 행동이었다. 하긴 '조선 독립을 빙자하여 떠돌아다니며 난동을 부리는 부랑자'인 그깟 불령선인이 두려우면 얼마나 두렵겠는가. 봉오동 전투에서 패한 것은 단지 재수가 없었을 따름이었다. 아니면 한 번 실수는 병가지상사였다. 공지 주위에 일본군이 자꾸만 불어난다. 이제 2백 명쯤 되는 것 같았다. 양쪽 절벽의 수백 자루 총구는 일본군 하나하나와 일직선을 그었다. 선이 수없이 교차되었다. 원한과 분노의 선이었다.

탕!

일선 중앙에서 한 방의 총소리가 울렸다. 사격 신호탄이었다.

곧바로 사나운 쇳소리가 온 산을 쩌렁쩌렁 울린다. 원한이 점점이 박힌 총탄 하나하나는 피 맛을 원했다. 청산리 전투의 시작인 백운평 전투는 그렇게 막이 올랐다.

말을 탄 야스가와 소좌는 사격 신호탄의 제물이 되었다. 전위 부대는 단번에 지휘관을 잃고 말았다. 일본군이 그것을 똑바로 감지하기도 전에 총알이 빗발친다. 각자 살길을 찾아 일본군이 사방으로 쫘악 흩어진다. 절벽 아래 공지는 숨을 만한 장소가 드물었다. 일본군이 이리저리 몰려다니는 가운데 어김없이 명중탄이 날았다. 일본군도 총질이 전혀 없지는 않았다. 그러나 얼결에 방아쇠만 당기는 헛총질이었다. 당연히 전투 대행이 어쩌고저쩌고할 겨를도 없었다.

예전에 강혁과 일규를 사령부로 안내했던 건장한 텁석부리는 아예 때를 만났다. 기관총 부대에 소속되었다. 그는 함께 하늘을 일 수 없는 원수들을 향해 기관총을 난사했다. 기관총 탄띠에는 250발의 탄환이 들어있었다. 눈 깜짝할 사이에 탄피가 수북이 쌓였다.

꺼엉, 꺼겅, 껑…

화약 냄새를 맡은 꿩이 여기저기서 날아든다. 봉오동 전투를 시작으로 이제 일본군의 떼죽음 현장에는 어김없이 꿩들이 조문객으로 날아왔다.

"만세! 만세!"

"이겼다! 우리가 이겼다!"

불과 반 시간도 못 돼 일본군 전위 부대는 거의 전멸했다. 뒤야 어찌 되든 말든 일단 도망친 병사만 살아갔다. 북로군정서 부대의 첫 승리는 너무도 완벽했다. 믿기지 않는 대승리에 군사들은 서로를 끌어안았다. 만세 함성은 온 산을 메아리쳤다. 이 무렵 김좌진은 다시 종합적인 정찰 보고를 받았다.

"적의 본대가 가까이 접근 중이며, 북쪽 이도구 방면의 일본군은 봉밀구(蜂蜜溝)를 우회하고 있습니다. 무산에서 두만강을 건너온 적 일단도 석인구(石人溝)를 지나 노령(老嶺)을 향해 전진 중이라고 합니다."

봉밀구를 우회하는 일본군은 야마다 연대에서 갈린 나카무라 대대로, 군정서 독립군의 퇴로를 차단하려는 것이었다. 또 무산에서 북상하는 부대는 용산의 20사단 소속이었다. 일본군의 의도는 뻔했다. 백두 산록이 자리 잡은 안도현이나 북쪽의 돈화현으로 이동하는 것을 저지하여 군정서 부대를 일망타진하려는 것이었다. 김좌진은 부석부석한 얼굴을 손바닥으로 문지른다. 잠이 부족한 눈은 빨갛게 충혈되어 있었다.

제73연대의 전위 부대가 소멸하고 한 시간쯤 뒤였다. 마침내 야마다 대좌가 본대를 이끌고 나타났다. 일본군은 전위 부대의 참패를 아는지라 섣불리 공지 안으로 들어서지 못했다. 궁하면 쥐도 난다고 그래도 나름의 작전을 들고 나왔다. 밀집 횡대를 여러 줄로 배치한 뒤 제대 돌격을 감행했다. 감히 공지에는 발을 들여놓지 못한 연대장이 뒤쪽에서 악을 썼다.

"상대는 불령선인 조무래기들이다. 인정사정 볼 것 없이 그냥 확 쓸어버려라!"

앞 물결이 스러지면 곧바로 뒷물결이 들이닥쳤다. 끝없이 밀어닥치는 카키색의 물결이었다. 일본군의 중무기인 기관총과 산포(山砲) 소리는 산을 뒤흔들어 놓았다. 인해전술 작전이 전혀 효과가 없는 것은 아니었다. 그렇지만 너무도 무모한 공격이었다. 상대가 높은 구릉에 진을 치고 있으면 쳐다보며 공격하지 않는 것은 상식이었다. 그런데도 야마다 연대장은 여전히 독립군을 깔보는 정도를 넘어, 병가에서 금기로 여기는 짓을 태연히 저질렀다. 마침내 그런 무모한 공격은 마치 모닥불에 나방이 타 죽듯이 허다한 자신의 부하들만 땅바닥에 나뒹굴게 했다. 그에 반해 독립군은 양호한 진지에서 명중탄만 퍼부었다. 부대의 행동이 이미 하나로 통일되어 용감한 자도 혼자 전진하지 않고, 비겁한 자도 홀로 후퇴할 수 없었다.

제2 제대가 발악적인 일본군에 맞서 고군분투하고 있는데, 문득 이범석에게 총사령관의 명령이 전해졌다. 내용은 이러했다.

"봉밀구를 우회한 적의 기병 일단이 한 시간 뒤면 백운평에 도착할 수 있다. 그렇게 되면 우리의 퇴로가 차단될 위험이 있어 제1 제대는 지금 이도구 방면으로 철수한다. 제2 제대는 현 진지에서 철수를 엄호하라. 그러다가 제2 제대도 단계적으로 철수한 뒤, 밤 2시 이전에는 이도구의 갑산촌에 도착하라."

이범석은 얼른 회중시계를 보았다. 전투를 개시한 지 2시간쯤 흘러 11시였다. 청산리 백운평에서 갑산촌은 150여 리 떨어졌을 뿐만 아니라 험산 준령의 산길이 행군 노정이었다. 이때부터 제2 제대는 김좌진이 부대를 이끌고 철수하는 것을 엄호했다. 처음부터 전투력 약한 부대는 삼림 속에 매복한지라 철수는 그다지 어렵지 않았다. 김좌진이 거느린 군사를 무사히 철수시키자 제2 제대도 일 개 중대씩 철수를 시작했다. 대승을 거둔 뒤의 주도적인 철수였다.

마침내 백운평 전투는 끝이 났다. 일본군은 대략 3백 명이 꺾였고 독립군도 20여 명이 희생되었다. 안타깝기 그지없지만, 중무기로 끝장을 보려고 덤빈 일본군인 것을 참작하면 그나마 최소한의 손실이었다. 첫 승리를 완벽하게 쟁취한 뒤 철수 길에 오른 독립군은 군가 소리도 드높았다.

백두산의 찬 바람은 불어 거칠고
압록강 얼음 위엔 은월이 밝아
고국에서 전해오는 피비린내
분하고 원통하다 우리 동족들
맹세코 싸우고 또 싸우리니
장렬한 전사를 하게 하소서

제목이 '기(祈) 전사가(戰死歌)'였다. 싸움터에서 장렬한 죽음을 맞게 해달라고 기원하는 노래였다. 따라서 어떤 세속적인 타령과는 벌써 질이 다른 노래로 별곡(別曲)이었다. 바로 만주 땅 청산리에서 부르는 청산별곡이었다. 고려 시대의 노래인 청산별곡은 속세를 떠나 산과 바다를 떠돌면서 자신의 처량한 신세를 읊은 노래였다. 살어리 살어리랏다. 청산에 살어리랏다. 멀위랑 다래랑 먹고 청산에 살어리랏다. 얄리 얄리 얄라셩 얄라리 얄라. 독립군이 부르는 청산별곡은 어떤 비장미(悲壯美)는 느껴질망정 처량한 신세와는 거리가 먼 노래였다. 그러나 고려 가요의 청산별곡처럼 독립군도 머루는 따 먹었다.

철수에 성공한 군정서의 제2 제대는 마천령(摩天嶺) 고개에 올랐다. 구름 속의 봉우리를 오르자 높은 하늘은 한층 푸르고 골짜기가 굽이친 백두 산록이 눈 아래 펼쳐졌다. 군사들은 너나없이 모두 기진맥진했다. 생사를 넘나드는 한나절의 격전으로 몸은 쓰러질 듯 피곤한데 기갈(飢渴)까지 들었던 때문이다. 기갈이 들어도 배고픔은 오히려 참을 수 있었다. 한데 타는 듯한 목마름은 한층 견디기 힘든 고통이었다. 거기다 임시로 만든 담가(擔架)에는 중상의 전우까지 실려 있지 않은가. 중상의 전우도 오직 한 모금의 물을 소원했다. 군사들은 피로와 추위, 기갈이라는 이중 삼중의 고통을 겪었지만 오직 정신력 하나로 버티며 산봉우리를 행군했다. 그때였다. 갑자기 크게 외치는 소리가 들렸다.

"머루다, 머루!"

삼국지에 나오는 조조의 꾀가 아니었다. 대군이 행군 중일 때 물이 모자라 군사들이 목말라 하자 간웅(奸雄) 조조는 꾀를 냈다. 채찍으로 앞을 가리키며, 저기 매화 숲이 있다고 거짓으로 외쳤다. 그 말을 들은 군사들은 자연 매실의 신맛이 연상되어 한결같이 입에 침이 돌았고, 그 때문에 잠시 갈증을 잊을 수가 있었다. 한데 지금은 정녕코 거짓말이 아니었다. 발견의 기쁨과 놀라움에서 외치는 소리였다. 구원의 고함이었다. 마치 갈증에 허덕일 독립군 자손을 위해 시조인 단군 할아버지가 민족의 성산에 미리 안배라도 해둔 듯이 머루는 산등성이에 지천으로 널려 있었다. 고맙고 눈물 나는 머루였다. 설사 보석이라도 지금의 머루보다 값질 수는 없었다.

행군 중의 일규는 내내 침울했다. 특별한 지인이 희생된 것이 아닌데도 그랬다. 알고 보면 일규는 지금 큰 자책감에 빠져 있었다. 사실 백운평 전투에서 일규는 아까운 실탄만 낭비했다. 적이 몰려오자 총구를 겨냥하고도 막상 방아쇠를 당길 수가 없었다. 살인에 대한 원천적 거부감 내지는 희미한 동정심의 발로였다. 사람을 죽인다는 게 그토록 어려울 줄은 미처 몰랐다. 의병 대장인 삼촌이 일본군에게 개 끌리듯 끌려가는 장면을 떠올려도 결과는 마찬가지였다. 그렇다고 총질까지 안 할 수는 없어 결국 엉뚱한 방향으로 헛총질만 하다가 철수 길에 올랐다.

군정서 부대가 청산리 백운평에서 귀중한 첫 승리를 쟁취하고 갑산촌으로 이동 중인 21일 오후였다. 이 무렵 완루구에 주둔 중인 홍범도 연합 부대도 마침내 적을 맞았다. 일본군한테 있어 홍범도의 존재는 그야말로 심복지환이었다. 의병장으로 비장군이라 불리며 군경의 간담을 서늘하게 만든 것이 벌써 언제 적 얘긴가? 그뿐인가, 지난 기미년부터는 여차하면 강을 건너와 다시금 군경을 떨게 하더니 급기야 봉오동에서는 무적의 황군 수백 명을 까마귀밥으로 만들어버렸다. 그런 홍범도인 만큼 일본군은 어떡하든 이번 기회에 불령선인의 수괴를 족치려고 단단히 작정했다.

연길과 화룡현의 독립군 토벌을 책임진 제37여단장 아즈마는 총지휘부를 와룡구 골의 어랑촌으로 옮겨왔다. 완루구에 주둔 중인 홍범도의 연합 부대를 겨냥했던 것이다. 보병과 기병, 그리고 포병과 공병까지 곁들인 주력 부대를 아즈마 소장이 직접 지휘하고 나섰다. 일거에 끝장을 내려는 심산이었다. 홍범도가 기습과 매복전의 대가라는 사실을 잘 아는 아즈마는 나름대로 신중했다. 그래서 이번에는 화공책을 들고 나왔다. 먼저 중요한 통로의 목마다 미리 기관총 부대를 배치한 뒤 독립군이 주둔 중인 산에다 불을 질렀다. 불을 피해 독립군이 뛰쳐나오면 그때 기관총으로 마무리 짓겠다는 속셈이었다. 뿐만이 아니었다. 미리부터 승리감에 도취한 아즈마는 자신의 계략에 완벽을 기했다. 완루구의 산 양편으로 군사들을 투입했다. 남북 협공으로 포위망을 좁혀 독립군을 몰아내려는 계산이었다. 아즈마는 제법 회심의 미소를 지었다.

"고양이도 쥐 잡을 때는 울지 않는 법이다. 제군들은 오늘 최선을 다해서 불령선인을 일망타진하라!"

일견 작전이 그럴듯했다. 그러나 모름지기 일이란 세밀하고 교묘한 수법을 쓰면 성공하지만, 거칠고 미련한 수법은 종종 실패를 맛보기 마련이었다.

산골짜기에는 화염이 치솟는 데다, 정찰병의 보고로 홍범도는 적의 의도를 간파했다. 수뇌들이 한자리에 모이자 연합 부대 총사령관이 의견을 구했다.

"우리가 주둔 중인 산에 왜적이 불을 지르고 양편으로 쳐들어온답니다. 어떻게 대처하면 좋겠소?"

홍범도의 눈길이 수뇌들을 일별했다. 처음부터 피전론보다 주전론을 펼친 무장들이라 일본군이 쳐들어와도 별반 동요하는 기색이 없었다.

"그놈들 참…. 너구리를 잡자는 것도 아니고 대체 뭣 하자는 수작이야?"

우렁찬 목소리의 주인공은 국민회의 안무였다. 황당하다는 듯 헛웃음까지 보인다. 적어도 아직은 여유 만만한 모습이었다.

"첫 싸움에서 왜적의 기를 꺾어 놓으면 좋은데, 워낙 대군이어서…."

홍범도가 입맛을 다신다. 이번에는 한 곁에 앉아 있는 청년에게 눈길이 오래 머물렀다. 역시 강혁이었다. 강혁은 연합 부대에 와서 이틀 밤을 보냈다. 그동안 김좌진의 뜻을 잘 받들어 두 부대 간의 협력을 이끌기 위해 정성을 쏟았다. 한데 사실 따로 노력할 게 별로 없었다. 총사령관인 홍범도가 협력을 위한 연락 체계 구축에 더 열성을 보였기 때문이다. 강혁의 얘기를 듣자마자 대뜸 처음 본 정 의병을 북로군정서와의 연락 책임자로 임명할 정도였다.

"에에 또, 헛포수가 미리 전서구라도 길렀으면 이럴 때 오죽 유용하게 쓰일까? 백두산 포수도 알고 보면 맹탕이야, 맹탕."

어제 군정서의 헛포수를 만나 공식적인 연락 체계를 구축한 정 의병이 강혁에게 농담조로 한 말이었다. 정 의병은 예전 의병에 뛰어들 때만큼이나 매사에 열정적이었다. 편지를 보내는데 쓸 수 있도록 훈련된 비둘기가 전서구(傳書鳩)였다.

연합 부대의 강혁은 곧바로 수뇌 회의에도 참석했다. 홍범도가 적극적으로 추천한 때문이었다. 그만큼 양 부대 간의 협력은 중요한 문제였다. 거기다 수뇌들이 전부터 신흥 출신의 뛰어난 젊은이에게 호감을 느낀 터라 모두 적극적으로 호응했다. 나이부터 시작해 연륜 등에서 차이가 큰 만큼 자연 강혁은 언행을 조심했다. 그러나 낭중지추(囊中之錐)라고, 주머니 속의 송곳은 뚫고 나오기 마련이었다. 불과 얼마 만에 강혁은 연합 부대에서 중요한 인물로 부상했다. 원래 총명한 데다 근대적 군사 지식으로 무장되어 수뇌들이 큰 신뢰감을 보였던 것이다. 전쟁터라는 특수 상황이긴 하지만 어쨌든 단숨에 신임을 얻은 것만은 확실했다.

대체로 무장들이 전술에는 밝았다. 그러나 전략 면에서는 젊은 용의 언질에 무릎을 치고는 했다. 지금도 홍범도가 강혁에게 은근한 눈길을 던지는 이유도 거기에 있었다. 대적을 눈앞에 둔 비상 국면인 만큼 강혁도 겸양의 미덕을 보이기보다는 나름대로 최선을 다할밖에 없었다. 모든 싸움은 정공법으로 대처하고 기계(奇計)로써 승리하는 것이 최상이었다.

"두 갈래 길로 나누어 공격해오는 적을 그들끼리 서로 맞붙게 만들 수만 있다면 더없이 좋겠습니다만….."

무장들의 은근한 독촉에 강혁이 먼저 큰 줄기를 잡았다. 머릿속으로 한 가닥 뚜렷한 계책이 떠올라도 굳이 밝히지 않았다. 언뜻언뜻 방향만 제시하면 전술에 밝은 노장들인 만큼 최선의 방책을 끌어낼 수 있었기 때문이다. 강혁의 암시를 거울삼아 의견을 쏟아놓던 수뇌들은 이윽고 모두가 수긍할만한 계책 하나를 뽑아 들었다. 만족한 웃음의 홍범도가 대미를 장식했다.

"모두 최선을 다해 잘 싸워 봅시다. 만약을 대비해 왜군 차림새를 준비한 것이 오늘 크게 쓸모가 있게 되었소이다."

연합 부대 중 한 부대는 언제든지 일본군 차림으로 위장할 수 있도록 준비가 되어있었다. 유격전을 예상한 사전 대비였다. 사실 더 큰 목적은 따로 있었다. 그것은 국내 진격전을 감행할 때 적을 철저히 농락할 요량이었다. 이 부대는 여차하면 도리어 국내 진격을 작정하고 있었다. 백두산의 두만강을 건너 낭림산맥(狼林山脈) 줄기를 타고 한반도 깊숙이 침투한 뒤, 그대로 일제에 날벼락을 안기는 작전이었다. 그것은 부대원의 옥쇄(玉碎)를 의미했다. 비록 부대원 전체가 전사할지라도 한민족을 다시 한 번 잠결에서 깨어나게 하고, 일제에는 조선 통치의 대가를 톡톡히 치르게 만들자는 것이었다. 그를 위해서는 반드시 위장이 필요했다.

수뇌들은 각오와 임무를 새롭게 다진 뒤 각자 자기 부대로 돌아갔다. 불길이 사방에서 치솟고 시커먼 연기가 하늘을 뒤덮자 일견 연합 부대가 위태로워 보였다. 그러나 여러 지휘관은 침착하게 작전 수행에 들어갔다.

일본군으로 위장한 소부대가 샛길로 빠져나갔다. 정찰병의 보고를 토대로 그중 화력이 약하고 한적한 장소에 있는 일본군 기관총 부대를 소멸한 뒤, 독립군의 퇴로를 확보하는 것이 위장한 부대의 임무였다. 안무의 국민회 부대는 남북 완루구의 중간쯤에 있는 고지로 향했다. 이어 밥 짓는 것처럼 연기를 적당히 피워 올려 멀리서도 주둔 사실을 알도록 행동했다. 그런 고지의 한쪽 측면에는 홍범도가 지휘하는 주력 부대가 매복했다. 오후의 늦은 시간이었다.

얼마 뒤 북쪽의 일본군이 먼저 고지로 밀어닥쳤다. 비록 많은 군사를 거느리지는 않았으나 실전 경험이 풍부한 안무는 유리한 고지를 이용하여 이를 잘 막아냈다. 마침내 기다리던 정보가 날아들었다. 남완루구의 일본군이 고지 가까이 접근했다는 내용이었다. 안무는 군사를 이끌고 홍범도가 매복한 반대 측면으로 슬며시 물러났다. 그러자 고지 점령을 못 해 안달이던 북쪽 일본군이 냉큼 산 정상을 정복했다. 고지의 주인이 바뀐 것은 당연했다. 그때부터 홍범도와 안무는 양 측면에서 정상의 일본군을 향해 맹공을 퍼부었다. 잠시 뒤에는 남완루구의 일본군까지 도착했다. 이들은 밥을 지어 먹은 고지의 독립군이 줄행랑을 치기 전에 끝장을 보려고 달려온 처지였다. 다시 말해 고지의 군사들이 독립군이라는 생각에는 추호도 의심할 여지가 없었다. 지금의 전투 상황은 고지의 독립군이, 맞은편에서 진격해오는 자기네 일본군과 격전을 치르는 것으로 지레짐작했다. 거기다 고지의 독립군은 일본군의 남북 협공은 꿈에도 모르는지 이편 남쪽은 아예 돌보지도 않았다. 이 얼마나 절호의 기회인가.

"날이 더 어둡기 전에 불령선인 놈들을 깡그리 소탕한다. 자, 전원 공격!"

일본군 지휘관은 눈에 불을 켜고 달려들었다. 홍범도를 사살하거나 포획하면 진급은 떼 놓은 당상이었다. 이 상황에서는 제아무리 나르는 홍범도 아니라 홍범도 할아버지래도 탈출은 불가능해 보였다. 행여 반대편에서 공격 중인 지휘관에게 큰 전공을 빼앗기기라도 하면 그도 억울한 노릇이 아닌가. 지휘관은 권총까지 휘두르며 독전(督戰)했다. 그 바람에 황군은 일찍이 없었던 맹활약을 펼쳤다.

고지의 일본군은 측면에서 공격해대는 독립군만으로도 정신을 차릴 수가 없었다. 한데 다시 한 부대가 맹렬히 덤벼들자 이번에는 그쪽으로 화력을 집중했다. 결과는 4백여 명의 일본군 전멸이었다. 당연히 독립군의 퇴로는 이미 마련되어 있었다. 군정서 부대의 백운평 승전에 이어 독립군이 거둔 두 번째 승리였다.

물어보자 동포들아 내 죄뿐이냐
네 죄도 있을지니 함께 싸우자
하나님 저희는 굽히지 않고
천만 대 후손의 자유를 위해
맹세코 싸우고 또 싸우리니
장렬한 전사를 하게 하소서

한편 이범석이 이끄는 군정서의 제2 제대는 피로와 굶주림, 그리고 살을 에는 듯한 추위와 맞서며 밤 행군을 계속했다. 달빛에 의지해 길도 없는 밀림 속을 끝없이 헤쳐나갔다. 동포들이 사는 곳이면 독립군은 어디에서나 환영을 받았다. 갑산촌 사람들은 함경도에서도 오지에 꼽히는 삼수갑산의 갑산에서 이주해 왔다. 그러나 동포의 정은 갑산촌도 예외일 수 없었다. 사방이 괴괴한 한밤중에 김좌진 부대가 들이닥치자 처음 갑산촌 사람들은 매우 놀랐다. 그러다 피로 얼룩진 홑군복에다 몸까지 언 독립군을 보고는 이내 상황을 짐작했다. 안쓰러운 얼굴로 방마다 불을 지피랴 음식을 장만하랴, 한밤중의 갑산촌은 때아닌 큰 손님을 맞느라 정신이 없었다. 한 노인이 안쓰러운 얼굴로 말했다.

"고추 벌레는 고추 매운 줄을 모른다더니, 우리 독립군이 여간 한 일은 고생으로 여기지도 않는구먼."

갑산촌에 먼저 도착한 김좌진은 표정이 내내 어두웠다. 자신들의 철수를 뒤에서 엄호한 제2 제대가 별다른 손실 없이 무사히 뒤따를지 걱정이 태산이었던 것이다. 한편으로는 사관생도 출신의 정예병들인 만큼 어느 정도 안심은 되었다. 그러나 도착 시각인 밤 2시가 가까워도 인기척조차 없자 온갖 불길한 생각이 김좌진의 머리를 어지럽혔다. 총사령관뿐만 아니라 누구도 밥알 한 톨 입에 넣지 않았다. 2시가 지났다. 총사령관의 초조감은 점점 극에 달했다. 그때였다. 문득 저 멀리서 환호성 소리가 들려왔다. 청산리 방면으로 마중 나간 군사들이었다. 김좌진은 횃불이고 뭐고 없이 그대로 밤길을 내달렸다.

"철기!"

"총사령관님!"

김좌진이 이범석을 덥석 껴안았다. 김좌진은 6척 장신에 거구의 몸이라 이범석이 품 안에 안길밖에 없었다. 횃불이 다가왔다. 총사령관이 상체를 떼어 이범석의 눈을 들여다보았다.

"이봐, 철기!"

김좌진은 이범석의 호만 불렀다. 눈시울에 어른거리는 빛은 눈물이었다. 이 순간에 무슨 다른 말이 필요하겠는가. 뒤이어 군사들이 속속 도착했다. 부대원들은 한동안 서로를 끌어안고 재회의 기쁨을 나누었다. 이를 바라보는 갑산촌 사람들까지 덩달아 눈물을 글썽거렸다. 갑산촌의 곳간이 다 열렸다. 구수한 기장밥은 그대로 이 세상의 음식이 아니었다.

"독립군 대장님! 나하고 잠시 상면 좀 합시다."

다시 돼지고기 냄새가 군사들의 코를 자극할 무렵에 마을 어른이 김좌진을 따로 찾았다. 이어 막걸리 두 주전자를 내놓으며 미안한 듯이 머리를 긁적였다.

"독립군 대장님! 마을을 다 뒤져도 이것밖에 없구려. 높은 사람들끼리 목이라도 조금 축이시오."

"참으로 고마운 말씀입니다. 그렇지만 우리는 지금 한창 왜군과 싸움을 벌이는 중이라 술을 입에 댈 수가 없습니다."

술을 못 마시는 김좌진이 정중히 거절했다. 예의를 차리는 줄로 여겼던지 마을 어른도 물러서지 않았다.

"꼭 그러시다면 맛있게 먹겠습니다."

사양하던 김좌진이 언뜻 뜻 모를 미소와 함께 선선히 술 주전자를 받았다. 얼마 뒤 널찍한 공터에 군사들이 집합했다. 한 곁에는 총사령관의 느닷없는 지시로 물을 채운 동이가 여럿 놓였다. 삶은 돼지고기가 나오자 김좌진이 군사들 앞에 섰다. 그다음은 술 두 주전자를 물동이에 골고루 부었다. 자신이 먼저 한 대접 떠 마신다.

"여러분! 고생하셨습니다. 정말로 여러분이 고맙고 자랑스럽습니다. 지금은 폐일언하고 술이나 한 잔씩 마십시다."

간부들이 나섰다. 먼저 병사들부터 동이의 술을 한 잔씩 떠준

304

다. 그러나 그것은 술이 아니라 그냥 맹물이었다. 한 곁에서 병사들을 이윽히 바라보는 김좌진의 눈에는 온갖 언어가 담겨 있었다. 전투를 승리로 이끈 데 대한 치하, 온갖 악조건 속에서 장거리 이동을 단행시킨 데 대한 미안함, 죽은 부하들에 대한 애도 등 끝없는 말이 그 눈 속에서 흘러나왔다. 이심전심이라고 병사들도 그런 총사령관의 마음을 읽었다. 물동이에 막걸리 두어 잔 탄 것을 어찌 술이라 하겠는가. 그러나 거기에는 맛있는 음식을 혼자 즐기지 않을 것이며, 반드시 군사들과 고락을 함께하겠다는 지휘관의 참된 마음이 녹아 있었다. 병사들은 그런 김좌진의 마음을 들이켰다. 그것은 절로 입에서 향기가 도는 약주였다.

이와 비슷한 일은 전에도 있었다. 옛날 어떤 훌륭한 장수가 선물 받은 술을 혼자 마시지 않고 물에 던진 뒤, 그 흐르는 물을 군사들과 함께 마셨다는 고사가 전해졌다. 하지만 그러한 고사를 아는 간부들이 더 숙연했다. 아무러면 옛일을 흉내 낸다고 어찌 저리 흉이겠는가. 더욱 중요한 것은 마음과 실천에 있었다. 더군다나 평소 김좌진의 부하 사랑은 종종 감동을 주고도 남았음에랴. 장수는 군대의 영혼이라는 말이 실감 나는 장면이었다.

"총사령관님! 이 친구는 그만 술에 취해 눈물을 질금거리는데 어떡할까요?"

고자질인 노병의 목소리도 물기로 축축했다.

찰진 기장밥으로 허기를 달랜 일규는 저만큼 달빛 아래 혼자 앉아 있었다. 온몸이 천근이지만 쉽사리 잠이 올 것 같지는 않았다. 백운평 전투에서 헛총질만 일삼은 자신의 비겁한 행동과 관련하여 자꾸만 자책감이 솟구쳐 견딜 수가 없었다. 누구는 사람을 죽이고 싶어 죽이겠는가. 이제 햇병아리 독립군인 연성소 졸업생들이 자신의 생사조차 도외시한 채 열심히 싸운 것은 확고한 신념을 지녔기에 가능한 일이었다. 한데 그들에게 침략을 극복한 역사를 가르치고 역대 장군들을 기린 자신은, 정작 왜적 원수를 무찌르기는커녕 도리어 남이 알까 봐 귀한 실탄만 낭비했던 것이다. 살생의 두려움과 어쭙잖은 동정심에 얽매여 대의조차 망각한 자신은 얼치기 독립군도 못 되었다. 실로 부끄럽고 또 부끄러운 짓이었다. 자신에게 환멸을 느끼던 일규는 이윽고 배정받은 방으로 돌아왔다.

일시에 추위와 배고픔이 해결되자 너나없이 한밤중이었다. 세상의 근심 걱정에서 해방된 듯 단잠에 빠진 사람들의 모습이 무척이나 평온해 보였다. 한 사람은 잠결에 중얼중얼하는 모습이 여전히 전투 중인 것 같았다.

벽에 상체를 기댄 채 주위가 익숙해지기를 기다리던 일규는 이윽고 주머니에서 종이와 몽땅 연필을 꺼냈다. 흐릿한 호롱불에 의지해 글을 또박또박 적어나갔다. 호롱불이 흔들릴 때 의지 가득한 일규의 눈빛이 잠시 흔들릴 때도 있었다. 다시 글을 살핀 일규는 종이를 차근차근 접어서 호주머니 깊숙이 찔러 넣었다. 그제야 눈빛도 고요해졌다.

한밤중에 멀리 갑산촌으로 이동해온 군정서 부대는 아직 지리나 주변 정황에 그리 밝지 못했다. 김좌진은 우선 급한 대로 보초와 정찰병을 운용한 뒤 잠시나마 눈을 붙이려고 자리를 잡았다. 일본군 유인을 위해 백운평으로 이동한 뒤부터 계속 뜬 눈으로 지낸 총사령관이었다. 한데 미처 자리에 눕기도 전에 마을 대표들이 몰려왔다.

"몸이 몹시 고단하지요? 그래도 이 일은 알고 계시는 게 좋을 듯싶어서 일부러 찾아왔습니다."

"예, 괜찮습니다. 말씀하십시오."

"저편의 동포 마을인 천수평에 일본군이 떼거리로 몰려와 있답니다. 모두 말을 탄 놈들이라고 하네요."

다소 방만한 상태로 앉아 있던 김좌진이 얼른 자세를 고쳐 잡는다.

"그 천수평이 여기서 얼마나 됩니까?"

군사 지도를 자주 살펴서 대략은 알아도 확인 삼아 물었다. 의외의 상황에 놀란 것도 사실이었다.

"20리가 넘습니다."

역시 먼 거리는 아니었다. 김좌진의 피로에 찌든 육체가 편안함을 속삭였다. 그러나 곧바로 정신력으로 눌렀다. 근처에 숙영 중인 적은 기동력을 자랑하는 기병이었다. 기병은 적정 탐지가 주된 임무였다. 따라서 적의 기병을 없앨 수만 있다면, 당연히 없애는 것이 기동력을 떨어뜨리는 첩경이었다. 아무리 몸이 천근만근이라도 김좌진이 모른 척할 일이 따로 있었다.

간부 회의부터 소집한 김좌진은 곧바로 기병대 괴멸에 나섰다. 작전은 신속함이 제일이었다. 적의 힘이 아직 미치지 못한 빈틈을 타서 적이 미처 생각하지 못한 길을 경유하여 적이 경계하지 않는 곳을 공격하는 것이 최상이었다. 아직 새벽이었다. 막 꿀잠이 든 병사들은 깨워도 깨어나지를 못했다. 어제 아침의 긴장된 전투부터 시작해 조금 전까지 극한의 고통을 치른 육체들이 아닌가. 김좌진은 약해지려는 마음을 추스르며 병사들을 독려했다. 잠시의 편안함을 주기 위해 급한 불길을 외면했다가 나중에 전사한 부하들을 안고 그제야 눈물 흘리는 그런 용렬한 지휘관이 될 수는 없었기 때문이다. 일의 성사 여부를 떠나 일단 최선을 다하는 게 중요했다.

천수평 가는 길의 선두는 역시 이범석의 연성대 몫이었다. 새벽하늘에 반짝이는 별빛이 이범석의 총기 가득한 눈에서도 빛났다. 사방은 온통 하얀 서릿발로 덮여 있었다. 먼저 적의 소재와 지리 파악이 급선무였다. 이범석이 손전등으로 길바닥을 살폈다. 새로 징을 박은 말발굽이 길에 어지럽게 깔려 있었다.

"술도가에 있지요. 전부 말 탄 놈들입니다."

외딴 동포 집에서 이범석이 다시 정보를 수집했다. 이제 날이 새기 전에 현장에 도착하는 것이 급선무였다. 천수평의 일본군은 가노(加納) 대좌가 이끄는 기병 제27연대 소속이었다. 기동 순찰이 주 임무인 전초 중대로 중대장은 시마다(島田)였다. 이 전초 중대의 정보가 곧 일본군의 눈과 귀 역할을 담당했다. 그런 기병 중대가 군정서 부대의 접근을 까맣게 모르고 단잠에 빠져 있었다. 기병 중대는 운이 나빴다. 결코, 기동 순찰에 게으름을 피운 게 아니었다. 어젯밤까지 자신들이 수집한 정보에 의하면 군정서 부대는 저 멀리 청산리 인근에서 주둔 중이어야 마땅했다. 절대 이도구 부근에 출몰할 부대가 아니었다. 밤사이에 멀리 청산리에서 갑산촌까지 행군한다는 것은 상상 밖이었다. 거기다 갑산촌 사람들이 독립군의 정보원 노릇을 한 것도 불운에 속했다. 기병 중대의 결정적인 불운은 피전책이 아니라 되레 일본군을 토벌하려 드는 김좌진에게 걸려든 것이었다.

술도가의 토성 안과 주위에는 온통 말밖에 없었다. 일본군의 최고 자랑인 기병은 여기에 말을 매어놓고 민가에서 코 풍선을 터트리고 있었다. 인원은 정확히 120명이었다. 군정서 부대는 갈수록 호흡이 잘 맞춰졌다. 김좌진이 먼 곳을 가리키면 퇴로 차단이었고, 마을로 눈을 돌리면 정면 공격이었다. 이윽고 4백여 개의 총구가 일제히 천수평 마을을 향했다. 이제 말 그대로 전초 기병은 아닌 밤중에 홍두깨가 될 판이었다. 이범석의 연성대 80명이 정면 공격을 가하기 직전이었다.

"뭣 하는 놈들이냐!"

순찰하는 기병이었다. 한데 고작 하나였다. 사위가 고요한 어둑새벽의 천수평에 느닷없이 총소리 한 방이 크게 울린다. 저만큼 달아나던 순찰병은 그대로 말 등에서 나뒹굴었다. 이제 더 숨기고 자시고 할 것도 없었다. 연성대는 곧바로 총공격에 나섰다. 기동력을 없애기 위해 일부는 말이 묶여 있는 토성으로 달려가 총질을 하고, 한편에서는 놀라서 정신없이 튀어나오는 일본군을 차례로 눕혔다. 기병들은 꿈인지 생시인지 어리벙벙한 상태에서 저승사자에게 무더기로 끌려갔다. 그 와중에도 구사일생은 있었다. 몸이 잽싼 기병 4명은 말을 타고 끝내 탈출에 성공했다. 그들이 내뺀 곳은 모두 어랑촌 방향이었다. 독립군은 2명이 사망하고 다수가 다쳤다.

전투가 일단락되자 이범석은 먼저 말이 있는 토성으로 갔다. 그곳의 정황 역시, 일본군이 곳곳에 널브러진 마을 못지않게 처참했다. 말이 떼죽음을 당한 곳에 채 숨이 끊어지지 않은 몇 마리는 고통 속에서 애처로이 숨을 헐떡이고 있었다. 기병과 졸업에다 말에 대한 애정이 각별한 이범석으로서는 차마 눈 뜨고는 못 볼 광경이었다. 이범석이 권총을 뽑아 들었다. 말의 고통을 일찍 끝내주는 게 오히려 자신에게는 위안이 될 수 있었다. 그런 연성대장의 뇌리에 어제 청산리에서 겪은 참혹한 현장이 고스란히 떠올랐다.

"대장님, 저를 죽여주십시오. 제발 부탁입니다."

중상을 당한 부하이자 전우였다. 가망이 없었다. 고통스러운 전우의 외침이 다시 이범석의 귓속을 후비고 들었다.

"저는 나라와 민족을 위해 당당히 싸웠습니다. 지금 죽어도 여한이 없어요. 제발…."

이범석이 권총으로 말을 쏘았다. 어제처럼 자기도 모르게 눈물이 주르륵 흘러내린다.

이범석은 기병 중대장의 소지품을 검사했다. 장차 쓰임새가 좋을 듯한 망원경부터 목에 걸었다. 아직 겉봉투에 풀이 마르지 않은 작전 문서가 있었다. 중대장이 가노 연대장에게 쓴 보고서였다. 잠시 보고서를 훑어보던 이범석은 놀라서 눈이 동그래진다. 아즈마 지대의 총지휘부가 어랑촌에 주둔하고 있었던 것이다. 천수평과 어랑촌은 불과 20리 떨어졌다. 바로 지척이었다. 뿐인가, 방금 놓친 기병들은 어랑촌 본대로 줄행랑을 친 상태였다. 이범석이 급히 회중시계를 보았다. 7시였다.

"총사령관 각하! 곧 적의 대군이 밀어닥칠 것 같습니다. 이것을 보십시오."

이범석의 보고에 김좌진은 금방 표정이 굳어졌다. 예상 밖의 어려운 싸움을 직감한 때문이었다. 멀리서 얼마 전에 이동해온 관계로 정찰에 허점이 드러난 것은 당연했다. 이제 임기응변 외에는 달리 길이 없었다.

"여기 개활지에서 적을 맞았다가는 낭패다. 철기는 일각이라도 빨리 군사를 이끌고 저 고지부터 선점하라! 나도 바로 뒤따르겠다."

김좌진이 천수평 북쪽의 마록구(馬鹿溝) 언덕을 가리켰다. 이도구 밀림 지대는 높다란 산으로 둘러싸여 있었다. 그 가운데를 지나는 한 가닥 큰 길이 마록구 허리를 거쳐 어랑촌으로 통했다. 현재 독립군이 위치한 천수평은 이 길가에 있었다. 이범석의 연성대는 구보로 마록구 고지를 선점했다. 소수 부대일수록 유리한 지형의 선점은 거의 필수적이었다. 김좌진이 마록구에 도착하기 바쁘게 아즈마의 주력 부대도 꾸역꾸역 밀려들었다. 무슨 큰 구경거리라도 생긴 듯 둥근 아침 해가 동산에서 떠올랐다. 10월 22일의 아침이었다.

벌써 어랑촌 방면에서 포탄이 날아들기 시작한다. 포 소리가 은은히 울리는가 싶으면 어김없이 고지 주위에서 폭탄이 작렬한다. 주력 부대의 선두는 말을 탄 군사였다. 가노 대좌의 기병 제27연대로 새벽에 천수평에서 몰살된 시마다 중대의 본대였다.

"사격 개시!"

시마다 중대장이 사용하던 고급 망원경으로 적의 전진을 감시하던 이범석이 어느 순간 고함을 쳤다. 어랑촌 전투의 시작을 고하는 외침이었다. 연성대장의 일갈에 대기 중이던 화기가 일제히 불을 뿜는다. 그러나 이번에는 일본군도 한층 결사적으로 덤볐다. 거듭되는 패전에 지휘관이 발을 굴렀고, 같은 소속의 기병 중대 병력이 몰살당한 데 대한 분풀이도 겸했을 것이다. 줄기차게 날아드는 포탄은 흙더미를 공중으로 날린다. 파편 조각이 사방으로 튄다. 말을 탄 기병은 총질해대며 죽을 둥 살 둥 모르고 산을 짓쳐 오른다. 그럴수록 독립군이 더 명중탄을 쏘며 완강히 저항하자, 결국 기병은 한풀 꺾이고 이번에는 뒤따르던 보병이 밀고 올라왔다. 인근 주둔의 일본군은 이제 한곳으로 집중했다. 5천 명을 헤아리는 아즈마 지대와 6백 남짓한 군정서 부대 간의 정면충돌이었다. 적의 전위 부대를 유인하여 청산리 골을 피로 물들인 백운평 전투나 기습 작전으로 기마 중대를 전멸시킨 천수평 전투와는 격이 달랐다.

전황을 살피던 김좌진이 문득 헛포수를 찾았다. 자칫하다가는 적의 대군에 포위되어 고립되기에 십상이므로 연합 부대에 위급한 상황을 알리는 것이 중요했다. 이런 돌발적인 사태를 고려하여 꾸준히 연락망을 구축한 것이 아닌가. 날렵한 사냥꾼 차림의 헛포수는 총사령관의 명이 떨어지기 바쁘게 말고삐를 후린다.

"이제 김좌진 저놈은 독 안에 든 쥐다. 어제의 청산리 패전과 오늘 기병 중대가 몰살한 것을 생각하면 단 한 놈도 살려둘 수 없다.

전진, 전진하라!"

아즈마 소장이 지휘봉으로 연신 고지를 가리키며 입에 거품을 물었다. 처절한 혈전이었다. 북로군정서의 큰 자랑인 기관총 6문과 박격포 2문도 연신 불을 토했다. 밀리면 끝장이었다. 화약 냄새는 다시금 꿩을 불러들였다.

화력과 병력에서 절대 우세한 일본군은 작은 희생 따위는 아예 무시했다. 별다른 전술도 없는, 이름하여 사무라이 정신으로 막무가내의 전진만 있을 따름이었다. 여기저기서 파열음을 내는 포탄은 일본군 주력 부대의 공격을 적절히 엄호했다. 마침내 일본군은 마록구 언덕까지 들이닥쳤다. 그렇다고 쉽사리 진지를 내줄 독립군이 아니었다. 공격이 치열하면 그만큼 저항도 완강했다. 고지의 기관총이 쉴 새 없이 불을 뿜고 개인 화기는 고열로 총신이 벌겋게 달아오른다. 독립군은 자신의 안전 따위는 개의치 않고 명령에 따라 용감하게 싸웠다. 쉴 새 없는 전투와 행군으로 평소 같으면 몸조차 가누기 힘든 상태였다. 그러나 오직 정신력 하나로 진지를 사수하며 지휘관과 생사를 함께하려 들었다. 과연 걸출한 무인인 김좌진이 기르고 통솔하는 군사는 어디가 달라도 달랐다.

바람결에 김좌진의 모자가 저만큼 날아간다. 모자를 주울 틈도 또 생각도 없었다. 총사령관은 맨머리로 전투를 지휘했다. 이범석의 군도는 포탄 파편에 두 동강이 났다. 입 언저리에도 파편을 맞았는지 온통 피투성이다. 병사들은 그 자리에서 뼈를 묻을 작정인지 뒤를 두지 않았다. 결국, 화력과 병력에서 열세인 독립군이 공격받는 정면을 좁혔다. 임시방편이지만 다른 방법이 없었다. 그러다 끝내 저지선 한 곳이 적의 영향권 아래 들고 말았다. 진지로 수류탄이 날아들고 화기까지 집중되었다. 저항력이 현저히 떨어졌다. 백병전이 눈앞에 다가왔다. 군정서 부대의 최대 위기였다. 그때였다.

"이 원수 놈들아, 내 총알을 받아라!"

적의 영향권에 든 바로 곁의 진지에서 고함이 터졌다. 누군가 내달리면서 외치는 소리였다. 그는 선 채로 총을 난사한다. 제법 선두로 나서서 저지선을 돌파하려던 일본군 둘이 뒤로 벌렁 나자빠진다. 그중 하나는 비탈길을 떼굴떼굴 구른다. 주위의 일본군이 뜻밖의 사태에 주춤했다. 그러나 이내 상황이 파악되자 독불장군을 향해 총알을 집중시켰다. 순식간에 벌어진 일이었다.

"교관님!"

여남은 명의 연성소 졸업생이 일시에 구원병을 자처하며 내닫는다. 진지에서 뛰쳐나간 독불장군은 임일규, 바로 그였다. 결국은 일규도 쓰러지고 구원병의 기세에 눌린 일본군들도 자기 한목숨 건지기에 바빴다. 이로 인해 절체절명의 저지선은 사수되었다. 일규는 곧바로 구출되었으나 부상이 심각했다. 총알이 몸을 세 군데나 망쳐 놓았던 것이다. 일규는 진지 후방으로 옮겨지고 전투는 계속되었다.

고지의 독립군이 최후의 일전을 벌인다는 각오로 덤비자 끝내는 공격군이 물러날밖에 없었다. 하기는 불과 20분 사이에 3백여 명이 총알받이로 나뒹굴었으니 계속 무식한 방법으로 밀어붙일 수도 없는 노릇이었다. 그제야 숨 돌릴 틈이 생긴 독립군은 먼저 부상자를 돌봤다. 의약품이 너무나 빈약했다. 중상은 죽음이나 마찬가지였다. 조금 전에도 중상을 당한 병사가 자살을 택하는 처절한 장면이 연출되었다. 일규의 목숨도 바람 앞의 등불이었다. 지혈제와 붕대로 싸맸으나 상처를 입은 곳에서 계속 피가 배어 나오고 있었다. 부상자 문제가 심각해도 전투는 이제 서막이 오른 셈이었다. 전력이 절대 열세인 독립군은 이미 그조차도 많이 손실된 상태였다. 태양이 적에게 역광인 것은 여러모로 도움이 되었다.

독립군은 전열을 재정비하고 휴대용 건빵과 통조림으로 허기를 달랬다. 그것은 새벽의 천수평 전투에서 획득한 귀한 군량이었다. 김좌진이 비장한 목소리로 군사들을 독려했다.

"죽음을 각오하지 않고는 살기를 바랄 수 없다. 제군이 살기를 바라면 먼저 죽기를 두려워하지 말아야 한다."

정면 공격을 포기한 일본군은 우회하여 측면 공격에 나섰다. 기병이란 기병은 다 풀어서 퇴로까지 차단했다. 이에 대응하기 위하여 김좌진은 전술을 바꾸었다. 굳이 고지 사수가 목적이 아닌 만큼 적절한 지형을 찾아 진지를 옮겨가며 대응했다. 기동전으로 전환했던 것이다. 그런 독립군을 쫓아다니느라 일본군은 그야말로 혀가 빠질 지경이었다. 전력 손실은 말할 것도 없었다. 어랑촌 서편의 산 중턱에서 울리는 총소리는 끝날 기미가 없었다.

기동전을 펼치는 와중에 독립군도 점점 지쳐갔다. 선택의 폭이 자꾸만 좁아졌다. 위기의 순간이 점점 다가오고 있었다. 전장에 변화가 일기 시작한 것은 그 무렵이었다. 남측 능선에서 언뜻언뜻 총소리가 울렸다. 거침없는 총소리가 점점 요란해지고 일본군은 당황한 기색을 드러냈다. 아니나 다를까 지원군은 역시 홍범도의 연합 부대였다. 사기충천한 군정서 군사들이 함성을 지르며 기세를 올리자 이번에는 일본군이 주춤주춤 물러섰다.

완루구 전투에서 연합 부대는 협공해 오는 적끼리 교묘히 싸움을 붙여 통쾌한 승리를 거두었다. 이어 화광이 충천하는 삼림을 유유히 빠져나왔다. 일본군으로 위장한 소부대가 미리 확보해 둔 퇴각로였다. 통로의 목 지점에서 일본군의 기관총 부대가 긴장의 끈을 늦추지 않아도, 또 숲이 몽땅 불타버려도 연합 부대의 종적이 묘연했던 것은 당연한 일이었다.

총사령관 홍범도는 연합 부대를 청산리로 이끌었다. 거기에 주둔 중인 김좌진과 상의하여 아예 국내 진격전을 도모할 작정이었다. 양쪽 부대 간에 연락망이 구축되었으나 초기 단계였고, 비장군인 홍범도조차 군정서 부대의 이동 사실을 그때까지 몰랐다. 그만큼 김좌진의 이동 작전은 전격적으로 이뤄졌다.

"군정서 부대가 혈전을 펼친다는 데 당연히 힘을 보태야지. 그나저나 우리가 늦지는 않아야 할 텐데⋯."

땀투성이인 헛포수의 말이 채 끝나기도 전에 홍범도가 대뜸 말했다. 저만큼에서 달려온 안무도 시원스레 나왔다.

"정황이 어려워도 백야 총사령관이면 임기응변으로 잘 대처하고 있을 것입니다. 그동안 이강혁 교관의 활약이 컸는데 품앗이로 갚아야지요."

안무는 긴장 가득한 강혁에게 눈까지 찡긋거린다. 그동안 헛포수를 돕던 김용은 고지에서 날다람쥐처럼 이 진지 저 진지를 뛰어

다녔다. 지금은 사령부의 급사가 아닌, 일종의 전령병인 셈이었다. 급할 때는 군산 바닥에서 일본 아이들을 패주던 솜씨로 총알까지 날렸다.

일규는 눈을 감은 채 이따금 가느다란 신음만 흘린다. 헛포수와 함께 군정서 부대에 합류한 강혁은 그런 일규의 손을 꼬옥 쥔 채 먼 하늘을 우러렀다. 울렁거리는 마음을 진정시키며 친구를 살려달라고 간절히 빌었다. 대상은 대종교의 단군일 수도 있었고 하느님이나 부처님도 좋았다. 다만 초자연적인 힘의 도움을 받아 친구가 죽지 않는 것이 중요했다. 일규는 깨어날 기미가 없었다.

강혁은 문득 원진 도인이 준 환약에 생각이 미쳤다. 주머니 깊숙이 간직해온 약을 꺼내 수통의 물과 함께 일규에게 먹인다. 과연 얼마 뒤에 깜박거리던 일규의 눈꺼풀이 걷힌다.

"일규야! 내가 누군지 알겠어, 응?"

친구의 머리를 자기 무릎에 누인 강혁은 자기도 모르게 눈물을 떨구었다.

"강혁이 왔구나!"

띄엄띄엄 말했으나 알아들을 만한 목소리였다.

"일규야, 많이 아프지?"

"아까는 좀 아프더라. 지금은 이상하게 몸과 마음이 평온한걸."

"조금만 참아라. 싸움만 끝나면 온전히 치료할 수 있다. 알았지?"

"그런데… 우리 진지가 뚫렸나?"

"뚫리긴! 네가 우리 부대를 살렸다. 너 같은 독립군이 없다며 총사령관님이 나한테 치하를 하더라. 이제 너만 무사하면 돼. 일규야, 알았지?"

"응, 다행이구나. 이제 우리 제갈량이 와서 안심이다."

생사의 갈림길에서도 친구에 대한 신뢰는 변함이 없었다. 일규는 얼굴에 잔잔한 미소까지 띠며 재촉했다.

"전우들이 한창 싸우는 모양인데 너도 빨리 가봐. 나는 괜찮아. 그리고 지금 행복해."

"그러잖아도 가려던 참이다. 내가 올 때까지 조금만 참아. 알았지?"

"걱정하지 말라니까. 너나 몸조심해."

일규가 왼쪽 옆구리로 손을 가져간다. 거기에도 붕대가 감겨 있었다. 그때 독립군이 지르는 커다란 함성이 들려왔다. 일본군 지휘관이 말에서 굴러떨어졌던 것이다. 주춤주춤 일어선 강혁은 고개를 뒤로 돌려가며 전장으로 향했다. 일규는 그런 친구를 눈으로 배웅했다. 한데 그 눈이 자꾸만 감겨든다. 힘없는 고개도 점점 기울어진다. 그래도 강혁이 오기 전보다 한결 평온한 얼굴이었다.

홍범도의 연합 부대는 적절히 전진과 후퇴를 반복하며 측면에서 군정서 부대를 지원했다. 일본군은 도리 없이 병력을 분산하여 대처할밖에 없었다. 지금의 일본군은 전투력이 현저히 약화한 상태였다. 지원군을 기대할 형편도 못 되었다. 이미 가용한 병력은 모조리 투입된 상태였다. 싸움은 급전과 소강상태를 반복했다. 한데 일규한테 신경이 쓰였던 탓일까, 강혁도 그만 상처를 입었다.

총알이 다리를 스쳤다. 강혁은 처음 그런 사실도 몰랐다. 군복 바지가 피로 척척해진 뒤에야 비로소 눈치를 챘다. 큰 부상이 아닌 게 다행이었다.

"일규야, 눈 좀 떠라, 눈! 제발 부탁이다."

다리를 절룩거리는 강혁이 다시 일규 곁으로 돌아왔을 때, 그를 맞은 것은 싸늘한 친구의 주검이었다. 이내 강혁의 얼굴은 온통 눈물범벅이다. 피눈물이었다. 전우들의 사기를 생각해 강혁은 큰 소리로 울 수도 없었다. 그저 끄윽끄윽 속울음을 삼킬 따름이었다. 강혁은 친구의 소지품을 챙기다 문득 종이를 발견했다. 갑산촌 호롱불 밑에서 새벽에 일규가 쓴 것은 편지였다. 강혁을 향해 쓴 편지는 일종의 유언장이나 다름없었다. 강혁의 손에 들려진 편지도 피로 얼룩졌다. 내용은 이러했다.

사랑하는 친구 강혁아.

네가 이 편지를 보게 되면 나는 아마 이 세상 사람이 아니지 싶다. 그래서 작별을 고하며 몇 자 적는다. 나는 어제 왜적과 치른 첫 싸움에서 아주 비겁한 짓을 저질렀다. 나라와 민족의 철천지원수인 왜적을 향해 명중탄을 쏠 생각은 않고, 헛된 동정심이나 얄팍한 자비심 따위에 휘둘려 그만 귀중한 실탄만 낭비하고 말았다. 참으로 부끄럽기 짝이 없는 짓이었다. 그래서 나는 방금 단단히 결심했다. 그게 뭐냐고? 내 한 몸이 죽어 전우들에게 도움이 된다면 망설임 없이 그 길을 가는 것이다. 삶이 뭔지 그런 결심을 하니 회한 같은 게 남아, 사랑하는 친구에게 할 말을 전하고 싶다.

양반인 내 아버지 임봉학은 의병 대장으로 활약한 삼촌을 왜놈 손에 넘겼을 뿐만 아니라 지금도 고약한 친일파로 살고 있다. 그것이 늘 나에게는 큰 짐이었다. 생각하면 참으로 미욱하면서도 불쌍한 사람이다. 그래서 사랑하는 친구에게 부탁하고 싶은 것은 뒷날 아버지가 죗값을 치를 때, 그 아들은 만주에서 독립군으로 싸웠다며 극형만은 면하도록 변호해달라는 것이다. 우리 집에 대한 약도는 뒷면에 그려 두겠다.

망설임 끝에 고백을 하나 하마. 네 동생인 순복은 참으로 탐나는 처녀였다. 그러나 내 앞길이 순탄치 않을 것 같아 차마 마음을 드러낼 수가 없었다. 몇 자 적는다는 게 그만 넋두리가 길어지고, 행여 결심이 흔들릴까 두려움이 이는구나. 가슴 밑바닥에서 자꾸 할 말을 쏟아내지만, 어쨌든 너를 만난 것만으로도 나의 삶은 행복했다. 또 내 친구 제갈량이 있어 독립군의 장래는 밝다고 확신하는 바이다.

내 몫까지 열심히 싸운 전우들의 코 고는 소리가 자장가처럼 들린다. 나도 이제 졸음이 오는구나. 부디 몸 간수를 잘해서 나라와 민족을 위해 힘쓰다가 네가 이룩한 여러 일은 이다음에 하늘나라에서 들려주길 바란다. 내 소중한 친구야. 그럼 안녕히.

10월 22일 새벽 갑산촌에서 못난 친구 일규가 씀.

"일규야!"

마침내 강혁은 주위 사람은 아랑곳하지 않고 큰소리로 마구 울부짖었다.

오늘 어랑촌 전투는 피차 전면전이었다. 처음 일본군은 말몰이로 밀려온 뒤 이내 포병과 보병이 합세했고, 독립군은 군정서 부대의 고군분투에 연합 부대가 지원했다. 지금의 싸움은 고지나 진지 점령전이 아니며 오로지 상대의 전투력 소멸이 목적이었다. 그 와중에 본대의 이동을 엄호하던 군정서의 소대원 40명은 최후의 1인까지 싸우다 모두 전사했다. 기관총을 끄는 말이 쓰러지자 소대장은 자기 몸에다 기관총을 묶고 총알을 퍼붓다가 역시 장렬히 전사했다. 따라서 유리한 지형의 독립군을 향해 끝까지 인해전술을 고집한 일본군의 손실은 다시 말할 것도 없었다.

군정서 부대는 군량 보급에 소홀했다. 아니, 소홀하기보다는 부족했고 이동 간에 큰 짐이 되었다. 그래서 필요한 무기만 소지한 채 민첩하게 이동하여 동포들에게 의지할 작정이었다. 먹거리는 이동 중에도 어떻게 해결할 수 있지만, 총이나 탄약 보충 따위는 바랄 수 없기 때문이었다. 특히 탄약 고갈은 그대로 전투병의 생명과 직결되었다. 그리하여 연이틀 격전을 치르는 군사들은 제대로 먹지도 못했다. 그 이틀간의 식사라고는 갑산촌에서 밥 한술 뜬 것이 고작이었다. 나머지는 순전히 김좌진 총사령관의 특식인 막걸리 힘으로 버티는 형편이었다. 사실 치열한 전투가 벌어질 때는 배고픔을 의식할 틈도 없었다.

종일 굶주린 채 격전을 치르는 독립군을 위해 마침내 동포 아낙네들이 나섰다. 전장에는 포탄과 총알 소리로 요란했지만, 일본군을 피해 직접 산으로 올라와 음식을 권했다. 병사들이 싸우느라 경황이 없으면 아낙들은 주먹밥을 뜯어 한 입씩 넣어주기까지 했다.

후방의 동포들은 전화선만 눈에 띄었다 하면 마치 뱀이라도 만난 듯 동강동강 끊어버렸다. 그 선이 왜적의 귀란 사실을 똑똑히 알았던 때문이다. 그런 만큼 독립군에 필요한 정보나 지리 안내 따위는 기본에 속했다.

마침내 북만주의 가을 해가 서산에서 붉게 물들었다. 여단장인 아즈마의 얼굴은 그대로 흙빛이었다. 청산리의 군정서 부대가 새벽같이 천수평에 출몰했다는 정보를 접했을 때, 아즈마 소장은 처음 긴가민가했다. 보병치고는 그 기동성이 너무나 놀라웠던 때문이다. 그러나 아즈마는 이내 냉소를 지었다. 사실 독립군이 도망질에 나서면 추격이 쉽지 않을 뿐만 아니라 어쩌면 패배를 만회할 기회조차 없을까 봐 은근히 조바심을 내고 있었던 까닭이다. 한데 독립군이 자진해서 호랑이굴 속으로 뛰어든 게 아닌가. 아즈마로서는 고맙다 못해 가엾다는 생각까지 들었다. 그러나 지금의 정황은 전혀 예상 밖이었다. 곳곳에 널브러진 일본군 시체와 부상자들의 신음이 또다시 참패를 여실히 증명했던 것이다. 아무리 생각해도 믿을 수 없고 차마 믿기지 않는 패배의 연속이었다. 전사자 가운데는 오늘 선두로 독립군 닦달질에 나선 기병 제27연대장 가노 대좌도 포함되었다.

"궁지에 몰린 쥐는 고양이를 문다더니, 이거야 원…."

주요 지휘관을 집합시킨 아즈마 소장은 지휘봉으로 그들의 배를 쿡쿡 찌르며 으르렁거렸다.

"이런 패배는 일찍이 청나라나 러시아와의 전쟁에서도 없었다. 대일본 제국의 황군이 그깟 불령선인 조무래기한테 이토록 무참히 당한다는 것은 큰 수치다. 어둡기 전에 불령선인 놈들을 일망타진하라! 아니면 차라리 가노 연대장처럼 죽든지. 이렇게 멀쩡한 몸뚱이로 돌아올 생각은 말란 말이다. 내 말 알아듣겠나?”

아즈마 자신이 생각해도 이미 패배를 뒤집기는 불가능한 상황이었다. 일본군이 이제는 전투력 상실 수준에 이르렀기 때문이다. 아즈마는 다카시마 중장의 얼굴이 자꾸만 어른거렸다. 방금 자신이 그랬던 것처럼 노여움에 어쩔 줄 모르는 사단장의 얼굴이었다. 지금 눈앞에 펼쳐진 처참한 상황을 생각하면 아무래도 뒷일이 무사하긴 어려울 것 같았다. 지휘 책임을 물어 자신의 군복을 벗길지도 몰랐다.

‘전력 차가 월등한데 어째서 불령선인 놈들에게 계속 패배를 당하는지 참으로 모를 일이다. 이왕 지나간 일은 어쩔 수 없는 노릇이고 내일부터는 좀 더 세밀한 작전으로 놈들을 일거에 소탕해야만 된다. 문제는 설령 놈들을 일망타진하더라도 지금까지의 패전 책임을 면할 수 없다는 데 있다. 그렇다면 무슨 특별한 조치를 취해야만 된다는 얘긴데… 과연 어떤 일이 특별한 조치가 될 것인가?’

아즈마의 애간장이 졸아드는 것도 모르고 끝내 어랑촌에도 슬금슬금 어둠이 몰려왔다. 아무리 분기가 탱천해도 밤중에는 싸우려야 싸울 수가 없었다. 결국, 아즈마 소장은 울며 겨자 먹기로 철수 명령을 하달했다. 독립군도 굳이 철수하는 왜군을 추격하지도 또 추격할 수도 없었다. 젖 먹던 힘까지 다 쓴 군사들은 기운이란 기운은 모조리 소진된 상태였다. 온종일 총력전을 펼친 일본군과 독립군은 쌍방 손실이 컸다. 일본군은 가노 연대장과 대대장 2명을 비롯하여 사망자만 대략 1천 명에 이르렀다. 군정서 부대가 치른 희생도 적지 않았다. 전사자 130여 명에 실종과 부상자도 많았다. 빛나는 승리임은 분명했으나 늘 희생은 안타까운 일이 아닐 수 없었다. 다시 기운을 차린 군사들은 전장 정리에 나섰다. 전사자들을 모두 땅에 고이 묻어주는 게 도리였으나 지금은 그럴 형편조차 못되었다.

일규의 마지막 길은 역시 강혁이 맡았다. 김용과 두어 사람이 곁에서 거들었다. 주검에는 거적 한 닢조차 두르지 못했다. 피가 엉겨 붙은 홑옷 군복이 수의였고 피눈물을 쏟으며 흐느끼는 강혁의 울음소리가 그대로 장송곡이었다. 거기다 여러 형편상 표 나는 무덤을 만들기도 어려웠다. 일본군이 보복 행위로 무덤을 파헤칠지도 모르기 때문이다. 강혁은 다만 사방 지형과 돌덩이 하나로 무덤 자리를 눈에 익힐밖에 없었다. 그렇다고 언제 다시 찾아볼 수 있을지 참으로 기약조차 없는 이별이었다. 이리하여 친일파인 아버지 곁을 떠나 만주로 온 일규는 소원하던 독립군으로 생을 마쳤다. 꽃다운 청춘을 다 피워보지도 못하고 그만 백두산 자락에 묻히고 말았다.

북만주의 찬바람으로 인해 살갗에 소름이 돋는 늦가을 밤이었다. 10월 22일, 그러니까 음력으로는 열하루의 달빛은 풍요하면서 애처로웠다. 금요일이었다. 죽은 부하들을 일일이 작별한 김좌진은 간부 회의를 열었다. 철수는 노두구(老頭溝) 방면으로 정해졌다. 저편에서 지원하던 연합 부대는 이미 떠나가고 없었다. 마침내 군

정서 부대는 철수 길에 올랐다. 휘영청 뜬 달빛 아래 군가 소리가
반은 울음이었다.

　　내 고향 떠난 후 만주벌에서
　　황혼에 젖어가는 늦은 저녁에
　　사랑하는 동지와 하직을 한다
　　동지야 잘 자거라 나는 떠난다

　　죽어서 땅에 묻힌 내 동지야
　　너를 두고 가는 길 아득하다만
　　결국에 네 원수는 내가 갚으리
　　동지야 잘 자거라 나는 떠난다

독립군이 전장을 떠나 얼마쯤 행군했을 때였다.
"아니, 저건 불길이잖아!"
놀라서 외치는 소리에 모두 뒤를 돌아보니 과연 저 멀리서 불길
이 솟구치고 있었다.
"저긴 천수평 마을인 것 같은데?"
"왜 아니래? 왜군이 우리 동포들한테 화풀이하는군. 죽일 놈
들."
이내 널찍하게 퍼져 나간 불길은 밤하늘에 기세를 떨쳤다. 역시
일본군의 짓이었다. 혹한의 겨울이 바로 코앞에 닥쳤는데 마을을
잿더미로 만들고 있었다.

"당장 되돌아가서 저놈들을 그만 박살 내 버립시다."

일부 군사는 그대로 쳐들어갈 듯 흥분기를 보였다.

"동포들에게 보복도 하고 곁들여서 우리를 끌어들이려 수작을 부리는 게야. 적의 간계에 빠져서도 안 되지만 돌아가도 이미 늦었어. 그나마 사람이라도 무사했으면 좋으련만….".

김좌진이 말을 맺지 못하고 고개를 떨어뜨린다. 안타까운 마음에 군사들은 쉽사리 발길을 돌리지 못했다. 그러나 어쩔 수 없는 노릇이었다. 전장으로 달려와 주먹밥을 입에 넣어주던 아낙의 안전을 빌밖에 없었다.

김용의 부축을 받는 강혁의 심정도 참담했다. 예전부터 우려했던 사태가 다시금 현실이 된 때문이었다. 그것은 일본군이 비전투원인 동포들을 상대로 엉뚱한 보복을 펼치는 것이었다. 거기에는 별명이 제갈량인 강혁도 도리가 없었다. 일규를 잃은 슬픔에 다시 아픔을 더하는 동포들의 수난이었다.

연이틀 혈전을 치른 군정서 부대는 그날 삼림에서 숙영한 뒤 다시 북으로 길을 잡았다. 행군 도중에도 곳곳에서 부분적인 전투는 계속 이어졌다. 어랑촌 전투 다음 날에는 맹개골과 만록구(萬鹿溝)에서 조우한 일본군을 박살 내고, 24일에는 쉬구에서 포병과 보병 연합 부대의 일단을 만나 역시 이를 격퇴하였다. 한결같은 승리였다.

홍범도의 연합 부대는 어랑촌 전투 뒤부터 행군과 작전 편의를 위해 원래의 소부대로 분산하였다. 정 의병은 역시 홍범도를 계속 따랐다. 그리하여 자신의 대한독립군 3백여 명을 이끌고 행군하던 홍범도는 천보산 인근에서 일본군 수비대를 습격하여 혼뜨검을 냈다. 거기서 다시 서남쪽으로 행군 방향을 돌려 고동하(古洞河) 상류에 이른 것은 25일 해 질 무렵이었다. 고동하는 노령에서 발원하여 안도의 명월구(明月溝)로 흘러가는 하천이었다.

홍범도는 적 일단이 뒤를 밟는 것을 눈치챘다. 아즈마 지대의 한 수색대였다. 홍범도는 짐짓 모른 척하고 숙영지를 잡은 뒤 밤을 지낼 채비를 차렸다. 얼마 뒤 사방이 캄캄해졌다. 드디어 홍범도는 밤의 장막을 이용해 작전을 펼쳤다. 군사들을 근처 숲속에 매복시키고 숙영지에는 화톳불만 밝혀놓았다.

자정 무렵이었다. 아니나 다를까 독립군이 잠들기만 기다리던 150여 명의 수색 대대가 숙영지를 급습했다. 적막감마저 감돌던 산중에 별안간 총소리와 함성이 아우성친다. 한데 웬걸, 숙영지에는 화톳불만 휘황할 뿐 사람이라고는 없었다.

"놈들에게 속았다. 빨리 후퇴하라!"

낭패한 기색의 대대장이 말을 채 맺기도 전이었다. 일시에 숲에서 요란한 총소리가 울리며 불빛이 곳곳에서 번뜩번뜩한다. 이미 싸움이랄 것도 없었다. 일방적으로 쫓고 쫓기는 살육전의 전개에 불과하였다. 그 와중에도 목숨을 부지한 일본군은 죽을힘을 다해 근처 고지로 기어올랐다. 행여 독립군이 거기까지 추격해 올까봐, 저승 문턱에서 생환한 패잔병들은 밤새도록 전전긍긍했다. 동쪽 하늘이 희붐해지자 그제야 얼굴색이 조금씩 돌아올 정도였다. 10월 26일 아침의 일이었다.

원래 대대 병력인 수색대가 인원이 중대급으로 전락한 것은 그만큼 어랑촌 전투에서 큰 손실을 보았다는 증거였다. 고양이 앞에 쥐 꼬락서니 모양의 고동하 전투는 화룡현 방면에서 대단원을 고한 싸움이었다. 그리고 이날은 안중근 의사가 저 하얼빈에서 이토에게 총알을 안긴 날이기도 했다.

꿩 잡는 것이 매라고 독립군은 일본군을 만나면 싸움마다 승리를 쟁취했다. 그러다 독립군 부대는 모두 안도현 경계의 황구령촌(黃口嶺村)으로 일단 빠져나왔다. 장기전을 펼치려야 펼칠 수가 없었다. 우수한 무기와 많은 부대를 이끌고 독립군 포위 작전에 나선 일본군이었다. 소수인 데다 한정된 독립군이 그런 일본군의 인해전술에 대항하는 것도 한계가 있었다. 거기다 보급할 수 없는 탄약은 점점 고갈되었고 군량을 공급할 길까지 막혔기 때문이다.

청산리 전투는 막을 내렸다. 21일의 청산리 백운평 전투를 시작으로 26일 이도구의 고동하 전투까지, 대소 10여 차례의 6일 전투였다. 그렇다면 단순히 청산리 전투라고 명명하기에는 뭔가 부족했다. 청산리 전투라면 북로군정서 부대가 간도에 침입한 일본군을 상대로 청산리 골짜기의 백운평에서 혈전을 벌여 대승한 전투만을 지칭할 수도 있다. 한데 6일 전투는 청산리의 백운평 전투만이 아니었다. 백운평 전투는 대승을 위해 쏘아 올린 승리의 신호탄이었다. 그에 비하면 6일 전투는 이렇게 요약할 수 있었다. '김좌진의 북로군정서와 홍범도의 연합 부대가 화룡현 서북쪽의 밀림지대에서 2천여 병력으로, 독립군 토벌을 위해 간도로 침입한 아즈마 지대의 5천여 병력을 맞아 6일 동안 대소 10여 회의 혈전을 벌여 대승리를 거둔 것'이다.

그 결과 일본군은 연대장을 비롯하여 2천여 명이 사망하고, 독립군도 약 2백 명의 희생자를 냈다. 대략 일본군 열 명에 독립군은 한 명꼴로 전사한 셈이었다. 그렇다면 강점 10년의 치욕을 일시에 떨쳐버린 대첩이었다. 청산리 대첩도 좋고, 간지(干支)를 따서 경신대첩(庚申大捷)이라 명명해도 하등 부족함이 없는 대승리였다. 그러한 대첩은 불세출의 명장인 김좌진과 홍범도가 있었기에 가능했다. 그러나 꾸준한 자금 확보로 무기 구입과 군수 등을 책임진 서일부터 시작해, 전투에 직접 참여한 유명과 무명의 많은 독립군, 그리고 이들을 후원한 동포들이 한마음으로 뭉쳤기에 대승을 일궈낼 수 있었다. 모르긴 해도 민족의 성산인 백두산에서 싸운 만큼 단군을 비롯한 조상들의 보살핌도 있었으리라.

북로군정서 부대도 밀림 지대에서 일단 황구령촌으로 빠져나왔다. 김좌진은 전열을 재정비한 뒤 간부 회의를 열고 장래 일을 의논했다. 값진 승리를 거둔 뒤라 간부들은 활발히 생각을 밝혔다.

"간도에 침입한 왜군을 계속 무찌르는 일도 중요하지만, 지금은 우리 세력을 보존하는 것이 더욱 장기적인 계책이 될 것 같습니다."

"맞아요. 알고 보면 왜병들도 제국주의를 추구하는 저들 군벌 세력에 동원된 희생양들 아니오? 그런 자들을 몇 명 더 죽인다고 해서 대세에 커다란 영향을 끼치는 건 아니지 않습니까? 대승을 쟁취한 만큼 우리 독립군은 동포들에게 큰 희망을 안긴 셈입니다. 이제 더 이상의 전력 손실은 줄이고 실력을 보존하다가, 보다 궁극적 목표인 국권 회복을 위해 매진합시다."

"정보에 의하면 시베리아 출병군과 관동군까지 밀어닥쳐서 지금 간도 땅에는 수만 명의 왜군이 산과 들을 뒤덮었답니다. 그런데 이놈들이 독립군의 토대라며 죄 없는 우리 동포들까지 마구 괴롭힌다지 뭡니까? 그런 빌미를 없애기 위해서라도 일단은 우리가 한 발 물러서는 게 좋을 것 같아요."

"그러면 상해 임시 정부에 승전 소식을 전하고 우리는 북쪽으로 이동합시다. 중국과 러시아의 국경 인근에 머물며 형세를 관망하다가 여차하면 다시 싸울 수도 있고, 아니면 전처럼 후일을 도모할 수도 있지 않습니까?"

이번 기회에 아예 국경을 습격한 뒤 독립군의 높은 의기를 보이다가 장렬히 산화하여 한민족의 일대 각성을 요구하자는 강경파도 없지 않았으나 일단 작전상 후퇴하여 다음 기회를 엿보기로 결론이 났다. 이동해 갈 곳은 서일 총재가 자리 잡은 밀산이었다. 러시아와의 국경지대인 밀산에는 대종교의 동도 본사가 있는 곳이기도 했다. 간부 회의 뒤 김좌진이 강혁과 헛포수를 찾았다. 앞서 논의하던 일을 마무리 지으려는 뜻이었다.

그동안 강혁의 부상은 더 악화하였다. 마땅한 의약이 부족한 데다 연속된 이동이 병을 점점 키웠기 때문이다. 지금은 사람의 부축이 필요했다. 그래서 부대가 장거리 이동에 나서면 강혁과 헛포수는 청산리 산막에 남아 치료를 하기로 논의가 되었다. 헛포수는 주위의 인맥도 인맥이지만 의약 쪽에도 일가견을 지녔다. 무엇보다 강혁의 부상은 한곳에 머물며 치료를 받으면 쉽게 완치될 수 있었다. 김좌진은 헛포수에게 당부와 함께 고마움을 표했다. 이어 강혁을 향해 정이 넘치는 얼굴로 말했다.

"임 교관 일은 그만 잊고 다리를 치료하면서 좀 쉬도록 하게! 이쯤에서 훌훌 털고 명복을 빌어주는 것도 고인을 위하는 길이야. 아닌 말로 우리 가운데 친한 전우를 잃은 사람이 어디 한둘인가? 모두 나라와 민족을 위해 희생했으니 값진 삶을 살다 간 걸세. 그리고 상처가 완쾌되면 집에 들렀다가 거기가 어디든 우리 대한군정서가 있는 곳으로 꼭 왔으면 좋겠네. 와룡 선생과 철기 같은 젊은 인재만 있으면 내가 뭣 하러 조국 광복을 걱정하겠나?"

김좌진은 어딘가 쓸쓸하고 고뇌가 서린 표정이었다. 아무리 대승리를 쟁취한 명장일지라도 여러 인간적인 비감은 비껴갈 수 없었던 것이다.

8. 이역 땅에 지는 영혼

일본군은 독립군 토벌을 위해 크게 4구(區)로 나누어 간도 침략을 단행했다. 훈춘과 왕청, 그리고 용정과 두만강 대안이었다. 대토벌을 위한 총지휘부는 용정의 중앙소학교에 두었고 두목은 제19사단장인 다카시마 중장이었다.

훈춘 방면의 이소바야시 지대는 담당 구역을 세분한 뒤, 다시 세분한 곳에 몇 개의 토벌대를 운영하였다. 구석구석을 훑는 빗질 토벌이었다. 원래부터 조작에 의한 출병이다 보니 마적은 고사하고 벼르고 나선 독립군과도 별반 부딪치지 않았다. 그러나 이소바야시 일본군은 독립군의 근거지까지 초토화하기로 미리 작정하였고, 근거지는 비단 독립군 기지에 국한된 것이 아니었다. 조선인 마을이 주 대상이었던 것이다. 조선인이 사는 마을은 일본군이 어김없이 습격하고 또 어김없이 사람을 죽였다. 도망자나 독립군으로 의심되는 사람부터 사살했다. 그러다 철수할 무렵에는 예사로 불을 질렀다. 특히 교회당이나 학교는 독립군의 소굴이라며 빠짐없이 소각했다. 의병 학살 당시의 남한 대토벌 작전 그대로였다.

왕청현은 여러 독립군 부대가 힘을 기른 주 근거지였다. 한데 예상과 달리 이쪽 방면을 책임진 기무라 지대도 독립군과 특별한 접전이 없었다. 이미 그 전에 중국 측의 교섭으로 독립군이 근거지를 옮겨갔기 때문이다. 그래도 기무라 지대는 북로군정서의 근거지였던 서대파부터 초토화했다. 사령부에 속한 건물은 더 말할 것도 없고 인근 마을까지 모조리 잿더미로 만들어버렸다. 기무라 지대가 다음으로 달려간 곳은 그들 무적 황군의 무덤이나 다름없는 봉오동이었다. 전번 패전에 대한 보복이 목적임은 말할 것도 없었다. 20리 봉오골은 조선인 동포들의 곡성으로 가득했다.

두만강 대안의 토벌은 함경도 경찰과 헌병, 그리고 강안(江岸) 수비대가 맡았다. 그동안 일제 군경은 두만강 대안의 간도 땅이 두려움의 근원지였다. 걸핏하면 독립군이 거기서 강을 건너와 자신들의 죄악을 추궁하고 들었던 때문이다. 그리하여 일제 군경은 그동안의 수모를 앙갚음한다며 걸핏하면 강을 건너가 무고한 조선인을 학살하고 민가를 불태웠다. 강 대안의 간도 땅에 시커먼 연기가 하루도 피어나지 않는 날이 없었다.

4구로 나눈 토벌대 외에 일본군 병참 수비대도 한몫 거들었다. 10월 20일이었다. 명동촌을 습격한 병참 수비대는 마을 사람을 전부 명동 학교에 집합시켰다. 인솔자인 중위가 나섰다.

"이곳 명동 학교는 불령선인을 양성하는 소굴이다. 진작 뿌리 뽑지 못한 것이 한스러울 따름이다."

이내 명동 마을은 곳곳에서 불길이 치솟았다. 학교와 교회는 물론 교사들의 집도 소각 대상이었다. 이리하여 서전서숙의 뒤를 이어 북간도 민족 교육의 본산으로 명성을 드날린 명동 학교는 끝내 잿더미로 화했다.

용정 방면을 책임진 아즈마 지대는 처음부터 토벌에 많은 어려움을 겪었다. 화룡현 산간 지대에 집결한 독립군 주력 부대가 일전을 불사하고 덤벼들었기 때문이다.

일제는 중국 측에 합동 수사반 편성을 조르다가 나중에는 아예 초토 쪽으로 전략을 변경했다. 이제 출병만 하면 그깟 독립군 정도는 닭 모가지 비트는 일보다 쉬운 줄 알았다. 한데 무적 황군은 일찍이 없었던 대패를 당하여 씻을 수 없는 수치만 맛보았다. 쉽게 말해 토벌은 고사하고 도리어 독립군에게 묵사발이 되었다. 그러자 아즈마 지대도 맨주먹의 만만한 조선인을 상대로 분풀이에 나섰다. 일본군이 엄청난 전사자를 낸 데 반해, 독립군 토벌은 그야말로 초라하기 짝이 없어 특별한 조치로 실적이 필요한 데다 패전에 따른 복수심까지 겹쳐 다른 방면보다 한층 악랄하게 설쳤다.

북로군정서 부대를 토벌하려던 보병 제73연대가 그 선두였다. 연대장 야마다는 청산리 백운평에서 김좌진을 상대로 제법 일합을 겨뤘으나 결과는 대참패였다. 바둑으로 치자면 포석부터 시작해 제대로 힘 한 번 못 써보고 그대로 주욱 밀려 불계패(不計敗)를 당한 셈이었다. 하긴 벌써 수 싸움에서 하늘 같은 고수와 맞닥뜨린 게 야마다의 불운이라면 불운이었다. 고수인 김좌진이 다른 상대를 찾아 갑산촌으로 철수해버리자 죽은 돌을 쓸어 담고 발길을 돌리던 야마다 대좌가 분통을 터뜨렸다.

"이곳 청산리 골의 조선 놈은 불령선인보다 더 못된 놈들이다. 불령선인을 뒤치다꺼리한 것도 모자라 새빨간 거짓말에다 군용 전선까지 절단해가며 우리를 골탕 먹였다. 지금부터 부대를 나누어 청산리 일대의 조선 마을이란 마을은 깡그리 초토화한다."

야마다의 한 부대가 직소 아래 첫 마을인 백운평부터 들이닥쳤다. 여러 가구가 오순도순 모여 사는 마을이었다. 패전으로 눈이 뒤집힌 병사들은 남자라면 늙은이와 어린아이를 불문하고 전부 방안에 강제로 몰아넣은 뒤 바깥에서 불을 질렀다. 비명을 지르며 뛰쳐나오는 사람은 그대로 사살한 뒤 다시 불더미 속으로 집어 던졌다. 지옥도(地獄圖)도 그런 지옥도는 없었다. 그 와중에 세간이 모조리 화염에 휩싸여 어떻게 살아남은 부녀자들은 좁쌀 한 톨 건질 수가 없었다. 구름이 떠다니듯 평화롭던 백운평 마을은 하루아침에 잿더미로 변했다. 비단 백운평뿐만이 아니었다. 청산리 골짜기 일대는 대부분이 비슷한 화를 당하여 아예 조선인 마을이 없어지다시피 했다.

일본군의 그러한 만행은 비단 북간도에 국한되지 않고 관동군이 출병한 서간도 지역에서도 공공연히 자행되었다. 경신년 대토벌에는 일제 군경만 동원된 것이 아니었다.

간도 선인 특별부장인 마루야마의 사주로 훈춘 사건을 일으킨 장강호 마적 떼도 설치고 다녔다. 장강호와 그의 핵심 참모인 나카노는 훈춘 사건을 일으켜 일본군에 출병 구실을 만들어준 뒤 몽강현의 근거지로 돌아왔다. 두목인 장강호는 1천4백여 명의 부하 가운데 똘똘한 마적 5백 명을 선발하여 그들을 이끌고 안도현으로 향한 것은 10월 하순이었다. 마루야마와의 약속 이행을 위해 본격적으로 독립군 토벌에 가세했던 것이다.

안도현 유두산(乳頭山)에는 40여 호의 조선인 마을이 있었는데 특히 광복단과 관계가 깊었다. 마을을 습격한 나카노는 먼저 집부터 뒤졌다. 약탈과 방화에 앞서 증거물을 확보해 토벌 실적으로 삼으려는 것이었다. 과연 어떤 집에서 광복단 부통령에 임명한다는 사령서(辭令書)가 나오자 나카노는 그만 입이 벙실 벌어졌다. 그 사령서가 곧 요정 출입증처럼 느껴졌기 때문이다. 수색과 약탈을 끝낸 마적단은 일본군 못지않은 만행을 저질렀다. 가옥은 불을 지르고 체포한 10여 명은 독가스 실험용으로 살육했던 것이다.

"저번에 훈춘성을 털어보니 수입이 꽤 짭짤했습니다. 이번에는 안도성이 어떨까요?"

한 달 전쯤 일제와 짜고 훈춘성을 쳐들어가 덤으로 많은 재물을 약탈한 기억이 새로워 나카노가 두목을 충동질했다. 원래 업이 그런 짓인 장강호가 마다할 리 없었다.

"좋은 생각이야. 좋고말고."

약탈을 겸해 조선인 살육은 토벌 실적으로 삼으려는, 이른바 꿩 먹고 알 먹자는 수작이었다. 그런 마적단은 성을 지키던 중국 군인과 함께 무고한 조선인을 독립군으로 몰아붙여 적잖이 살해했다.

이 무렵 청산리 대첩의 한 주역인 홍범도는 안도현의 대사하(大沙河)에 주둔하고 있었다. 한데 홍범도가 안도성에서 쫓겨난 중국 군인과 합세하여 장강호가 접수한 성을 공격할 것이란 소문이 파다하게 돌았다. 홍범도라면 일제 군경뿐만 아니라 마적 세계에서도 자못 그 명성이 뚜렷했다. 결국, 조바심이 난 장강호는 성을 버리고 다시 유두산으로 들어갔다. 비록 잠시나마 장강호 마적은 그렇게 스스로 쫓겨 갔지만, 조선인을 상대로 한 일본군의 만행은 갈수록 도를 넘었다.

독립군 부대는 만행을 저지르는 일본군을 상대로 장기전을 펼칠만한 여력이 없었다. 어쩌면 멀찌감치 피해 주는 게 그나마 만행을 줄이는 길인지도 몰랐다. 청산리 대첩 뒤 황구령촌으로 이동한 독립군은 각자의 길을 찾아 나섰다. 김좌진의 북로군정서 부대는 황구령촌에서 열흘쯤 머물다가 11월 7일에 행군을 시작하여 천보산을 지나 연길현의 소삼차구(小三岔口) 부근에 주둔하였다. 역시 황구령촌에 머물던 홍범도는 안도현 대사하로 부대를 옮겨갔다. 비장군 홍범도도 다리에 총상을 입어 치료 중이었다. 나머지 부대는 김좌진이나 홍범도와 행동을 같이하거나 혹은 재집결 장소를 정하고 해산하였다. 봉천성의 합동 수사대를 피해 일찍 근거지를 안도현으로 옮겨온 서로군정서 부대는 이후 홍범도와 행동을 같이했다.

11월 3일 수요일이었다. 오전에는 햇발이 조금 비치더니만 오후 들면서 날씨는 한결 우중충해졌다. 이제 한낮에도 제법 선득선득 추위가 느껴졌다. 용계촌 어귀인 외솔터에 문득 일제 군경이 한 무더기 나타났다. 장교들만 말을 탄 보병 중대였다. 아즈마 지대 소속으로 화룡현 산간 지대에서 패전을 맛본 뒤, 지금은 마을 습격에 나선 부대였다. 카키색 군복을 뒤따르는 검정 제복 차림은 영사관 순사들이었다.

외솔터 삼거리를 지난 일본군 토벌대는 둘로 갈렸다. 앞선 부대는 총을 꼬나 들고 곧장 용계촌을 덮쳤고, 뒤따르던 작은 무리는 마을 중간쯤에 이르자 왼쪽 길로 접어들었다. 웃계 토벌대였다.

용계촌의 개들이 목청을 돋우느라 자지러진다. 호각 소리와 뛰어다니며 외치는 소리가 어지러운 가운데 이따금 섬뜩한 총소리도 울린다. 마을이 온통 소란에 빠져들자 사랑방의 훈장은 문득 정초 무렵의 중일 합동 수사대가 연상되었다. 간도로 몰려온 일본군이 마을을 돌며 만행을 저지른다는 소문은 익히 듣고 있었다. 불길한 예감을 지울 수 없었다. 훈장은 가을걷이에 바빴는지 얼굴이 까슬까슬했다.

"나서기는 주막 강아지 같다더니만 네놈이 또 왔느냐?"

방문을 나서던 훈장이 멈칫하며 꾸중을 내놓았다. 정초에 시비깨나 붙었던 바로 그 상놈 조선 순사와 다시 맞닥뜨렸기 때문이다. 이번에는 중국 대신 일본군을 몰고 온 것이 전과 달랐다.

"네놈이라니! 이 영감태기가 오늘이 자기 제삿날인 줄도 모르고 멋대로 지껄이는구먼."

콧방귀를 뀌며 다가온 순사는 망설임이라고는 없이 구둣발을 내질렀다. 야윈 몸피의 훈장은 신음과 함께 그대로 땅바닥에 나동그라진다.

불령선인 초토 계획에 따라 일제는 이미 출병 전에 독립 단체의 소재지와 현황 따위를 자세히 조사한 상태였다. 간부들의 인적 사항도 마찬가지였다. 토벌대는 그런 조사 장부에다 다시 영사관 경찰을 대동하고 나섰다. 그래서 벌써 영사관에 미운털이 박힌 훈장은 그대로 체포 대상자였고, 눈치 빠른 상놈 순사는 일부러 행패까지 부렸다.

"이 집구석은 개도 양반 행세를 하나, 잡것이 웬 지랄이야!"

훈장 집의 풍산개는 정초에 지금의 상놈 순사 총에 죽었다. 훈장은 다시 강아지를 얻어다 키웠다. 강아지가 제법 커서 밥값을 하느라고 무단 침입자를 경계했는데, 이번에도 끝내 비정한 순사의 총알을 비켜 가지 못했다.

마을 공터에는 흰옷 무리가 웅기중기 서 있었다. 정 씨와 순복의 모습도 보이고 전상갑은 두려움에 어쩔 줄을 모른다. 상투가 풀어지고 옷이 군홧발에 짓밟힌 훈장은 처참한 모습으로 공터 한 곁에 쓰러져 있었다. 저항하다가 폭행을 당해 지금은 인사불성이 되었다. 마을 사람 중에 끌려 나오지 않은 사람은 오직 전상갑의 모친인 무산 할미뿐이었다. 무산 할미는 며칠 전에 약초를 캔답시고 산에 올랐다가 그만 언덕에서 굴러 몸을 움쭉달싹도 못 했다. 일본군도 귀찮은 생각에 그런 무산 할미만은 그냥 방 안에 내버려 두었다.

지시에 따라 마을 사람들이 모여 앉자 금줄 견장이 번뜩이는 대위가 앞으로 나섰다. 중대장은 허리에 찼던 군도를 손바닥으로 짚고 통제에 들어갔다. 곁에는 조선 순사가 붙어서 말을 통역했다.

"너희 조선 놈들이 한통속으로 간계를 부리는 바람에 아까운 우리 황군이 얼마나 희생되었는지 모른다. 지금부터 그에 관계된 놈들을 철저히 밝혀 응징하겠다. 먼저 사내는 그 자리에 앉아 있고 여자는 저쪽으로 집합하라!"

순사 통역에 따라 부녀자들이 웅성거리며 옆쪽으로 빠져나간다. 그런데 사내아이 하나가 엄마 손에 이끌려 가는 게 중대장의 눈에 띄었다.

"이봐, 저놈은 계집도 아닌데 왜 그냥 두나?"

현장을 지휘하는 하사관을 향해 중대장이 턱짓으로 아이를 가리켰다.

"너무 어린애라서….."

하사관이 말끝을 얼버무리자 중대장이 핏대를 올렸다.

"지금 어린애면 십 년, 이십 년 뒤에도 어린앤가? 되잖은 사정 두지 말고 이쪽으로 데려와! 장차 저것들이 자라면 오늘의 원수를 갚는다며 불령선인밖에 더 되겠어? 그때도 만주 사정이 여의치 않으면 또 군이 출병해야만 될 것이고, 그러면 이번처럼 희생자를 내지 말란 법도 없잖아? 우리가 애써 간도로 출병한 것은 불령선인 초토가 목적이란 말이야, 초토! 군의 방침이 어디 있는지 다시 한 번 명심해."

대위치고는 나이깨나 먹은 중대장이 필요 이상으로 하사관을 몰아붙였다. 그런 중대장은 육군 대학 졸업생에게 수여되는 휘장(徽章), 일명 천보전(天保錢)이라 부르는 것이 없었다. 비육대 출신의 만년 장교로서 평소 하사관들에게 눈총을 받아 쌓인 감정이 없지 않은 듯했다.

"왜들 웅성거리고 지랄이야. 모두 조용히 못 해!"

중대장에게 한 방 먹은 하사관은 마을 사람들을 화풀이 상대로 삼았다. 말뿐만 아니라 군홧발로 정강이를 예사로 걸어찼다. 마을 사람들은 바짝 긴장했다. 도망치던 두 사람이 그대로 사살된 데다 마을 대들보인 훈장의 몰골과 일본군의 난폭한 언행으로 미뤄 날

340

벼락을 직감했던 것이다. 아낙들은 행여 젖먹이가 울음이라도 내놓을까 봐 포대기를 감싸고 또 감쌌다. 그때 문득 사내의 울음소리 같은 게 들렸다. 억지로 두려움을 참고 있던 전상갑이 하사관의 거친 행동에 결국은 울음보를 터뜨렸다.

"저놈은 뭐야? 앞으로 데려와."

분위기가 집중되지 않자 중대장이 발을 굴렸다. 하사관은 집게손가락으로 자기의 머리 주위를 빙빙 돌린다.

"신경 쓰지 마십시오. 실성한 놈입니다."

"내가 데려오라고 했을 텐데."

하사관이 실실 웃으며 대꾸하자 자기를 무시한다고 여겼는지 중대장이 다시 으르렁거렸다. 중대장 앞으로 끌려 나온 전상갑은 보는 사람이 안쓰러울 정도로 와들와들 떨어댄다. 그런 전상갑을 중대장은 잡아먹을 듯이 노려보았다. 그러다 어느 순간 머리를 절레절레 흔들며 쓴웃음을 지었다.

"저따위 조선 놈들한테 우리 황군이 당했다니 이해가 안 돼, 이해가."

겁에 질린 전상갑은 바지에 오줌을 싸고 있었다. 흥건한 오줌은 짚신까지 적셨다.

남자들 앞에 선 중대장은 본격적인 조사에 들어갔다. 한데 그것은 인명 살상을 위한 최소한의 명분 찾기였다.

"불령선인, 그러니까 너희들이 지껄이는 독립군이거나 혹은 독립군과 조금이라도 관련된 자는 지금 앞으로 나오기 바란다. 행여 숨기다 발각되면 그때는 일가족이 몰살당할 줄 알아라."

전상갑을 뺀 나머지 젊은 축은 일본군의 만행 소식을 듣고 미리 피신한 상태였다. 남자는 어린아이와 늙은이가 대부분이었다. 독립군과 연관시키기에는 아무래도 무리가 따르는 사람들이었다. 한데 토벌대가 너무 닦달질을 해대 긴장한 탓일까, 그만 마을 사람 두엇의 눈길이 무심코 한 곳으로 쏠렸다. 눈길을 받은 초로의 사내는 별호가 송강(宋江)이었다. 수호지의 송강을 별호로 얻게 된 것은 마침 성이 송씨인 데다 얼굴까지 유난히 새까만 때문이었다. 남에게 도움을 주는 선행도 작용했다. 송강은 훈장과 자주 무릎을 맞대며 알게 모르게 산속의 독립군과도 통했다.

"저놈을 끌어내라!"

수상한 기미를 눈치챈 중대장이 손가락으로 송강을 가리켰다. 몸집까지 왜소한 송강은 중대장의 물음에 모르쇠로 일관했다.

"한 번만 더 묻겠다. 네놈은 어느 단체 소속이냐?"

"소속이라니? 난 농사꾼이라서 그딴 것은 모른다."

제법 인내심을 보이던 중대장이 짚고 섰던 군도로 느닷없이 송강의 어깨를 내리쳤다. 칼집에서 칼을 빼지 않은 것만도 다행이었다. 외마디 비명과 함께 송강이 풀썩 무너진다.

"여기에 불령선인과 관계된 놈은 너 말고 또 누구냐?"

"모른다. 나는 아무것도 모른다."

군도가 이번에는 반대편의 어깨를 내리쳤다.

"지금 불령선인이 모여 있는 곳은 어딘가?"

"용정에 다 모여 있다. 친일파 민회(民會)에 소속된 놈들이 바로 불령선인이다."

평소의 온유한 모습과 달리 송강은 형편 따라 강단도 있고 의지까지 강한 사람이었다.

"뭐, 친일파 민회 소속이 불령선인이라고? 네놈의 머리와 몸뚱이가 따로 놀아도 그 아가리가 거짓말을 나불대는지 어디 한번 보자. 야, 빨리 작두 가져와!"

마침내 중대장의 눈이 살기로 번뜩인다. 졸병 하나가 말의 등에 싣고 다니는 작두를 가져왔다. 이미 몹쓸 짓을 많이 저질러졌는지 작두날에는 피가 엉겨 있었다. 중대장이 송강에게 말했다.

"마지막으로 기회를 한 번 주겠다. 오늘은 우리 명치 천황 폐하의 생신날인 명치절(明治節)이다. 네가 천황 폐하 만세를 크게 세 번만 외쳐라. 그러면 국경일을 축하하는 의미에서 특히 작두 죽음은 면하게 해주겠다. 그렇게 하겠느냐?"

땅에 떨어진 자신의 권위를 세워보려 함인지 중대장이 타협책을 제시했다. 아니면 끝까지 항거하리란 사실을 번연히 알고 잔인한 작두 죽음의 명분을 쌓는지도 몰랐다. 한데 송강은 문득 중대장을 향한 적의의 눈빛을 거두었다. 저만큼의 작두를 쳐다보며 억지로 몸까지 일으킨다. 만세를 부를 듯이 손을 치켜든다. 그러나 역시 중대장의 한 가닥 기대는 무참히 깨졌다.

"대한 독립 만세! 만세!"

"당장 저놈의 목을 싹둑 잘라 버려라!"

정 씨는 눈을 질끈 감았다. 머릿속이 윙 하고 울린다. 작두는 그 옛날 안동의 강혁 집에도 있었다. 정 씨가 작두로 자기 손을 자르고 싶은 충동에 빠진 적은 있었다.

강혁의 모친인 의성댁(義城宅)은 무남독녀였는데 정 씨는 그런 의성댁의 일가붙이였다. 마누라를 소박하고 어떻게 강혁의 집에서 기거하게 된 정 씨는 이 진사의 호의로 재산 관리까지 맡았다. 한데 그만 노름과 계집에 빠져들어 재산을 크게 축내고 말았다. 그때 정 씨는 자기 손모가지를 그만 작두로 잘라버리고 싶은 충동을 느꼈다. 그러나 짚이나 풀을 자르는 연장인 작두로 사람의 목을 벤다는 것은 금시초문이었다.

덩치 큰 군인이 줄을 당겨 작두의 칼날을 위로 올린다. 이미 조가 짜였는지 4명의 군인이 송강의 팔다리를 붙잡고 또 하나는 송강의 목을 작두에 걸친다. 덩치 큰 군인이 발디딤대에 발을 올려놓는다. 이어 발을 힘껏 내리누른다. 벌건 피가 튄다. 남자들은 고개를 돌리거나 눈을 질끈 감았고 부녀자 쪽에서는 날카로운 비명이 터져 올랐다. 울부짖는 사람은 송강의 가족이었다.

"이 천인공노할 왜놈들아, 저 하늘이 무섭지 않으냐?"

훈장이었다. 미약한 목소리였으나 그 속에는 노여움이 잔뜩 묻어났다.

"호오! 지사께서 이제야 정신을 차렸군. 그냥 뒈지면 싱거워서 어쩌나 했더니 마침 잘됐네. 야, 너 이리로 와."

광기로 눈을 희번덕거리는 중대장이 군인 하나를 가리켰다. 청산리 싸움에서 자신의 둘도 없는 친구가 전사했다며 미쳐 날뛰던 자였다.

"저놈을 이 채찍으로 패서 죽여라. 그러면 네 속이 좀 풀리겠지?"

중대장이 말채찍을 건네주었다. 방금 피를 본 군인들은 점점 미쳐 날뛰었다.

정 씨의 노름과 계집질에 대해 이 진사는 크게 화를 냈다. 자신의 재산을 결딴낸 것도 문제지만 아끼던 사람에 대한 실망감도 컸던 때문이다. 하지만 그 일로 관계가 영영 틀어진 것은 아니었다. 어려운 살림 중에도 이 진사는 가까운 곳에 정 씨를 두고 양식 따위를 돌봐주었다. 간도의 정 씨는 훈장에게서 그런 이 진사의 체취를 맡고는 했다.

"아악!"

말채찍이 몸을 휘감자 훈장이 단말마적인 비명을 내놓았다.

이 진사가 죽고 얼마 뒤 의성댁도 뒤를 따르게 되었다. 그때 정 씨를 찾은 의성댁은 패물까지 내놓으며 어린 강혁 남매를 부탁했고, 정 씨는 정성을 다하겠다며 눈물로 다짐했다. 강혁 남매가 어엿한 청년과 처녀로 성장한 지금, 정 씨는 나름의 은혜 갚음은 한 셈이었다.

훈장의 몸에 다시금 채찍이 날았다. 다시 인사불성 상태로 되돌아간 훈장은 그저 미약한 소리만 흘린다.

"이 금수만도 못한 놈들아. 너희 나라는 할아비도 없고 아비도 없느냐?"

자리를 떨치고 일어선 사람은 정 씨였다. 꼭 미리 작정하고 나선 것은 아니었다. 저절로 취해진 행동이었다. 일부러 동그란 눈을 한 중대장이 비웃음을 흘렸다.

"호오! 용감한 사람이 자꾸만 나오는구먼. 동포애다 이거지. 우리한테 발광하는 놈들은 필시 불령선인과 연관이 있다. 저놈도 끌어내!"

잔인한 방법은 총동원되었다. 이번에는 정 씨를 공터의 나무에 묶었다.

"저런 놈은 총알도 아깝다. 대검으로 찔러 죽여라. 고통을 오래 느끼도록 단번에 급소를 찌르지 말고 살을 저미면서 천천히 죽여라."

"안 돼! 이 나쁜 놈들아, 안 돼!"

훈장 식구에 이어 이번에는 순복이가 비명을 지르며 날뛰었다. 얼굴은 온통 눈물범벅이다. 그런 순복을 본 중대장이 문득 음흉한 미소를 띠었다.

'부하들만 포식시킬 게 아니라 나도 오늘은 재미 좀 봐야겠는 걸. 그년 앙탈을 부리니까 더 예뻐 보이는구면.'

후배 소위를 찾은 중대장이 넌지시 명했다.

"저년이 발광을 못 하도록 수건으로 재갈을 물리고 잘 묶어 두어라. 나중에 내가 손 좀 봐야겠다."

한편 웃계 토벌대는 감결의 느티나무를 지나 징검다리를 건넜다. 말을 탄 젊은 중위는 선임 소대장이었다. 토벌대의 일원인 강호술 순사는 아까부터 갈등에 휩싸였다. 김달용에 대한 처리 문제를 놓고 고심했던 것이다. 밀정으로 일제 영사관에 협력한 점이나 자기와의 의리를 따지더라도 김달용은 응당 토벌 대상이 될 수 없었다. 한데 강 순사는 김달용이 갈수록 못마땅했다. 지금은 계륵

(鷄肋)만도 못한 존재였다. 강 순사는 자기가 중간에서 착복한 김달용의 정보비도 신경이 쓰였다. 그 돈을 새삼 장만해 주려니 생돈 같은 생각이 앞섰고, 행여 착복 사실이 발각되어 문책을 당하지 말란 법도 없었다.

정보원으로서 점점 이용 가치가 떨어지는 것도 문제였다. 주색 잡기는 또 그렇다 치더라도 김달용은 지금 아편 중독자였다. 무슨 사단이라도 일으키는 날에는 관리를 맡은 강 순사 자신이 모든 책임을 떠안아야만 했다.

이유는 또 있었다. 바로 정란이었다. 정초에 강 순사가 정란을 언뜻 봤을 때도 예쁘다는 느낌은 들었으나 그냥 지나쳤다. 현금 호송대의 15만 원 사건으로 정신이 없던 탓도 있었다. 한데 얼마 전에 김달용이 딸을 데리고 용정에 왔는데 정란은 뭇 여인들 가운데서도 빼어난 꽃이었다. 강 순사가 미혼인 자신을 그토록 다행스럽게 여긴 것은 난생처음이었다. 고리대금업자인 임 주사가 정란을 눈독 들인다는 사실은 어렴풋이 알고 있었다. 하지만 그자는 이미 결혼 전력이 있는 홀아비였다. 그런 고리대금업자에게 딸을 팔아 넘기려 하고 또 자신을 못마땅하게 여기는 김달용만 없다면, 어떻게 정란을 차지할 수 있지 않을까 하는 게 강 순사의 계산이었다.

지금의 간도는 일본군 토벌대가 워낙 사납게 마을을 싹쓸이하는 판이었다. 만약 강 순사 자신이 나서서 두둔하지 않으면 피라미 밀정에 불과한 김달용도 오늘 살아남는다는 보장이 없었다. 역으로 말하면 이번 기회에 김달용을 없앨 수도 있다는 뜻이었다. 결국, 강 순사는 감걸 언덕을 오르며 한쪽으로 마음을 굳혔다. 있으면 마음이 불편한 자는 차라리 없는 편이 나았다.

웃계에 도착한 강 순사는 외딴집으로 내달려 김달용부터 만났다. 그리고는 여차여차 하라며 가장 위하는 체 행동 요령을 귀띔하고 다시 토벌대로 돌아왔다. 용계촌처럼 남녀를 구분한 뒤 인솔자인 중위가 앞으로 나섰다. 사무라이 정신으로 철저히 무장했는지 빈 구석이라고는 손톱만큼도 없었다. 통역을 맡은 조선 순사도 슬슬 기는 형편이었다.

"너희는 불령선인을 배출하고 뒷바라지한 것도 모자라 우리 토벌대에게도 여러 적대 행위를 서슴지 않았다. 그것이 어떤 결과를 초래하는지 지금부터 똑똑히 보여 주겠다."

그런데 김달용의 언행이 어딘가 이상했다. 마치 독사를 건드린 것 마냥 중위가 한참 독을 품는데도 아랑곳하지 않고 괜히 나서서 반항기를 보였다. 정보원 신분을 숨기고 계속된 활동과 안전을 보장받으려면 어쨌든 사람들이 모인 곳에서 지휘관에게 까탈을 부리라며 강 순사가 미리 지시한 때문이었다. 연초에 호송대 사건이 일어났을 때와 비슷한 연출이었다. 당시에도 김달용은 강 순사에게 입에 거품을 물었다. 암만 강 순사의 귀띔이 있긴 해도 김달용은 어딘가 움츠린 기색이었다. 괜히 목소리만 키웠다. 그런 김달용이 중위의 눈에는 그대로 죽으려고 환장한 놈처럼 보였다.

"뭐 저런 놈이 다 있어?"

허리춤에서 권총을 빼 든 중위는 가차 없이 방아쇠를 당긴다. 김달용은 의혹 가득한 눈길을 강 순사에게 던지며 푹 꼬꾸라진다. 순간적인 일이라 북청댁과 정란이 말리고 자시고 할 겨를도 없었다. 할아버지가 곁에 있는 명훈의 머리를 감싸고 들었다. 사내들이 이런저런 이유로 죽어 나가자 울부짖는 여인네도 그만큼 늘어났다. 김달용의 식구는 이제 더 흐를 눈물조차 없었다.

마을 남자들을 초토한 일본군이 이번에는 여자 쪽으로 손을 뻗쳤다. 젊거나 얼굴이 반반한 여인들은 막무가내로 끌어냈다. 정란은 물론 북청댁까지 끌려 나왔다. 그때 강 순사가 중위에게 청을 넣었다. 정란은 자신과 결혼을 약속한 만큼 일본군 노리개에서 빼 달라는 주문이었다. 눈빛이 날카로운 중위는 부하를 시켜 사실관계를 확인토록 지시했다. 정란에게는 강 순사의 말이 당연히 금시초문일밖에 없었다. 사무라이 중위는 자신의 빈틈없음을 자랑하듯 군경을 향했다.

"순전히 순사 자기만의 희망 사항일 뿐 무슨 관계가 있는 것도 아니잖아. 그러면 당연히 우리 황군의 위안이 우선 아닌가? 거기다 아까 반동의 딸년을 우리 일제 경찰의 마누라로 들였다가 장차 무슨 사단이라도 생기면 어쩔 거야. 조선 순사가 거짓말이나 하고 어째 저 모양이야?"

조선 순사라는 말도 귀에 거슬리는데, 아예 아랫마을 개똥이 취급을 당하자 강호술의 얼굴은 마치 모닥불을 쬔 듯 벌겋게 달아오른다. 강 순사의 요청을 일축한 중위는 노리갯감으로 끌려 나온 여자들 앞에 섰다.

"불령선인 놈들 때문에 애매한 우리 황군이 적잖이 죽었다. 마음 같아서는 놈들의 고기를 씹어 먹어도 시원찮은 판이다. 한데 사방으로 흩어져 몸을 숨기는 바람에 이렇게 토벌하러 나선 것이다.

따라서 너희가 놈들을 대신하여 우리 황군한테 사죄하고, 더불어 그나마 위안을 주는 것은 지극히 당연한 일이다. 그것은 황군의 억울한 죽음에 비하면 아주 하찮고 어쩌면 너희 계집들은 도리어 즐겁기까지 할 것이다. 시키는 대로 복종만 잘하면 탈이 날 턱이 없다. 한데도 어쭙잖게 반항했다가는 이년 꼴이 날 줄 알아라.”

한 아낙이 삿대질하며 계속 악을 쓰자 다시 중위가 총알을 날렸다.

야릇한 웃음의 일본군은 줄을 서서 여자 하나씩을 고른다. 계급과 군번 순이었다. 웃계 토벌대는 장교가 2명이었다. 인솔자인 중위와 나머지 하나는 새파란 소위였다. 나름의 자기 관리 차원인지 사무라이 중위가 뒤로 빠지자, 일 순위가 된 소위는 대뜸 정란을 지목한 뒤에 마치 금덩이라도 주운 양 입이 찢어진다. 거의 실신 직전인 북청댁은 나이 좀 들어 보이는 하사관이 차지했다. 소대부장(小隊副長)이었다. 노리갯감이 모자라자 뒷줄 병졸은 마음에 드는 여자 곁에 이중으로 줄을 섰다. 이중 줄의 첫 번째 병졸 역시 망설임이라고는 없이 정란에게 다가왔다. 제법 무인다운 기상을 보이려 애쓰며 여자들 앞에서 더 도도한 중위는 시계를 보며 부하들을 독려했다.

“날씨가 점점 추워지는 데다 특히 오늘은 국경일인 명치절이다. 기념일의 하나로 잠깐의 유희를 즐기기 바란다. 조선 계집을 안으면서 천황 폐하의 황은에 감사하는 것도 어쩌면 의미 있는 일일 것이다. 저녁에는 국경일 특식 관계로 용계촌의 본대와 함께 철수키로 했다. 특식 전에 먼저 별식을 즐기되 시간이 많지 않으니 되도록 빨리 행동하라."

눈이 벌건 군인들은 배당받은 여자를 골목으로 끌었다. 힘없이 끌려가는 여인네도 있지만, 대개는 발버둥 치며 울부짖고 끝내는 넉장거리까지 친다. 정란은 다시금 후회막심을 금치 못했다. 엊그제 가출을 결심하고도 그만 실천을 미적거리는 바람에 화가 눈앞에 닥쳤던 것이다.

며칠 전 김달용이 딸의 손을 끌고 용정에 간 것은 잡화상 주인인 임 주사와 혼인을 매듭지으려는 의도였다. 그때까지 정란이 결혼을 끌어온 것만도 어쩌면 대견한 일이었다. 정란은 마침내 강혁을 찾아 떠나려고 결심했다. 한데 막상 집을 나서려니 망설임이 일었다. 제일 염려스러운 것은 도중에 강혁과 길이 엇갈리는 경우였다. 11월경에 휴가를 얻겠다고 했으니 가능성은 충분했다. 이제나저제나 순복이 자기를 찾아올까 하고 애태운 것도 그 때문이었다. 다른 하나는 간도로 밀려온 일본군의 존재였다. 그들이 강혁의 독립군과 싸우는 것도 가슴 졸이는 일이지만, 멀고 낯선 길을 떠나려는 자신에게도 커다란 걸림돌로 작용했다. 그래서 정란은 순복과 짜고 용계촌에 숨어 있을까 어쩔까 망설이는데 난데없이 일본군이 마을에 쳐들어 왔다. 급기야 아버지의 죽음을 목도했고, 이제 자신과 어머니는 꼼짝없이 원수 놈들에게 능욕을 당할 지경까지 이르렀다. 참으로 마른하늘에 날벼락도 이런 날벼락은 없었다.

병졸이 손을 잡아끌고 소위가 등을 떠미는 바람에 정란은 남보다 앞서 끌려갔다. 조금만 더 가면 마을의 집에 도착했다. 마음이 다급해진 정란의 눈에 문득 저만큼 있는 커다란 바위가 보였다. 입술을 옥물며 어떤 결심을 하자 온갖 생각이 빠르게 머리를 스친다. 오늘 아침까지도 단란했던 북청댁과 명훈이가 떠올랐다. 참으로 생각만으로도 가슴 아릿한 가족이었다. 고향 선암골에서 그들과 더불어 오순도순 산 것은 그대로 생의 축복이었다.

'오늘 겪는 여러 날벼락이 평생 한으로 남겠지만, 그래도 우리 명훈이를 생각해서 어머니께서는 꿋꿋하게 사셔야만 해요. 명훈이 너는 무럭무럭 자라서 눈물로 남을 우리 어머니의 희망이 되어주렴. 그리고 네가 원하던 선암골에 가서 살면 어머니의 한도 조금씩 스러지지 싶다.'

바위가 한층 다가왔다. 정란의 머릿속은 또 빠르게 강혁을 위해 자리를 만들었다.

'당신을 생각하면 참으로 죽고 싶지 않습니다. 그렇지만 또 당신을 만났기에 죽음조차 두렵지 않습니다. 이 세상 누구보다 사랑하고 또 사랑받으며 당신 말처럼 아들딸 낳고 행복하게 살고 싶었습니다. 당신은 제게 죽을 때까지 자기만 믿으라고 했지요. 당연히 당신을 믿습니다. 그런데 세상에는 참 엉뚱한 일도 많군요. 일본군이 이곳 만주 산골까지 들이닥쳐서 아버지를 살해하고 또 저와 어머니를 욕보이려 들 줄은 정말 꿈에도 몰랐습니다.'

체념한 듯 정란이 악착스레 저항하지 않고 끌려오자 병졸은 어느 정도 태만해졌다. 즐거운 상상으로 혼자 히죽거리며 잠시 정신 줄을 놓기도 했다. 마침내 정란은 바위 근처에 다다랐다. 마음이 급해진다.

'그러나 당신을 만나서 행복했습니다. 부디 좋은 사람 만나 행복하게 사세요. 어쩌다 비 쏟아지는 여름날 밤에는 이 정란이도 가끔 생각해 주세요. 그러면 저는 하늘나라에서도 전혀 외롭지 않을 거예요. 그럼 안녕, 내 사랑….'

정란에게는 아직 눈물이 남은 모양이었다. 기어코 양쪽 눈에서 눈물이 주르륵 흘러내린다. 다음 순간이었다. 느닷없이 정란이 병졸의 팔을 물어뜯으며 손을 홱 뿌리친다.

"어이쿠! 팔이야. 이년이 미쳤나?"

병졸이 비명을 지르며 정란의 손목을 놓았다. 얼결에 벌어진 일이라 소위도 어떻게 할 틈이 없었다. 제까짓 게 도망가야 벼룩이라는 생각도 없지 않았을 것이다. 한데 그게 아니었다. 자유의 몸이 된 정란은 망설임이라고는 없이 그대로 바위로 달려가며 머리를 힘껏 부딪쳤다. 순식간에 벌어진 일이었다.

"정란아! 아이고, 우리 정란아…."

맥이라고는 다 빠져 있던 북청댁이 몸부림치며 울부짖는다. 그러나 정란은 곧바로 축 늘어졌다. 머리는 피범벅이었다. 어깨 근처에 언뜻 보이는 제비부리 댕기가 서럽도록 붉었다. 정란의 죽음으로 사람들은 잠시 주춤했다. 그러나 죽음 따위에는 이미 이골이 난 토벌대였다. 군인들은 이내 여자를 아무 집에나 끌어들이려고 야단법석이었다.

소대부장도 기함 직전인 북청댁을 억지로 가까운 집에다 끌어들였다. 그런데 갑자기 북청댁이 이상해졌다. 실실 웃음까지 흘리며 혼잣말을 중얼중얼했던 것이다. 허공에다 삿대질도 한다.

"계집이 미친 듯이 날뛰더니만 결국은 미쳤구먼. 재수가 없으려니…."

소대부장은 소태 씹은 얼굴로 씨부렁거리며 북청댁에게 달려들었다. 치마끈이 풀려도 북청댁은 개의치 않고 연신 웃어댄다.

용계촌의 토벌대는 마침내 마을에 불을 질렀다. 말의 등에 싣고 다니는 석유를 짚단에 뿌린 뒤 여기저기다 불을 옮겼다. 그러잖아도 볏짚이나 새초 따위로 이엉을 이은 초가집은 이내 불길이 타올랐다. 바람까지 거슬거슬 불어댔다. 얼마 후 마을은 온전히 화염에 휩싸였다. 요행 살아남은 사람은 자기 집이 불타는 것을 보고 발을 굴렀으나 어쩔 도리가 없었다. 토벌대의 총구가 아직 사나웠기 때문이다. 자리를 보전하는 무산 할미는 꼼짝없이 타 죽을 판이었다. 살아남은 사내 가운데는 전상갑도 끼어 있었다. 자기 어머니가 집에 있다는 걸 아는지라 어쩔 줄을 모른다.

마을을 온통 휩쓴 불길이 차츰 잦아들었다. 이제 태울 것은 다 태우고 기둥 따위에 불이 남아 있었다. 무산 할미는 결국 불에 타 죽고 말았다. 한데 언제 사라졌는지 공터 근처에 전상갑의 모습이 보이지 않았다.

마침내 용계촌 토벌대는 철수를 서둘렀다. 입에 재갈이 물리고 결박 지워진 순복은 중대장이 타는 말에 얹혔다. 눈에는 공포와 절망 따위가 점점이 박혀 있었다. 저녁 특식에 대한 기대로 토벌대가 군가를 드높이 합창하며 외솔터를 지날 때였다. 소나무 뒤에서 갑자기 사람 하나가 뛰쳐나왔다. 뜻밖에도 외날 창을 앞세운 전상갑이었다. 두려움이라고는 없이 한 병사에게 짓쳐갔다. 자기 집에 불을 놓은 자였다. 창끝에는 지난번에 강혁이 묶어준 붉은 헝겊이

휘날린다.

"이놈! 너도 한번 죽어봐라."

창끝은 그대로 병사의 가슴팍을 뚫었다. 눈 깜짝할 사이에 벌어진 일이었다. 지금의 전상갑은 예전 정신이 반짝 돌아온 상태였다. 바지에 오줌이나 싸던 겁쟁이가 아니었다. 일본군 토벌대에 맞선 어엿한 독립군이었다. 그러나 단신의 독립군은 곧바로 일본군의 총알과 칼날 아래 몸이 고깃덩이처럼 짓이겨지고 말았다. 마을에는 아직 남은 불길이 날름거리고 서쪽 하늘은 석양이 붉게 물든 저녁 무렵이었다.

얼마 뒤 외국 신문에는 현지 선교사의 견문기(見聞記)와 함께 사진이 실렸다. 내용은 이러했다.

"10월 30일, 연해주에서 침입한 일본군 제14사단 15연대 3대대장 스즈모토(大岡隆久) 대위는 토벌대 77명을 인솔하고 간장암동(間獐岩洞)을 포위했다. 그곳은 용정촌 동북에 있는 한인 기독교 마을이었다. 토벌대는 전 주민을 교회당에 집결시킨 후 40대 이상의 남자 33명을 포박 지어 꿇어 앉힌 다음, 아직 타작하지 않은 조 짚단을 교회당 안에 채워 넣고 석유를 뿌려 불을 질렀다. 교회당은 이내 화염이 충천하였다. 일본군은 불 속에서 뛰쳐나오는 사람은 모두 칼로 찔러 죽여 전원을 몰살시켰다. 가족들은 넋을 잃고 울부짖다가 일본군이 돌아간 뒤 타다 남은 옷 조각 등으로 신원을 가려 숯덩이를 장사 지냈다.

그런데 5, 6일 후에 그 일본군이 다시 마을을 습격하였다. 이번에는 유족들을 모은 뒤 무덤을 파서 시체를 한곳에 모으라고 강요했다. 유족들은 살기 위하여 언 땅을 다시 파 시체를 모았다. 일본 군은 시체 위에 조 짚단을 쌓은 뒤 석유를 붓고 불을 질렀다. 그리고는 시체를 뒤적거리며 재가 되도록 태워버렸다. 유족들은 이렇게 이중으로 학살당한 시체를 가릴 길이 없어서 재를 모아 33인의 합장 무덤을 만들었다."

간장암동은 샛노루바우라고도 불렀다. 그런데 일본군이 이중 학살을 벌인 것은 보도가 되자 증거를 없애려고 한 짓이었다. 단지 사진 찍을 재료를 없애려고 일본군은 하늘에 사무치고 천고에 용납 못 할 대죄를 저질렀던 것이다. 일본군의 잔인한 만행을 목격한 미국인 선교사는 언론에다, '피에 젖은 만주 땅이 바로 저주받은 인간사의 한 페이지'라며 탄식했다.

11월 10일의 중국 《길장일보(吉長日報)》 보도는 사람을 경악시키고도 남았다.

"일본군은 연길현 춘양향(春陽鄉) 일대에서 집집이 수색하여 많은 사람을 체포하였다. 그들 중 남자 세 사람을 골라내어 손바닥에 두 치나 되는 쇠못을 가로로 박고 또 쇠줄로 코를 꿰어 손바닥의 못에 연결해 놓았다. 그래도 성에 차지 않아 말 궁둥이에 달아매고 10여 리나 줄곧 끌고 다녔다. 나중에는 결국 총살하였다."

일본군의 간도 대토벌에 무고하게 희생된 조선 사람이 몇천 명이나 될지 알 수가 없었다. 그것은 간도 대학살극이었다. 토벌대가 마을을 습격하면 적게는 수 명 혹은 수십 명씩 학살했으며 약탈과 강간 등 온갖 만행을 예사로 저질렀다. 그뿐만 아니라 학교와 교회, 민가가 화염에 휩싸이는가 하면, 수만 석의 양곡이 불길 속에 던져졌다. 일본군 토벌대가 지나간 곳은 말 그대로 피바다며 불바다였다. 요행 목숨을 건진 사람도 곧바로 만주 혹한이 닥쳐 아사자(餓死者)와 동사자(凍死者)가 속출할 판이었다. 경신참변(庚申慘變)이었다.

9. 국경의 설한풍

간도 벌판을 뒤덮은 일본군은 엄동설한이 닥쳐도 물러갈 줄을
몰랐다. 마을을 습격하여 학살과 방화, 강간 등의 만행은 여전히
자행되었다.

11월 13일은 음력으로 10월 3일인 개천절이었다. 민족의 경축
일이며 특히 대종교에서는 특대 명절이었다. 그러나 북만주를 휘
몰아치기 시작한 추위만큼이나 조선인의 삶은 고통으로 얼룩졌다.
이 무렵 연길현의 김좌진은 부대를 이끌고 북으로 계속 이동했다.
만행을 일삼는 일본군을 상대로 다시 격전을 치를 수도 있었다. 그
러나 그들을 응징하여 일시적 통쾌감은 느낄지 몰라도 그것이 장
기적인 계책이 될 수는 없었다. 더욱 중요한 국내 진격전을 제대로
한번 펼쳐보지도 못하고 힘들게 기른 독립군이 소멸할 수도 있었
기 때문이다.

백설을 밟고 북상한 북로군정서 부대는 마침내 러시아와 국경
을 접한 밀산에 도착했다. 비상한 난국을 돌파하기 위해서는 무엇
보다 단합이 전제되었다. 서일과 김좌진은 머리를 맞댄 뒤 각지에
흩어져 있는 독립 단체에 격고문(檄告文)을 띄웠다. 북로군정서 명
의의 격고문 내용은 이러했다.

"본년 8월 이래로 적의 독균(毒菌)이 간도에 파급하여 중국의 군대는 적의 교섭에 분로(奔勞)하고 산비(山匪)의 작은 무리는 적의 간활(奸猾)에 이용되어 적군이 한번 강을 건너자 대국이 졸지에 변한지라, 완악한 저 원수 도적은 간사하게 기회를 타고 천명을 두려워하지 않으며 정의를 등지고 인도를 박멸하니,

슬프다! 우리 무고 양민이 적의 독봉하(毒鋒下)에 원혼 된 자 얼마이며, 그 많은 재물과 양곡이 적의 학염중(虐焰中)에 불타버린 것이 얼마이며 이렇게 땅은 얼고 찬 기운이 뼈를 깎는데 옷 없고 집 없이 도로에서 굶어 죽는 자는 얼마인가.

적의 세력이 한창 성하고 그물이 사방으로 퍼져서 종잇조각에 대한(大韓) 두 글자만 나타나도 그 집은 잿더미가 되며, 탄피의 빈 껍질 하나만 드러나도 그 사람은 멸망을 당하니 남녀가 입을 봉하고 도로에서 눈질하도다. 교당을 불 놓고 학교를 헐어 문명을 박멸하니 천인(天人)이 공분이라.

더구나 병졸을 사방으로 풀어 놓아 민가를 수색한다며 이름하고 재물을 약탈하며 간음을 강행하니 우리 겨레는 통한이 뼈에 사무치고 원구(怨溝)가 더욱 깊어졌는데, 영웅은 싸움할 땅이 없고 인민은 언제나 없어질까 해만 쳐다보도다. 겁(怯)한 자는 바람 소리만 나도 뒷걸음치고, 놀란 자는 굽은 나무만 보고도 달아나니 이 어찌 한심한 일이 아닌가.

본서(本署)는 한 겨레의 약한 힘으로 절지(絶地)에 고집하여 장교는 다시 살 마음이 없고 사졸은 죽을 기운을 다하여 혈전 4, 5일에 적의 연대장 이하 수십 장교와 1천2백여의 병졸을 죽였도다.

그러나 많고 적은 것이 형세가 다르고 행하고 중지함이 때가 있는지라, 부득이 험요(險要)한 곳으로 물러나 지키면서 재거를 도모할 뿐이다. 여기서 아래와 같이 격문으로 포고하여 우리 동포의 각 단 집사 제공과 초택암혈(草澤岩穴)에 숨어 있는 첨군자의 동정을 간절히 바라옵니다.

대개 의를 보고 용감한 것은 우리 독립군의 정신이요, 싸움에 임하여 물러서지 않는 것은 우리 독립군의 기백이니 어찌 공을 계산하고 이익을 도모하여 대의를 성패 간에 구차히 구하리오. 격문 이르는 그 날로 각기 의를 분발 동정하여 현하의 대세를 만회하며 함께 함몰되는 민족을 건져내어서 대한 광복의 원훈 대업을 빠른 기일에 완성합시다."

각 단체의 협동 화합을 요구하는 것부터 시작해 8개 항으로 된 하기(下記)는 구구절절이 옳은 내용이라 격고문은 여러 단체의 공감을 얻기에 부족함이 없었다. 이리하여 북으로 이동해온 여러 독립 단체는 모두 북로군정서의 격고문에 호응하였으며 마침내 12월 중순에는 독립 군단을 결성하기에 이르렀다. 총 9개 단체에 병력은 대략 3천5백 명이었다. 그러한 독립 군단의 총재는 서일이 맡고 청산리 대첩의 두 영웅인 김좌진과 홍범도는 부총재가 되었다.

대식구가 된 독립군은 당장 의식주부터 문제가 되었다. 국경 인근의 작은 마을에서는 자체적 해결이 도저히 불가능했던 것이다. 더구나 엄동설한에 일본군의 포위 공격까지 염려되는 상황이 아닌가. 가면 갈수록 첩첩산중이었다. 이리하여 수뇌부는 의논 끝에 러시아 연해주로 이동할 것을 결정했다. 온갖 악조건에도 불구하고 동포들과 합심하여 독립군을 기르기는 했으나 이제 만주에서도 발붙일 곳이 없어져 또다시 남의 나라 땅으로 옮겨가야만 했다. 참으로 독립군의 길은 멀고도 험난했으며, 날씨조차 국경에 휘몰아치는 설한풍(雪寒風)이었다.

한편 이 무렵 총독부 수뇌들은 연말을 맞아 저녁마다 술자리를 벌이며 기고만장이었다. 사이비 문화 정치가 그런대로 뿌리를 내리는 데다 그동안 큰 두통거리였던 간도 독립군까지 멀리 쫓아버려 거칠 것이 없었다. 사이토 총독은 일본군의 토벌 내막에 대해 환히 숙지하고 있었다. 실제로 간도의 화룡현 일대에서 독립군과 맞붙은 일본 육군은 대참패를 당했으며, 불령선인 토벌 전과라며 군에서 떠벌리는 것은 대개 무고한 양민 학살에 지나지 않았다. 범 사냥을 하러 갔다가 힘없는 토끼만 잡은 격이었다.

사이토는 굳이 그것을 문제 삼을 생각은 손톱만큼도 없었다. 어쨌든 국경 근처에서 치안 불안을 초래하던 독립군은 저 멀리 이동해 간 상태며, 뒤늦게 일본 육군을 상대로 신경전을 벌일 필요도 없었다. 비록 수뇌들이 술자리는 같이해도 속마음은 제각각이었다. 사이토 총독은 조각(組閣)의 대명, 즉 본국 내각 총리대신으로의 영전이 가시화된 것 같아 한결 우쭐했다. 한데 그전에 총독부의 정무총감만큼은 하루라도 빨리 갈아치우고 싶었다. 자신의 권위에 도전하며 야심을 드러내는 미즈노가 갈수록 밉상이었던 것이다.

반면 미즈노는 곧바로 자신이 조선 총독으로 영전되는 것이 꿈이었다. 사이토를 상관이라기보다 하나의 걸림돌로 여겨졌다. 어쨌든 그가 없어져야만 총독 자리도 빌 것이 아닌가. 가끔 미즈노는 한복을 입고 능청을 떠는가 하면 조선말로 연설까지 해서 사람들을 깜짝 놀라게 했다. 취미인 당구와 바둑 두는 시간까지 절약하여 조선말을 익힌 것은 모두 그러한 야심에 기초했다.

훈춘 사건 조작으로 끝내 일본군의 간도 침략에 일조한 마루야마는 그러한 공으로 참사관(參事官)이 되었다. 거기다 자신의 주군인 사이토는 장차 경무국장 자리까지 은근히 암시했다. 조선으로 건너온 뒤 마루야마는 성공 일로에 탄탄대로였다. 그러나 훈춘 사건 조작으로 본국의 많은 젊은이를 간도의 까마귀밥으로 만든 데다 무고한 조선 양민을 학살케 만든 장본인이었다. 그러한 원죄가 자신의 평생 짐이 될 줄은 이때만 해도 모르고 있었다.

마루야마와 단짝인 민원식은 이즈음 하루하루가 좌불안석이었다. 어느 유명한 점쟁이에게 점을 보았는데 내년 초에 죽을 운수라는 것이다. 그것도 날카로운 비수에 의해서라며, 점쟁이는 몸까지 떨어가며 명시했다. 고심 끝에 민원식은 일본으로 도피하기로 작정했다. 마침 일본 의회에 참정권 청원 운동도 벌일 수 있어 일거양득인 셈이었다. 그러나 일본으로 도망친다고 해서 이미 하늘이 정한 운수를 비켜 갈지는 참으로 의문이다.

1920년의 마지막 날이었다. 함경도 함흥에서 출발해 경성으로 향하는 사내 하나가 있었다. 장강호 마적단의 나카노였다. 일본군의 간도 침략에 장단을 맞춰 불령선인을 토벌한답시고 나선 장강호 마적단은, 안도성에서 철수한 뒤에도 계속 만행을 저질렀다. 장백현의 민족 교육을 담당한 정몽학교(正蒙學校)를 습격하여 교사 등 27명을 독가스로 살육하였을 뿐만 아니라 무려 2백여 명의 양민을 학살하고 1백 20여 호의 가옥을 소각했다. 이쯤에서 토벌 비용을 중간 정산하기 위해 나카노는 먼저 마루야마 참사관에게 전보를 쳤다. 그리고는 함흥에서 경찰 간부들과 술집을 들락거리며 계집 희롱으로 밤을 지새웠다. 한데 뜻밖에 일이 이상하게 돌아갔다. 전보를 받은 마루야마가 사무관 하나를 함흥으로 보냈는데, 토벌 비용 지급이 곤란하다는 뜻을 비쳤던 것이다. 나카노는 마루야마를 직접 만나면 무슨 해결책이 날 줄 알고 이날 경성으로 향했다. 한데 마루야마가 얼마나 교활한 인간인지를 몰랐던 것이 일본인 마적 나카노의 불찰이라면 불찰이었다.

단돈 한 푼 못 건지게 되는 토벌 비용 따위는 문제도 아니었다. 얼마 뒤 일본군 수비대가 장강호 마적단을 체포하여 중국 측에 넘겨주고, 끝내는 1백여 명의 마적이 총살될 줄은 상상조차 못 했던 것이다. 토사구팽(兎死狗烹), 즉 토끼를 다 잡은 다음에는 사냥개를 삶게 된다는 말 그대로였다.

경신년의 만주는 참으로 다사다난했다. 이제 그 한 해가 저물고 있었다. 마지막 날인 31일은 금요일이었다. 이날 명동촌의 선바위에도 한 사나이가 길을 걷고 있었다. 방한모를 목 뒤까지 푹 눌러 쓰고 솜바지와 긴 저고리 차림의 청년은 강혁이었다.

청산리 산막에서 다리의 총상을 치료한 강혁은 11월 말경에 용계촌의 집으로 향했다. 아직 다리가 조금 불편했으나 거의 완쾌된 것이나 다름없었다. 독립군에 참패한 일본군이 조선인 마을을 습격하여 온갖 만행을 저지른다는 소문은 강혁도 헛포수로부터 들어서 알고 있었다. 당장 인근의 백운평을 비롯한 여러 마을의 참변은 할 말을 잃게 했다. 얼마 뒤 귀향길에서 만난 폐허의 마을들도 소문이 정확함을 그대로 보여 주었다. 그렇다면 일제의 눈 밖에 난 명동촌과 와룡동이 무사할 리는 만무했다. 인근에 있는 용계촌도 마찬가지였다. 불안감을 떨치기 어려운 강혁은 한층 귀향길을 다잡았다. 휴가를 얻겠다며 정란과 약속한 것은 오히려 뒷전이었다.

일제의 개방지가 된 용정은 도회지라 그런지 토벌대의 행악을 그다지 느낄 수 없었다. 그나마 안심이 조금 되었다. 마침내 저 멀리 외솔터의 소나무가 눈에 들어왔다. 강혁은 발을 재게 놀렸다. 아니나 다를까 불안감은 이내 완성되고 말았다. 눈앞에 펼쳐진 용계촌은 그대로 폐허였다. 어느 정도 각오한 참화를 훨씬 뛰어넘는 초토(焦土), 즉 까맣게 불타서 재만 남은 자리로 변해 있었다. 거기다 일본군이 저지른 인명 살상은 마침내 강혁의 넋을 완전히 빼놓고 말았다. 자신과 가까운 사람만 쳐도 외삼촌인 정 씨와 훈장, 그리고 전상갑이 무참히 살해되었다. 거기다 동생인 순복은 일본군에 끌려가 생사조차 알 수 없었다. 뿐인가. 웃계의 연인인 정란은 능욕을 면하려 스스로 죽음을 택했고 명훈이는 어디에 있는지 알수 없었다. 아직 대면한 적은 없지만, 정란의 아버지 역시 살해되었고, 어머니는 실성했다는 얘기까지 들었다. 믿기지 않고, 도저히 믿을 수 없는 참혹한 현실에 강혁은 그대로 피눈물을 쏟았다. 하늘과 함께 힘없는 나라를 물려준 선조들까지 한없이 원망했다. 이틀을 꼬박 눈물로 지새워도 한은 끝 간 줄을 몰랐다.

그제야 강혁은 원진 도인이 말한 큰 변이 무엇인지 뚜렷이 다가왔다. 이 세상 모든 일은 인연으로 생기고 또 인연 따라 달라진다며, 고정불변처럼 생각하여 집착하지 말 것을 원진 도인이 주문했던 것이다. 그러나 인간인 이상 어찌 인연 가진 사람의 죽음에 그처럼 초연할 수 있겠는가. 겨우 정신을 수습한 강혁은 순복의 행방을 수소문했으나 찾을 길이 없었다. 일본군이 욕을 보인 뒤 살해했을 가능성이 가장 농후했다.

세력이 전혀 없는 강혁이 마을을 초토화한 토벌대를 응징하는 것은 무리였다. 그렇지만 지휘관인 중대장만큼은 그냥 둘 수 없었다. 정 씨와 훈장을 살해한 데다 순복을 납치해 간 자였기 때문이다. 철천지원수가 따로 없었다. 순복의 행방도 이제는 중대장을 통할밖에 없었다.

용계촌을 초토화한 토벌대는 연길 인근에서 여전히 만행을 저지르고 있었다. 토벌 중대가 일요일이 되어 주둔지에서 정비 중인데 문득 젊은 조선 청년이 그곳을 방문했다. 일본 말이 능란한 지주의 아들이었다. 무인지경의 드넓은 땅에 일찍 이주한 조선인 중에는 지주도 더러 있었다. 엄청난 땅을 소유한 봉오동의 최진동 삼형제도 그중 하나였다. 지주의 아들은 일본군의 경계심을 없애려고 자신의 신분부터 밝혔다. 연길도윤 공서에 들렀으나 일이 여의치 않아 이곳으로 왔다며 토벌대 지휘관과의 면담을 간청했다. 일본 말이 유창했으나 지주의 아들은 처음부터 저자세였다. 강혁이었다.

하긴 독립군까지 멀리 쫓아버린 지금 일본군은 거칠 게 없었다. 중국 측도 눈치만 살피며 전전긍긍하는 형편이었다. 일본군의 경계심은 자연 허술할밖에 없었다. 중대장을 비롯하여 몇몇이 지주

아들과 자리를 함께했다.

지주 아들이 방문한 이유는 토벌대가 자기 땅을 침범하는 사태를 미리 막아보려는 뜻에서였다. 그래서 자기가 부리는 조선인 소작농 중에는 불령선인이 없음을 극구 강조했다. 지주의 아들은 미리 술 따위를 준비한 데다, 중대장에게는 긴히 따로 할 말을 지닌 눈치였다.

중대장은 비육대 출신이었다. 만년 장교로서 군인으로 출세하기는 글러 먹은 작자였다. 그는 장차 퇴역을 고려 중이라 자연 재물에 욕심을 부렸다. 현재 간도 땅에서 중대장이 지닌 위세나 재량권은 막강했다. 그 때문에 지주의 아들까지 찾아와 애걸하는 형편이 아닌가. 마침내 꿍꿍이속의 중대장은 지주 아들을 자기 거처로 데려갔다. 추위 때문인지 중대장은 독한 배갈 잔을 자주 기울였다. 얼마 뒤 드디어 강혁에게 기회가 왔다. 은근히 뇌물을 기대한 중대장이 눈에 거슬리던 당번병을 내쫓아 방에는 단둘만 남았기 때문이다.

틈만 엿보던 강혁은 방심에다 술까지 취한 중대장을 일거에 제압했다. 재갈부터 물리고 손을 결박한 뒤 단도를 빼 들었다. 시간이 촉박했다. 사람이 언제 나타날지 몰랐다. 강혁이 순복의 행방을 묻자 중대장은 그냥 돌려보냈다며 도리질만 쳤다. 결국, 여동생의 생사조차 확인하기 어려웠다. 원수 덩어리는 시간을 끌려는 속셈인 것 같았다. 강혁은 한층 적개심이 솟구쳤다. 위협하던 칼로 심장을 겨눈다. 공포심이 극도에 이른 중대장은 얼굴이 파랗게 질리며 눈을 홉뜬다. 그대로 가슴에 칼이 내리꽂힌다. 모포를 푹 뒤집어쓴 중대장은 술 취해 자는 사람이었다.

실성한 북청댁은 얼마 뒤 정신이 돌아왔다. 명훈이만 찾았다. 그러다 결국은 강물에 몸을 던지고 말았다. 지극히 평범한 가운데 성실히 살아온 조선의 한 여인으로서는 참으로 억울하고 애달픈 죽음이었다.

강혁이 그나마 명훈이는 찾았다. 용정의 교회 관계자가 보호하고 있었다. 워낙 충격이 컸던 때문인지 명훈이는 실어증(失語症)을 앓았다. 하루아침에 천애 고아가 된 소년은 말을 잃었을 뿐만 아니라 개구쟁이의 다양하던 얼굴도 계속 무표정이었다. 시일이 흐르면서 모든 것을 현실로 받아들인 강혁은 억지로 마음을 추슬렀다. 숙고 끝에 다음 행보를 국내로 잡았다. 어릴 때 떠나온 고국 땅으로 마음이 향하니 거기서 할 일이 자꾸 생겨났다.

강혁은 고향인 안동부터 찾을 생각이었다. 먼저 오랜만에 양친 산소를 찾아 성묘하면서 자신의 장래 계획을 밝히는 것이 중요했다. 연락이 끊긴 지 오래인 형에 대해 수소문이 필요했고, 어쩌면 순복이 고향으로 갔을지 모른다는 기대감도 작용했다.

다음은 광주의 임봉학을 찾아 외동아들의 전사 소식을 전하는 게 마땅한 도리였다. 일규의 피 묻은 편지까지 보일 작정이었다. 계속 아들의 원수를 편드는 길을 갈 것인지는 임봉학 자신이 결정할 문제였다.

경성에서도 할 일이 있었다. 서대문 형무소에서 옥살이 중인 친구 한상호를 구출하는 일이었다. 거의 불가능에 가까운 일이지만, 윤준희와 임국정까지 포함해서 구출에 최선을 다해볼 생각이었다.

그러자 명훈이가 걸렸다. 강혁은 국내에 갔다가 볼일이 끝나면 곧바로 독립 군단이 있는 밀산으로 갈 계획이었다. 그때 문득 원진 도인이 떠올랐다. 명훈이의 병이 신경 쓰이는 데다, 또 올해가 가기 전에 다시 자신을 찾을 거란 얘기는 이 상황을 예견한 듯했다. 명훈이를 본 원진은 마치 놀러 나갔다 돌아온 손자처럼 반겼다. 도인은 얼굴이 반쪽인 강혁의 어깨를 토닥이며 명훈이 걱정을 덜게 했다.

"이 아이는 내가 데리고 있을 테니까 걱정하지 말게나. 천품이 워낙 맑은 아이라 장래 큰 도를 깨쳐서 중생을 선도할 걸세."

다음날 떠나기에 앞서 강혁은 전부터 궁금히 여기던 것을 원진에게 물었다. 바로 국운의 향방이었다. 자신이 장래 일까지 어찌 알겠느냐며 도리질을 하다가 도인이 묵직하게 말했다.

"왜의 치하에서 벗어나려면 앞으로도 족히 20년은 넘게 걸릴 것 같네. 그리고도 후유증이 적지 않겠지만, 어쨌든 백 년 내외에 조선은 세계에서도 앞줄에 서는 나라가 될 걸세."

원진은 명훈의 손을 잡으며 강혁에게 작별을 고했다.

"아이의 기가 너무 약해 산바람이라도 쏘여야겠네. 자네가 가는 걸 아이에게 보여 좋을 것도 없겠지. 이제 젊은이답게 잊어버릴 건 잊고 아무쪼록 열심히 살게나. 그리고 자네도 훗날 이쪽 공부를 하게 될 것이네. 공부할 때는 죽을 각오로 덤벼야만 성취가 있을 것이야. 자, 그럼 잘 가게."

강혁이 어디론지 떠나는 걸 아는지 명훈이는 몇 번이나 뒤돌아보았다. 비록 말은 못 해도 명훈의 눈에는 고마움과 함께 슬픈 빛이 가득했다. 자연 정란 생각에 강혁은 명훈이를 끝까지 쳐다보지도 못하고 뒤돌아서서 고개를 떨구었다.

한 해의 마지막 날에 선바위를 지난 강혁은 명동촌에 들렀다. 예상은 했지만 거기서 또다시 커다란 울분이 솟구쳤다. 습격을 당한 마을이 쑥대밭인 데다, 특히 자신의 모교인 명동 학교와 교회는 터만 덩그러니 남아 있었다.

명동촌을 지난 강혁이 오랑캐령을 오르자 희뜩희뜩 눈발이 날리기 시작한다. 일 년을 마무리하는 날이라 그런지 강혁은 지난 세월이 한층 선명하게 그려졌다. 한데 머리에서 차마 지울 수 없는 그리운 얼굴들이 자꾸만 멀어지려 한다. 영마루에 오르자 눈보라로 온 천지가 소란하였다. 지척을 분간하기도 어려웠다. 소나무와 잣나무 등의 상록수는 거센 눈보라에 가지가 찢어질 듯 나부댔다. 눈이 빼곡히 박힌 공중에는 날짐승 한 마리 없었다. 강혁의 눈가는 눈물인지, 아니면 눈(雪)의 물인지 물기로 축축하다.

'참으로 그리운 내 사람들…. 꼭 한 번만 더 보고 싶어도 이 세상에서 다시는 볼 수 없는 내 사랑….'

강혁은 가슴으로 울었다.

눈보라가 한층 거세지자 강혁은 저고리 속을 꼬옥 여몄다. 거기에는 일규의 피 묻은 편지와 함께 책 한 권이 들어있었다. 원진 도인이 준 경전이었다. 강혁은 자신의 장래에 대해서는 이미 확고한 결심이 선 상태였다. 이번 여행이 끝나면 곧장 독립 군단을 찾아야 했다. 가정 따위를 꾸릴 생각은 아예 없었고, 오직 불구대천의 원수 갚는 일에 매진하다가 그때가 언제일지는 몰라도 국권이 회복

되면 속세를 떠나 원진 도인처럼 살 계획이었다. 군사 지식이나 병법 따위는 까맣게 잊고 오로지 도법(道法)에 정진할 일이었다. 강혁에게 있어 연인은 오직 정란 한 사람만으로 족했다.

저 아래 얼어붙은 두만강은 눈이 편편이 쌓여서 꾸불꾸불 산 밑을 돌아갔다. 무인지경의 오랑캐령을 지난 강혁은 마침내 두만강에 이르렀다. 영마루에 비할 바는 아니었으나 아직도 눈보라는 계속되었다. 국경의 설한풍이었다. 주먹밥으로 요기를 하고 어둠 들기를 기다리는 사이 차츰 눈발도 잦아들었다. 눈 덮인 강 건너 저편은 고국 땅 회령이었다. 저녁밥을 짓는 연기가 그렇게 평화로울 수 없었다. 강혁은 언젠가 용정의 비암산에서 고향 떠나온 지 몇 해인가를 묻던 일규가 떠올랐다. 다시 눈시울이 뜨거워져 가만히 중얼거렸다.

"그래, 일규야! 여러모로 힘들긴 하다만 세상을 살다 보면 무슨 풍파인들 없겠니. 그리고 우리가 열정을 가졌던 일은 반드시 이루어지리라 확신한다. 저기 강변을 따라 왜놈 초소가 촘촘히 박혀 있어도 그 뒤에는 우리 한민족이 의연히 존재하고, 비록 얼음장에 덮여 있어도 그 아래는 두만강 물이 끊임없이 흐르듯 나라와 민족의 장래도 유구할 것이 아닌가."

세상은 온통 은세계였다. 천지가 한 색으로 하얗게 치장되어 있었다. 백(白)은 청정과 순결을 뜻한다. 또한, 검은색이 패배인 데 반해 하얀색은 승리의 의미를 지니기도 한다.

- 전 3권 -

초판 1쇄 인쇄 2020년 10월 06일
초판 1쇄 발행 2020년 10월 13일
지은이 송헌수

펴낸이 김양수
책임편집 이정은
편집·디자인 김하늘
교정교열 박순옥

펴낸곳 도서출판 휴앤스토리
출판등록 제2012-000035
주소 경기도 고양시 일산서구 중앙로 1456(주엽동) 서현프라자 604호
전화 031) 906-5006
팩스 031) 906-5079
홈페이지 www.booksam.kr
블로그 http://blog.naver.com/okbook1234
이메일 okbook1234@naver.com

ISBN 979-11-89254-47-6 (04800)
　　　979-11-89254-44-5 (세트)